谈恋爱的时候不给你剥虾的男人，结婚以后连虾皮都不让你吃、

沐怡

魅丽文化

缠枝

非木非石 著

江苏凤凰文艺出版社
JIANGSU PHOENIX LITERATURE AND ART PUBLISHING

图书在版编目（CIP）数据

缠枝 / 非木非石著. -- 南京 : 江苏凤凰文艺出版社, 2025.5
ISBN 978-7-5594-7499-5

Ⅰ. ①缠… Ⅱ. ①非… Ⅲ. ①长篇小说－中国－当代 Ⅳ. ①I247.5

中国国家版本馆CIP数据核字(2023)第013733号

缠枝

非木非石 著

责任编辑 周颖若
出版统筹 曾英姿
特约编辑 何 进
封面设计 殷 舍
出版发行 江苏凤凰文艺出版社
南京市中央路 165 号，邮编：210009
网 址 http://www.jswenyi.com
印 刷 长沙金鹰印务有限公司
开 本 880mm × 1230mm 1/32
印 张 10
字 数 296 千字
版 次 2025 年 5 月第 1 版
印 次 2025 年 5 月第 1 次印刷
书 号 ISBN 978-7-5594-7499-5
定 价 46.80 元

目录

CONTENTS

第一章 请君入瓮

夜微凉酒吧。

灯红酒绿，酒杯的碰撞声和熙熙攘攘的说笑声充斥其间。

冯庭身着浅色长裙，悠然地坐在吧台前，指尖轻触冰凉的高脚杯，注视着眼前动作娴熟的调酒师。

几分钟后，冯庭收回视线，将杯中的鸡尾酒一饮而尽。突然，身后有人靠近，抢走了她手中的空酒杯。男人贴近冯庭的耳边，笑着说："他过来了。"

冯庭闻声转头，酒意上涌，随后从高脚椅上跳下来，仓促转身，只觉得眼前一片晃动，接着撞入一个温热的胸膛。

男人没料到这突如其来的状况，闷哼了一声。

冯庭的鼻端萦绕着淡淡的烟草味，还有一丝柚木和橡树苔的男士香水味。她愣了两秒，轻声道歉："抱歉。"

被撞的男人正是顾闻柯。他因为名仕苑二期工程的调度会忙碌了一整天，本想早点回家休息，但中午几个朋友约他来夜微凉酒吧。知道顾闻柯难得出来，他们还特意把周禀然也请了过来。

周禀然是周可岚的堂叔，按情理来说，他与顾闻柯是好友；按辈分来说，将来他也会成为顾闻柯的长辈，所以顾闻柯总要给他几分面子。

"下次小心。"顾闻柯不冷不热地对冯庭说了这四个字。

他身后跟着周禀然，两人喝完酒正准备回去。

这段小插曲并没有影响两人的心情，他们继续往外走。周禀然低声说："刚才说到哪儿了？你最近跟可岚关系怎么样？女人还是需要多关心的，我总觉得你们之间少了点什么……”

直到他们消失在电梯口，冯庭才提着裙摆往外走。

这几天气温较低，天阴了一下午，这会儿下起了雨。没多久，一辆黑色私家车从地下车库驶出，绕过十字路口的红绿灯，朝冯庭这边开过来。

周禀然刚把座椅调整到一个舒适的位置，正准备躺好，手机就响了，是周可岚打来的。

电话那头，周可岚笑着问：“小叔？”

周禀然看了顾闻柯一眼，挑眉道：“怎么了？”

周可岚接着说：“你还在夜微凉酒吧吗？下雨天不好打车，能帮我送个人吗？我在东城，距离有点远。”

“什么朋友？”

“是要接替孙秘书工作的姑娘。”

“姑娘？”

“是的。”

周禀然提醒她：“老顾跟我在一起，也在车上。”

周可岚停顿了一下，原本就知道他俩在一起。

周禀然没有再多说什么，只是示意顾闻柯是否要说几句话。顾闻柯觉得没有必要，但手机递到了他面前，他也无法拒绝，双方一时无语。

最后，顾闻柯只是简单地说了一句：“今晚我来看你。”

周可岚有些意外，说：“那我收拾一下。”

他问：“还有其他事吗？”

这时，周可岚才想起正事，说：“小叔，你记一下她的电话号码。”

三月，杏花盛开，冯庭站在一株开得正好的杏树下。细微的春雨打湿了她的肩头，单薄的裙摆在微风中轻轻摇曳。

出门前，周可岚特地打电话提醒她，说顾闻柯喜欢女人穿裙子。

冯庭挑了一件衣橱里最不显眼的裙子。她的身材很好，长裙包裹着纤细的腰身，即便是再普通的裙子，在她身上也显得格外出众。

刚才在酒吧，灯光昏暗，周禀然只是匆匆看了一眼。此刻，冯庭站在马路旁，明艳动人，漂亮而张扬。

冯庭向前走了两步，弯下腰，抬手敲了敲车窗。

车窗玻璃缓缓降下，冯庭看着顾闻柯，顾闻柯也看着她。

周禀然主动下车，为她拉开车门，说道：“我叫周禀然，是周可岚的叔叔。没想到她让接的人是你，这真是缘分。”

冯庭对周禀然礼貌地微笑，说：“我是冯庭，麻烦你们了。”她没有回应周禀然的话，直接弯腰上车。抬头时，她的目光再次与顾闻柯相遇。顾闻柯微微点头，礼貌地说道：“顾闻柯。”

冯庭再次点头回应：“你好。”

车内空间宽敞，冯庭的长发微湿，带着些许寒意。她迅速坐好，整理着衣物。顾闻柯淡淡地看了她几秒，不得不承认，她很漂亮。随后，他转开视线，不再多想。

冯庭报上地址后，一路上便没有再主动说话。顾闻柯也很少开口，倒是周禀然显得随和健谈。

顾闻柯的视线落在冯庭身上。她脸上带着笑容，恰好与他的目光相遇。那笑容干净明媚，让人毫无防备。

顾闻柯的眼神突然变得深邃，不由得开始探究她。

冯庭却自然地转过头，托着腮看向窗外。很快，车到了冯庭的住处。她刚准备下车，周禀然忽然开口说道：“冯小姐，我们加个微信吧？”

冯庭又坐好，接过周禀然从前排递过来的手机。

周禀然厚着脸皮补充道：“下次去‘夜微凉’喝酒，可以叫我。”

冯庭挑起一缕秀发别到耳后，为自己辩解道：“我不喜欢太热闹的地方，不经常去‘夜微凉’，今天心情不好，是个例外。”说完，她嫣然一笑，转身离去。

周禀然双手插在口袋里，站在路旁目送冯庭离开，许久才迈步上车。

顾闻柯刚结束一通电话，收起手机，瞥了周禀然一眼：“回去吗？”

周禀然摸了摸后脑勺，答道：“回去吧。”

顾闻柯低头查看文件，忽然提醒道：“你今晚的话特别多。”

周禀然抬起头，与他对视。司机开车送周禀然，两人并不顺路，车朝着相反的方向行驶。把周禀然送到家后，顾闻柯再折返回来，已经是凌晨两点。

别墅里一片静谧，客厅只留了一盏灯。

顾闻柯进门，慢条斯理地扯下领带，揉着肩颈走到客厅，刚坐下，杨阿姨从一楼卧室出来。

“顾总回来了？”

顾闻柯淡淡地“嗯”了一声。

杨阿姨问：“给您留了紫薯粥，要不要盛一碗？”

顾闻柯不饿，说了声“不用”便起身上楼。

刚走到楼上，一抬头，看到周可岚握着手机站在那里。

“把我朋友送到了吗？”

“嗯。”顾闻柯说完，便去浴室洗澡。

周可岚本想旁敲侧击，没想到这时，周禀然发来消息：“他到了？”

“嗯。”

不到一分钟，他又发来一条消息：“你把这么漂亮的女秘书安排到他身边，就不怕引狼入室？”

周可岚静静地看着堂叔的消息，许久才吐了口气。

顾闻柯从浴室出来，这是半个月以来他第一次踏入名府花园。

周可岚看着顾闻柯，有些忐忑，久久才深吸了一口气，将一份简历递给他，说：“她叫冯庭，你们今晚见过。”

说起那位姑娘，顾闻柯自然有印象。他不喜言谈，皱着眉对未婚妻说道：“我从不用女秘书。”

周可岚是个骄纵的大小姐，平常喜欢硬碰硬。如果他这样拒绝，周可岚肯定会立马生气，哭闹不休，试图逼迫顾闻柯就范。最后总是自讨没趣。过了几天，为了家族利益，她又灰溜溜地跑到他面前道歉。次数多了，顾闻柯也懒得再计较。

然而这一次，周可岚一反常态。她的眼神中带着淡淡的伤感，自嘲地笑了笑。在顾闻柯的注视下，她独自下了楼。

半个小时后，顾闻柯感到口渴，下楼去喝水。他看见客厅的灯亮着，周可岚正端着高脚杯，在茶几旁自斟自饮。听见脚步声，她回头，泪眼蒙眬，增添了几分我见犹怜。

这一幕让顾闻柯微微一怔，皱起眉头。周可岚罕见地道歉：“打扰你休息了，抱歉。”

周可岚讲道理的时候，顾闻柯也不会那么冷漠无情。他犹豫了几秒，走了过来。

周可岚眼角挂着泪水，伸展手臂靠在沙发背上，盯着天花板，开始说话：“你是不是很讨厌我？”

顾闻柯沉默了一会儿后，否认道：“没有。”

周可岚吸了吸鼻子。她本来就长得不错，装起可怜来更容易激起别人的同情心。

“在你这里，我连安排一个秘书的资格都没有。别人都羡慕我是未来的顾太太，可我外表光鲜亮丽，其实什么都不是。家族用我一辈子的幸福做利益交换，而你也不爱我……”

周可岚看了一眼顾闻柯，继续说道：“我知道你只是缺个太太，而我恰好能给你带来商业价值。哪天当我最后一点儿价值也被顾、周两家榨干，你就会像扔抹布一样把我扔掉吧……”

她说到这里有些动情，自言自语道：“如果我爸爸还活着，肯定不舍得自己的女儿活成这样。算了，说再多也是自我感动，你根本理解不了……”

顾闻柯居高临下，静静地审视着她。

以前她胡搅蛮缠，顾闻柯总是冷处理。此刻看着她不哭不闹、独自感伤的模样，他竟然动了恻隐之心。他有些怀疑地问：“这番操作，是你自己想的，还是别人教的？”

周可岚心脏猛地跳了跳，她放下酒杯：“原来在你眼里，我还是个有智力障碍的人吗？”

顾闻柯抱着双臂默不作声，过了半晌，他的态度有些松动：“把自己说得那么惨，就因为一个秘书？”

“不是一个秘书那么简单。我一周前就通知了人事，如果你拒绝录用，那就是让外人打我的脸。我不要面子的吗？”

第二天一早，冯庭就接到了电话，是顾氏人事部打来的。

确认了冯庭的身份后，人事问她：“你什么时候可以来上班？”

冯庭笑吟吟地回答：“我随时都可以。”

冯庭硕士毕业后，阴差阳错地进入了情感咨询行业，并没有多少职场经验。

打完电话，某个平台上的情感博主仍在胡说八道，打着专业的旗号，向失恋的男女贩卖希望。

冯庭抱着肩膀，盯着屏幕陷入沉思。

身后传来一个声音：“这种不入流的东西，也值得你看这么久？”

冯庭转过身，看向师兄。秦思明的品位有所提升，浅色西装外套内搭了一件浅青色印花衬衫，显得贵气而又多了几分沉稳。

冯庭和秦思明不仅仅是师兄妹关系，两人还一起经营一家咨询室。不过名义上，工作室是秦思明的，冯庭偶尔才去点个卯。

她回过神，盯着屏幕挑眉：“我只是想看看，他接下来还能怎么吹。”

说罢，她敲击键盘，砸人家招牌：“都两个小时了，能不能让牛歇歇？”

这番话通过网络传到主播面前。情感主播点了点手机，毫不意外地将冯庭踢了出去。她挑眉，心想：这么经不起批评？

冯庭第二次与顾闻柯碰面，是在次日晚上，为庆祝名仕苑二期工程开工而举办的酒会上。她跟着吴巡盯现场，吴巡和孙秘书负责安排这次酒会。如今孙秘书已经离职，上午两人完成交接工作后，孙秘书就离开了公司。

顾闻柯带了女伴，是周可岚。

冯庭没想到做秘书会如此艰辛，不仅要拿着微薄的收入加班加点，还得随叫随到，忙起来连饭都顾不上吃。整晚她和顾闻柯几乎没有交集，直到晚上十点多，吴巡让她去取车，送顾闻柯回住处。

冯庭拿着车钥匙走到停车场，几分钟后把车开到酒店大厅门口，周可岚早已不知去向。

顾闻柯喝了些酒，已是微醺状态，不过脚步依然稳健。上车后，他解开西装纽扣，往后一靠，视线不经意间扫过驾驶座，愣了一下，问道：“吴巡呢？”

冯庭从后视镜中看了他一眼，说道：“吴经理还在处理善后事宜，吩咐我送顾总回去。”

顾闻柯“嗯”了一声，没再说话，开始闭目养神。

车子在等红灯时停了下来。

顾闻柯睁开眼，看向窗外。这时他的烟瘾忽然上来，手指伸进上衣内兜，才想起晚上下车时，把烟扔在了驾驶座与副驾驶座之间的汽车扶手箱旁。

他刚要探身过去，就听见“啪”的一声，香烟被点燃。他垂眸，看见点燃的香烟被递了过来。烟头亮着火星，夹在白皙的细指间递到他面前。香烟刚递到他唇边，对方这时才意识到尴尬。

女人的声音有些软绵，不高不低地抱歉道：“上个领导是女老板，帮她这么递烟习惯了，刚才顺手，顾总别介意啊。”

顾闻柯顿了两秒，捏着香烟深吸一口，皱了皱眉，轻轻吐出烟雾。

他从后视镜中看向冯庭：“你会抽烟？”

“顾总介意自己的秘书会抽烟吗？”

“不会。”

“不会只有我吧？”

冯庭突然回过头，红唇微微上扬，又露出那晚在车上的无害笑容。

顾闻柯视线转向别处，红灯已经变绿。他提醒："开车。"

冯庭立即向他道歉，语调细声细气，和在酒吧不小心撞到他怀里时一样："抱歉啊，我话比较多……"

顾闻柯笑了笑，没说什么。他看着手中剩下的半支烟，没有继续抽，也没有扔掉，直到香烟随风燃尽，才把烟头扔进垃圾桶里，把车窗关上。

冯庭时不时地看一眼，注意到这个细节。

十几分钟后，车子到了名府花园。

顾闻柯推开车门下车，单手扣上西装纽扣，走了两步，转身看着她，说："天不早了，车子你开走，明天到公司再把钥匙给我。"

冯庭熄火，取下车钥匙，道："顾总，我打车就好了。"

顾闻柯看了冯庭手上的钥匙一眼，没有再多说话，接过钥匙，转身继续走。

冯庭驻足，淡淡地望着他的背影，目送他离开。随后，她给秦思明打电话，一边交代地址，一边往外走。

刚走到主路，她就看见了秦思明的车子。

这一天让冯庭筋疲力尽，她坐到副驾驶座，在轻微的颠簸中昏昏欲睡。

秦思明握着方向盘，看了她一眼，问："怎么不说话？平常不是很能说吗？"

冯庭掀开眼皮，瞧了他一眼，说："在想事情。"

秦思明笑了笑："想什么？"

冯庭没有回答。

虽然冯庭和秦思明合伙开了工作室，但她最近在忙什么，秦思明并不清楚。她在想顾闻柯。

冯庭处理过太多感情问题，见过各种抵挡不住诱惑的男人。大家都说人心不可试探，尤其是男人的心，更经不起试探。然而，顾闻柯让她有些意外。那支沾上口红印的香烟，他没有继续抽，说明他很有界限；但他也没有扔掉，这又显示出他的绅士风度。

这样既为自己留有余地，又为对方留有余地的做法，很难让人不心生好感。

冯庭其实在做一件很危险的事情，可以说是以身涉险。

毕竟感情的事，很难把控。

想到这里，她对秦思明微微一笑，说："我现在才明白，为什么那些情感操控大师在设定框架后，会同时选择三个女孩子作为目标。”

“为什么？”秦思明问道。

“把精力过度地投注到一个人身上，容易失控沦陷。所以同时涉猎三个人，不多不少，既可以防止自己沦陷，又不至于太手忙脚乱。”

秦思明看了她一眼，说：“所以情感操控大师也是时间管理大师。”

冯庭低声笑了笑，拉了拉安全带，调整到一个相对舒适的姿势，闭目养神。

车子很快停在住处，冯庭睁开眼睛，慢悠悠地伸了个懒腰。手刚触到安全带，她就听见秦思明叫她：“庭庭。”

冯庭抬眼问：“怎么了？”

秦思明沉默了一会儿，车厢内陷入寂静，这让冯庭感到微微不安。

果然，秦思明开口说：“我们两个都懂得套路，我不想对你玩套路，以后你也别对我玩套路，好吗？”

冯庭愣住，缓缓转头看着秦思明，不知道该说些什么。秦思明试探性地问：“你觉得男女之间存在纯洁的友谊吗？”

冯庭清了清嗓子，干笑着移开视线，试图缓和这奇怪的氛围：“我相信男女之间存在纯洁的友谊。”

秦思明抿了抿嘴，静静地看着她。

冯庭看了一眼时间，神态慵懒地打了个哈欠，若无其事地对他说：“天不早了，早点回去睡吧，路上注意安全。”

秦思明不是厚颜无耻的人，有些话点到为止就好。

回到家，冯庭直奔冰箱，取出一瓶红酒，拿着高脚杯走到阳台，望着满天星辰，慢悠悠地喝了半杯。就在这时，手机“叮咚”一响，她拿起来看了一眼。

是秦乐天，秦思明的弟弟。一个被爱情搞得遍体鳞伤、焦头烂额的臭小子。

这种事情，他肯定不会找秦思明，只能来烦她。

秦乐天：“姐姐，我又搞砸了，我被前女友全网拉黑了，我真的要放弃了。”

冯庭回复：“那就放弃啊。”

秦乐天哭笑不得：“你不应该劝我一下吗？”

冯庭：“你自己说要放弃的。”

秦乐天：“我不知道还要不要挽回她。”

冯庭：“这要问你自己，问我没用。”

秦乐天：“我可以给你打电话咨询一下吗？”

冯庭：“好啊。”

随后，她将收费标准发了过去。秦乐天终于安静下来，冯庭继续慢悠悠地喝酒。

洗漱完毕后，冯庭躺到床上，但有些睡不着。于是，她起身去了书房，看到办公桌上放着一沓资料。她翻到某一页，取下照片，认真端详。

这男人不太上镜。

看照片的时候，冯庭没想到他会这么帅。

端详许久后，她转身，拿了一枚磁性黑板贴，把顾闻柯的照片贴在办公桌对面的小黑板上。然后，她才回到卧室，掀开被子躺下。

黑板上用红色粉笔写着几个字：“如何‘种心锚’？”

次日清晨，冯庭开车到公司楼下的咖啡厅吃早餐。

顾闻柯很自律，常在七点半左右出现在咖啡厅。

为了避免显得刻意，冯庭提前在七点一刻到达，要了一份早间娱乐新闻报、一杯冰美式和一份低脂三明治。

冯庭津津有味地看完半页报纸，只听玻璃门响动，顾闻柯推门进来。冯庭的位置很显眼，今天她又穿了一条颇为清爽的窄裙，顾闻柯很难不注意到她。

她扬起明媚的笑脸，说道：“早啊，顾总。”

顾闻柯点点头。在他点完单的同时，冯庭正好结束早餐。

她拿起手袋，从顾闻柯身边经过，说：“顾总，那我先去公司了。”

一个月之中，顾闻柯至少有半个月在这家咖啡厅吃早餐。餐厅经理为他预留的位置也很固定，每次都是左手边靠着落地窗的第三张桌子。

冯庭吃早餐的桌子与他仅隔了一个过道。

等冯庭走后，他不经意间往旁边的桌子看了一眼。吃早餐的时候也喜欢看报纸？

他又看了一眼，原来是娱乐报纸。顾闻柯只看早间财经报。

公司职员很少来这家咖啡厅，因为价格较高，只有顾闻柯和几个高层喜欢来。

谁知在接下来的一周里，顾闻柯每天都在这家咖啡厅遇到前来吃早餐的冯庭。

她每次都坐在他旁边，隔着一个过道。有时候比他早到一刻钟，有时候比他晚到一刻钟，也有时候，两人前后脚进门。

她每次都会扬起一抹明媚的笑，说："早啊，顾总。"

顾闻柯不是没有遇到过心怀不轨、借着各种借口接近他的女人。那晚在他香烟上留下唇印的事，他也曾怀疑过。

不过，冯庭来这家咖啡厅吃早餐，却很本分，仿佛那件事从未发生过。

一眨眼到了周末，全公司加班。顾闻柯七点半到咖啡厅，像往常一样吃早餐，慢条斯理地看完手中的报纸，结束进餐。不经意间，他往旁边扫了一眼，忽然意识到，今天冯庭没有过来。

不知道为什么，他有些不适应。

顾闻柯看了看表，八点整。他愣了一会儿，起身回公司。

冯庭打印完资料，从打印室回来。打印室在十一楼，总办和秘书部在十三楼。她按下电梯按钮，门一开，正巧遇上刚结束早餐回公司上班的顾闻柯。冯庭微笑道："早上好，顾总。"

顾闻柯看了一眼她手里的文件，简单回应了一声："嗯。"

他往后退了一步，为她让出位置。冯庭走进电梯，站在他旁边。

电梯里有三个人：顾闻柯、冯庭，以及后勤部的一名小助理。到了十二楼时，后勤部的小助理下了电梯。顾闻柯伸手按下关门键，电梯门合上，缓缓上升。两人之间没有交谈。就在电梯即将到达目的楼层、门快要打开时，顾闻柯低下头，看了一眼身旁的冯庭，忍不住问道："今天怎么没去咖啡馆吃早餐？"

冯庭抬头看着他："顾总是在跟我说话吗？"

"这里还有其他人吗？"

他说完这句话，电梯门便打开了。

顾闻柯回头，看到吴巡经理抱着手臂站在电梯口。

吴巡从楼下上来，有工作需要汇报。他来得太早，顾闻柯还没到公司，转了一圈准备回去时，正好遇到了他们。

顾闻柯抿了抿嘴，把手从兜里掏出来，抬脚走了出去。

冯庭向吴巡问好，三个人一前一后地往总办方向走去。刚才的对话没有继续下去，顾闻柯低着头，听着跟在身后的吴巡说话："昨天施工遇到一些小状况，我亲自去了一趟，那边进展挺顺利，估计这个月底第一阶段的项目就能完成。哦，对了，有份文件需要您过目……"

冯庭插不上话，自动放慢脚步，闪身往秘书部走。等到顾闻柯和吴巡的身影消失在总办公室，房门关上后，她慢悠悠地倒退回来，侧身，盯着深咖啡色的办公室实木门，挑了挑眉梢。

此时，李易安从身后走出来，招呼道："冯秘书今天心情不错。"

冯庭忙收回视线，看了一眼李易安，笑眯眯地轻描淡写道："我每天心情都好啊，心态好。"

李易安看着她笑了笑，然后径直走进了顾闻柯的办公室。李易安是顾闻柯身边的大秘书，在职时间长，业务能力也很强。

说来也巧，李易安的妻子正是冯庭曾经指导过的一个学生。第一次在秘书部见到李易安时，冯庭还有些不确定，因为她之前只看过照片，并没有见过本人。不过，翻出资料一核对，不得不感慨北港市实在太小。

冯庭之所以对李易安的妻子有印象，是因为很少有三十岁以上的女性像她这样表现出缺乏安全感。通常情况下，只有心智尚未成熟的年轻女孩在恋爱时才会表现出极度缺乏安全感的情况。

女人的安全感的确需要男人给予。然而，有些女性对安全感的需求如同无底洞，过分依赖伴侣，这让男人感到压力巨大，缺乏私人空间。这种情况下的感情往往容易出现问题。

李易安从总办出来，手里多了一份资料，是待会儿开会要用的，有些细节需要与财务部核实。冯庭刚投入工作，电话就响了。对方只说了"咖啡"两个字，然后便挂断了电话。

吴巡还在总办没有出来，冯庭便倒了两杯咖啡送进去。

刚到门口，吴巡推门出来，两人迎面相遇。吴巡低头看到两杯咖啡，立刻明白有他的一杯，便点头说道："冯秘书真有心。"

他一边说着，一边把签好的文件夹夹在腋下，拿起咖啡和碟子，边喝边往外走。遇到李易安时，他还开玩笑说："冯秘书不仅人好看，煮的咖啡也好喝。"

李易安笑着拆台："哦，是吗？咖啡是我煮的。"

吴巡一愣，随即笑道："难怪少了那么点儿味道呢……"

冯庭没再继续听，敲了敲门，握住门把手，停顿了三秒后推门而入。

顾闻柯正在查看电子邮件，听到动静只是动了动眼皮，视线仍然紧盯着电脑屏幕。

冯庭弯腰放下咖啡，顾闻柯才换了个姿势，瞧了一眼杯子，正要发问，冯庭便说道："温度刚刚好。"

顾闻柯微微一顿，抬眼看向她。四目相对，冯庭这时才含笑问道："顾总怎么知道我今天没去吃早餐？"

顾闻柯再次停顿了一下，说："咖啡馆生意冷清，来来去去也就那几个人。"

冯庭点点头，继续展开话题："顾总每天早晨都去咖啡馆吃早餐吗？"

"基本上是这样。"

"那里的冰美式倒是不错。"

"是的。"

话题告一段落，两分钟过去，两人都没有再说话，顾闻柯继续看文件，冯庭则帮他整理办公桌上多余的文件。忽然，她低声笑了起来。

顾闻柯不解地问："你笑什么？"

在他的注视下，冯庭抬眼望去，轻笑道："刚才在门口遇见了吴经理，他真是平易近人。就因为我帮他准备了一杯咖啡，他一直在夸奖我。我在想，就算咱们公司去咖啡馆吃早餐的人不多，但顾总这么快就注意到我，真是荣幸。顾总也很平易近人呢……"

气氛瞬间变得有些微妙，本来只是随口一问，冯庭这么一提醒，不禁让顾闻柯陷入了沉思。

不过，很快冯庭不等他有所表示，就转了话题："顾总在想事情？那我先出去。"

谁知她刚走到门口，就被顾闻柯叫住。

"冯秘书。"

冯庭转过身来："顾总还有什么需要？"

出乎意料的是，顾闻柯对她说："刚才在电梯里，我纯属好奇，希望你不要介意。我未婚妻特别小心眼，这也是整个秘书部除了你之外都是男同事的原因。"

冯庭有些错愕。她只知道顾闻柯不喜言谈，没想到他撒起谎来竟也游刃有余。她本来只是想引导顾闻柯思考，让他意识到自己已经在留意她，不料他逻辑如此清晰，思维如此敏捷。

她瞧着顾闻柯，张了张嘴，一时语塞，不知道该说什么才好。冯庭只好干笑几声："我是不是说错了什么，让您误会了？"

顾闻柯站起身，走到办公室待客区的沙发旁，拾起外套穿好，回头看着她，此时露出一个很平易近人的笑容："没有。"

冯庭松了一口气。

随后顾闻柯说："不好意思，在冯秘书面前秀了恩爱。"事情本来进展顺利，听到他向周可岚表白，冯庭有些糊涂，不知道是他可笑，还是自己可笑。

接下来一整天，冯庭都没有再进入总经理办公室。

傍晚下班后，冯庭回到家。一进门，客厅灯光刺眼，她扔下车钥匙换鞋，刚穿上拖鞋，就听见身后的脚步声。

果不其然，秦乐天的声音响起："姐姐，借你地方住几天呗？"

冯庭问他："你怎么知道我家的门锁密码？"

秦乐天反问："你家的密码很难猜吗？肯定是你的出生年月日啊。"

他这么一说，冯庭觉得自己把密码设置得如此简单，显得有些愚蠢。

秦乐天一向厚脸皮，只要有点儿亲戚关系，他需要的时候，就无法摆脱。冯庭毕竟是看着秦乐天长大的，自然不好赶他走。

叫了外卖，两人吃过后，冯庭走到书房查看资料学习，秦乐天则在客厅四仰八叉地躺着，拿着手机打游戏。

十点多，卧室的房门忽然被敲响，冯庭走出来，抱着手臂看着他。

"想被赶出去？"冯庭问。

秦乐天情绪有些失控，说："我前女友有新欢了，你看——"

冯庭瞥了一眼，说："正常啊，你看人家腿比你长，脸比你帅，穿衣服比你还有品位……"

她说到这里，秦乐天突然转身就走，默不作声地回到客厅坐下，眼眶瞬间泛红。

冯庭没想到他这次这么认真，于是住了嘴，踩着拖鞋走过去，撩开他的刘海，问："真哭了？"

"你不要以为我谈恋爱不动感情，我分手可能比你还难过。"说完，秦乐天用力擦了一下眼泪。

冯庭沉默了，过了一会儿才说："要不这样吧。"

秦乐天抬头看她，冯庭继续说："你今晚请我吃饭，我给你出几个主意，看能不能帮你把前女友哄回来？不过你要有耐心，以月为单位。"

秦乐天立刻打起精神，两眼放光："真的吗？"

冯庭瞥了他一眼："我看起来像在开玩笑？"

"不像，不像。"秦乐天嘿嘿一笑，赶紧拿出手机打电话订位子。

一切安排妥当后，冯庭特意化了妆。吃完饭后，两人又去了酒吧。十一点时，酒吧里人满为患，气氛热烈。

秦乐天出去玩了一会儿，回来时发现冯庭已经微醺。他有些疑惑，问冯庭：“姐姐，你今晚看起来心情不太好，怎么回事？”

一提到这个，顾闻柯的脸便在她脑海中闪过，冯庭的笑容僵住了，感觉自己更加醉了。她端起酒杯，一饮而尽。

秦乐天一脸了然，坏笑着指着她说：“哦，我明白了，姐姐你肯定是为情所困了。”

冯庭白了他一眼，说：“这个世界上，还没有配得上我的男人。”

一旁的小姐姐点头附和道：“是啊，像姐姐这么漂亮的人，独美不是更好吗？”

冯庭投去一个赞赏的眼神，嘲讽秦乐天：“情情爱爱是小孩子才喜欢玩的东西，我们大人只喜欢赚钱。”

秦乐天笑道：“姐姐，话不能说得太绝对，保不齐你回头就对谁动心了呢。”

这孩子，真有意思。

冯庭微微挑了挑眉，随手指着啤酒瓶，坚定地发誓：“如果哪天我对谁动心了，你可以做个见证，我就吃了这个啤酒瓶！”

夜里一点半，秦乐天不知所终，冯庭有些熬不住了，哈欠连天。她明天一早还要上班，于是慢悠悠地把手中的红酒喝完。

此时，秦乐天回来了，身后跟着朋友，两人有说有笑。秦乐天安稳地坐下，冯庭正要告诉他自己待会儿就回家休息，让他们慢慢玩时，秦乐天突然说：“我哥一会儿过来。”

秦思明那晚的暗示还历历在目，冯庭不由得皱了皱眉。

“他要过来？”

“他打电话找我，听说我和你在酒吧，非要过来。”

冯庭抿了抿唇，叹了口气。也就十几分钟后，秦思明高挑的身影出现在酒吧。他环视一圈，看到冯庭，径直走过来。

冯庭神色如常，笑吟吟地打招呼：“这么晚还没睡啊。”

秦思明拧开一瓶矿泉水，抬头喝了两口，脱下西装外套，问她和秦乐天：“打算什么时候走？”

冯庭打趣地说：“我怎么感觉自己像是偷偷在网吧上网，被家长逮住的学生。”

秦思明看了她一眼，低头笑了笑，没有说话。

秦乐天凑过来："我们今晚通宵，早上五点再走。"

冯庭一听要通宵，便有些怯场。

秦思明看了秦乐天一眼，没说什么。秦乐天和秦思明是同父异母的兄弟。秦思明的母亲去世后，秦老爷子娶了个年轻貌美的女人，这才有了秦乐天。两人关系还算不错，不过秦思明一般不插手秦乐天的私人生活。

秦思明过来主要是接冯庭，不过她不说走，秦思明也不催，滴酒不沾，慢悠悠地喝着矿泉水。

一瓶水下去一半，冯庭上下眼皮开始打架，主动对秦思明笑着说："什么时候走？"

秦思明低头看她："我在等你。"

冯庭不好意思地笑了笑，拿上外套和手袋，两人一前一后走了出去。

秦思明的车子停在停车场外。夜风寒凉，冯庭出门前多穿了一件风衣，但从酒吧出来时没披上。走到停车处后，她才上了车。

一弯腰，看到车里有人，秦思明在身后解释："今天去南港谈事情，刚回来，小周跟我一起去的。"

小周是工作室新来的行政主管，只不过行政部只有他一个人，后勤、人事全由他负责。

冯庭上了车，酒精作用下，她的大脑有些混乱，思绪也是一团糟。接下来几天，她还没想好要做什么。

车里没人说话，很安静，冯庭仰着头休息。经过施工路段，车子轻微颠簸了几下，冯庭渐渐缓过神来。一睁眼，她就在后视镜里与开车的小周四目相对。

小周被她看得有些毛骨悚然，便转开视线，专心开车。

出于礼貌，他主动找话题："冯总今晚看起来有些疲倦。"

"是啊，"冯庭抬起纤细的手指抵住嘴巴，懒懒地打了个哈欠，"蹦迪累的。"

小周哭笑不得，冯庭又说："小周，你明天有事吗？"

小周看了看老板，回答："没事。"

冯庭说："没事就好，我明天给你安排点事情做。"

秦思明和小周都看着她，不知道她能安排什么事情。

第二天，冯庭照例没有去咖啡馆吃早餐。

中午，顾闻柯和几个高层在公司餐厅用餐后，回办公室休息。经过秘书部时，他听到一阵夸张的谈笑声。

顾闻柯停下脚步，沉默了一会儿，便转身走了过去。只见某张办公桌上放着一大束鲜艳欲滴的红色玫瑰，而冯庭被人群簇拥着，站在那里。她起初背对着他，像是感应到什么一样，转过身来，两人的视线交汇。

冯庭显得有些尴尬，见到他后，规规矩矩地叫了一声："顾总……"

随着她这一声称呼，众人纷纷回头看向门口，见顾闻柯来了，便不再说笑，也不再逗冯庭，恢复了严肃。

顾闻柯摸了摸口袋，看向他们："刚才发生了什么？"

冯庭低下头，刚要开口，有人抢先回答："没什么，没什么，刚才有个小伙子过来送花，冯秘书不愿意收。我们作为男同胞，就劝劝冯秘书。"

"是的是的，冯秘书，你看这花，还挺漂亮的。"

顾闻柯听罢，瞥了一眼花束，又下意识地看了一眼冯庭。她的脸色微红，似乎有些害羞。

顾闻柯严肃道："在办公室，不要随便起哄，像什么样子？"

几人听了连连点头。顾闻柯见状，转身走了出去。

刚到门口，就听到一句："冯秘书，你身边的追求者是不是很多？"

女人低声否认，只是解释："别乱猜……"

接下来一下午，顾闻柯忙于各种会议，冯庭多次往会议室给顾闻柯和高层们送文件和咖啡，每次都是轻手轻脚地送到，又轻手轻脚地撤离，一切与往常无异。

顾闻柯处理完所有文件时，外面已是华灯初上，夜幕降临。他合上电脑，拿起手机，看到有两通未接来电。他没有立即回拨电话，而是站起身，拿起外套，走了出去。

已经过了下班时间，公司空空荡荡。经过秘书部时，顾闻柯注意到一丝光亮。

格子间的灯都关着，天花板上的条形灯也没开，只有一个工位亮着一盏柔和的淡黄色台灯，而工位上空无一人。

正当顾闻柯犹豫时，身后传来了"嗒嗒嗒"的高跟鞋声。他回头一看，逆着昏暗的走廊光线，看见一个倩影：长发微卷，腰身纤细。

她低着头，走到顾闻柯面前，似乎才注意到他，愣了一下："顾总还没下班？"

顾闻柯俯视着她，"马上就走。"

冯庭微微一笑："我也马上走。"

说完，她走进秘书办公室，去拿包和衣服。

顾闻柯按下电梯按钮，静静等待。直到他进入电梯，电梯门合上，也没见冯庭出来乘电梯。出于礼貌，顾闻柯在电梯里等了三秒，见冯庭仍未出现，他才独自乘电梯下楼。

到负二楼，出电梯，上车时，杨阿姨的电话打了进来。

顾闻柯看了一眼来电显示，接起电话："喂？"

杨阿姨柔声问："先生今晚回来吃饭吗？"

顾闻柯看了看时间，说："马上回去。"

"先生想吃什么？"

"煮一碗面条就可以。"

"好的。"

挂断电话后，顾闻柯启动车子，熟练地跟着地标驶出停车场。

来到公司大楼前的主干道上，等待红绿灯时，他摇下车窗，点燃一支烟。就在这时，他抬头看见公司写字楼前的广场上，有一个熟悉的身影。那是冯庭，她似乎正被一个陌生男人纠缠，看上去有些不情愿，而那个男人却拉住她的手臂，不知在说些什么。

顾闻柯不禁想到今天中午有人给冯庭送花的事情，她当时也是不情愿地收下。

他轻轻摇了摇头，将视线从他们身上移开，看了一眼红绿灯。随后，他将夹着香烟的手臂搭在车窗上，单手握着方向盘，缓缓前行。

顾闻柯面无表情，目视前方，将两人彻底甩在身后。走出十几米后，他不经意地扫了一眼后视镜。就在即将到达下一个路口时，他忽然毫无征兆地旋转方向盘，就地掉头。

一分钟后，车稳稳地停在两人面前，灯光刺眼，冯庭一时看不清，抬起头，微乱的发丝垂下。顾闻柯降下车窗，探出头，看了看陌生男人，对冯庭低斥道："冯秘书，你在愣什么，还不上车？"

冯庭听到声音，才确定是顾闻柯的车，忙拉开副驾驶车门，弯腰上车。上车间隙，她悄悄抬眸，打量了一下顾闻柯。

顾闻柯对车窗外的男人投去一个嫌弃的眼神，直接打方向盘离开。

车厢内异常寂静，很快行驶到刚才顾闻柯掉头折返的地方。他打转向灯，静静地等待红灯，这时才侧头看向冯庭。

"中午那束花也是他送的？"

"嗯。"

“遇到这种人不知道报警？”他的脸转开，脖颈微仰，望向路口的车辆。

冯庭抬起头，看向他，眨了眨眼：“他平时挺正常的，可能今天喝多了吧，我又说了几句伤他自尊的话。”

顾闻柯闻言，再一次看向她。为这种人开脱？

话虽然没说出口，但冯庭从他的眼神中看出来了。

幸好这时红灯变绿，后面紧跟的车辆见他们迟迟不启动，不耐烦地鸣笛，顾闻柯这才松开脚刹，目视前方继续开车。

冯庭沉默，盯着昏黄的路灯看了数秒，时间一分一秒地流逝。安静了一会儿，她说：“幸好这次顾总出手帮我脱身，也不知道公司还有没有别的加班同事，会不会被看见……”

顾闻柯没有什么反应。

又安静了一会儿，冯庭继续说：“今天发生的事——”

“放心，我不是多嘴的人。”顾闻柯打断她，直接表态。

冯庭轻轻看了他一眼，恰好顾闻柯此时也看过来。她垂下眼，低声说：“不知道怎么感谢顾总，有时间请顾总吃饭。”

不料顾闻柯突然说：“一个人吃饭冷清，我也还没吃晚饭，你打电话问问久未烊，看还能不能吃饭。”

冯庭愣了一下，喜出望外。

“冯秘书？”顾闻柯叫她。

“啊？”

“你是回家吃，还是？”

冯庭眨了眨眼，迎上他的目光，用试探的语气说：“一个人吃饭是冷清了点，既然顾总这么说，那我就陪您吃吧？”

她想了想，又补充道：“那我请客，正好借此机会感谢顾总。”

久未烊是一家开在远离市中心的偏僻地带的私厨餐馆，位于龙泉路上的一处私家小院内，招牌相当低调，只在小院门口挂了一块木牌，上书“久未烊”。

进门便是镂空雕花的青砖圆形迎门墙，墙内可见几株竹子，错落有致，宛如山水画。

来这里用餐的人，非富即贵。

冯庭打电话过去，对方问如何称呼，她抬头看了看顾闻柯，然后对那边说：“顾闻柯，顾总。”

一提到顾闻柯，对方直接表示还有位置。

二十分钟后，顾闻柯在找车位停车，冯庭先一步从车里下来，低头整理好裙子，抬起头时，心底微微有些紧张。这个地方环境虽然清幽，但稍显偏僻。

顺着龙泉路再往南，就没有人烟，远处山体的轮廓模糊，黑漆漆的，什么也看不见。

顾闻柯停好车，朝她走过来。冯庭见到他，这才松了一口气。两人一前一后走进小院。

冯庭刚才已经在线上下了单，坐下没多久，菜就陆续上来了。

冯庭早已饥肠辘辘，刚拿起筷子吃了一口，顾闻柯放在桌边的手机就振动起来。顾闻柯看了一眼，似乎才想起什么。

打电话的是杨阿姨，她掐着时间煮好面，本以为面煮好时，顾闻柯正好到家，谁知左等右等，面都坨成一团了，仍不见顾闻柯的身影。出于担心，她又打电话来询问。

顾闻柯在电话里道歉："临时改了主意，跟下属出来吃饭，忘了通知您。您早点休息吧，我吃完就回去。"

说这话时，顾闻柯并不知道，杨阿姨身边还坐着周可岚。听到顾闻柯不回来，周可岚抬起眼，对杨阿姨打手势。

杨阿姨迟疑了几秒，于是帮着问了一句："顾总，这么晚还有应酬？"

"不是应酬，"顾闻柯沉默了一下，看向冯庭，"下属加班，碰到了，就一起找地方吃了顿饭。"

周可岚双手搭在膝盖上，端坐着，脸上云淡风轻，心里猜到这个下属可能就是冯庭，对这一进展也有些惊讶。她松了口气，站起身就走，交代一句："不用告诉顾闻柯我来过。"

简单用过饭后，冯庭去结账，顾闻柯没有拦着。到收银台时，服务员告知冯庭账已经结清了。

请吃饭没请成功，冯庭也没强求。像顾闻柯这样的男人，自然不会给女人掏腰包的机会。

冯庭回到车上时，看见顾闻柯站在路边抽烟。她透过车窗，呆呆地望着他。片刻后，顾闻柯微微皱眉，掐灭了香烟，走了过来。

冯庭降下车窗，问顾闻柯有没有烟。

顾闻柯心领神会，把香烟递过来。

冯庭侧头问道：“可以在车上抽吗？”

顾闻柯回答：“可以。”

冯庭这才点燃香烟，手夹着烟，浅浅地吸了一口。

香烟抽到一半，冯庭就有些眩晕，太久没抽，有些顶不住。她把座椅往下调了调，神态慵懒地望着窗外，思绪纷飞。

看着夜晚马路上稀少的车辆，她犹豫了几秒，试探性地提出：“顾总，要不，我打车回去吧。”

男人沉默了几秒，问她：“为什么？”

冯庭深吸了一口气，抬起眼，视线描绘着男人的侧脸轮廓：“不想浪费您太多时间。”

顾闻柯听罢，看了她一眼，没有反驳，也没有赞同，一言不发地继续开车。

冯庭这时有些摸不准他心里在想什么，正在猜测的时候，男人不咸不淡地说了一句：“你说的也有道理。”紧接着又问，“你想在哪儿下车？”

这大冷天的，说出去的话，泼出去的水，冯庭心里再无奈，也得硬着头皮上，于是随便一指：“就那儿吧。”

顾闻柯没说什么。车子缓缓在冯庭指的地方停下，两人都没说话，冯庭解开了安全带。

手刚碰到门把，男人冷不丁地问：“这么晚了，还能打到车吗？”

车都停下了，您才想起来好不好打车？冯庭的脾气上来了，直接推门下车，瞥了一眼顾闻柯，低着头闷闷地说：“没关系，打不到车我就让朋友来接。没给顾总添麻烦就好。”

嘴上这么说，可怜之情却溢于言表，顾闻柯想忽略都难。他瞧着这个小秘书，抿嘴沉默。

往常李易安陪他出去吃饭，车是李易安开，地方是李易安选，就连回家，李易安都得送他。

今晚他不知不觉间，已经给了冯庭太多特权。

想到这里，顾闻柯收起怜香惜玉的心思，浅浅一笑：“冯秘书，那明天见。”

冯庭目瞪口呆，只听见一阵引擎声，男人开着车疾驰而去。等她回过神来，只剩下汽车的尾灯。下一秒，冷风呼啸而过，两片枯黄的落叶从树梢飘落在地，她站在马路边，重重地打了个喷嚏。

第二章 北山夜雨

次日早上七点半，顾闻柯如往常一样推开咖啡馆的门，不动声色地扫视了一圈，然后走到熟悉的位置点单。

用餐过后，他看了看时间，继续阅读报纸。直到咖啡喝完，他才合上报纸，再次确认时间。

闲坐片刻后，他起身返回公司。

八点半有个早会，顾闻柯到公司时是八点三十五分，一向准时的老板竟然迟到了。

李易安已经准备好会议所需的资料，正在等着他。

顾闻柯脱下外套后，便带着李易安去了会议室。会议结束时已是上午十点半，他回到办公室继续审阅文件，等到十一点半还有一个会议。此时，吴巡过来汇报工作，顾闻柯嗓子有些不适，便叫停了吴巡，拨打内线电话，让人送两杯咖啡进来。

咖啡送到时，他端起杯子抿了一口，觉得味道有些不对。

抬头才发现，送咖啡的不是冯庭。

自从冯庭来了之后，她主动承担了给顾闻柯送茶的工作，其他人也乐得清闲。

顾闻柯以前并不觉得咖啡难喝，但最近胃口被养刁了，变得有些挑剔。他皱起眉头，不满地问："怎么是你送咖啡？冯秘书呢？"

"冯秘书生病了，请了病假。"

顾闻柯端着咖啡的手顿了一下："生病？"

"是啊，她今天一早向人事部请了假，听说昨晚发烧了——"李易安话还没说完，顾闻柯被呛了一口，闷闷地咳嗽起来。

李易安立刻住了嘴，和吴巡一起用目光表示关切。

顾闻柯放下咖啡，清了清嗓子，说："李秘书，你先去忙吧，我和吴经理还有事情要谈。"

"好的。"

李易安离开后，吴巡喝了口咖啡润润嗓子，继续汇报工作。

顾闻柯低下头，盯着手边的文件，陷入了沉思。

吴巡说完后，等待老板表态。他发现老板有些心不在焉，犹豫了三秒，轻轻敲了敲桌子，讪笑着说："顾总？"

"嗯？"顾闻柯猛地回过神，抬眼看向下属，"你继续说。"

吴巡一时语塞："我已经说完了。"

顾闻柯沉吟片刻："那就再说一遍。"

吴巡问道："顾总，您是不是哪里不舒服？"

"没有，"顾闻柯想了一下，说道，"只是嗓子有些干。"

就这样过了两天，冯庭一直没回公司上班。

这天下午，顾闻柯从外面回来，一边和吴巡交代工作，一边走向电梯间。

"叮——"电梯门打开，两人一前一后走了进去。门刚要合上时，听到一阵急促的脚步声。一个怀里抱着一束花、身穿黄色防晒服的小伙子挤了进来。

顾闻柯往旁边让了让，扫了一眼鲜花，抬手按下了楼层按钮。

谁知这么巧，送花的小伙子和他们要去的是同一个楼层。只见他先一步走出来，抱着一大束鲜花，直奔秘书部办公室。

顾闻柯感到好奇，回头看了看吴巡。

吴巡这时说："十有八九是给冯秘书送的。"

顾闻柯顿足："你怎么知道？"

"整个公司上下都知道啊，大家都在议论纷纷，猜测是哪家公子哥在追冯秘书……顾总没听说过？"

"听说什么？"

"冯秘书虽然没来上班，但这几天花照样送。听送花的人说，这个男的在花店付了一个月的费用，让花店老板必须风雨无阻地每天都送。"

说到这里，吴巡摇了摇头，道："这冯秘书，还挺受欢迎。"

顾闻柯侧头瞥了他一眼。

下午两点多，李易安往总办送文件，看到桌旁的龟背竹叶子有些脏，便取了一条湿巾，把叶子擦干净。

他刚直起腰，就听见身后一直端坐着处理公务的人突然问道："李秘书，煮咖啡很难吗？"

李易安愣了一下，看向顾闻柯。顾闻柯不再说话，低头忙碌。

李易安心中忐忑不安："顾总，我煮的咖啡很难喝吗？"

顾闻柯叹了口气，随意地说："没有，只是随便问问。"他握着咖啡杯的杯柄，将咖啡放在桌子上，此后便再也没有喝。

李易安仔细琢磨了一会儿，突然明白了什么："顾总，我煮的咖啡确实不如冯秘书煮得好。冯秘书已经两天没来上班了。"

顾闻柯听了，放下钢笔，向后一靠，椅子转向落地窗。

他望着窗外沉思片刻，说道："冯秘书除了咖啡煮得好喝，其他方面也没有什么特别的优点。"

晚上下班后，顾闻柯没有去名府花园。他偶尔忙碌时，会到府前别苑过夜。

八点多的时候，顾闻柯刚准备去洗澡，周禀然打来了电话，笑着问他："洗漱了吗？"

顾闻柯皱了皱眉头，问道："问这个干什么？"

周禀然正在开车，鸣笛两声后才说："我知道你有个习惯，晚上洗了澡就不出门了嘛。"

顾闻柯于是笑了，摇了摇头。

周禀然没有用蓝牙耳机，头歪着夹住手机，说："晚上出来喝两杯？今天因为公司的事，很烦。回到家里，又被老爷子数落一顿。有时候啊，真挺无奈的……"

周家的生意如今不好做，这点顾闻柯是知道的，不过还是第一次听周禀然说这么多。顾闻柯看了一眼时间："去哪儿？"

周禀然说："夜微凉？"

"有谁？"

"就我们几个朋友。"

顾闻柯眉宇舒展："我以为你缺一起喝酒的人。"

"一起出来玩玩嘛，又是朋友的店，咱们去捧捧场。"

顾闻柯还没说去或不去，周禀然不容拒绝地说："我去接你，你在名府花园？"

顾闻柯沉默片刻："我在府前别苑。"

说罢便挂了电话。刚从公司回来，这身行头自然不适合出去喝酒。

他解开扣子，脱掉外套，随手拿了两件休闲装换上。

然后，他到楼下的24小时便利店去买香烟。平常抽的牌子在这种地方买不到，顾闻柯只好换了一种。付过钱后，他从便利店出来。

时间掐得刚刚好，周禀然也已经到了。

冯庭确实病了，第二天早晨起来有点流鼻涕，喝了两包感冒灵颗粒。不过，她提前一晚就决定天亮请病假，这两天都不去公司了。

第二天下午，冯庭带秦乐天去商场，打算帮他改变一下状态，买两件帅气的衣服。

到了商场，秦乐天不愿意配合。冯庭戴着墨镜，停下脚步等他，看见他一副无精打采的模样，有些生气："你这样子，别说你女朋友，就连我看见都没兴趣。"

秦乐天抬头，撇了撇嘴。

冯庭说："你越是一蹶不振，她越不可能回到你身边。不仅不会回来，心里还会想，看吧，我就说这人配不上我。"

话说得太狠，秦乐天终于有了点儿反应："那你说我应该怎么样？"

冯庭走过来，踮着脚戳他的胸膛："姐姐不是说了，先冷静两个月，不要去找她。人家现在有新欢了，正处于热恋期，你得等她这个热乎劲儿过去，等她不被激情蒙蔽双眼，发现对方也是个凡人，也有缺点的时候再行动……而且，你现在情绪太消极，没有人会喜欢一个满脸写着'我不开心'的人。"

一听要等，秦乐天的脸垮下来："等？我能等吗？我再等下去，两人不知道要进行到哪一步了！"

冯庭淡淡地"哦"了一声："她分手后，什么时候跟什么人有怎样的进展，跟你有关系吗？"

"她无缝衔接。"

"我只想知道，你要放弃吗？"

"我不想……"

"不想就别说没用的。"

"可我也不想等。"

"那你不等，现在就冲过去，你能做什么？除了让她更讨厌你之外。"

正因为这样，他才那么烦躁。冯庭知道他在焦虑什么，叹了口气，摘下墨镜，柔声说：“好啦，你现在跑过去搞破坏，只会触发他们之间的忠诚机制，他们会觉得自己是梁山伯与祝英台、罗密欧与朱丽叶，爱得死去活来……”

冯庭说完之后，不顾秦乐天的心情，甩开发丝，把墨镜重新戴上。

脱下奶白色外套，她走了两步，回头看他，长发一甩，说道：“走啊，弟弟。”

刚才的话总算让秦乐天听进去一些，他犹豫片刻，不情不愿地跟上去。

“现在要去做什么？”

“看你怪难受的，不如去酒吧喝一杯，我请你。”

顾闻柯和周禀然到了夜微凉酒吧。

此时是九点半，还没到酒吧最热闹的时间段。舞池空荡荡的，只有几个年轻的姑娘在附近晃悠，一看就是气氛组。

顾闻柯和周禀然刚一露面，酒吧经理便迎了上来，引两人去里面的卡座。

几个相熟的发小早已到场，顾闻柯既然是来捧场，自然不能显得寒酸。他扫了一眼，示意服务员过来，特意点了几瓶名贵的鸡尾酒。

坐在左手边的是启泰天地的太子爷殷航，见顾闻柯点了这么多酒，笑着说：“怎么，今天打算不醉不归？”

顾闻柯笑道：“喝不完就把酒存起来，下次你们过来，可以继续喝。”

酒刚上来，周禀然环顾四周，干脆把经理叫过来，想找几个陪酒女郎。

经理心领神会，转身离开，不久便带着一排姑娘进来。

周禀然打量一番，拨开殷航，让顾闻柯先挑。

在场的几个人立刻笑了，其中一个说：“臭小子，你喝了几口酒就醉了不成？周可岚可是你的亲侄女，你让咱哥怎么挑？”另一个接话道：“没见过这么坑侄女的叔叔。”

顾闻柯本来就是被周禀然硬拉来的，就连喝酒他也提不起兴致。

平时应酬多了，私下里他只想清净清净。

顾闻柯笑着说道：“酒我可以陪你们喝，至于陪聊就算了。”为了不扫大家的兴致，顾闻柯又补充道，“你们随便点，今晚的消费都算我的。”

主动买单比什么都更有诚意，大家的注意力从顾闻柯身上转到了姑娘们身上。

这边划拳猜拳，有说有笑，起初空荡荡的卡座也渐渐热闹起来。

不久，只见酒吧后台走出一群工作人员，每人手里拿着一瓶好酒，酒瓶上插着一根长长的闪光棒。经理站在一旁，抬手指点着什么。

这是酒吧的送酒仪式。

此时，服务员已经排成一排，殷航在一旁数了数酒，心想：好家伙，夜晚才刚刚开始就这么激烈？他好奇地说道："我去看看楼下这位是谁。"

顾闻柯百无聊赖地掐灭香烟，跟着看过去。

只听酒吧台上的打碟机换了一首送酒的曲子，在经理的带领下，服务员们端着酒在酒吧内场绕了一圈，将酒送到了正对面的卡座。

那人转过身来，面朝顾闻柯的方向。

竟然是因重病请假、需要在家休养的冯秘书！

她身着一袭轻薄的杏色吊带裙，长发披肩，纤细的胳膊和肩背白皙动人。她站在卡座旁，随着音乐轻轻摇摆。看到众人都在注视着她，便仰起脖子，与身旁的陌生男孩说笑。

男孩唇红齿白，身材高挑，是当下娱乐圈流行的小鲜肉类型。送酒的队伍离开后，她对男孩露出一个灿烂的笑容，然后牵着男孩进入舞池。

顾闻柯微微眯起眼睛，手指轻轻从唇边滑过，脸上没有任何表情，不知在思考些什么。

殷航也在看，看完后评论道："这小姑娘是谁啊，出场就这么野？"

一直在与女伴聊天的周禀然听到这句话才转过脸来："哪个？"

殷航在舞池中找了找，指着冯庭的背影说："就是那个，穿杏色吊带裙的。"

周禀然放下红酒，仔细一瞧，虽然只见过一面，但对她印象深刻。他看了一眼顾闻柯，悠悠地说："这不是我们顾总的秘书吗？"

冯庭为了博得弟弟一笑，真是下了血本。

两人手拉手从舞池出来，冯庭微微出汗，用纸巾擦拭脖子。

秦乐天亲自开瓶，给冯庭倒了一杯，双手递上："姐姐平时那么抠门，今晚出手这么大方，我都有点不敢相信。"

冯庭接过酒，挑眉道："废话，没有平时的抠门，哪来今晚的大方？"

就在这时，冯庭身后走来一个服务员，毕恭毕敬地弯下腰："不好意思……"他指向顾闻柯的方向，"那边有位客人请您过去喝酒。"

冯庭连看都没看，说："他们是谁啊，请我去喝酒？"被这样冒犯，谁都会生气。她趾高气扬地说，“你也不出去打听打听，知道我是谁吗？我……”

一抬眼，忽然瞥见一个熟悉的背影。她愣了一下，那人转过身来，低头朝她这边看过来。

冯庭的脸色瞬间变得惨白：“我……让我过去，那就过去呗……”

服务员离开后，冯庭的心口还在怦怦乱跳。

世界上最尴尬的事情莫过于此。她胡乱挠了挠前额，走了两步，忽然意识到自己穿的衣服有些不妥。穿好外套后，她磨磨蹭蹭地跟随服务员过去。

她推门进去，一抬头就看见周禀然和几张陌生的面孔，而顾闻柯坐在里侧。

冯庭看着他，主动搭讪道：“顾总，您也过来玩？”

他瞥了她一眼，将手里夹着的烟按进烟灰缸，没有理她。

气氛瞬间有些尴尬，殷航对冯庭招手说：“站着干什么，过来坐啊。”

冯庭连忙摆手道：“我朋友还在楼下。”

殷航笑着说：“那也没关系，一起过来玩就是了。”

顾闻柯不发话，冯庭自然不好离开，只能手足无措地讪笑着。

过了一会儿，周禀然去卫生间，殷航带来的香烟抽完了，便去外面买烟，而其他几个不熟悉的男人正和姑娘们喝酒、划拳、摇骰子。

顾闻柯端起酒，轻轻抿了一口，问道：“冯秘书是这么养病的？”

“医生说，适当运动对身体好……”冯庭答道。

“那一会儿把账结了。”顾闻柯说。

晚上十二点，冯庭随着顾闻柯、周禀然、殷航等人一起出来。

司机将车开到江南濠景附近，冯庭不情愿地送顾闻柯上车。

冯庭合上车门，目送黑色私家车汇入主干道，缓缓驶去。她背着手，笑吟吟地看着车子走远，这才低声骂了一句顾闻柯。

随后，她朝酒吧走去。刚到门口，就看见秦乐天正在抽烟。他看到冯庭，便问道：“刚才那是谁啊？”

“目前的任务对象，名义上的老板。”冯庭回答。

“哦。”秦乐天没多问，笑着请求道，“姐姐，我烟没了，能帮我买两盒吗？”

秦乐天这话有点欠，正好撞上冯庭刚花了钱，有些不爽的时候。冯庭对顾闻柯不敢怎么样，但对这个黄毛小子却敢教训。她冷哼一声，说：“马无夜草不肥，人无横财不富。你姐姐我，横财还没到手呢，银行卡倒是先透支了。从下个月开始，你住我家，就得收房租、水电、物业费了。”

秦乐天目瞪口呆，心想：女孩子是不是都这样，心情一会儿一个变？

冯庭教训完秦乐天，走到卡座，掏出手机给秦思明发消息：“明天你通知一下吧，我的咨询费要上调。小时咨询和包月咨询，一律上调。”

秦思明正在和几个朋友喝茶，看到消息愣了一下。他提醒冯庭：“你今年已经调价三次了，还要再调吗？”

冯庭惊讶地问：“已经三次了吗？”

秦思明回答：“是的，三次了。你这样是不是有些过分？”

冯庭想了想，挺直腰杆，理直气壮地说：“资本家不都是这样薅我们羊毛的吗？我薅一薅他们老婆的羊毛，有什么不可以？”

秦思明摇头笑了笑，觉得她说得也有道理。

处理完这件事后，冯庭的心情瞬间不再那么郁闷，兴致又恢复了。她端起酒桌上的气泡酒，一饮而尽。

她刚站起身准备进入舞池，手机忽然响了。这次，不知道是谁发来的消息。在闪烁的灯光下，冯庭点开了消息。

李易安：“冯秘书，你记得把发票给我。”

冯庭没看懂：“什么发票？”

李易安提示道：“顾总在酒吧的消费单，我明天到公司给你报销。”

她眨了眨眼，陷入了沉思。

第二天，顾闻柯前脚走进咖啡馆，冯庭后脚跟了进来。

她的衣着打扮不再像昨日那样性感大胆，又恢复了规规矩矩的小秘书模样。

今天，吴巡也来到咖啡馆吃早餐，他一只手端着咖啡杯，另一只手提着公事包。当冯庭经过时，他回头瞧了她一眼，笑着关切地问：“冯秘书，身体怎么样？”

冯庭脱下外套搭在椅子上，抬起头回答：“啊，挺好的。”

吴巡拉开椅子坐下，对一旁的顾闻柯说：“你有没有觉得冯秘书今天的气色不如前几天？感冒还没好吧？”

顾闻柯连眼皮也没抬，只是捏着叉子，把一块蔬菜放入口中，垂着眼慢慢咀嚼。

昨晚不知在酒吧玩到几点，气色能好吗？

这件事两人心照不宣，吴巡是局外人，不知情，却煞有介事地看着冯庭说：“瞧这小脸多白啊，冯秘书要是身体实在不舒服，可以在家多休息几天嘛。”

冯庭尴尬地笑了笑：“已经好了，还是不休息了吧……”

此时，顾闻柯独自坐在一桌，冯庭则坐在以前习惯的位置。吴巡喜欢热闹，刚才就端着早餐盘走过来，坐到冯庭这一桌。

冯庭担心吴巡再多说些什么，于是拿起咖啡喝了一口，单手托着腮看着吴巡，说道：“你有没有觉得今天的天气不错？”她轻轻抿了一口咖啡，接着说，“我听说明天会下雨，吴经理，明天上班记得带伞。”

吴巡回应道：“明天会下雨吗？我最近没有关注天气预报。”

冯庭点头：“是啊，明天会下雨。”

吴巡笑着说：“说到下雨，我倒是想起了一个笑话……”他今天心情不错，滔滔不绝地讲起笑话。

话题终于被引到了别处，冯庭松了口气，双手撑在桌子上，拿起一片面包，撕下一条塞进嘴里，视线不经意地从顾闻柯那儿飘过。

此时，顾闻柯站了起来，合上报纸，走向前台去结账。

在冯庭的注视下，他推门离开了咖啡馆。

冯庭顿时失去了继续吃早餐的兴致，她拍掉手上的面包屑，准备起身离开。抬头时，她才意识到吴巡还没讲完，于是假装整理头发，随后微笑着继续托着腮，表面上显得认真，实际上却心不在焉，神游天外。

回到部门后，冯庭在忙碌之余不时抬起头，望着顾闻柯办公室的大门发呆。

她怀疑遇见顾闻柯是她从业以来的滑铁卢。本来她想树立一个能够与他心灵相通、迅速匹配的女神形象，但看如今的形势发展，估计离女神越来越远，倒是更接近“女神经”。

不过她转念一想，人有多面，顾闻柯现在可能也在心里犯嘀咕，想知道她到底是女神还是“女神经”。

只要他对她仍然好奇，一切就还有希望。她现在需要做的，就是让自己像一本神秘的书，越翻越让人想继续探索。

鉴于秦乐天在被甩的初期已经让前女友对他极度反感，冯庭为秦乐天制定了接下来两个月的挽回计划。

首先要做的就是断联。

不再去打扰前女友，让她相信秦乐天是真的放弃了，用两个月时间淡化之前各种行为带来的负面印象。而且，不允许他在朋友圈以及任何社交平台更新动态。

两个月后，再以全新的、积极的人生态度，打造一个高质量的朋友圈。

秦乐天不解地问："什么叫高质量的朋友圈？"

冯庭无语地回道："不要今天吃个肉夹馍就发朋友圈，明天看到狗打架，又赶紧发到朋友圈。"

秦乐天被说得有些尴尬："朋友圈不就是分享乐趣的地方吗？我在自己的地盘上，难道不是想发什么就发什么吗？"

冯庭纠正道："朋友圈是一个社交平台，陌生人加你为好友后，了解你的唯一途径就是朋友圈。而朋友圈的质量就代表了你的个人品位。"

秦乐天还是理解不了这些"门道"，半信半疑地去查看冯庭的朋友圈。

冯庭最近在"钓"顾闻柯，朋友圈的质量自然不会差。昨天，她化身为优雅的文艺青年，坐在地毯上，怀抱吉他调音，长发飘飘，神情恬静。

秦乐天仔细一看，这张照片还是他帮忙拍的。他帮忙拍了上百张，她才满意其中一张，原来是用在这里……

前天，她晒出一张与小姐妹约下午茶的照片，画面中只有她的一个剪影：长腿细腰，手捧咖啡，笑容既温暖又亲切。

秦乐天再仔细一看，原来冯庭所谓的"小姐妹"居然是他！

上个周末，冯庭只晒了厨房的一角，旁边摆着两盘色香味俱全的炒菜，实际上是秦乐天晚上为了解馋在小区楼下炒菜店点的外卖。

冯庭将照片发到了朋友圈，并配文道："亲自下厨做了两个菜，有滋有味地享受一个人的寂寞。"

再往下翻，便显示："朋友仅展示最近一个月的朋友圈。"

秦乐天对冯庭肃然起敬，总结道："看完你的朋友圈，我就明白了一个道理：不管是真是假，就吹呗。"

冯庭高傲地回应："吹也是一门语言艺术。"

尽管冯庭在秦思明的工作室里颇有名气，秦乐天还是有些半信半疑，觉得这太离谱。

他的朋友在一旁目睹了一切，推了推他说："你管她离不离谱，能搞定就不离谱。"

秦乐天别无选择，只能听从冯庭的意见。

从那晚结束到现在，仅仅过了三天，前女友就打来了电话，问秦乐天她以前买的那条项链是不是在他那里。

项链确实在秦乐天这里，他想说些什么，但想起冯庭的警告，硬生生忍住了，没再多说什么。挂完电话后，他把前女友找他的消息告诉了冯庭。

冯庭立刻打电话过来，质问秦乐天："你接她电话了？"

秦乐天一愣，说："接了。"

冯庭问："谁让你接的？"

秦乐天不解地回答："她只是问点事。"

冯庭沉默了一会儿，说："以后她打电话你不许接，发消息也不许回，等她发消息后告诉我，我教你怎么回复。"

"为什么？"秦乐天更加不解。

冯庭眨了眨眼说："我怕你表现出太多需求感，万一让她知道你还想复合，那就功亏一篑了。"

秦乐天于是告诉冯庭，晚上前女友要来他那里拿项链的事。冯庭听后，思索了一会儿，说："把你之前住的地方的钥匙给你的同学，让他帮你把项链交给她，你就不要出面了。"

秦乐天犹豫不决："我想见她……"

冯庭淡淡地说："见吧，但见了她就要重新计算断联时间。"

秦乐天支支吾吾，最后也只能作罢。

冯庭最近手头上没有接到多少案子，加上秦乐天的，总共只有四个，其中秦乐天这个还属于友情赞助。他们都有各种各样的问题，都在努力断绝联系和淡化负面印象，所以冯庭相对比较清闲。

虽然本职工作清闲，但并不意味着秘书的工作就轻松。为了这仨瓜俩枣，冯庭可谓是起早贪黑。

这天，顾闻柯要去某个制造商的厂子视察，李易安请假休息。顾闻柯思量了一番，内线拨到了冯庭那里："你收拾一下，半个小时后跟我出差。"

冯庭惊讶地问："出差？这么突然？"

顾闻柯解释道："就在本市，下午就回来。"

原来只是出去一趟，冯庭刚才还在想，出差居然不给人时间回家整理行李？

半个小时后，司机小张打电话过来，把顾闻柯的车钥匙送了过来，冯庭于是去车库取车。

如今环保查得严，制造业一律从市区迁到了郊区，又从郊区迁移到更偏远的地方。

制造厂的位置相当偏僻，前不着村后不着店。从主干道到各县镇，还需要沿着盘旋的小山路颠簸十几公里。因此，顾闻柯用“出差”来形容这次出行也不足为奇。

经过一段泥泞的小道，终于驶上公路，前方的路才逐渐平坦。这条公路是制药厂为了方便货车通行，在向有关部门申请报备后自行修建的。

顾闻柯要亲自前来视察的消息早已在合作商内部传开。从昨天开始，全厂就在大领导的指挥下，对车间进行了整顿。

冯庭随顾闻柯进入厂区后，受到了厂里老总的接待。对方姓袁，人们直接称他为袁总，至于具体姓名，冯庭并不清楚。

午饭是在厂内专门接待贵宾的地方吃的。虽然规格和档次不及市里的五星级酒店，但从菜品的味道和摆盘雕花来看，卖相还不错。

菜品以生猛海鲜为主。上了几道菜后，一位戴着白色手套的女服务员走近，在袁总耳边低声询问是否需要上粥。

袁总放下筷子说道：“既然做好了，那就上吧。”

穿着窄裙套装的女服务员走出去后又回来，每人面前都摆了一碗小米海参粥。冯庭不习惯吃海参，看到它就不舒服，因此她的那碗粥直到午餐结束都没有动过。

下午，天空逐渐被阴云覆盖，开始零星地下起雨。顾闻柯在车间视察完毕后，前往三楼的袁总办公室喝茶，而冯庭则没有跟随他上去，而是在一楼的公共会客厅闲坐。

几分钟后，雨势渐大。半个小时后，顾闻柯走出办公室，身后跟着袁总、厂商厂长、一位市场部总监和两位高层经理。

顾闻柯低头倾听他们说话，同时向冯庭递了个眼色。冯庭心领神会，便去把车开过来。顾闻柯与他们握手道别后，便上了车。

来时一路畅通无阻，谁料回程时，天公不作美，雨越下越大，不断地砸在挡风玻璃上。雨刷器开到最大，仍然难以看清前方路况。

为了安全起见，两人只得就近停车，等待这场大雨的势头过去。

冯庭停好车后，通过后视镜看了一眼顾闻柯，发现他正慵懒地听着车顶噼里啪啦的雨声。

顾闻柯抬起头，迎上冯庭幽幽的目光，问道：“怎么了？”

“没什么。”冯庭撇开头，清了清嗓子，整理了一下浅色衬衫。就在这时，手机突然响起。车厢里异常寂静，这让气氛显得有些突兀。

顾闻柯看了过来，冯庭接起电话，车内依旧安静，对方的声音却急切而响亮：“你说你去哪儿了？”

冯庭回头看了一眼顾闻柯，支着下巴说：“北宿镇啊，怎么了？”

“你现在在哪里？回来了吗？”

“没有。”

“过北山路口了吗？”

“还没，怎么了？”

“我刚刚听北宿镇的朋友说，北山路口发生山体滑坡，道路被冲毁了……现在东边的车过不去，西边的车也过不来！那边是单向道，你千万别过去！否则会被堵到明天！”

冯庭皱起眉头，声音提高了几分：“真的假的？”

“绕道吧！”对方那边传来一阵嘈杂声，“不跟你多说了，我在开车，今天是周五，要去接我侄子……”说完便直接挂断了电话。

冯庭放下手机，一时拿不定主意，顿了顿，细眉微皱：“顾总，我朋友说前面山体滑坡过不去，现在怎么办？要绕道吗？”

顾闻柯抬起眼眸：“从北宿回市里，只有这一条路。”

“只有这一条路？”

“是的。”

冯庭看着他，眨了眨眼睛，过了好一会儿才消化这个消息。

雨声潺潺，密如瀑布。

“那怎么办？”

“你这位朋友，消息可靠吗？”

“他家就是北宿镇的。”

冯庭沉默了一会儿，主动提议：“要不我们开到前面看看？或许抢修好了？”

顾闻柯望向窗外，湛黑的眼眸深邃如海。听她这么说，他笑了一下：“现在雨下得正大，就算抢险队过去，一时半会儿也修不好。”

“北山那边，去年就被冲毁过一次。”他淡淡地说。

冯庭这才长叹一口气：“幸亏我朋友打电话告诉我们。这种突发状况，李秘书他们也不知道吧。”

顾闻柯没有说话。冯庭抬眸打量他，没有再说什么，耐心地等他拿主意。

这时，雨势明显减小了不少，逐渐能够看清路面。开车的话，只要速度不太快，就没什么问题。

顾闻柯看了看手表，做出决定："不等了，天晚了，走夜路不安全。前方不远应该有家酒店，我们只能将就一晚，明天上午再回去。"

冯庭的指尖轻轻敲打着方向盘，视线不由自主地看向顾闻柯。

顾闻柯推开车门下车，在冯庭的注视下，快步走到驾驶座车门前，敲了敲车窗玻璃。

冯庭降下车窗，听他说："去副驾驶座吧，我来开车。"

顾闻柯开车，冯庭乐得轻松。她喜欢在阴雨天坐在车里，望着湿漉漉的公路胡思乱想。

顾闻柯之前与这家制药厂有合作，有一次李易安忙完太晚，就在这边的酒店住过。

顾闻柯听他提起过，只是不知道具体位置。

不过两人运气还算不错，往前走不到一公里，就看见酒店的灯火穿透了阴雨天，比往常更加暗淡的暮色和薄薄的雾气。斜风伴着雨，淅淅沥沥地下个不停，两人各撑了一把伞，从车上走下来。

顾闻柯先一步进入酒店大厅，冯庭步子慢，到达大厅门口时，慢悠悠地收起伞，捏着伞柄不急不躁地甩去水滴。顾闻柯低声询问酒店前台，前台不知说了什么，只见男人眉头皱了起来。

冯庭把雨伞顺着褶皱理好，这才推门进来。

顾闻柯看了她一眼，说："只有一间房。"

冯庭不知是否应该表现出惊讶，思考了一下，只来得及眨了眨眼，问："那我们怎么办？"

顾闻柯环顾一圈，沉思几秒后对前台说："我先看一下房间。"

前台爽快地答应，伸手引导顾闻柯上楼。

这个地方，大厅装潢低端，称之为酒店实在是太抬举了，不过是个档次稍高一点的宾馆罢了。

不一会儿，顾闻柯与前台下来了。从他的表情可以看出，他还算满意。他没有征求意见，直接递上身份证登记入住。

冯庭出门时没带证件，幸好偏远地方查得不严，只需要一人登记即可。

她看着顾闻柯的背影，本来还想装一下，羞羞答答地说孤男寡女共处一室不好。不过，万一顾闻柯让她睡大街怎么办？

所以，冯庭抿了抿嘴，就大大方方地随顾闻柯上了楼。

房间是一间套房，环境还算干净。

冯庭把伞放在门后，关上了房门。顾闻柯捏着领带，松了松，他抬了抬下巴，说："你睡卧室，我睡沙发。"

出于礼貌，冯庭客气了一下："这样不好吧？"

顾闻柯随即说："那我睡卧室，你睡沙发？"

冯庭哽住，尴尬地说道："那还是我睡卧室吧……"

男人似乎觉得很好笑，忽然笑了，抬眸看向她。他将领带从脖子上抽下来，垂眼，在手里掂量了几下，丢到沙发上，又把腕表解下来，放到茶几上。

"我出去问问，晚上有没有晚饭。"他走了两步，又转过身问道，"晚上是在餐厅吃，还是点餐到房间吃？"

冯庭看向他，反问："你觉得这种地方会有餐厅吗？"

顾闻柯只说："出去问问就知道了。"

冯庭以前经常出差，见惯了类似的地方。别说晚餐，有些宾馆能提供早餐就算不错了。晚餐通常只限于房间内的泡面或前台储藏柜里的真空卤蛋。然而，这次让冯庭感到意外的是，前台告诉他们一楼西北角就有餐厅，并且提供晚餐，有牛排、炸鸡翅、炸鸡腿等方便储藏且烹饪简单的食物。

外面正下着大雨，没有更多的选择，顾闻柯和冯庭对此已经感到非常满意。

顾闻柯询问过冯庭后，点了两份黑椒牛排和一份水果沙拉，显得颇为熟练。当问及是否还有红酒时，冯庭干脆要了一瓶，顾闻柯只当她有这个习惯。

酒店餐厅的灯光柔和而温暖，顾闻柯抬起眼，与冯庭对视。

她神色自然，从容地在顾闻柯的目光中换了个优雅的坐姿，微微扬起眉尾，手指在高脚杯的杯沿上轻轻画着圈圈，感叹道："没想到因为大雨冲断了路，我们被迫住在这里，却还能在这么清幽的地方用餐。"

服务员拿来追加的红酒，正要为他们倒酒，谁知顾闻柯抢先一步，抬手盖住高脚杯口，冯庭看向他。

顾闻柯说："我吃牛排时并没有必须喝红酒的习惯。"

冯庭拿着酒杯，愣了好几秒，问道："顾总不陪我喝一杯？"

顾闻柯摊开白色餐巾，铺在桌上，说道："今晚我们两个一起喝酒，不太合适。"他不顾冯庭的错愕，拿起刀叉开始切牛排。

话说得如此直白，冯庭自然不能再坚持什么。她摆摆手让服务员离开，给自己倒上红酒，自斟自酌。

红酒才喝了几口，顾闻柯的牛排已经吃掉一半。等到冯庭吃到一半时，顾闻柯已经用餐完毕。

他抽出一张纸巾，慢条斯理地擦拭嘴角，然后看着她，站起来说："你慢慢吃，我先回去准备视频会议。"

冯庭勉强扯了扯嘴角，眼巴巴地望着他的背影，心情复杂。剩下的半块牛排，她觉得味同嚼蜡，没了心情再吃。

顾闻柯回去没多久，冯庭也回到了房间。他刚打开电脑，会议还没开始。

冯庭蹑手蹑脚地关上房门，轻声问："顾总，您要洗澡吗？"

顾闻柯回答："我今晚不洗。"

"今晚不洗"就是顾闻柯的态度。说完，他低头看电脑。

冯庭望着他，嗤笑一声，脱鞋走进浴室。随后，浴室里响起了"哗啦啦"的水声。

顾闻柯坐在沙发上，目不转睛地注视着电脑。过了一会儿，他拿起茶几上的香烟，拎着外套走出了房间。

冯庭洗完澡出来时，已经不见顾闻柯的身影。

她走到电脑前，刚要帮他把电脑合上，门外就响起了敲门声，顾闻柯回来了。顾闻柯进门后径直走到沙发旁，继续工作。冯庭靠在门框上，笑着问："顾总，您刚才去哪儿了？"

顾闻柯低着头回答："出去抽了支烟。"随后继续打字。

冯庭挑了挑眉，没有再说什么。

顾闻柯的会议从晚上七点半一直持续到十点半，他的声音压得很低。不知道是怕冯庭听到公司重要机密，还是怕打扰她休息。

能单独与顾闻柯相处的机会难得，冯庭自然不愿浪费，于是拿着手机，一边看陈年老剧《武林外传》，一边等他。

谁知她自己不争气，才到十点就哈欠连天，不知不觉间睡了过去。

正当冯庭睡得香甜时，感觉床边有人，她忽然一个激灵醒来，下意识地尖叫一声，并迅速抓着被子坐起。冯庭这才反应过来，原来是顾闻柯。

顾闻柯在十一点多还不睡觉，靠着墙壁，双臂抱在胸前，正在打量她。

"顾总……"

顾闻柯迅速移开视线，站直了身子。

冯庭完全清醒过来，隐约察觉到什么，故意问道："怎么了？"

"嗯，"顾闻柯应了一声，"没什么。"

他回到沙发上坐下，背对着冯庭。冯庭看着他的背影，似乎联想到了什么，语气轻飘飘地问道："顾总这么晚不睡觉，盯着我做什么？"

"我只是在想，你是怎么做到的。房间里有个男人，你却能没心没肺地呼呼大睡。"

"这个问题看来很复杂，竟然让顾总想到半夜都睡不着。"

顾闻柯端坐在那里，听到冯庭这么说，微微侧过头，用眼角的余光瞥了她一眼。

客厅里只亮着一盏绿色的小台灯，光线昏暗而柔和。他抿了抿唇，没有回应，而是拿起沙发上叠放整齐的薄被，抖开后和衣躺下。

他的手从被子里探出，按下开关，关掉了唯一的光源。这时，他才开口道："冯秘书还不睡？"

整个房间里只剩卧室床头的一盏灯还亮着。冯庭披散着头发，裹着被子坐在床上。没过多久，外面就没有了动静，顾闻柯似乎已经睡着了。他大半夜不睡觉，把她吵醒，结果敢情就是为了让她看着他睡觉？

冯庭简直无语极了。她沉默了一会儿，掀开被子下床，穿上酒店的拖鞋，抱着胳膊朝门外走去。走到隔断屏风旁，她探头打量了一下他。

顾闻柯的面容沉静，呼吸平稳，看起来是真的睡着了。

冯庭转开视线，但隔了没几秒钟，视线又转回来。她深吸一口气，故意清了清嗓子，然后再看看他。

这男人始终无动于衷，只是闭着眼翻了个身。

冯庭自觉没趣，转身回去，从枕头旁拿起手机，看了一眼时间，掀开被子上床，找到一个舒服的姿势侧躺好，继续看《武林外传》来打发时间。

顾闻柯这晚，前半夜失眠，后半夜竟然睡得出奇地好。冯庭故意清嗓子的声音，他并不是没听见，只是装睡。他本以为她会搞什么幺蛾子，谁知她清了三声嗓子，就没了后续，于是顾闻柯便彻底睡着了。早晨七点，他被闹钟吵醒，伸展胳膊，掀开身上的被子。刚抬起眼皮，他就被刺目的阳光刺痛了眼睛。窗帘已经被拉开，窗户开了半扇，微风夹着昨夜雨后的清凉。

顾闻柯收起被子，不动声色地往房间里打量，床上无人，冯庭早就起了。

男人愣神了几秒，目光淡淡地收回来，恢复若无其事的样子，走到盥洗室洗漱。

刚洗漱完毕，就听到敲门声。顾闻柯以为是客房服务，便抬手拉开门，没想到是冯庭。她站在门口，举起手中的东西："早餐来了。"

顾闻柯微微低垂视线看着眼前的人，眸色深沉。

冯庭转身走进来，把从厨房打包好的早餐一样样摆放到餐桌上，打开盒子，香味扑鼻而来。顾闻柯脚步顿了顿，走到茶几旁坐下。冯庭拿出一次性筷子，递给顾闻柯。

“不要误会，早餐是厨房师傅做的。”她笑吟吟地说道，“本来我想借用一下后厨，亲自下厨给顾总煎个鸡蛋。酒店不通融，只好作罢。”

这段话冯庭说得脸不红心不跳，殊不知她平时在家根本不下厨。

顾闻柯是一个在饮食上很讲究的人，不过并不是过于挑剔，而是会根据具体情况来决定。像这样的情况，他对吃什么并不计较。

他接过筷子，漆黑的眼眸静静地望向她：“你会做饭？”

冯庭笑了笑：“周小姐不会做饭？”

“不会。”男人的表情让人看不出什么情绪，嗓音依旧清冷而动听。

冯庭眨了眨眼，低下头去擦桌子，语气中带着几分阴阳怪气：“那是周小姐福气好，不像我，很多事情都要自己做。”她轻轻一笑，认真地看着顾闻柯说道，“不过我很喜欢做饭。你不觉得，每天早晨为心爱的人准备早餐，是一件很幸福的事吗？相比其他，我可能更喜欢每天为在外打拼的丈夫洗手作羹汤……”

顾闻柯放下筷子，抬起头看向她。

冯庭不提，他差点忘了周可岚似乎曾为他做过一次饭。那次他晚上胃痛，周可岚亲自下厨，只是粥还没喝上，他就去医院了。

两人表面上即将进行商业联姻，但实际上签订了一份白纸黑字的协议。

这份协议是在两年前签署的。当时，周可岚因酒后被媒体拍到与前男友密会，记者拿着照片找到他。为了两家的颜面以及公司的利益，他让周可岚签下了这份协议。

协议的目的是约束周可岚，以免再次发生丑闻，影响他的声誉。

协议中，他对周可岚提出了一项要求：只要她扮演好未婚妻的角色，事后便会获得一笔丰厚的报酬，但她不能主动终止协议，否则将无法获得任何报酬。然而，签订这份协议后，两人的关系在短短半年内就降至冰点，并一直持续到现在。

想到这里，顾闻柯回过神来。

冯庭拾起勺子，吃了一口粥。酒店的粗茶淡饭让她难以下咽，皮蛋瘦肉粥有一股浓烈的腥味。她没了再喝的兴趣，将粥推到一边，戳弄着餐盒里的蛋炒饭。

顾闻柯不说话，她无法猜透他的心思，因此不敢多言。

饭后已经是早上八点，公司还有要事，两人退了房，赶往公司。

路上，冯庭开车。刚启程不久，李易安的电话就打了过来。

“顾总昨晚没回来？”

顾闻柯回答：“北山路口被冲断了，我和冯秘书在外面住了一晚。”

李易安惊讶道：“北山路口被冲断了吗？我早上倒是没看见新闻提到……”

冯庭的嗓子眼一紧，不自觉地踩了一下刹车，整个车身随即晃动。她背脊发汗，忙握紧方向盘。

顾闻柯被这个明显的动作惊动，抬头看了她一眼。幸好男人没深究，只是说道：“北山路口隔几年就被冲垮一次，也不是什么新闻……”

电话结束后，他把手机放到一边，侧头看向窗外的风景。

昨晚不仅北宿镇下了大雨，整个市区也经历了一场暴雨。秦乐天租的房附近的排水系统不好，每逢阴天下雨，路面就会积水，总有几个新手司机因此中招。

赵凉凉昨晚因为下雨没能过来拿项链，今天一早才赶到。几辆被淹的车子泡在水里，车主不在，也不知道是不是已经叫了拖车。

秦乐天采纳了冯庭的建议，昨晚待在冯庭家里没有出门。听说赵凉凉今天一早要过来，他又嘱咐室友在家等着开门。

赵凉凉不是一个人来的，她叫了一个闺密，两人骑自行车过来的。

路上，赵凉凉给秦乐天打了一个电话，但秦乐天没接。紧接着，他收到赵凉凉的消息：“我只是过来拿项链，拿完就走。我朋友跟着，希望你不要纠缠，把场面闹得太难看。”

秦乐天看完消息很不淡定，真想问问她带的是什么朋友。如果是那个家伙，他怕自己忍不住打车过去找他麻烦。

不过，秦乐天这次很听话，没有回复消息，只是把消息转发给冯庭。

冯庭刚到公司，与顾闻柯一前一后进入电梯，手里拿着从工厂带回来的文件，无法打字。她在顾闻柯身后静静地站着，担心这孩子耐心不足，会做出莽撞的事，只好发语音：“不用理她。”

顾闻柯转过身，看着她。冯庭晃了晃手机，笑着说：“我家的狗和别人家的狗打起来了，我在劝架……”

男人挑了挑眉。

电梯在中途停靠，又有几个人上来。

到了办公室，冯庭又低声嘱咐秦乐天："切记，从今天开始，你想和她复合的事，不要告诉任何人。找我帮忙的事，也不要告诉任何人。外人问起，你要表现得比她还洒脱。"

秦乐天收到冯庭的指示，心里思绪万千，只好把手机扔下，去外面抽烟。

赵凉凉到了地方，用力敲了敲门，房门"唰"的一声拉开，开门的是秦乐天的室友。

赵凉凉显然愣了一下，有些不知所措，带着闺密进门，在客厅不动声色地扫视了一圈："秦乐天呢？"

室友穿着大裤衩，挠了挠头，说："他跟朋友出去旅游了。"

这是冯庭交代的说辞。

赵凉凉被秦乐天纠缠得很烦，很难相信他会突然开窍，放弃唯一可以见到她的机会，跟别人去旅游。不过，赵凉凉没多问，走进秦乐天的房间，打开抽屉，找到了项链并取走了。

室友在赵凉凉离开后，拿起手机继续打游戏，秦乐天的语音消息进来了——

"她走了吗？"

"走了。"

"带着男的还是女的过去的？"

"女的。"

她还算识相。

室友忍不住问："你不是还想跟她复合吗？她来你怎么不在家等着？"

秦乐天回答说："前段时间魔怔了，她也没那么好，分就分呗。"

室友得知秦乐天的态度，和赵凉凉一样感到惊讶。

秦乐天回复完室友的消息后，才把情况汇报给冯庭。冯庭工作很忙，只回了一个竖大拇指表扬他的表情图。

秦乐天心中有很多疑惑，最主要的还是质疑，于是问冯庭："为什么要这么做？"

中午吃饭的时候，秦乐天才收到冯庭的语音回复："你前段时间低声下气，贬低自己的同时，也把对方抬得太高了，抬得她都不记得自己姓什么了。你要知道，感情不是扶贫，而是要讲魅力，要讲势均力敌。"

秦乐天对冯庭的观点半信半疑。现在哪个女孩子不是被捧在手心里？不捧在手心里，人家谁会搭理你？他突然有些难受，后悔没再去见一见前女友。

晚上，冯庭回来时，看到秦乐天一个人在阳台上闷闷不乐地抽烟。她走过去，只见地上满是烟蒂。冯庭推开阳台门，指着一片狼藉说：“等会儿你把这里收拾干净。”

说完，她转身去浴室洗澡。洗完后，她穿着一身家居服出来，而秦乐天则把郁闷的场地从阳台换到了客厅沙发。他从冰箱里拿出一瓶冰啤酒，默默地喝着。

冯庭坐到他对面，笑吟吟地问：“怎么还喝上酒了？”

秦乐天答道：“我很害怕。”

冯庭问：“你怕什么？”

秦乐天说：“我怕在你的指导下，我和她的关系会更恶化。”

冯庭笑了：“人家都把你甩了，还有新欢了，你们的关系还能再怎么恶化下去？明天就结婚生子？”

秦乐天被噎住，抿了抿嘴。

冯庭走过去，弯下腰拍了拍他的腿：“放心吧，弟弟，触底反弹是颠扑不破的定律。挽回感情就是看谁更不怕失去。”

秦乐天不相信，他摇头坚持说：“你不知道她有多漂亮，在我们学校很受欢迎，家境也好，学习也很优秀……我追了好久才追上，我根本配不上她……”

“打住，”冯庭把擦头发的毛巾丢下，站起来，点着他的脑门说，“你现在觉得配不上她，只是阶段性的心理反应。在心理学上，这叫晕轮效应。常见于被甩之后、纠缠未果的时期。典型症状是无限放大对方优点，看不见对方缺点，导致主观上高估对方价值，贬低自身价值。这不用吃药也不用打针，过了这段时间，进入失恋的情绪稳定期，用脑子思考问题而不是用情绪思考问题时，自然就好了。”

秦乐天听完愣住了：“晕轮效应？”

冯庭点头，说：“你动脑子想想，如果你真的配不上她，当初你们怎么会在一起呢？等你晕轮效应过去，你大可以再复盘一下这段感情，到底是你配不上她，还是她配不上你。”

经过冯庭的点拨和引导，秦乐天心里感觉舒畅多了。

第三章 弱者之道

名仕苑二期项目顺利拿下，按照公司的惯例，要举行庆功宴。恰巧吴巡刚乔迁新居，他主动提出邀请，组织名仕苑二期项目的相关负责人到他家聚会。

顾闻柯并不是那种不体恤下属、一味压榨的老板，听说吴巡有这个想法，便批准项目小组放半天假。

中午，他经过办公区时，项目小组的人刚收到消息，个个欢呼雀跃。冯庭刚加入公司不久，接替孙秘书的工作时，为名仕苑二期项目跑过几天腿，自然也算相关负责人，因此也享受放假的待遇。

五点多，顾闻柯与一位合作商会面结束后，从高尔夫球场返回公司。

路上，他看了看时间，抬头对司机说："直接去吴经理那里吧。"

作为公司总经理，此时他有必要亲自出面，安抚这些为公司利益忙碌了几个月的员工。

吴巡这几年为公司鞠躬尽瘁，鞍前马后，也赚了不少钱。毕竟作为大公司的经理，薪水还是很丰厚的。说他乔迁新居有些片面，实际上，他购置了一处豪宅。

顾闻柯到达后，会心一笑，心想吴巡还是老毛病，喜欢炫耀。

此时，大家正在院子里支炉子自助烧烤。下午，一行人有说有笑地去附近的超市采购。

吴巡高估了金领、白领的能力，以为只要准备好食材，大家各自做一道菜，不用刻意安排就能准备出一桌美食。谁知道这些人个个十指不沾阳春水，只顾着吃，不愿意动手。也只有吴巡和另外几个男同事生活精致，除了准备烧烤，还能做几道凉菜。

不过，厨房里还有几道热菜，等着有人掌勺。

吴巡看了一圈，视线忽然停留在冯庭身上。

顾闻柯此时恰好走到厨房门口，就听见吴巡说：“冯秘书，这几道菜，还得靠你来做。”

冯庭在家也是十指不沾阳春水的人，如果不是被高层围着，她才不会动手切肉洗菜。

被吴巡这么一叫，她愣住了：“我做菜？”

吴巡点头：“是啊，除了你没人会做。”

冯庭迟疑地说：“我？我不会啊……”

吴巡拍拍她的肩膀：“别开玩笑了，冯秘书，你隔三岔五就在朋友圈晒自己做的美食，我都看到了。你不会做菜，谁会做？别谦虚了！”

冯庭正想否认，回头一看，发现顾闻柯正站在她背后。

她深吸一口气，硬着头皮说：“好，我来做……”

不得不说，吴巡虽然是个男人，却很懂得享受生活。最直观的体现，就是在厨房菜板前摆放的那一排厚薄、大小各异的刀具。

吴巡在一旁介绍道：“前段时间我有个朋友去德国出差，这是我托他帮忙带回来的。进海关的时候费了不少功夫。幸好是坐的私人飞机，不过检查得也挺严格……”

顾闻柯抱着肩膀站在一旁挑眉，这么多刀，确实得费一番功夫。

冯庭没心情听他讲其他的，站在操作台旁，心烦意乱，后背开始隐隐冒汗。她抬起手背擦了擦额角的冷汗，看了一眼西蓝花，随手拿起一把刀——

“冯秘书……”吴巡突然叫住她，解释道，“这是水果刀。”

冯庭一愣，只好又去拿另一把，没想到吴巡更惊讶地说：“冯秘书，这是砍骨刀。”

冯庭深吸一口气，瞪了他一眼。

吴巡有些不好意思，主动提议：“要不这样吧，冯秘书，你负责炒菜，我帮你打下手？”

冯庭心想，我要是会炒菜，还需要你打下手？

她眨了眨眼，不经意间扫了一眼顾闻柯，大概顾闻柯也想看她做菜。顾闻柯站在厨房，像个监工一样，朝冯庭扫了一眼，然后去了不远处的沙发上坐下。

冯庭被监视着，也不好搞什么小动作，只好装模作样地熟悉厨房里油盐酱醋的位置。最后，她起锅烧油，看了一眼热油，又看了一眼自己的手背，狠下决心。

之后，厨房里传来一声惊呼，接着是一阵噼里啪啦的响声。

顾闻柯坐在沙发上，没有动，只是用眼神示意李易安去查看情况。

李易安跑进厨房，只见锅里的西蓝花在高温下发出刺啦刺啦的声音，而地上碎了两个盘子，还有一把木勺躺在地上。

吴巡和冯庭并排站在水池边，菜板上还有半块没来得及切的肉。其他忙碌的人都停下手来，关切地问冯庭："冯秘书，你没事吧？"

"继续冲洗，要冲半个小时呢……"

冯庭深吸一口气，露出轻松的笑容，故作镇定地说："没事，我还要继续炒菜……"

她刚弯腰去捡木勺，木勺就被人抽走。回头一看，竟然是顾闻柯，不知何时他也过来了。

冯庭有些惊慌，她已经在他面前露馅好几次，这人贼精，她真怕被他看出什么端倪。

"吴经理，今晚你们自己做菜的计划，就此作罢。"谁知顾闻柯突然这么说。

"你给斌香楼打电话，"他又对李易安说，"点几桌好菜送过来。"

菜的问题，就这么解决了。

冯庭眨巴着眼，今晚全场她牺牲最大，手背仍旧火辣辣地刺痛。吴巡从冰箱里拿了个冰袋给她冷敷，犹豫着对她道歉："冯秘书，你今天受伤都怪我。我有个朋友做医美，等会儿我托朋友带最好的祛疤膏，一定让你不留疤。"

冯庭笑着说："没事，吴经理，你别自责。"

她大言不惭地说道："可惜这段时间你都尝不了我的手艺了，只能等改天我手痊愈。"

吴巡连忙表示："其实我就随口一说，你先养伤要紧。"

冯庭把吴巡的尴尬和愧疚尽收眼底，垂下眼，走出厨房。

今晚的庆功宴上，顾闻柯只是过来慰问一下，不会多待。

大厅的门敞开着，院子和客厅仅有几步之遥。顾闻柯站在草地上，和几个拿着香槟的高层闲聊。

顾闻柯接过香槟，喝了一口，放下杯子，准备离开。

冯庭目送他上车，车窗降下，顾闻柯示意李易安过去，似乎有事交代。

随后李易安小跑着走了过来，冯庭抬头看着他，他低声说："冯秘书，顾总让你一起走。"

冯庭很意外，问："一起？"

李易安解释道："顾总说你这算是工伤，他正好路过医院，可以带你过去。"

冯庭挑了挑眉，她确实不想在这里多待，于是赶紧起身拿起外套和包。李易安很殷勤地表示："我来拿，我来拿。"

冯庭也就不再客气。李易安照顾着她，拉开了副驾驶座的车门，但冯庭抿了抿嘴，装作没看见，从车尾绕过去，上了后排座位。

李易安愣了一下，然后把副驾驶座的车门关上。

顾闻柯倒是泰然自若，抬了抬下巴，吩咐司机："开车。"

说罢，他的视线不经意间扫了一眼冯庭的手背。

冯庭的手背火辣辣地疼着，她也没心思说别的。

昏暗的车厢轻微颠簸，冯庭向后靠了靠，目光不经意间扫向顾闻柯的侧脸。他此时侧着脸看着窗外的风景，轻轻舒了口气，垂下眼眸，慢慢转过来。

两人的视线意外地交织在一起。冯庭眨了眨眼，干巴巴地看着男人。

顾闻柯的眼神深邃，在冯庭见过的所有男人中，无人能与他媲美。

顾闻柯先转开了视线，手托着下巴，扭头看向窗外。

就在气氛有些微妙之际，灯火通明的医院映入眼帘。司机找到地方把车停下，回头对冯庭说："冯秘书，医院到了。"

冯庭推开车门下车，而顾闻柯纹丝不动，目送冯庭走向医院急诊室。

他往后仰了仰身子，闭上眼，不知在想些什么。

司机见顾闻柯没别的表示，只好请示道："走吗，顾总？"

顾闻柯像被烫了一下，倏然睁开眼睛。

"走。"他只吐出一个字。

司机得到指令，刚准备启动车子，忽然听见顾闻柯叫他："小张。"

"顾总，您说。"

"我打车走，你陪冯秘书去看急诊吧，看完后把她送到家。"

夜晚是急诊科最忙碌的时候。冯庭进门后量了体温，在护士的引导下挂号，然后到分诊台排队，等待医生叫名字。

小张这时突然迎面走来，冯庭感到很意外，下意识地往他身后看了一眼。

小张连忙解释道："顾总让我留下来陪你看急诊。"

冯庭微微一笑，挑眉问道："顾总呢？"

小张如实回答："顾总已经走了，他交代我等你看完急诊后，再送你回家。"

冯庭若有所思地点了点头，说："哦，是这样啊……"她收起嘴角的笑意，原来是自己多想了。

不过转念一想，顾闻柯能把小张留下，也说明她最近的努力没有白费。

再说，他好歹是一个集团老总，陪她来看急诊，确实不太符合他的身份。好歹也得等到他爱得死去活来的那一天，才会自降身价。

冯庭还真想看看，顾闻柯这种冷情冷性的男人，为女人死去活来会是什么样子。

如果一开始冯庭是为了钱接近顾闻柯，那么现在顾闻柯完全激起了冯庭的挑战欲。他越是不解风情，越是难以攻克，冯庭就越想试一试。

至于是否会伤害到顾闻柯，冯庭并没有多想。毕竟在她目前看来，金钱更为重要。在有钱人的世界里，哪里有什么真感情？冯庭从事这一行多年，见过很多类似的情况，不能过于心软。

冯庭的手部伤势并不严重，医生简单地开了一瓶烫伤膏，并叮嘱她注意避免接触水和摩擦等事项。之后，冯庭便与小张一起上了车。

这个时间，秦乐天早已从学校回来，正窝在沙发上打游戏。看到冯庭举着手进门，他立刻放下手机，走过来问道："姐姐，你这是怎么了？"

冯庭径直走到沙发旁坐下，手臂悬空，摇头叹气道："我被热油烫伤了，而且是我自己故意弄的。"

"啊？为什么？"秦乐天一脸担忧地问。

冯庭目视前方，双眼放空，语气平静地解释道："工作需要。"

秦乐天刚才还一脸严肃，听到这话后一秒就被逗笑了，笑得肆无忌惮。冯庭正忍受着火辣辣的疼痛，哪里能容忍这样的反应，狠狠瞪了他一眼。秦乐天努力憋住笑后，又问："什么工作会需要自己烫伤啊？这也太离谱了吧？"

冯庭挑起眉梢，带着几分清高地看向他："你这种每天只想着谈恋爱，在学校混日子的学渣，怎么能理解我们这些业内佼佼者的内心世界？我这叫敬业，明白吗？”

“哦——”秦乐天竖起大拇指，“下次你需要热油的时候，告诉我一声，我帮你烧上一锅。”

冯庭立刻垮下脸，如果不是手疼，真想把脚上的高跟鞋砸过去。

她忍着痛洗完澡，吹干长发，回到床上躺下，拿起一旁的工作手机，结果发现有数十条消息。

冯庭点开其中一条消息，皱着眉想了好久。婷婷？她这边有很多叫婷婷的，到底是哪位婷婷呢？冯庭想了许久才想起，原来是那个被逼离婚的婷婷。

冯庭虽然偶尔会接一些不太光彩的案子，但更多时候，她是帮助那些因感情受挫、身心疲惫的女孩们提升自我，重拾信心。不论最终是否成功挽回感情，这些女孩都会从这段经历中，或是在未来的感情中受益匪浅。

婷婷就是冯庭所提到的那类因感情而几乎耗尽所有精力的女孩之一。

婷婷与丈夫在婚前有长达七年的感情基础。结婚时，周围所有人都羡慕她，她也觉得自己运气很好，遇到了一个无微不至、将她视若珍宝的男人。婚后第二年，婷婷顺利生下一个男孩，备受家人呵护，俨然众星捧月，这让婷婷感到十分幸福。

然而，婷婷万万没想到，在生完孩子的第二个月，丈夫被外派到国外进修，家里只剩下婆婆照顾她。几个月后，丈夫回国，婷婷却因轻微产后抑郁情绪变得不稳定。在婆婆的挑拨下，丈夫逐渐对她失去了耐心，最终提出了离婚。

婷婷从轻微产后抑郁发展到重度抑郁，已经不止一次产生轻生的念头。

秦思明意识到这个案件情况非常棘手，于是将其交给了冯庭处理。

第一次通话时，冯庭了解到婷婷目前收入比丈夫还高，并且相貌出众。然而，在婚姻关系的压抑下，婷婷变得极度不自信，并将两人关系走到这一步的原因归结于自己不够贤惠。考虑到丈夫过去对她的好，以及两人有了孩子，她希望再给他一次机会。

在冯庭的建议下，婷婷带着孩子与丈夫分居两地。经过一段时间的冷静，她最近重新找回了自信。

冯庭向上滑动手机屏幕，看见她的消息：“我今天突然发现，他换了头像。”

冯庭反问：“他换头像跟你有什么关系？”

婷婷回答：“我就是忍不住看了看他……”

冯庭望着天花板沉默了一会儿，然后拿起手机继续给婷婷发送语音消息：“我不是告诉过你，不要去查看对方的动态，哪怕是一丁点儿都不要看。对方没有动态，你会失落；对方有动态，你又会胡思乱想。”

“除了工作和带孩子，你要把其余所有的时间都用来提升，让自己变得更优秀。你要记住，你离开他后过得越差，他越不会回来；你离开他后过得越好，他就越放不下你。这就是人性！人性总是趋利避害的！关注他，只会搞坏你的心态！”

说完，冯庭把手机扔到一边，起身去喝水。

喝完水回来，她无意识地拿起手机，点开了顾闻柯的头像。

看了三秒钟后，冯庭突然意识到自己正在做着自己不允许别人做的事情……

就这样过了一周，冯庭用了吴巡送来的祛疤膏，手背的皮肤比之前更加细嫩，就像剥了壳的鸡蛋一样。

到美容院一打听，原来还真是好东西。这天冯庭在公司遇到吴巡，她想多买几瓶储备，以备不时之需。没想到吴巡这么大方，立刻表示他的朋友是这款祛疤膏产品的中国代理，下次遇到时可以再帮她要几瓶。

吴巡这么豪爽，冯庭自然也得有所表示，于是拍拍他的肩膀说：“吴经理，你真好，改天请你吃饭。”说完，她转身回了办公室。

冯庭今天穿了一件古董白一字领鱼尾短裙，带着几分知性和时尚，踩着高跟鞋从吴巡身边走过，白木香的味道若有若无。

吴巡不禁回头，目送她进办公室。

顾闻柯从外面回来，恰好看到这一幕。他走到吴巡身后，用文件拍了拍他，问：“吴经理，你在看什么呢？”

吴巡一听是老板的声音，赶紧回过头，嬉皮笑脸地说：“随便看看。”

工作时间偷闲被逮个正着，吴巡转身就走了。

顾闻柯摇摇头，拿起文件往回走。

冯庭在不远处向女职员交代秘书部派下来的事情，顾闻柯找她有事，刚走近时，就听到她们在说：“这么个小问题，冯秘书就通融一下嘛。”

“通融不了。”

“求求了嘛！”

商量未果，对方又试图拿糖衣炮弹迷惑她：“冯秘书，你肩膀窄，穿一字领太好看了，我今天才发现，姐姐还是冷白皮！”

冯庭的工作经常让她接触到那些把她奉为神的人，整日沉浸在小马屁精们的吹捧之下。要不是她定力强，早就膨胀了。

这样三言两语还不足以打动冯庭，不过她嘴上说着“少来这套”，动作却很诚实，抬起手腕，把长发拢到一边，露出更多的肩颈部分。

顾闻柯脸上忽然浮现一抹轻笑。

冯庭听到身后有动静，转脸看过去。顾闻柯立刻低头，若无其事地翻看文件。

顾闻柯在公司还是很有威严的，下面的小职员见了他都手忙脚乱。刚才还缠着冯庭的小丫头，一转眼就溜走了。

冯庭顿了顿，朝顾闻柯走过来，半开玩笑半认真地问：“顾总，您不会在偷听吧？”

前几天，为了防止感染，冯庭的手背一直裹着一层白色纱布。今天伤口已经结痂，她索性就没再包扎。

顾闻柯抬起头，不经意地扫了一眼她的手背：“我只是看看，工作时间是谁在这里说笑。”

“冯秘书，你带头偷懒，小心我开除你。”他说完便丢下她走了。

冯庭挑了挑眉，跟上他。

两人一前一后地往总办走，冯庭为自己辩解道：“我们没有在说笑，我们只是笑着说工作。”

“什么工作内容这么好笑？”

“不是工作好笑，”她想了想，借口有些牵强，“是工作让我们开心，所以忍不住笑了。”

顾闻柯把文件放在桌上，慢条斯理地脱下外套。冯庭很有眼色，主动凑上前帮忙，接过外套，抖了抖后挂到衣架上。

顾闻柯准备出门，从一旁拿起领带，挂在脖子上，下巴微微抬起，开始给自己打领带。

冯庭注意到领带有个卷边，条件反射地说了一句：“我来吧。”

她这次凑得很近，动作熟练而利落。

温热的呼吸就在鬓边，顾闻柯深邃的目光注视着她。冯庭忽然愣了一下，睫毛轻颤的速度比平时快了一倍，但理智很快占据上风。她稍微歪下头，放慢动作，试图拉长这段暧昧的时刻……

直到顾闻柯往后退了一步，说了一句“剩下的我自己来吧”，冯庭才松开手。

她站在顾闻柯身边，这次不像往常那样能言善辩。反倒是顾闻柯主动开口：“你还会打领带？”

她抬起头，给自己立了一个人设：“这不是女人的必修课吗？”

他回过头看着冯庭，视线从她细致的眉眼，到漂亮的眼睛，再到红润的嘴唇，突然笑了，移开了视线。

“冯秘书怎么突然结巴了？”

他这么一说，冯庭反而有些尴尬。不过，她借着这股娇羞，故意营造出一种暧昧的气氛：“大概是因为顾总吧……”

顾闻柯的视线又回到她的眼睛上，凝视着她。冯庭觉得再说下去就过于油腻，心想男人大概还是喜欢含羞带怯的类型，于是低下头，闷闷地留下一句：“顾总，我去外面等您……”

然后就转身离开。从顾闻柯的视角看去，她的脚步显得有些仓皇，几乎可以说是从办公室逃出去的。

等顾闻柯收拾好，从办公室出来时，却不见冯庭的身影。门口站着李易安，手里拿着顾闻柯出门需要的文件资料。

他原本打算带冯庭出去，事先也已经通知过她，此刻看到李易安，心里有些不悦。

“冯秘书呢？”顾闻柯问道。

李易安上前一步，回道：“冯秘书刚才说自己不太舒服，让我陪顾总出门。”

顾闻柯抬起眼，看着李易安，半信半疑地问：“她哪里不舒服？”

李易安摇了摇头：“冯秘书没说。”

顾闻柯听到这句话，眉头明显皱了一下。他清瘦而修长的手臂抬起，看了一眼时间，只好把车钥匙递给李易安。

两人刚上车，顾闻柯就收到了冯庭的消息：“顾总今晚要喝酒吗？”

今晚顾闻柯在“久未烊”有个饭局，约了近景国际的孙老板，洽谈碧湖兰家那块地皮。开发商开发了一半，资金周转不开便搁置了，后来被银行拿去做抵押，这两日就要竞标买家。

像这样的烂尾楼旧地，新开发存在很大风险。顾闻柯想在后天竞标之前，探一探口风，摸清上面的想法。

吃饭谈生意，自然不可能滴酒不沾。

冯庭这个问题只是为了展开话题，并不指望顾闻柯会回复。第二条消息已经出现在男人的手机屏幕上：“喝酒伤身，顾总要多注意身体。”

顾闻柯支起下巴，食指轻轻摩擦着干燥的下嘴唇。这条消息他看了很久，手臂从车门扶手上放下，开始打字。一行字敲完后，他思索片刻，又全部删掉，抬头舒了一口气，把手机屏幕熄灭，单手将手机放入西装内兜。

晚上十点多，饭局结束，顾闻柯身上微微带着酒气，脚步略显踉跄地走出来。他送走了领导，又挥手与孙老板道别。

远处的夜色中灯火闪烁，山峦被云雾笼罩，顾闻柯迎风而立，精致的短发被吹乱。他点了一支烟，用夹着香烟的修长食指点开最近的通话记录，往下滑动，指尖停留在李易安的号码上，视线却瞟到了再往下的冯庭。

在两人之间犹豫了几秒，他拨通了冯庭的电话："我在久未烊，开车来接我。"

冯庭那边沉默了一会儿，淡淡地问："李易安不在您身边？"

顾闻柯闭上眼，在酒精的作用下，有些眼花缭乱。

他把香烟掐灭，因为喝了酒，眼神中多了几分桀骜不驯。他反问她："你怎么有那么多问题？"接着他又问道，"咱俩谁是谁的秘书？"

冯庭本来有些困意，很不想去。她浅浅地呼吸，手从薄被里探出来。手机里传来对方因饮酒而比平常粗重的呼吸声。

秦乐天在客厅和人一起打游戏，吵吵嚷嚷，正处在一场游戏决定胜负的关键时刻。主卧房门"唰"的一声拉开，秦乐天抬了一下眼皮，看到冯庭妆容清淡，穿着睡裙走了出来。

冯庭绕过他走向衣帽间。没几分钟，她出来了，手臂上搭着刚才穿的睡裙，身穿白 T 恤和黑裤，慵懒的长发披散着，把睡裙随手一丢。

秦乐天又瞟了她一眼："大晚上出去？"

冯庭慢悠悠地走到玄关，打开鞋柜。因为等会儿要开车，她拿了一双运动鞋。听到秦乐天问她，她才抬起头，心不在焉地说："啊，去接老板。"

秦乐天垂着眼说："我哥什么时候使唤过你？不都是你去哪儿他送到哪儿，车接车送吗？"

冯庭背过身，坐在玄关的矮凳上系鞋带，回忆自己在秦思明那里的待遇，再联想在顾闻柯跟前的处境，叹息道："我最近做了个兼职，老板跟老板不一样……"

她站起来，从衣架上拿了一顶黑色鸭舌帽，戴上，侧过身，对着镜子里的自己欣赏了几眼，继续自言自语："有些老板啊，就是不识抬举。"

说罢，她背起包，拿起车钥匙，走了两步，忽然想起什么，脚步顿住，转身看着秦乐天，抿了抿嘴，说："如果我一个小时后还没回来，你给我打电话，装作我爸爸。”

秦乐天不知她葫芦里卖的什么药，听她这么说，放下手机：“不是，你出去接什么人啊？你这么一说，我怎么感觉瘆得慌？”

他站起来，扯了扯衣服：“不行，我得跟你一起去。”说着就走过来穿外套。

冯庭被逗笑了，阻拦他说：“你去什么啊？一个小时后我没回来，你给我打电话就行了。”

不等秦乐天反应，“啪”一声，房门被关上。

秦乐天挠头，他怎么觉得，这姐姐最近有点不太正常？

顾闻柯打完电话就回到“久未烊”的待客区休息。女老板忙完见顾闻柯没走，很会做生意，对身后助理吩咐：“去给顾总泡一壶锡兰红茶，加夏威夷果。饭后喝杯水果茶，解腻。”

她随后把钥匙交给助理，扯着披肩往肩膀上拉了拉，朝顾闻柯走去，远远地叫了一声：“顾总。”

顾闻柯转过身，看向来人，将手机放进兜里。

“很久没见沈老板了。”

很难联想到“久未烊”背后的老板是个年仅三十岁的女性。

顾闻柯与沈丝云本人不熟，但与沈丝云的父亲有些渊源。

沈丝云走到顾闻柯对面的沙发上坐下，笑着解释：“最近我妹妹心情不好，我带她到处逛了逛，刚从国外回来。”

顾闻柯点点头。

沈丝云点的水果茶泡好了，被送了上来。她接过一杯，推到顾闻柯面前：“顾总，尝尝我新研制的水果茶。”

顾闻柯倒是不渴，不过盛情难却，便端起茶杯尝了一口。

茶中加了甜菊苷，比往常口感更甜腻。男人大多不喜甜，顾闻柯也一样，不过他还是夸赞了一句：“沈老板好手艺。”

就在这时，冯庭的电话打了进来。

她说自己已经到了，“久未烊”今晚吃饭的人多，附近不好找停车位，让顾闻柯往她那边走一走。

沈丝云知道来接顾闻柯的人到了，便站起来，说：“我送送顾总。”

顾闻柯对她客套地说：“沈老板不用那么客气。”

冯庭本来对顾闻柯今晚让自己来接他颇有微词，见顾闻柯身边有佳人相伴，心中的不满更加明显。

两人在车灯照出的明亮处告别，冯庭故意破坏气氛，闪了闪车灯。沈丝云被车灯刺到眼睛，抬起手臂遮挡。这时，冯庭才推开车门下车。

她对顾闻柯不好意思地笑了笑，柔声道歉："天太黑了，刚才没看清是顾总。"

她踩着步子走来，上下打量了一番沈丝云："您好，刚才不好意思。"

顾闻柯抬眸看她，主动介绍："这是'久未烊'的老板，沈丝云，沈老板。"

冯庭提了提眉梢，含笑着伸出手："原来是'久未烊'的老板，幸会幸会。"

沈丝云也伸出手，两人短暂地握了握手。

"这位是？"

"我是顾总的……"她看了看顾闻柯，侧过肩膀说，"秘书。"

沈丝云客气地笑了笑。

冯庭并没有把沈丝云这个小插曲放在心上，只是有些意外："久未烊"的老板竟然是个美人，看上去知性又成熟。如果真要和顾闻柯搭配，这样的性格倒是比周可岚更适合做顾太太。

不过提到沈家，她仔细想了想本市的几个大亨，似乎没听说有姓沈的，家世上应该比周可岚差一些。不过话说回来，周家的风光也没持续几年。

此时，顾闻柯坐上了副驾驶座。他昨晚因为周家的事情，与周老爷子通了电话，一直聊到凌晨。商场风云变幻莫测，今晚吃饭时，除了聊地皮的事，他还顺便打听了一些内幕，这才了解到周家这次陷得太深，也有上面故意打压的意思。顾闻柯暂时还没想好是帮还是不帮。

说到底，虽然竞争需要各凭本事，但只顾自己吃独食是不行的。

他上车不久便闭上眼睛休息。

小憩片刻后，两人已抵达名府花园。冯庭把车停好，顾闻柯仍然闭着眼浅眠。

这个男人长着一副好看的皮囊，如果有那个心思，一定会是招蜂引蝶的浪子。不过现在，他似乎六根清净，一心扑在事业上，俨然成了大好青年。

也不知是因为年轻时玩得太多，如今腻了、看透了，还是因为家教严格，从小品行端正。

冯庭想到这里，抱了抱胳膊，将车里的暖气调高。她心知顾闻柯不可能睡得毫无知觉，于是轻轻伸手过去。

她刚碰到顾闻柯的手臂，“唰”的一下，男人抬手握住了她的手腕，同时双眸睁开，漆黑的瞳孔清醒无比。

冯庭柔声解释道：“我看你睡着了，想帮你把座位往后调一调，这样空间大了，你的腿才会舒服。”

她说完，轻轻抬起眼皮，与顾闻柯对视。一缕秀发微微飘动，散发着淡淡的百合香气。明艳的红唇微微开合，平添几分妩媚，令人心神摇曳。

顾闻柯凝视着她，双唇紧抿。狭小的车厢内，温度仿佛在悄然攀升。他不经意间喉结上下滚动，眼神复杂难辨。

顾闻柯微微眯起眼睛，目光危险地锁定她。气氛仿佛凝固在一个临界点，只要有人迈出一步，就会打破这微妙的平衡。

冯庭适时收敛，率先从这紧张的氛围中抽离，若无其事地转身。然而，她的肩膀突然被一只手扣住。还来不及反应，她的小臂被一把扯住，身体不由自主地向前倾斜，上半身贴近了他。

顾闻柯的力道出奇地大，被握住的手臂让冯庭感到一阵微微的麻意。此刻，她心中绷紧了弦，谨慎得近乎小心翼翼，生怕他喝了酒，会用一种不容抗拒的方式对她做出某种决定性的举动。

她被顾闻柯拉到近前，两人的呼吸交织在一起。冯庭心中暗暗捏了一把冷汗，眼底不自觉地浮现出一丝紧张的情绪。

顾闻柯敏锐地捕捉到这一点，目光更加深邃，声音低沉，带着一丝压迫感：“你是不是故意在勾引我？”

这突如其来的质问让冯庭一时语塞，她被顾闻柯牢牢钳制，呼吸紊乱，胸口微微起伏。过了好一会儿，她才低垂下眼睑，语气含糊却带着几分调侃：“顾总如此有魅力，若真有女人心存勾引之意，也是情理之中吧。”

顾闻柯闻言，低低地笑了一声，语气却更为笃定：“我只想知道，你是有意，还是无意。”

冯庭抬眸看了他一眼，缓缓开口：“顾总抬举了，我哪里敢……”

她没有正面回答他的问题，只是轻描淡写地表明“自己不敢”。至于是否有意图，那便是另一回事，话里话外都留有余地。她这样说，是在为自己保留一条退路——如果顾闻柯不接招，她还能全身而退，不至于落入无法挽回的境地。

顾闻柯眨了眨眼，手上的力道却松了下来。

冯庭收回手臂，低下头，用另一只手轻轻揉着刚才被他紧扣的地方，那片肌肤已经泛红。

顾闻柯瞥了她一眼，没有说话，自顾自地摇下车窗，点燃一支烟。抽到一半，他忽然掐灭了烟，将烟蒂随手扔掉，连招呼都没打，就推开车门走了。

冯庭等他走远后，才抬起眼睛，望向他渐行渐远的背影。

她叹了口气，紧绷的肩膀这才松弛下来，却猛然发现自己的双腿虚软无力，仿佛刚刚跑了十公里。

顾闻柯回到家后，径直走进浴室冲澡。

温热的水从花洒中倾泻而下，他屏住呼吸片刻，抬手将额前的碎发拨到脑后，双手撑在瓷砖墙壁上。闭上眼时，一张俏丽明艳的脸庞不由自主地浮现在脑海中。

他骤然睁开眼，“啪”的一声关掉水龙头，随手抓起浴巾裹住身体，神情冷峻地走了出去。

卧室里，手机静静地躺在床头柜上，小绿点闪烁着，提示有新消息。他走过去查看，屏幕上显示冯庭发来的短信：“顾总，我安全到家了，您早点休息。”

顾闻柯盯着屏幕片刻，手指敲下一个“嗯”字，连标点符号都懒得加。

冯庭看完信息，气得笑了，心想这是什么人啊？

她刚推开车门下车，秦思明的电话就打来了：“你现在在哪儿？”

冯庭一边走一边回答：“在家。”

秦思明的语气有些不悦：“你在对我撒谎。”他把事情的前因后果说了一遍，“乐天说你今天出门前告诉他，如果一小时后没回来，让他给你打电话……所以，你现在到底在哪儿？”

秦乐天这孩子果然还是那么不听话，不过好在他也是出于好心，担心她的安危。

冯庭拉开车门，刚说了一句：“我刚进门啊。”就听见客厅传来自己的声音。原来，秦乐天给秦思明打了电话，秦思明不放心，直接赶了过来。

他听到开门声，便拿着手机站了起来。

冯庭把包放下，挂好，换上鞋，在秦思明的注视下走了进来。

秦思明嗅到一丝酒精味，皱眉道：“喝酒了？自己开车回来的？”

冯庭低头嗅了嗅自己的肩膀，大概是在车里沾染了顾闻柯身上的味道。她解释道：“没喝酒，酒驾是大忌，我怎么可能犯这种错误。”

秦思明审视了她片刻，忽然问：“你最近是不是自己接了什么案子？”

冯庭以为秦思明在计较合同方面的事，就说："放心，我会按照约定办事。"

她这么一说，秦思明的脸色更难看了。他深吸了一口气，压住情绪，因秦乐天在场，有些话不方便说，便起身告辞："你没事我就回去了。冯庭，你送送我。"

冯庭点了点头，两人一前一后出了门。

走到小区楼下，秦思明站在路灯照不到的阴影处，静静地问冯庭："你谈恋爱了？"

冯庭"扑哧"一声笑了出来："谁告诉你的？"

"乐天说的。你称呼对方为'老板'，那是什么人？"秦思明追问。

冯庭好笑地看着他："乐天的话你也信？"

成年人之间都有各自的秘密。冯庭显然不想多说，秦思明也就识趣地没有再追问。

他转而提议："我想去三亚散散心，你愿意陪我去吗？"

一般来说，这种事冯庭十有八九会拒绝。她和秦思明不同，她在工作上非常拼命，几乎不会把时间浪费在陪一个男人身上，除非有钱可赚。在她看来，感情是一件很鸡肋的事情，远远不如赚钱来得实际。然而，这一次，冯庭爽快地答应了："好啊，不过要再等两个月左右，到时候还要借你用一下。"

两人从事同一个职业，对行业内的事情都练就了敏锐的嗅觉。

"借我用一下可以，"秦思明挑眉笑了笑，"不过你刚才否认有男朋友，那要给谁制造'失去感'？"

冯庭优雅地一笑："我客户的未婚夫。"

秦思明疑惑地看着她，只见冯庭背着手转身离去，留下一句意味深长的话："我有预感，接下来半年，本市会有一场好戏，上各大新闻头条的那种！"

然而，冯庭这晚刚跟秦思明吹了牛，没想到第二天早上，她就在顾闻柯面前栽了跟头。

她从早上七点等到七点五十八分，再等下去就要迟到了，可顾闻柯依然没有出现在咖啡馆。

她端着餐盘走到前台结账，顺便问了一句："今天顾总没来吗？"

服务员答道："是啊，顾总说以后都不过来吃早餐了，所以以后不用再为他留位置了。”

这个消息让冯庭好半天没回过神。她神思恍惚地回到公司，刚放下包，就见李易安走过来，敲了敲她的桌子，示意她出去。

冯庭隐隐觉得不妙，果然，李易安开口说道：“现在南港分公司有个项目，需要总部这边派人跟进。我原本想安排张秘书过去，但顾总的意思是，想把这个锻炼的机会留给你。你怎么看？”

冯庭深吸一口气，心想顾闻柯几乎把“躲她”这两个字写在了脸上。工作五六年，她还是第一次受到这等奇耻大辱。

李易安见冯庭脸色不太好，便知道她并不愿意去。毕竟去南港上班实在太远，单程就需要三四个小时。不换城市的话来回奔波麻烦，换城市又意味着要重新适应新环境，这确实不是一件小事。

他很理解地点了点头，拍了拍冯庭的肩膀，说道：“还有几天时间，你可以再好好考虑一下。”说完便转身离开了。

冯庭犹豫片刻，踩着高跟鞋走向总办。因为心中带着情绪，这次她竟没有敲门，直接推门而入。

顾闻柯正在打电话，见她进来，却并不显得惊讶，只对电话那头的人说：“我现在有事，待会儿再打给你。”

他放下电话，双手交叠放在桌上，脸上没有太多表情。冯庭站在门口，没有再向前，远远地看着顾闻柯，神情有些失魂落魄。

“你希望我去南港上班吗？”她问。

顾闻柯点了点头：“是的。”

冯庭垂下眼帘，语气中带着几分试探：“好，那我就去。不过，我去了南港，顾总可就喝不上我煮的咖啡了。”

她再抬起头时，眼中蒙上了一层水汽，显得委屈，却依然克制体贴：“顾总现在想喝咖啡吗？我去煮。”

顾闻柯看着这样的冯庭，没有说话。

冯庭转身离开办公室，径直走到茶水间。她洗了洗手，取出咖啡豆，动作一如往常。十分钟后，望着恒温壶里缓缓沸腾的水，冯庭反倒冷静了下来。

这时，张秘书走进来接水，见冯庭面带微笑，便随口问道：“冯秘书今天有什么开心事吗？”

冯庭抬起头，双臂抱在胸前，目光透过窗户投向远处。窗外，蓝天如洗，白云轻淡。

“我问你啊，”她轻飘飘地说道，“一个很有事业心的男人，如果对计划外的女人动了心，会怎么处理？”

张秘书有些为难，笑着答道：“感情是无法控制的，但要不要发展下去，是可以控制的。”

冯庭点了点头，语气淡然道：“是啊，没能力就自己躲远，有能力就让对方躲远。”

这么一来，顾闻柯那边的事情倒也算有了些许进展，只是这些进展并未如冯庭所预料的那样顺利。

调任并不会那么快，至少也得十天半个月，人事部才能下发通知。然而，即便通知下来了，冯庭手头的工作也需要妥善交接。到时候，要么辛苦些，两地奔波；要么等这边的工作彻底交接完再说。

她提起水壶，缓缓将热水倒入装有研磨咖啡粉的过滤网中，清秀的眉眼微微一动，带着几分思索。

她叹了口气，话却说得通透：“爱情这东西脆弱得很，经不起什么考验。说是感觉到了，可稍微一耽搁，或者换个地方，换个心情，那点儿冲动劲儿过去了，说散也就散了。”

冯庭能有这样的见解，让张秘书刮目相看。他笑着打趣道：“冯秘书看得这么明白，应该谈过不少恋爱吧。”

冯庭摇摇头：“没有，别人的恋爱我倒是看得挺多的。看多了，发现也不过那么回事。”

她说完，端起咖啡，脚步轻盈地朝总办走去。

秦乐天最近因为失恋，心情低落，学习时常心不在焉，总是对着书本发呆，脑海中挥之不去的全是赵凉凉的身影。好在他是艺术生，近期经常外出写生，才得以按照冯庭的建议，不与赵凉凉碰面，避免情绪进一步受影响。

这天，秦乐天约了几个朋友在体育馆打篮球。打完球后，他们聚在篮球架旁找水喝，并商量要不要去附近找地方吃饭。秦乐天随手拿起手机，发现有一个陌生的未接来电。

除了父母、老师、冯庭和秦思明这几个人，平时几乎没人主动联系他。他没多想，便回拨了过去。令他意外的是，电话那头竟然是赵凉凉。原来，她换了手机号，之前的号码已经弃用了。

此前，秦乐天曾被赵凉凉微信和手机号双双拉黑，无论怎么挽留和请求，她的态度始终坚决。那些冷冰冰的回复："我们不可能了""放过我吧""我看见你就烦"……每一句都像一把锋利的刀，不仅深深刺痛了他的心，还无情地撒上一把盐。

被这些话折磨得筋疲力尽的秦乐天，最近终于冷静下来，不再试图联系她。他逐渐发现，生活并没有自己想象中那样难以继续。可当他接到她的电话时，心里却猛地一沉，后背一阵发凉。他并没有感到惊喜，反而隐隐担心她会再说出什么让他情绪失控的话。

他只"喂"了一声，听到赵凉凉的声音后就沉默了，心跳加速，感到十分紧张。

赵凉凉也沉默了一会儿，随后主动开口："我打电话，你为什么不接？"

秦乐天使劲咽了咽唾沫，说："没看见。"

赵凉凉又说："薯条病了，在宠物医院。医生说它需要做个小手术。你能借我点钱吗？下个月我妈给了生活费，我就还给你。"

秦乐天是个富二代，和赵凉凉在一起时，没少为她花钱。

最近，他的母亲得知他在学校附近租房并不是为了学习，而是为了和女朋友同居后，便冻结了他的几张银行卡，生活费也被大幅削减，经济状况变得非常紧张。然而，他依然想和赵凉凉继续交往。尽管心里极不情愿，但他还是不敢拒绝赵凉凉的要求。

他只是"嗯"了一声，随后下意识地想给她转钱。然而，他多嘴问了一句："你怎么不跟你男朋友要？"

赵凉凉竟然说："我不想跟我男朋友要钱。我跟他要钱，他怎么看我？"

秦乐天立刻火冒三丈，怒气冲天地骂道："你什么意思？不跟他要钱，凭什么问我要钱！我欠你的？你还要脸吗？"这是他第一次如此生气，甚至气得眼眶都红了。他狠狠地挂断了电话。

坐在篮球架下面，他抽了两支烟，才慢慢平复心情。他心里不停地琢磨：不给她钱，是不是又得罪了她？现在她是不是更讨厌自己了？和好的希望是不是更渺茫了？失恋被甩的一方，总是这样小心翼翼，毫无底气。

正巧，冯庭下班后接到了他的电话，便直接问了地址，开车赶了过来。

此时，秦乐天仍旧低头坐在原地，双腿叉开，一副垂头丧气的模样。

看到冯庭，秦乐天无精打采地问："姐姐，我是不是又搞砸了？"

冯庭歪着头，居高临下地看着他，说："是搞砸了。"

秦乐天慌张地拿出手机："我现在给她转钱还来得及吗？"

冯庭被气笑了："凭什么给她钱？她都已经把你甩了！你是不是想气

死我？”

秦乐天被骂得愣住了，心里不禁疑惑：难道不应该给吗？

冯庭继续说道：“不该给。你不仅不该给，你还应该骂她。你给了，对方只会更看不起你；你不给，对方反而会把你当个人看！”

听冯庭这么一说，秦乐天脸色瞬间轻松了。他站起来，愣愣地看着冯庭，说：“姐姐，那我没搞砸啊，我骂她不要脸。”

冯庭点点头，拉着他往停车位走：“下次别乱骂，我教你怎么骂。”

秦乐天坐上车，系好安全带。冯庭握住方向盘开车，而秦乐天脑子里却乱七八糟地想着各种事情。

过了一会儿，他转过脸，认真地说：“姐姐，我决定了，我要把这个渣女追到手，然后再甩了她。”

冯庭目视前方，挑了挑眉，嘴角紧绷，半信半疑地轻轻点头：“好。”

另一边，赵凉凉被秦乐天骂得气得浑身发抖。

她的闺密抱着小猫站在一旁，看出她脸色不对，低声问：“秦乐天给你转钱了吗？”

赵凉凉深吸一口气，满脸愤怒，接过闺密递来的薯条，闷闷地摇头：“他没给钱，还骂了我一顿。”

闺密瞪大眼睛，一脸不可置信：“秦乐天居然敢骂你？他疯了吧？薯条可是你们一起养的猫，就算分手了，薯条生病他也该出点力啊！”

赵凉凉听着闺密的话，心里更是堵得慌。她失落地抱着薯条，眼眶微微泛红。

秦乐天曾经对她特别好，别说骂她，就算她想要天上的星星，他也恨不得去摘。前段时间，他还哭哭啼啼地说会等她回心转意，可才过了几天，他的态度竟然发生了如此大的变化！

男人的话果然不可信，他的所谓诚意也不过如此。赵凉凉心里虽然气愤，但秦乐天过去对她的种种好却不由自主地浮现在脑海中。

她渐渐意识到，秦乐天是真的不会再纠缠她了。

不出所料，接下来的几天里，顾闻柯依旧没有出现在咖啡馆。

尽管如此，冯庭还是像往常一样来吃那难以下咽的早餐。她心里清楚，如果顾闻柯不来，而她也因此不来，这事传到顾闻柯耳朵里，她的目的性就会显得过于明显。然而，当早餐失去了目的性，一切便显得格外乏味。

冯庭撕下一片面包，目光呆滞地咀嚼着。她的手机放在桌子上，屏幕朝下。直到吃完半片面包后，她才取出纸巾擦干净手指，拿起手机查看消息。

她向来不喜欢在吃饭时处理工作。因为从事情感行业，每天都要接触许多负能量的事情，时常听到受害者讲述渣男贱女的故事，这些内容难免会影响她的情绪。为了避免被负能量包围，她为自己制定了几条规矩：

第一，非工作时间不接任何人的电话，也不回复任何人的消息。

第二，不接待不遵守规矩或性格极端的客户。

第三，不接待讨价还价、把她这里当菜市场的人。

别人通常把掏钱的客户视为上帝，但她不是。

她点开消息，对方发来一条："老师，您真的要去南港？之前您不是说女追男的三大铁律之一就是'近水楼台先得月'吗？"

冯庭一时语塞，不知道该如何回复。她站起身，前往前台结账。

最近她一直在这家店吃早餐，一来二去跟店长熟悉了。店长见到冯庭，笑着说："明天早餐会推出几样新菜式，您可以尝尝。"

冯庭低头看着手机，听到店长的话，微微一笑，回应道："我明天可能来不了，要出差。"

"哦，这样啊。"店长收了钱，从零钱盒里找零递给她，说道，"那您可真是没口福了。"

"口福？"冯庭接过零钱，心里暗想：难道你们不知道自己家的早餐又贵又难吃吗？

晚上下班后，冯庭处理完本职工作，收拾好东西，朝李易安的方向走去。

李易安正忙碌地整理文件，冯庭单手撑在桌上，微微俯身问道："顾总今晚有什么安排？"

李易安抬头笑着回应："怎么了？你有事吗？"

冯庭摇了摇头："没事。"她低头整理了一下衬衫前襟，又问，"顾总今晚有应酬吗？"

"行程上没有安排，不过顾总等会儿要去趟郊区，我会开车陪同。"李易安看了一眼腕表，随即补充道，"估计下班就要走了。"

冯庭点了点头，表示明白，却仍站在李易安面前不走，似乎在找话题："李秘书，你在忙什么呢？"

"顾总明天要请一位重要客人吃饭。这是张秘书选的菜品，我在做最后的检查。"李易安回道。

说话间，下班时间到了。冯庭的手机忽然响起，她低头看了一眼。

李易安瞥了她一眼，打趣道："有约会？"

冯庭撇撇嘴，笑着说："空窗太久了，我都快忘了男人是什么味儿了……"

李易安忍俊不禁："少在这儿装可怜。你刚来那会儿，不就有人给你送花了吗？"

被拆穿的冯庭只是笑了笑，没有多说，接着拿起手机接听电话。刚听了一句，她便捂住话筒，疑惑地看向李易安："周小姐打来的电话？"

"周小姐？"李易安听到这个名字，神色一动，立刻竖起了耳朵。

那边不知说了什么，冯庭神情有些慌乱，低声解释道："您误会了，我跟顾总什么事都没有……"

话只说到这里，她便匆匆拿起外套走了出去，背影很快消失在茶水间的门后。

"我跟顾总什么事都没有"——这句话的信息量实在太大。李易安微微眯起眼睛，不由自主地朝总办的门口望去。

就在这时，顾闻柯正好从办公室出来，手里拎着车钥匙。他随手将钥匙丢给李易安，没等李易安反应过来，人已经走出很远，只留下一个背影和一句简短的吩咐："跟我出去一趟。"

李易安迅速收拾好东西，拿起钥匙下楼去地下车库取车。他心里隐隐觉得不对劲，因为冯庭还没从茶水间出来。然而，顾闻柯的催促电话接连打来，令他没空多想，只能快步下楼赶去。

夜晚微凉，空气中带着些许冷意。冯庭从茶水间出来时，步伐比平常慢了一些。她没有去地下车库，而是将外套随意搭在小臂上，抬手理了理微乱的发丝。

刚走到公司门口，一辆价格不菲的私家车缓缓停下。冯庭下意识地低头看向车内，便瞧见周可岚从车上下来。周可岚披着香奈儿的最新款外套，鼻梁上架着一副墨镜，遮住了大半张脸。

冯庭站定，微微点头示意："周小姐。"

周可岚神色晦暗，表情被墨镜掩盖，难以分辨，她只用平淡的语气开口："冯秘书，我们找个地方聊聊？"

冯庭环顾了一下四周，没有多说什么，弯腰上了车。

私家车在景枫大道上疾驰，车窗外风景如画，然而车内的气氛显得有些凝滞。二十分钟后，车辆驶向一片偏僻的区域。

顾闻柯沉默了一会儿，想起刚才出公司时李易安一步三回头，似乎有什么顾虑，便问：“你刚才心不在焉什么？”

李易安一直专注地开车，被问及后才将视线从路面移开，通过车内后视镜望向后座，看到老板线条清晰的下巴。

他斟酌再三，实在不知该怎么说。不过，今天那通电话确实有些匪夷所思。架在车载显示屏上方的手机忽然亮了，来电显示“小包”。

小包是李易安的一个做私人生意的朋友。这生意之所以称为“私人”，主要是因为涉及跟踪以及一些富豪、名人的隐私，他是被委托方。前段时间，顾闻柯让人盯着周小姐，李易安便派小包负责此事。李易安转头看了一眼顾闻柯，拿起手机。

顾闻柯望向窗外，李易安说话的声音无意间传来：“什么时候的事？”

那边说了时间。

“好，我知道了。”李易安挂断电话，深吸了一口气，看上去有些难言之隐。

顾闻柯目光转过来，隐约猜到与自己有关，便问：“公司的事？”

李易安犹豫了一下：“不是。”

“跟我有关？”他又问。

李易安点头。

顾闻柯沉思了几秒，开门见山地问：“前几天我让你盯着周可岚，是不是发现了什么？”

李易安才说：“刚才下班时间，周小姐在公司楼下接走了冯秘书。”

“嗯，”顾闻柯垂下眼眸，顺手理了理西装上的褶皱，不以为意地说道，“她们两个应该有些关系。如果不是周可岚坚持，冯秘书也进不了公司。刚才她接走冯秘书，想必是二人出去聚餐或喝咖啡了。”

这时，李易安的手机再次响起，发消息的人换成了冯庭。

冯庭：“李秘书，我不知道该找谁，现在特别害怕……”

李易安不敢轻举妄动，只用单手回复了几个字：“你在哪里？”

冯庭：“我也不知道，附近没有什么标志性建筑。”

周家在本市发家的那几年，素来行事霸道。周可岚怀疑未婚夫与秘书有染，把冯庭带走恐吓，这种事并非只存在于影视剧中。

李易安这次不再隐瞒，直接向顾闻柯汇报：“顾总，我觉得现在冯秘书可能有危险。”说着，李易安将手机递给顾闻柯，“您看，冯秘书向我求助了。”

顾闻柯愣了两秒，接过手机，车厢里顿时一片寂静。他看完冯庭发来的消息，握着手机的指尖微微泛白。

他把手机还给李易安，冷声说道：“让冯秘书把位置发过来。”

李易安迅速联系冯庭，索要了她的位置。他随即打开导航，顺着路线直奔目的地。

半小时后，车抵达了冯庭提供的位置。那是一片正在拆迁、尚未开发的工地，周围空无一人，道路坎坷泥泞，连一盏路灯都没有。

车转过一个弯时，车灯扫过路旁，顾闻柯看见一个瘦弱的身影蹲在道路左侧的一棵法国梧桐下。

李易安也看到了冯庭，立刻停车，率先冲了过去。

顾闻柯却没有动作，仍坐在车里，透过挡风玻璃凝视着几米外的冯庭。他紧握的手慢慢从膝盖上放下。

此时，李易安已经安抚好了冯庭，扶着她朝车这边走来。顾闻柯一言不发，目光始终落在冯庭身上。

冯庭走到车旁，站在顾闻柯面前，低着头。过了好一会儿，她才用沙哑的声音轻声喊道：“顾总。”

她的声音因惊吓而略带颤抖。别说被周可岚恐吓了，就算是大晚上把一个姑娘丢在这样偏僻的地方，也足够吓人了。

顾闻柯没有回应，所有的情绪都隐藏在黑暗中。他只是拉开车门，示意她上车。冯庭只好低着头上了车，往里面挪了挪。

李易安开车回市里，走了十几分钟才看到公交站牌，附近的车辆逐渐增多。

一直沉默的顾闻柯这才开口：“李秘书，你找个好打车的地方停下，打车回去。”他补充道，“我跟冯秘书有话说。”

此话一出，李易安似乎意识到了些什么，说道：“好。”

很快，他看到一个回市里的公交站牌，把车子开到公交站旁边，停在银行的入口处。

李易安走后，两人谁也没说话，端正地坐在后座上。

顾闻柯虚握着放在膝盖上的手，微微动了动。冯庭缩在角落里，双手掌心朝下，紧紧握着手机，感觉手心里全是冷汗。

此时，男人忽然伸出手，抬起冯庭的下巴。两人对视片刻，随后男人的视线下移，仔细端详着女人那张精致的脸庞。

顾闻柯身上散发着一种好闻的木质香气，醇厚而不张扬。

冯庭小心翼翼地屏住呼吸，将视线移开。这时，她听到男人的声音再次响起：“她打你了吗？”

冯庭定定地看着顾闻柯，过了三秒，偏过头去，说：“我其实挺理解她的。”她轻轻眨动睫毛，眼角的余光扫过他的裤脚，露出一副受了委屈却仍为他人着想的柔弱模样，“周小姐警告我是应该的。我不想再欺骗自己，感情的事我控制不住。我会乖乖去南港上班，到时候和顾总就不会再有见面的机会了……”

她没有看顾闻柯，也无法揣测他的反应。说完，她抿了抿嘴，抬手去摸门把手：“我也打车走吧，不需要顾总送了。”

刚一转身，肩膀就被一只强有力的手握住，冯庭这时才轻轻抬头，展眸凝望顾闻柯。

他依旧用深邃的眼神凝视着她，眉宇之间流露出几丝探究之意，仿佛在确认她刚才那些话的真实性。

这样的神情，让冯庭不禁怔住了。

“你刚才那番话是什么意思？”他打破了僵局，继续问道，“从什么时候开始的？”

冯庭用真挚的眼神望着他，不避不让：“如果我知道是从什么时候开始的就好了，我会及时刹车。现在我越想控制，对你的感觉就越强烈……”

说到这里，她的眼眶彻底红了，酸涩模糊。低下头的瞬间，一颗泪珠顺着脸颊滑落。她狼狈地转过身去，擦了擦泪水，然后用力挣扎，试图从顾闻柯手中挣脱。

顾闻柯不动声色地抿紧唇线，任由冯庭挣扎。推搡之间，她用力推开车门，刚将一只脚踏出去，便被一双结实的臂膀从后方紧紧搂住腰，用力拽回了车内。

顾闻柯单手牢牢桎梏住冯庭的两只手腕，将她拉向自己，倾身，用另一只手“啪”的一声关上车门。这一连串动作行云流水，快得让冯庭的心脏怦怦直跳，呼吸也变得紊乱起来。她刚转过头，温热的嘴唇便迎面撞了过来——用“撞”这个词再贴切不过。

冯庭当场愣住，倏然睁大了眼，忘记了挣扎。

反应过来后，她用鞋跟抵住车底，试图借力往后撤退。然而，顾闻柯不给她任何机会。他稳稳握住她试图反抗的手腕，将其反剪到背后，另一只手臂紧紧箍住她的腰，稍稍用力将她提起。大掌穿过她柔顺的秀发，牢牢扣住她的后颈。

冯庭的脑子嗡嗡作响，陷入一片混乱。车内昏暗，四周模糊不清，唯有感官无限放大。直到他的唇沿着她的嘴角缓缓下移，冯庭猛然清醒。此时，她的双手已被释放。她的眼中闪过一丝寒意。

“啪！”一声脆响，她鼓足力气狠狠甩出一记耳光。顾闻柯英俊的脸庞被打得偏向一侧，五个清晰的指印顿时浮现。

车厢内陷入死寂，只剩引擎低低的嗡鸣声，伴随着轻微的震动。

冯庭眨了眨眼，掌心的刺痛提醒着她，刚才自己失控了，一时冲动竟然打了人。此刻的空气仿佛凝滞，双方陷入一种极度尴尬的境地。冯庭不由自主地搓了搓手，试图掩饰内心的慌乱。

顾闻柯居高临下地凝视着冯庭，沉默了几秒。他既没有质问她为何动手，也没有为自己的行为做任何解释，只是淡淡地说道：“太晚了，我送你回家。”

说完，他推开车门下车，绕到驾驶座坐好，朝市区方向驶去。

冯庭垂下头，懊恼不已。事情发生得太突然，令她措手不及，而她的反应也未免显得过于激烈。

尽管她打了他，有些事情她不得不承认：禁忌中夹杂着刺激。在他没有进一步动作之前，冯庭的理智与欲望交替争夺上风。她既不想被占便宜，又心存侥幸，不愿轻易放弃。

一路上，两人都没有再说话。

二十分钟后，私家车停在冯庭小区门口。顾闻柯这才第一次转过身，提醒道：“到了。”

冯庭拿着包下了车。顾闻柯随即合上车门，双手插进裤兜，西装外套的两侧被挤到后面。他走到小区大门正对面，停下脚步，没有再往前送。

缓和气氛的话在冯庭嘴边打转，但她觉得解释只会适得其反，反而可能将刚才的尴尬场面重新摊开在两人面前。

既然本来就难以忘记，那就千万不能再提，以免加深印象。然而，她又害怕自己彻底搞砸，让顾闻柯不再对她有任何好感。思前想后，冯庭想起自己包里有一件前段时间秦思明从国外顺手给她带的小物件。眼下，她只能“借花献佛”。于是，她走出两步后，又退了回来。

她走到顾闻柯身边，从包里取出那件小艺术品，轻轻递到他面前。顾闻柯有些意外，停顿了一下，才把手从裤兜里抽出来，低头仔细打量。

冯庭开口说道：“前几天跟朋友逛街时，无意间看到这个。我一直觉得顾总的车里空空的，连个挂饰都没有，所以自作主张买了这个。一直随身携带着，没敢送出去，怕顾总会拒绝。”

顾闻柯轻轻捻磨着挂坠上的深色珠子，嘴角微微上扬，点头说道：“谢谢，你有心了。”

冯庭犹豫了一下，鼓起勇气提出请求：“可以挂在顾总经常开的那辆车上吗？”

顾闻柯微微皱眉，问道：“为什么？”

冯庭低下头，低声回答：“因为我希望顾总每次开车看到挂坠时，能想起我。”话音刚落，她自嘲地笑了笑，笑容里透出一丝隐隐的哀伤。

顾闻柯愣了一下，喉结微微滚动，却一个字都没说，既没有答应，也没有拒绝。

冯庭耸了耸肩，轻松地笑了笑，转身大步走向小区。

顾闻柯站在原地，没有动。

冯庭走到小区门口，感觉到顾闻柯还没有离开，于是停下脚步，顿了三秒，转身望向他。

她迎上顾闻柯探究的目光，微微扬起嘴角，露出一个明艳的笑容。

顾闻柯微微动了动嘴唇，无意识地捏紧了手中的珠子。

第四章 服从性测试

周可岚前一晚刚找冯庭的碴儿，第二天中午便跑到苏记斋，要了一份老鸭粉丝汤。

她打包好后，让老板安排送餐员将其送到公司，交到顾闻柯的手中。

当时，顾闻柯正在会议室里。吴巡正在总结名仕苑二期工程的后期调度和后续开发问题。偌大的会议长桌坐满了人，有的人低头思索，有的人认真听着吴巡的发言。

顾闻柯坐在主位，面前摊开着一本企划书，一只手搭在会议桌上，手边放着手机。

手机忽然响了，顾闻柯低头一看，屏幕上显示“周可岚”这三个字。他面无表情，抬手挂断了电话。手机自动回复了一条消息：“抱歉，我正在开会，请稍后再打。”随后，他继续如常地听吴巡的讲话。

周可岚收到消息，按理说，平时她肯定不会再打电话了，因为继续打也是自讨没趣。不过这次她是有目的的，自然不能轻易放弃。

第二次被挂断后，她第三次拨了过去，结果依然是被挂断。直到她第四次连续拨打时，才听到冰冷的语音提示：“对方已关机。”

周可岚逼得顾闻柯不得不关机。开完会后，顾闻柯把手机递给李易安，说：“我想清静一段时间，你帮我再办一张手机卡。”

李易安抬头看了他一眼，顾闻柯只是皱了皱眉，捏了捏鼻梁，然后转身进了办公室。

他昨晚没休息好，现在有些困倦，而一个小时后还有事要处理，只能趁这段时间靠在椅背上小憩。

谁知刚刚打了个盹，李易安便敲门进来，手里端着一桶老鸭汤。

顾闻柯不耐烦地睁开眼，问道："怎么了？"

李易安低声答道："周小姐订的老鸭汤，说是给顾总顺气补身的。"

听到"顺气补身"这四个字，顾闻柯气笑了，摆手说道："你们拿去喝吧。"

他的语气中没有一丝玩笑的意味。李易安见状，明白他困倦不想多说，便端着老鸭汤退了出去。

回到部门，正巧冯庭笑吟吟地走过来，经过李易安身边时闻到一阵香味，便问道："李秘书，这是什么？"

李易安答道："老鸭汤，顾总不感兴趣，让我拿回来给大家喝。"

冯庭一听到"老鸭汤"，立刻来了精神，主动去拿杯子，笑着说："我刚才还念叨着老鸭汤呢，周小姐真是善解人意。"

李易安拧开保温桶的盖子，闻着香味，听她这么一说，不由得转身看向她："我可没说是谁送来的，你怎么知道？"

冯庭愣了一下，咬着咖啡勺眨了眨眼，说："我猜的啊。"

说完，她毫不客气地给自己倒了一杯，轻轻喝了一小口，满足地眯起眼睛。

李易安坐下后，过了一会儿又转过身来，抬手托着下巴，若有所思地打量着冯庭。

冯婷喝完老鸭汤，觉得全身都被唤醒了。她刷好杯子后，听李易安提到顾总还在办公室，便悄悄朝总办走去。

顾闻柯被李易安打扰后便没再睡着。这时，冯庭推门而入，竟然连敲门都省了。在顾闻柯这里，她总是喜欢耍一些小心机，只要不被当面指责，就乐于享受这些小特权。

她没有敲门，悄悄地走了进来。看见他靠在椅背上，脖子微微后仰，背对着房门，面向落地窗。阳光洒在他的脸上，显得沉静儒雅，但眉宇间隐隐透着一丝未解的愁绪。

她注视着阳光下男人的英俊面容，内心深处不由自主地感叹老天爷的不公平。

无论是男人还是女人，冯庭总是容易被外貌所吸引。自古以来，容貌出众的人总能给人留下深刻的印象。

顾闻柯察觉到身后有人靠近，一双细腻而微凉的手轻轻搭在他的太阳穴上。声音温柔动听，直抵他的心底："顾总是在心烦吗？"

他慢慢睁开眼睛，没有动作，任由那双手轻轻按摩他微痛的太阳穴。

“是因为我吗？”她的声音再次响起。

顾闻柯没有立即回答，沉思了片刻，才缓缓开口：“我习惯在自己身上找原因。”

话音刚落，他轻轻移开冯庭的手。冯庭随即退后一步，而他的椅子也随之转了过来。

冯庭走到对面用于汇报工作的椅子上坐下，微微前倾着身体，托着腮，带着几分讨好的语气对他说：“那当然了，成功人士总是喜欢在自己身上找原因，不断提升解决问题的能力。而普通人只会怨天尤人，逃避责任。像我，就是个普通人，所以我要向顾总多多学习。”说到这里，她垂下眼帘，声音低了几分，“不过，我好像没什么时间了……顾总不是打算把我调走吗？”

这话说完，顾闻柯依然没有什么反应。冯庭悄悄抬起眼，看见他只是叹了口气，目光转向别处。见他不表态，冯庭立即转移了话题，笑着说道：“算了，不说这个了。就算我去了外地，也还是公司的员工，有什么问题照样可以请教顾总嘛。”

顾闻柯抬眼看了她片刻，嘴角微微牵动，似笑非笑地说道：“你倒是挺会安慰自己。”

冯庭笑着接话：“那是自然，我的生存能力一向很强。去了外地，我一样能发光发热。”

顾闻柯“扑哧”一声笑了出来，先前的愁容瞬间舒展。他端起茶杯抿了一口，随即摆出一副老板的架子，忍着笑皱眉说道：“你还挺自信。”

冯庭微微一笑，没有再说话。

冯庭从顾闻柯的办公室出来，经过电梯间时，突然听见低声争执的声音。她停下脚步，顺着声音走了过去。

原来是张秘书在打电话。冯庭之前就知道，张秘书最近与妻子的关系紧张，现在看来情况更糟了。

张秘书讲完电话后挂断，随即蹲下身点燃一支香烟。听到动静，他转过头，看见了冯庭。

冯庭解释道：“我路过，不小心听到了，抱歉。”

说着，她走到张秘书身边，随意地坐下，侧头看了看他，说道：“我忘带烟了，可以借我一支吗？”

张秘书低下头，从口袋里掏出香烟和打火机递给她。冯庭熟练地点燃香烟。

张秘书侧头看了她一眼，说："我才知道你会抽烟。"

冯庭抬起手，轻轻弹去烟灰，答道："是啊。"她看着他，眼神淡然。

冯庭在顾闻柯面前是一套说辞，在张秘书面前又是一套说辞。不过这次，她毫不隐瞒地说道："我一般只有在工作中需要和男性拉近关系时才抽烟。"

张秘书并没有多想，作为职场老人，他很自然地将"工作需要"理解为业务应酬。

香烟抽到一半，两人聊了一些无关紧要的话题后，冯庭才切入正题："又和你老婆闹离婚了？"

张秘书显然是个很有家庭责任感的男人。一听冯庭提起，他眼眶便有些泛红："不是我闹，是她闹。可能真的走不下去了吧。"

他低下头，苦笑了一下，语气中带着无奈："孩子还小，我不想离婚。而且我小时候父母就离婚了，我不想让我的儿子像我一样。"

冯庭默默听着。在她接触过的婚姻问题和夫妻矛盾中，寻求帮助的大多是女性。她一直觉得女人比男人更能忍耐，也更具有解决问题的勇气和能力。

说不动容是假的。她缓缓吐了口气，问他："你现在是求着她不离婚吗？你要知道，女人在有了孩子以后，对待离婚问题往往比男人更保守，除非忍无可忍。"

张秘书大概觉得有些丢人，勉强笑了笑。

"你觉得你们之间的爆发点是什么？"

"没什么爆发点，她就是厌倦了。"

"她对你的纠缠，现在是什么态度？"

"很烦，"张秘书想了想，又补充道，"可以说是厌恶。"

冯庭点点头，说道："张秘书，如果你信任我的话——"她编辑了一个地址，发到张秘书的微信上，"你去这个地方咨询一下，可能能帮到你。"

张秘书拿起手机看了看，问："这是什么？"

冯庭解释道："我一个非常信任的朋友，做情感挽回的。"

为了增加可信度，她信口胡诌："之前我爸爸在外面认识了一个阿姨，鬼迷心窍，以为人生的第二春到了，死活要跟我妈离婚。我妈当时面对的情况比你严重多了，她念着年少夫妻、老来伴的情分，就想给我爸爸一个机会，去了这个地方。结果，三个月就把我爸治得服服帖帖。"说完，她眨了眨眼，心里默默道歉：“对不起啊，爸爸！”

这么一说，张秘书立马深信不疑，对冯庭感激地笑了笑：“不知道该怎么感谢你……”

冯庭晃了晃手里的香烟，说道：“这不是已经谢过了？”

她说完，把烟蒂熄灭，丢下一句：“我去工作了。”然后就走了。

走出电梯间后，她给秦思明发了一条消息：“傍晚可能有一个上门咨询的。”

秦思明笑着回复：“你跑哪儿去拉业务了？”

冯庭回道：“你觉得以我的资质，还需要亲自去拉业务吗？”

开过玩笑后，冯庭转向正事，叮嘱他：“是认识我的人，你对他就不要透露我们的关系了。他现在的情况需要冷却关系，淡化妻子对他的厌恶感，所以最好建议他搬出去住一段时间。我了解到他公司最近有调动的机会，你可以问问他，建议他争取这次调动。换个新圈子，更容易增加对妻子的神秘感。而且这次调动是个好机会，说不定以后还能升职加薪。这样一来，对妻子而言，他的价值会更高，再想离婚也会权衡利弊。”

秦思明回复：“好，我明白。”

冯庭猜测张秘书今天傍晚就会过去。因为他现在痛苦难忍，走投无路，内心极度崩溃，急于寻找解决办法。在这种情况下，别说是找情感咨询了，即便有人告诉他某座山上的菩萨显灵、正在普度众生，他可能都会拿着香油钱去一趟。

事实证明，冯庭的猜测没错。下班后，张秘书便按照地址找了过去。

经过两个小时的交谈，秦思明帮他分析了问题，让他认识到自身的不足。原来，他一直以来疏于对妻子的关心。由于原生家庭的不幸，他缺乏处理亲密关系的能力，更不懂得如何扮演好丈夫的角色。谈恋爱时尚无大碍，但一旦步入婚姻，各种缺点便暴露无遗，最终让妻子彻底失望。经过一夜的思考，第二天回到公司后，张秘书主动提交了调往分公司的申请。

接下来的几天，顾闻柯一直没回名府花园。时间如行云流水，一周很快过去。冯庭以为调任通知早就下来了，没想到左等右等，人事部却没有任何动静。

她生怕被人想起，自然既不敢提也不敢问。不过，李易安认为这是一个锻炼的机会。后来，见冯庭不再排斥去外地锻炼，便一直将这件事放在心上，帮她留意着。

这天，开完会后，各大董事和高层都陆续离开了会议室。顾闻柯与吴巡谈话结束后，吴巡拿着文件离开，只剩下满桌待收拾的茶水和桌椅。顾闻柯起身，李易安见状，便跟了上去。

他趁机问道："顾总，派冯秘书去分公司的事，什么时候落实？"

谁知顾闻柯顿了一下，反问道："我什么时候说过一定要派冯秘书去分公司？"

李易安本想提醒他，却被问得愣住了："顾总不是看好冯秘书吗？"

顾闻柯继续向前走。听到李易安这样说，他抬起头活动了一下肩颈，答道："你不是也说张秘书有意去分公司锻炼吗？"他沉思片刻后说道，"张秘书比冯秘书年长几岁，为公司做了不少贡献。你这么一说，我突然觉得，这次的机会应该让给他。"

顾闻柯心中自然有些私心，却不愿承认。他只是补充道："不能让老部下感到心寒，也不能让大家觉得我是个兔死狗烹、鸟尽弓藏的老板。况且，冯秘书还年轻，资历尚浅。"

最终，顾闻柯拍板决定，冯庭被调到分公司的事就此作罢。没过几天，张秘书的任命通知便下来了，他忙着交接任务。

冯庭在电梯间再次遇到张秘书，张秘书热情地叫住她，说："你前几天介绍给我的情感咨询师，我去见了。"

冯庭装作不知情，问道："怎么样？"

张秘书表示肯定："分析得很有道理，我准备按照他说的尝试一下，死马当活马医吧。"冯庭点点头。

"为了修复关系，我特地争取去外地一段时间，"张秘书弹了弹烟灰，说道，"名额只有一个，一开始顾总好像另有安排，我为此还担心了好几天，现在终于可以松口气。"

冯庭说："是啊，我也终于可以松口气。"

张秘书疑惑地看过来："你松什么气？"

冯庭意识到自己差点说漏嘴了，抿唇一笑："我替你松口气啊。"她说完便走出电梯间。

没想到顾闻柯带着吴巡进来。顾闻柯抬头看见张秘书，又回头望向冯庭，眉眼微微一敛。

他没说话，吴巡却先开口："冯秘书，刚才顾总要找你，原来你在这里偷闲。"

这时顾闻柯才说道："你随我和吴经理出去一趟。"

冯庭"嗯"了一声，转身又走了回来，站到顾闻柯身后，与吴巡并排等电梯。

几分钟后，电梯上来，三人进入电梯。吴巡按了负二层地下车库的按钮，顾闻柯侧目，不经意地从冯庭身上扫过。当吴巡去开车时，两人在原地等候。顾闻柯这才问："刚才跟张秘书聊什么？"

"啊？"

冯庭抬起头，迟疑了两秒才说："工作时间当然是聊工作上的事。"

顾闻柯显然不信，回头看着她，眼神似乎在说"你糊弄谁呢"。

吴巡把车开了过来。往常顾闻柯很讲究排场，但这次竟然主动为冯庭拉开了后门。冯庭一开始没明白他的意思，愣愣地站在原地，等他先上车后，才绕到另一边准备上车。

谁知顾闻柯看过来，微微显得不耐烦："看什么呢？上车。"

冯庭一怔，这才反应过来他的意思。

坐在车内握着方向盘的吴巡目睹这一幕，惊讶地望着两人。他的眼神过于直白，结果被顾闻柯发现了。

顾闻柯的目光淡淡地扫了过来，吴巡立刻收起了看戏的心思，不敢再多看一眼。

顾闻柯上午刚发了一场脾气。原因是他今年刚与一家制药公司谈妥合作关系，准备投资对方科研部的一个新研发项目。上周末，他还与对方代表共进晚餐，今天却得知周家也有意参与这个合作。

做生意自然没有"只能你赚钱，不许我赚钱"的道理。然而，周家不知从哪里得到了消息，在得知顾闻柯的打算后，刻意插手抢这个项目。

如果只是抢项目，顾闻柯这种见惯风浪的人自然不会过于计较。但偏偏周家不止于此，还私下使了绊子，以高薪挖走了顾闻柯团队中负责项目的关键员工。

顾闻柯今晚出来，是为了与周禀然约时间当面沟通。周禀然今天才知道这件事。他们两人是多年好友，再加上两家有联姻关系，在生意上一直相互帮扶。如今发生这样的事情，周禀然夹在中间颇为为难。他刚从国外回来，公司事务尚未完全理顺，对此事也显得力不从心。

冯庭在路上听说今晚要见周禀然，这个名字立刻浮现在她脑海中，让她想起了那天初次见面时主动加她微信的油腻男。后来，周禀然几次出现在夜微凉酒吧，还热情地邀请她一起去玩。这些行为给冯庭留下了极其糟糕的印象。不过，她倒是忘了，上次自己在夜微凉酒吧挥霍时，周禀然也正好在场。

周禀然提前半小时预订了二楼的棋牌室，早早便到达了。顾闻柯和冯庭到场时，里面的人正在打牌。冯庭扫视了一圈，看到周禀然身边坐着启泰天地的太子爷殷航，而殷航对面则坐着一位陌生面孔，她不认识。

不过，周禀然称对方为“程总”，想来应该姓程。几人似乎在谈论程总的婚姻状况，而程总对此显然有些不悦。

只听周禀然说道：“我上次看见沈丝蕴，她清瘦了不少，看来在你家日子并不好过。”

这个话题让冯庭有些摸不着头脑。她跟随顾闻柯走到里面坐下，低声问道：“沈丝蕴？这名字听着有些耳熟。”

顾闻柯回头解释道：“‘久未烊’老板沈丝云的妹妹。”

冯庭恍然大悟，点了点头。

此时，周禀然正拿沈丝蕴最近瘦削的事情开玩笑，对程深之说道：“有一种胖叫幸福胖，看来沈丝蕴过得不太幸福。”

程深之微微一笑，答道：“她最近只是在减脂。你倒是很喜欢给自己加戏。”

周禀然又道：“程总你有所不知，女人在感情不顺时喜欢在自己身上找原因，最直接的表现就是减肥。”场上除了负责发牌的女服务员，就只有冯庭一个女性。周禀然看见她，便点名道，“冯秘书，你是女孩子，你说对不对？”

冯庭本不打算参与这个话题，但一抬头，发现大家都在看她，尤其是顾闻柯，眼中略带几分玩味。想着反正有顾闻柯撑腰，冯庭也不再客气，嘴角扬起一抹笑容，对程深之说道：“程总，不知道您有没有听过一句话，小减换衣服，大减换丈夫。”

此言一出，顾闻柯、周禀然和殷航都笑了起来。程深之捏着牌，看向他们，问道：“这姑娘说话挺犀利，是谁啊？”

顾闻柯笑道：“我的秘书。”

程深之哼了一声：“一个秘书都这么幽默？”

顾闻柯轻笑道：“程总过奖了。”

大家只当冯庭是在开玩笑，却不知冯庭比在场的各位更了解女人。别说女人，就连在座的这些人，被冯庭深入了解后，她可能比他们自己还了解他们。

顾闻柯今晚过来，自然不是为了娱乐打牌，而是借打牌为由，与周禀然和程深之商讨合作事宜。因此，他们玩了半个小时后，顾闻柯便与周禀然等人一起去了三楼的休息室谈事情。

冯庭一个人在楼下的台球馆随意打了几杆球，百无聊赖之际，听到有人喊道："冯秘书，一个人玩多没意思吧。"

冯庭转身，看到周禀然，这厮拿起另一根球杆，对她说："比画比画？"

冯庭笑着说："我技术不好，你这显然是在欺负人。"

她抬头看见顾闻柯站在楼梯口，主动走过去，挽着顾闻柯的手臂往这边拉："顾总，他想跟我切磋球技，显然是想虐我，你得帮帮我……"

顾闻柯低头看了一眼自己手臂上的手，没有拒绝。

周禀然提议道："这样吧，你打两杆就让顾总替你打一杆，你们俩打我一个？"

顾闻柯看向冯庭："你说呢？"

冯庭站在顾闻柯旁边，虽然技术不好，但气势不减，对周禀然下战书："那我可就不客气了。"她说这话的气势，让顾闻柯都不相信她不会打球。

游戏开始。

周禀然先开局，但没有球进洞。

冯庭微微一笑，弯下腰，"啪"的一声，手起杆落。

在三人六只眼睛的注视下，黑 8 骨碌碌地向前滚去，避开所有球，直接进洞。

静默三秒后，周禀然哈哈大笑起来，说道："冯秘书，就算你们俩打我一个，也用不着一开始就放水啊。"

首局，周禀然不费一兵一卒就赢了。

嘲讽完，他把黑 8 掏出来，接着开始第二局。"啪啪啪"几声，桌上的球越来越少。

冯庭的胜负欲被激起来，握着球杆的手指微微出汗，眼巴巴地看着周禀然，等他出错。

顾闻柯云淡风轻，表情悠然地看着冯庭。见她有些紧张，他凑近安慰道："别紧张，反正今晚赢不过他。"

冯庭听了差点翻白眼，这到底是安慰人，还是故意搞坏她的心态？

她皱起秀气的眉头，反问道："别开玩笑了。你台球不是很好吗？怎么可能赢不了他？"

顾闻柯却一脸无所谓地回答："赢不了。"

"为什么？"冯庭不解。

"就你这技术，就算丁俊晖来了也带不动。"顾闻柯不紧不慢地补充。

夜已深，吴巡站在棋牌室外的院子里，靠在车门上抽烟。远处灯火阑珊，棋牌室的磨砂玻璃门忽然被推开。他转过头，看到两人有说有笑地走出来。

走在前面的是冯庭。她轻轻跳下台阶，抬手拢了拢散落的发丝。院子里紫色的桔梗花正绽放，她随手摘下一朵，捏在指间，回身对顾闻柯轻轻一笑。

顾闻柯步伐沉稳，单手插在口袋里。冯庭微笑着将桔梗花递给他，说了句什么。顾闻柯停下脚步，静静地看了她一眼，这才从口袋里抽出手，不紧不慢地接过花。

两人一路走到停车的地方，冯庭这才注意到吴巡。她垂下眼帘，收敛起刚才略带妩媚的笑容，拉开后座车门，与顾闻柯一起上了车。

顾闻柯今晚喝了一杯伏特加，而吴巡和冯庭则滴酒未沾。吴巡坐在驾驶座上，发动引擎，冯庭则侧头望向车窗外的风景。随着车子缓缓启动、离开棋牌室，她才转过头。

“吴经理，”冯庭嘴角挂着一抹温柔的笑意，语气体贴地提议，“我和顾总顺路。你家比较远，要不先送你回去，再送顾总？”

这个提议听起来不错。吴巡不由自主地透过后视镜看向老板。

见顾闻柯没有异议，他才开口说道：“冯秘书没喝酒吧？”

冯庭笑着瞥了身旁的男人一眼，语气轻松地答道：“酒倒是没喝，东鹏特饮倒是灌了不少，不过还是没赢过周禀然。”

顾闻柯低下头，解开衬衫的袖口扣子，淡淡地说道：“想赢靠的是技术，你以为靠两瓶功能饮料就行？”

他说着松开袖口，转了转手腕，眼神不经意地瞥向她。冯庭双臂环胸，挑了挑眉，嘴角带着一丝调侃：“我的技术确实不怎么样。”

“只是‘不怎么样’？”

冯庭耸耸肩，无奈地笑道：“好吧，确实很糟糕。”

顾闻柯低头轻笑了一声：“知道自己几斤几两就好。”

冯庭没有和他争论技术的高低，而是眼珠一转，趁机说道：“那顾总，你能当我的老师，教教我吗？”

男人微微顿了顿，目光扫过来。冯庭眼中笑意盈盈，趁热打铁地敲定时间：“就这个周末吧！顾总你周末不是没安排吗？不如我们找家台球馆，你教我打球？”

她的语气和目光都非常到位，连吴巡都信了。他一边握着方向盘开车，一边笑着说：“冯秘书，你找顾总当你的老师，算是找对人了。我们顾总不仅台球打得好，而且非常有耐心。”

冯庭轻轻地瞥了一眼顾闻柯，想起刚才在台球厅，他握杆推杆的样子。

台球厅有两种常见的打球方式。一种是雷厉风行，手起杆落，清脆有声，击球速度快，碰撞声果断而有力，声传几米开外。

而顾闻柯恰好相反，他的打球方式与他的性格相似，斯文儒雅，轻缓柔和，力道拿捏得当，润物细无声地将球推入洞中。在别人手中，台球是用来角逐的野兽，而在顾闻柯手中，却如同柔中带韧的少女。

以至于冯庭今晚除了打球，就是看他打球。

周末下午去台球馆打球的安排，顾闻柯既没有答应，也没有拒绝。冯庭便将他的沉默当作默认。为了避免他反悔，她掏出手机，打开购物商城，在顾闻柯眼皮底下一本正经地挑选运动服，并说这是为周末打球准备的。

送吴巡到家后，冯庭换到驾驶座，准备送顾闻柯回去。

顾闻柯这时才开口：“我最近住在府前路，别走错地方。”

冯庭当然知道顾闻柯最近住在府前路，但还是应了一声：“顾总一个人住，会不会觉得冷清？”

顾闻柯抬起头，说道：“成年人要学会享受寂寞。”随即，他提醒冯庭，“这不是你的观点吗？”

冯庭觉得耳熟，想了一下才想起，这是她曾分享在朋友圈的内容。

“顾总竟然还看了我的朋友圈？”她试探着问。

顾闻柯淡然地说道：“我还看了很多人的朋友圈。”

冯庭哽了一下，“荣幸”二字刚到嘴边，又被硬生生咽了回去。

府前路离冯庭住的地方更近，比名府花园方便。虽然名府花园环境更好，但地理位置相对偏僻。

车子缓缓驶入府前别苑，在最靠近湿地公园的一栋楼前停下。冯庭解开安全带，拿湿巾擦手时，不小心碰开了扶手箱。仔细一看，里面竟然有她那天随手从包里拿出来送给顾闻柯的东西。如果不是今天看到，冯庭几乎都要忘了这件事。

她拿起摆件，说道：“我送的东西，顾总还留着？我以为你不喜欢。”

顾闻柯脸上闪过一丝不自在，但很快掩饰住，低声说道：“别人送的东西，不管喜欢与否，都不能随便丢弃。这是最基本的礼貌。”

冯庭挑了挑眉，没有再说什么。

她总觉得，自从那晚的热吻之后，顾闻柯并不像她想象中那样热情回应。或许是因为她的一时冲动让对方有些犹豫不前，也可能是顾闻柯性格内敛，所以显得有些难以捉摸。

想到这里，她清了清嗓子，在确认附近没有洗手间后，故意说道："我想去一下洗手间，可以吗？"

几秒钟后，冯庭下了车，跟随顾闻柯进入了电梯。

这栋楼一层一户，虽然是单身公寓，但面积颇大。顾闻柯的这套房子正对着湿地公园，远眺可见山水，风景秀丽。再往北，是一条繁华的街道，即便深夜也人流不息。顾闻柯果然很会享受生活，也很会挑选居所。

顾闻柯进门后，将外套脱下，挂在衣架上，一边解领带一边为冯庭指路："走廊尽头，左手边。"

冯庭应了一声，环顾室内的装饰，简约大方，低调中透着几分奢华，是前几年流行的中式复古装修风格。这里找不到一丝女性元素，完全为单身成功男士量身打造。

她假装去了卫生间，待了一分钟，然后走到洗手池洗了洗手。

出来后不见顾闻柯的身影，冯庭仍有些拘束，手掌轻轻搭在一侧脖颈上，环视了一圈客厅。这时，身后响起脚步声，顾闻柯端着一杯水走过来，递给冯庭。

冯庭有些犹豫，心想卫生间已经去过了，到底要不要继续留下。既然他以待客之礼请她喝水，那这杯水怎么也得喝完。

她端着水杯走到落地窗前的圆桌旁，慢悠悠地坐下，眼角余光瞥向顾闻柯，见他顿了顿脚步，随后朝她走过来。

他坐到圆桌的另一边，手里也捏着一杯水，默默抿了一口，然后将水杯放在白色实木桌上。

两人无言地凝视着远处的夜色。湿地公园的湖边绕着一圈紫色霓虹灯，有些艳俗。这么晚了还有人围湖垂钓，真是好兴致。

冯庭撩开鬓边遮挡视线的长发，轻声说道："我们这样好奇怪，像不像在一起多年的情侣？下班后一起回来，然后坐在这里喝茶看夜色。"

顾闻柯愣了一下，目光落在冯庭身上，冯庭也抬眼回望着他。

冯庭看着他，手指轻轻一推，只听"哗啦"一声，水杯被碰倒，滚了一圈，"啪"地摔在地板上，化成碎片。

顾闻柯被惊动，忙弯腰去收拾。冯庭眨了眨眼，也跟着蹲下身。两人面对面蹲着，冯庭的手刚伸过去，就被顾闻柯一把拉住："小心割到手。"

顾闻柯说完，自己都怔住了。他抬起头，正好对上冯庭的目光。她的眸色流转，红唇轻抿，似笑非笑。

顾闻柯松开她的手，刚要起身，冯庭眼疾手快，一把抓住他的衣领，将他拉了过来。

顾闻柯猝不及防，上半身失去平衡，向她倾去。幸好他长臂有力，及时撑住地板，这才避免直接压到她。

不过，两人之间的距离骤然缩短，近得可以清晰感受到彼此的呼吸。

冯庭微微歪头，缓缓地向他靠近。两人之间的距离更近了，却始终留有一丝缝隙。她探过脖颈，似吻非吻，温热的呼吸拂过他的下巴、嘴边，还有鼻尖。

“顾总，”她轻声说道，声音像羽毛般柔软，“你是不是在生气……”

没有了那晚酒精的作用，顾闻柯显得克制多了。他胸膛微微起伏了一下，语气低沉：“生什么气？”

冯庭低声答道：“那天我拒绝了你。”

顾闻柯闻言，反倒笑了：“我没那么小气。而且这种事讲究你情我愿，强求就没意思了。”

冯庭微微挑眉，缓缓说道：“既然不是生气，那肯定是我没有魅力。”

他看着她，眼角的笑意渐渐淡去，取而代之的是一抹深邃：“冯秘书，你知道吗，这世上好男人不多。”

说完，他一只手握住她攥皱了自己衬衫领口的手指，另一只手环住了冯庭的腰。

两只手猛然用力，冯庭毫无预兆地被抱了起来。她本是想逗逗他，却没料到男女力量悬殊，脚下一空，下一秒就被顾闻柯抱到了白色圆桌上。刚才还空空荡荡的桌子，现在立刻显得狭窄。冯庭的胸口起伏得比他还剧烈。他往前倾，她向后仰，直到极致，顾闻柯才停住，两只手撑在她的腰侧。

冯庭嘴角沾了几根发丝，顾闻柯伸手帮她拨开。

“我该夸你单纯，还是勇敢？大半夜跑到上司家里……”

冯庭单手撑着身子，细细端详着男人的眉眼，与他对视。淡淡的烟草味混合着男士香水的气息扑面而来。面对这样一张脸，她的心口猛地一紧。

她轻轻吐了口气，侧过头，露出白皙修长的脖颈，缓缓闭上眼，深吸一口气。下一秒，她猛然睁开眼，转过头，动作迅速地伸手扣住顾闻柯的脖子，将他拉近，用红唇堵住了他的嘴。

这次轮到顾闻柯愣住了。

片刻后，顾闻柯的电话响了。冯庭像是突然清醒过来，慌忙推开他，逃进卫生间，把门关上。她的后背紧贴着门板，缓缓滑坐到地面上。

冯庭蹲在地上冷静了好一会儿，心跳才逐渐恢复正常。她试图起身，却发现双腿无力，只得扶着盥洗池站起来。走到水池边，她捧起冷水，用力泼在脸上。

洗过脸后，她感觉自己冷静了不少。冯庭抬头看着镜子中的自己，拨了拨头发，扣好纽扣，整理好衣衫，然后才推门走出去。

顾闻柯还在打电话。电话是从美国打来的，此时正是美国早晨七点。

他手里捏着一张名片，在指间翻转着。听到卫生间的门打开，他抬头看了冯庭一眼，然后垂下眼眸，仿佛刚才什么都没有发生，只是声音中隐隐透出一丝不易察觉的低沉沙哑。

他终于讲完电话，挂断后，看了看冯庭，把手机放下。

有些事情，除了你情我愿，还得讲究水到渠成。此刻，两人都冷静了不少，静静地看着对方。

顾闻柯刚想开口，冯庭却抢先一步说道："时间不早了，顾总早点休息，我走了。"

顾闻柯愣了一下，用探究的目光扫过她。见冯庭不像是在开玩笑，他忽然笑了。

他摇了摇头，绅士地说："我喝了酒，不能送你。"

接着，他拿起风衣外套，又补充了一句："到家后给我报个平安。"

顾闻柯把冯庭送到楼下。冯庭上车后，毫不犹豫地开车离开。

顾闻柯从未见过情绪如此反常的姑娘。他站在冷风中，久久未动，直到车子彻底消失在视线中，才抬脚往回走。

冯庭凌晨才到家，推门进来后，她发现秦乐天还没睡。

秦乐天在同龄男孩中，穿衣风格颇有品位，清爽又爱干净，很难让人对他不产生好感。

冯庭随手将车钥匙和背包丢在一旁，静静地望着秦乐天。被她这样注视着，秦乐天显得有些不自在。

"怎么了？"秦乐天问道。

"还是差点意思。"冯庭说道，"可能你还是个毛头小子，魅力不到位。"

秦乐天一时语塞，心想：这人怎么一回来就开始打击人？

事实上，秦乐天已经整整一个月没联系赵凉凉了。如今，得到冯庭的"批准"，他终于可以重新更新朋友圈了。而且，这项任务并不简单——冯庭要求他把更新朋友圈当作一件非常重要的事，每周至少展示三次高质量的社交活动。

一个月杳无音信，秦乐天自然得精心策划，不能有丝毫马虎。

昨晚，冯庭陪顾闻柯去应酬，回来得很晚。按照公司的制度，她上午可以不用去上班。尽管昨晚失眠，但早晨她依然按生物钟准时醒来。

秦家晚上要举办一场酒会，邀请了许多上流社会的人士。冯庭觉得这是一个绝佳的机会，于是一大早便推开了秦乐天的房门。

她双臂抱胸，居高临下地看着还窝在被子里的秦乐天："收拾一下。"

正蒙头大睡的秦乐天扭了扭身体，含糊地问道："干吗……"

冯庭说道："今天不是要去参加酒会吗？跟我出去，把你那五颜六色的头发染回来，做个造型，然后再买一身像样的衣服。"

爱情的力量果然强大，秦乐天一听是为了这件事，立刻清醒了。他睁开眼睛，爽快地答应道："好啊。"

冯庭丢下一句："给你十分钟时间。"随后转身出了房间。

两个小时做头发，三个小时挑衣服。当秦乐天换上西装从试衣间走出来时，冯庭正坐在软沙发上翻阅杂志。听到动静，她抬起头，把墨镜拉下，扬起嘴角，露出一抹满意的笑容。

秦乐天去结账，把最后一点积蓄全花光了。拎着购物袋走出店门时，冯庭提出要求："陪了你一上午，你是不是该请我吃顿饭？"

秦乐天摸了摸比脸还干净的裤兜，无奈地苦笑："咱们去吃面吧？"

冯庭转过身，难以置信地看着他。但最终，在秦乐天的软磨硬泡下，冯庭还是答应了。

收拾妥当后，他们准时抵达酒会现场。

冯庭知道顾闻柯也会来，虽然心里告诉自己不会受到太大影响，却没想到两人在洗手间前单独碰面了。

顾闻柯洗完手擦干，正低头整理袖口时，冯庭补完妆走出洗手间，恰好与他迎面相遇。她垂下眼，瞥了一眼顾闻柯的手。以前，她从未觉得他手上那枚订婚戒指有任何不妥，但今晚，莫名觉得有些刺眼。

于是，她轻声说道："顾总手上的戒指真漂亮，今晚跟周小姐也真是鹣鲽情深呢。"

顾闻柯低下头，顺着她的视线看向自己手上的订婚戒指。

"我从未隐瞒过，从一开始你就知道，我是有婚约在身的。"顾闻柯语气平静地说，"等会儿我在车里等你。"

话音落下，他大步走向门外，留下冯庭独自站在原地。

既然顾闻柯已经安排好了他的未婚妻，那她就去吧。她还会怕他不成？

从洗手间出来时，宴会已接近尾声，宾客们陆陆续续地离场。由于秦家是东道主，秦思明负责接待，而秦乐天年纪尚小，还在上学，尚未参与家族生意，因此无须帮忙。

秦乐天见冯庭要离开，便拿起她来时穿的黑色风衣，体贴地替她披上。冯庭从香槟色手包中掏出手机看了看时间，随即对秦乐天撒谎道："我有个姐妹喝醉了，我得去接她。等你哥忙完后，你帮我告诉他一声，就说我先走了。"

秦乐天听后问道："你不带我一起走吗？"

冯庭挑了挑眉，说："你怎么现在这么黏人？再说了，你爸妈和你哥都在，我带你走算什么？"

秦乐天不满地撇了撇嘴。

冯庭没有再多言，提着包径直走出了酒店。

酒店右侧是一座商厦，门口有一家店铺，看样子正在准备打烊。顾闻柯的车就停在这家店铺门口的空位上。

冯庭站在马路对面，环顾四周，确认没有车辆经过后，才不紧不慢地朝顾闻柯的车走去。走到后门处，她弯腰拉开了车门。

顾闻柯见她出现，舒了一口气，抬头看向她。

冯庭将包递给顾闻柯，他愣了一下，随即抬手接过。接着，冯庭脱下风衣，这一次，顾闻柯显得很体贴，主动接了过去。

冯庭上车后，司机随即将音乐关掉。

她坐稳后，车缓缓驶入主干道，开进了一座湿地公园的停车场。司机挑了一个相对空旷的位置停好车，随后打开车门下车，走到一旁抽烟去了。

顾闻柯沉默了许久，忽然对她说道："今晚秦家举办酒会，一周前就送来了请帖。对于周可岚，不谈责任，我和周家还涉及许多利益关系。无论从情理上还是其他方面，我都必须带她出席。"

这是在向她解释吗？

冯庭熬了这么久，能听到顾闻柯的解释，这还真是一个里程碑式的进展。她转过头，激动地看着他。男

人有些拿不准她的反应，微微皱眉道："怎么这样看着我？"

冯庭如实回答："感动。"

"你刚才主动向我解释。"她眼神诚恳地注视着他，语气里带着一丝难掩的激动，"我真的太惊喜了。"

顾闻柯理解她的反应。毕竟一直以来，都是冯庭在主动，而他因为身份的束缚始终犹豫不决。即便现在，他依然保持着理智。他对冯庭的好感还远远不足以让他拿公司的未来冒险。

他舒展开眉头，却发现冯庭仍然目光灼灼地盯着他。他总觉得冯庭看自己的眼神，不像是一个女人注视深爱的情人，反而更像是在打量一盘色香味俱全的五花肉。

冯庭意识到自己的目光有些过分，于是赶忙移开视线，看向外面的司机。她抬手向后靠，目视前方，开始试探自己在顾闻柯心中的地位："那你以后可以不戴戒指吗？"

她低下头，声调有些柔和："我不喜欢看到你手上的订婚戒指，每次看到，心口就像被刀割一样……"

说到这里，她偷偷用眼角余光打量他，轻轻地将手挨近他的，试探着覆盖住他的手背："只有这么一个小小的要求，你可以满足吗？"

男人轻轻叹了口气，低头看着冯庭小心翼翼地触碰他的手。

"不可以。"他很理智地拒绝，"戒指必须一直戴着。如果摘了，被有心人或媒体拍到，会被拿去做文章，很难处理。"

冯庭刚才还飘飘然，听到这话后瞬间心情跌落谷底，触碰他的手指僵住了，扫兴地收了回来。

她淡淡地"哦"了一声，轻轻抚平长裙上的褶皱。心里的落差过大，她已没有心情再敷衍他。她打了个哈欠，佯装困倦地说道："麻烦送我回去吧，我困了。"

顾闻柯看着她，沉默不语。

冯庭转头看了他一眼，补充道："或者把我放到一个好打车的地方，我自己回去。"

刚才的气氛还算融洽，此刻却明显冷了下来。冯庭开口问："怎么了？"

顾闻柯沉吟片刻，目光渐渐变得犀利："我看不懂你。"

这句话让冯庭的危机感骤然升腾。她立刻收敛起方才的随性，语气认真了几分："什么意思？"

顾闻柯平静地说道："你热情的时候很热情，主动的时候很主动。但是，上一秒可以热情主动，下一秒又能迅速恢复淡漠疏离。"

他凑过来，审视着冯庭，冯庭下意识地往后退了一步。

男人眯起眼睛问："你到底有过多少男人？还有今晚，你跟秦家的两个公子，看上去关系都不错。"

面对顾闻柯的质问，冯庭如芒在背。她轻轻吸了一口气，眨了眨眼看着他。

冯庭早就知道，一个在商场上叱咤风云的成熟男人，即使感情经历不多，但因其内心强大而成熟，绝对不好欺骗。如果是像秦乐天这样没有社会经验的毛头小子，冯庭想要“套路”，最多一周就能拿下。但顾闻柯不同，他是个精明的商人，所以冯庭打算打一场持久战。

顾闻柯的眼神固然犀利，让人无所遁形，但冯庭深谙以柔克刚的道理。于是，她立刻散去刚才的气势，耷拉下肩膀，垂下眸子酝酿眼泪，不出三秒便进入了情绪。

“顾总是在怪我吗？”她抬起眼，泪水滚落，顺着脸颊滑到精致白皙的下巴上，盈盈地挂着。

顾闻柯没想到女人会这么情绪化，面对冯庭的眼泪，他有些慌乱。他抬手探过去，还未碰到冯庭，就被她“啪”的一下打开。

冯庭吸了吸鼻子，转头看向窗外，留给男人一个优美而忧郁的侧脸：“我为什么上一秒主动热情，下一秒冷漠疏离？因为你有未婚妻。你知道吗，只要一想到你和她有一天会结婚，我就有多难过？”

“你带着周可岚出席宴会，我连一句话都没说，你却反过来质问我。秦思明是我大学时期的师哥，我和他弟弟也认识多年。今晚我不过是过来当个女伴，顺便帮他弟弟拍几张照片……可在你眼里，这就成了‘阅男无数’吗？如果我真是这样的人，倒好了。那样的话，我对你就不会伤心，更不会难过……”冯庭说到这里，肩膀轻轻耸动，像是受了极大的委屈。

别的不说，男人最怕女人的眼泪，更别提冯庭的指责还句句在理。

顾闻柯无奈，只得败下阵来。他抬手握住她的手腕，将她挡在脸前的手轻轻拿开，低下头，温柔地注视着她。犹豫片刻，他叹了口气，从一旁抽出纸巾，细心地为她擦去眼泪。

“好了。”他看着她，语气终于缓和下来，“你说得对，是我错了。我确实没资格对你提这种要求，是我没摆正自己的身份。”

冯庭没有开口，只是微微地向他身边靠了靠，随后下意识地扑进他的怀里。

她枕着男人宽阔的胸膛，内心却出奇的平静。昏黄的灯光洒在她脸上，映出她清秀的眉目和清澈的眼神。

顾闻柯默默地让她抱了许久，随后才抬手轻轻搂住她的肩膀。

冯庭感受到他的手臂，抬起眼睛，目光扫过他的下巴，眼中透出一丝不易察觉的情绪。

她识趣地反思了一下自己："我刚才确实有不对的地方，明知道你手上的订婚戒指不能随便摘，却故意为难你。我心里就是不舒服，总觉得自己全心全意地投在你身上，而你的一切似乎都属于周小姐。我只是希望能有一块属于我的私人空间……"

她把自己描绘得卑微又懂事，可怜又痴情。

男人往往难以抗拒一个漂亮且对自己充满好感的女人，尤其是在听到那些令人心动的表白时。顾闻柯也不例外。

冯庭觉得自己已经退让了很多，便趁机试图拉近两人的关系。她低声请求道："那我不让你摘戒指，但你必须和我用情侣头像。这个小小的要求，你可以答应吗？"

"情侣头像？"对于顾闻柯这样不太懂浪漫的人来说，这种新潮的提议让他感到意外。

冯庭摇晃着他的胳膊，一边撒娇一边说道："我会找一个隐晦的图案，不会让公司的同事看出来的，好不好嘛……"

男人沉默了，没有明确答应，也没有直接拒绝。

冯庭知道他习惯保持矜持，也没有逼他亲口承诺。对她来说，这种沉默已经是一种默许。

冯庭回到家后，先好好洗了个热水澡，满身的疲惫随之消散。她穿着睡衣，用毛巾裹着湿漉漉的头发走出浴室，随后拿起单反相机，仔细查看今天为秦乐天拍摄的照片。

接着，她打开电脑，将照片上传，并从上百张照片中挑剔地选出九张。这九张照片无论是从秦乐天的神态仪表，还是背景、质感及拍摄角度来看，都堪称完美。

所谓"拍照五分钟，修图两小时"，对于一个追求精致的摄影师来说，仅仅会拍照而不会修图是远远不够的。

冯庭打开修图软件，熟练地操作起来：调色、均匀肤色、瘦身、修形，最后再对亮度、对比度、饱和度、清晰度，以及色温和色差进行整体调整。一张照片才算真正完成。

正当她修到第九张照片时，秦乐天从外面回来。一进门，他便看到冯庭端着电脑，盘腿坐在沙发上。

冯庭抬了抬眼皮，一边挪动鼠标，一边说道："这是我第一次，也是最后一次帮你拍照修图。以后你发朋友圈，自己想办法拍，自己学着去修，发之前给我看一下效果，我这边过关了才能发。”

她说完，结束最后一张修图，把九张照片全部打包，用电子邮件发给秦乐天，然后“啪”的一声合上电脑。

秦乐天打开手机邮箱，看到冯庭修饰后的成片，佩服得五体投地。

“姐姐，你有没有考虑过做摄影师？”他忍不住问道。

冯庭抬头看了他一眼，没有搭理他。

秦乐天以前的朋友圈简直是大型翻车现场，冯庭看了后无奈地摇了摇头，说道：“你这哪是朋友圈，简直是菜市场。”

秦乐天不好意思地挠了挠头。冯庭把他叫到跟前，吩咐道：“你现在赶紧把以前的朋友圈都锁起来，谁也别让看了。”她接着严肃地补充道，“还有，以后拍照一定要学点技巧。想要拍出高级感，留白很重要。不会的话就去网上搜教程。”

冯庭挑出了一堆毛病，秦乐天这个一贯不可一世的人，为了挽回女友的心，竟然全部虚心接受了。

第二天还要上班，冯庭交代完事情后就回卧室休息了。躺下后，她拿起手机，主动给顾闻柯发了一条消息：“睡了吗？”

最近，顾闻柯回复消息的频率增加了，速度也快了不少。他很快回道：“刚躺下。”

冯庭忽然失去了继续聊天的兴趣，把手机放在胸前，望着白色单调的天花板发起了呆。

没过多久，手机“嗡嗡嗡”地振动了一下。冯庭隔了一两分钟才从沉思中回过神，拿起手机查看。

顾闻柯：“下个月我得陪她回老家祭祖，一周后回来。”

冯庭：“住一起吗？”

顾闻柯：“这几天是的。”

顾闻柯提到的这件事，冯庭其实是知道的。

周家每年都会回祖宅祭祖。顾闻柯跟周可岚订婚后，每年这几天都会空出时间陪她过去住几天，面子工程做得很到位。

冯庭看完消息后没有立刻回复。她在网上搜了一些情侣头像，仔细挑选了一番，最后选定了两个版本。

一个是海边落日下，一对男女仰头远眺的剪影，一个伸手比画“YES”，另一个伸手比画“OK”；另一张则是男版蜡笔小新和女版樱桃小丸子，背景相同，一个向左边跑，一个向右边跑。

冯庭把两个版本都发给顾闻柯，让他二选一。

冯庭觉得顾闻柯可能对这两种都不会满意。果然，他问：“有更好的方案吗？”

冯庭反问：“你觉得呢？”

顾闻柯那边很久没有回消息，冯庭体贴地替他做了决定：“就选落日剪影吧，日漫人物不太符合你的形象。”

顾闻柯说：“冯秘书，我觉得你是故意的。”

冯庭低声笑着，拿着手机，不由分说地给自己换了头像，并且给他发了一个“你看着办”的幽默动图。

她等了好几分钟，顾闻柯始终没有回复。

困意毫无预兆地袭来，冯庭侧了侧身子，将手机放到一旁，直接睡着了。

关于换头像的事情还没落实，她在睡梦中都不安稳，凌晨四点多忽然惊醒。

窗外天色微亮，窗帘只拉了一层白色薄纱，深色的遮光布没有拉上，微弱的晨光透过薄纱的缝隙洒了进来。

她赤脚下床，踮着脚走到窗边，将窗帘完全拉上。回到床上躺下后，她拿起手机查看消息。

顾闻柯昨晚竟然没有回复她的信息。冯庭挑了挑眉，这是在耍赖吗？

她立刻板起脸，犹豫着要不要现在就给顾闻柯打电话。冯庭正准备退出界面时，却不小心按到了顾闻柯的头像，画面一晃，跳转到了他的主页界面，而他的头像已经更新了……

她眨了眨眼，嘴角不由得扬起一丝微笑。

顾闻柯没有开通朋友圈，他的社交平台昵称是“八度心”。

第一次注意到顾闻柯的昵称时，冯庭特意上网查了一下。“八度心”这个词的解释是：用狭隘的想法揣测他人也会有同样的心思。

比如，当有人在背后说另一个人的坏话，而那个人实际上什么都没做，甚至有时还夸奖对方，这种情况也可以说是“以小人之心度君子之腹”。

冯庭想，顾闻柯给自己取这样一个名字，大概是为了自省，时刻提醒自己不要成为一个心怀“小人之心”的人。

第五章 逐步沦陷

昨晚，冯庭将照片发给秦乐天后，秦乐天立刻更新了朋友圈。他还去网上查找了一些朋友圈文案技巧，结合自己的实际情况，在照片上方配上了一段与自己年龄不太相符的成熟文字：“有幸参加这次酒会，受益良多。在今后的日子里，突然有了目标和动力。”

转眼到了周末，秦乐天的朋友圈已经发布两天了，却风平浪静，没有任何反响。

这天早晨，秦乐天被外面的声音吵醒。

冯庭周末从不睡懒觉，早早就起床洗澡。秦乐天出来时，她刚吹干头发，贴着面膜从他身边经过，正朝衣帽间走去。

秦乐天随口问道：“一大早这么隆重地梳妆打扮，你是要去约会吗？”

冯庭仰着头，在几套运动服之间犹豫不决，语气淡然地回答：“约什么会，姐姐可是单身。”她敷着面膜瞟了他一眼，又补充道，“去打球，顺便换个地方工作罢了。”说完，她踮起脚从衣架上取下了一套运动服。

今天冯庭的穿着显得格外低调。既然说要跟顾闻柯学打台球，着装上自然得中规中矩，否则容易让人觉得刻意。不过，冯庭也有自己的小心思。运动服虽然简单，却是突出腰线的设计，在运动休闲的风格中又透出一丝性感。

秦乐天昨晚没睡好。打游戏正玩得起劲时，一个纪念日提醒软件突然发来消息，提示他今天是和赵凉凉恋爱满多少天的纪念日。这条消息勾起了他的回忆，以至于凌晨四点，当外面天色渐亮时，他才抱着枕头昏昏睡去。

冯庭拿起眉笔，细致地描绘眉形。秦乐天一脸丧气地看着她，说：“你说赵凉凉会知道我发朋友圈了吗？我们俩现在不是好友，她会不会为了看我的朋友圈，特意跑到别的群里搜索我？”

冯庭抬起眼皮，淡淡地瞥了他一眼，说：“她要是真想看，自然不会嫌麻烦。”

秦乐天叹了口气，满脸忧虑：“我们现在完全没有任何联系，你又不让我去找她。她怎么可能知道我改变了这么多？要不我申请个小号，假装是她的朋友，提醒她一下？”

“别！”冯庭立刻做了个“暂停”的手势，语气坚定地说道，“这种愚蠢的行为只会暴露你的需求感。一旦暴露，你就彻底搞砸了。而且别低估她，她肯定能猜到是你。”

说完，冯庭长叹一口气，放下眉笔，转过身问他：“你们不是还有共同的朋友圈吗？”

秦乐天皱了皱眉，说：“是有，但大家都知道我们分手了。”

“别管那些，”冯庭语气笃定地解释道，“你们那些朋友能干什么？八卦啊！你的改变这么大，肯定会有一两个好事的八卦人士替你传话。”

秦乐天半信半疑：“真的会这样吗？”

冯庭微微一笑，眼神中带着几分从容：“或早或晚，你只需要静观其变。”

秦乐天看着冯庭那自信笃定的模样，心情稍稍放松了些。

为了这个周末打球，冯庭非常积极地联系了一家台球馆。昨晚，她还特意提醒顾闻柯：“今天早点睡哦，我明天去府前别苑接你。”

顾闻柯显然忘了之前的安排，疑惑地问道：“接我做什么？”

冯庭回答：“教我打球啊，之前不是说好了吗？地方我都订好了。”

顾闻柯没有再说什么。

他不知道的是，正因为见他没有拒绝，冯庭才放心交了押金。

在财务问题上，冯庭一向公事公办，交完钱后便把账单发给了周可岚。

此时，周可岚正和朋友喝早茶。她过了半个小时才看到冯庭的消息，立刻放下茶杯，生怕冯庭等久了会不高兴，赶紧把钱转了过去。

转完钱后，她叹了口气，心想这世上大概没有几个像她这样奇葩的人：不仅让自己的未婚夫和别的女人谈情说爱，还花自己的钱。

朋友从洗手间出来，正好看到周可岚叹气，便笑着走近，坐到她对面。

“怎么了？心情不好？”朋友关切地问。

周可岚收回思绪，淡淡一笑，说：“没事，我就是在想啊，人生苦短，一定要及时行乐。”

朋友“扑哧”一声笑了，端起咖啡轻轻抿了一口。

周可岚的钱到账时，冯庭正好接上了顾闻柯。

两人之间无形中形成了一种默契：只要车上只有他们两个，顾闻柯总会主动坐到主驾驶位开车。

此刻，顾闻柯正专注地握着方向盘，冯庭则目视前方，安静地坐在副驾驶座。

顾闻柯一上车，冯庭便毫不犹豫地让出了驾驶位，手机还放在支架上。两人都没说话，车厢内一片宁静。突然，一阵俗气而清脆的入账提示音响起，打破了沉默。

顾闻柯轻笑了一声，顺着声音看向冯庭的手机屏幕。幸好屏幕是关着的，手机还设置了隐私模式，此时只有一条简单的消息提醒。

冯庭脸色如常，慢条斯理地将手机取了下来。

“笑什么呢？”冯庭问。

“提示音很有趣。”顾闻柯答道。

“你是在说反话吧？”冯庭轻松地回应，然后打开手机，自然地接收了转账。

冯庭对顾闻柯说：“我爸爸真好，又给我钱花。”

顾闻柯看了她一眼，没有说什么。

冯庭预订了一家中档的台球馆，选择的是公共台球区，而不是三楼的包厢。

最近几次出入台球馆时，冯庭发现馆内很少见到女性。

服务员带着冯庭来到六号桌。

台球桌后有两张靠墙的高脚沙发椅，中间摆放着一张高脚茶几。在一旁的角落里，有两个球杆架，还有一个挂在墙上的九孔立式球杆架。

服务员送来了四瓶台球馆赠送的饮用水。

顾闻柯接过水，慢条斯理地脱下外套，随手搭在沙发上。他今天穿得舒适休闲，显然是打算认真传授经验的。

冯庭对台球一无所知，顾闻柯便从基础开始教她。

冯庭问：“我以后是不是要经常练习，技术才能提升？”

顾闻柯点头：“那要看你的悟性和天赋，以及对力道的掌握和对角度的分析能力。”

冯庭轻轻叹了口气，说：“听你这么讲，感觉好像也不是很难。”

顾闻柯笑了笑，心想，也只有门外汉敢这么说。不过冯庭没接触过，自然不知道其中的奥妙。

他走到台球桌的另一边，拿起白球，目光锁定洞口附近的彩球。

“你以为只是进洞那么简单吗？”他说道，“台球可不是单靠运气的游戏，它更讲究策略。”他一边说，一边转动手中的白球，将它放在合适的位置，继续解释。

最后，他挥杆击球，只听“啪”的一声，球应声入洞。

冯庭握着球杆站在桌旁，一缕碎发垂在鬓边。她没想到顾闻柯的技术竟如此出色，一时间看得有些出神。

技多不压身，她很快收起其他心思，认真地模仿起来。

顾闻柯低声提醒她：“目标球、白球和球杆三者必须在一条线上。你觉得你在一条线上吗？”

冯庭答道：“我觉得在一条线上啊……”

顾闻柯站在她身后，默默观察了一会儿，忽然靠近她，低下头，声音低沉却带着些许笑意：“如果你拿不准，尽量把腰压低，贴近球桌。”

“再低一些……”

“再低一些……”

冯庭几乎趴在桌子上。台球馆内温度不低，她的脸颊泛起红晕，但目光依旧专注而坚定。

顾闻柯从后方微微俯身，几乎将她笼罩在怀中。他慢慢帮她调整球杆的高度和角度，温热干燥的手掌覆盖住她的手，修长的指尖微微翘起，细心地向她演示如何用手架住球杆。

他低声讲解着，冯庭却情不自禁地转过头，目光落在男人凸起的喉结上。喉结随着他说话的节奏上下滚动，显得极为性感。她的视线沿着他的脖颈线条滑向青色的下巴，那棱角分明的轮廓让人移不开眼。意识到自己走神了，冯庭赶紧转过头，专注地听他讲话。

冯庭怕冷又懒得运动，除了逛街，她几乎是典型的“肩不能扛，手不能提”。

不过，在顾闻柯耐心的指导下，她渐渐体会到了打台球的乐趣。

等冯庭掌握了基本的技巧和准头后，顾闻柯弯腰将所有球捡起来，放回桌子的中央，然后“啪”的一声开球。

从上午九点半到下午两点，冯庭越挫越勇，一局接一局地和他对打。

她那种专注和不服输的劲头，让顾闻柯感到意外。

最后一局中，顾闻柯连续出现了几个小失误，冯庭因此获得了三次自由球。

她一边擦着球杆，一边问："你是不是故意让我？"

顾闻柯的视线从台球桌移到她脸上，语气平静地否认："我一上午都在赢，有让过你吗？"

冯庭的球没打进，顾闻柯放下球杆，弯腰盯着白球，又说道："我只是有些累了，注意力没那么集中。"

话音落下，他轻轻推出一杆，却出现了更大的失误——白球绕过所有彩球，直接撞上冯庭的彩球，又给她送了一个自由球。

他云淡风轻地捏了捏鼻梁，说："我去喝口水。"

一局中有四次自由球，即使冯庭技术一般，这样的机会送到手里，她也很快将桌面上的己方球逐个清理干净。

"啪——"又是一杆进洞，冯庭开始打黑8。

顾闻柯拿着一瓶水，拧开瓶盖，看着她轻轻一笑："运气不错。"

冯庭可不认为自己全靠运气。尽管技术很一般，却凭着莫名的自信稳步推进。

顾闻柯喝了几口水，状态恢复到了正常水平，但冯庭已占了先机。两局之后，她终于将黑8推进洞。

她随手一扔球杆，兴奋地跳了起来。

顾闻柯注视着眼前的姑娘，嘴角微微上扬，说道："冯秘书，你的悟性还挺高。"

"主要还是老师教得好。"冯庭客套地笑着回应。

赢了这一局后，冯庭才意识到自己早已饥肠辘辘。两人结束运动后，一同前往会员更衣室清洗。冯庭洗完出来时，顾闻柯已经收拾妥当，正坐在公共休息室的沙发上喝咖啡。听到身后的脚步声，他合上手中的杂志，随手放在桌上。

冯庭披散着还有些潮湿的长发，走到顾闻柯面前坐下，说道："我饿了，我们去吃饭吧。"

顾闻柯点了点头："我来定地方。"

冯庭却早在洗澡时就安排好了接下来的行程，她故意说道："我想吃斌香楼的水晶饺。"

顾闻柯放下咖啡，淡淡一笑："很近，那我们就去斌香楼吧。"

冯庭点头表示同意。顾闻柯起身，冯庭拿上外套和包，跟随他一起往外走。

上了车后，冯庭便主动打电话预约位置。挂断电话时，顾闻柯刚将车子从地下停车场开出来。

冯庭忽然说道："斌香楼附近新开了一家巨幕电影院，最近有部新电影上映。我请你看电影吧，就当感谢你今天陪我打球。"

顾闻柯侧头看了她一眼，问道："什么电影？"

听了电影名字后，顾闻柯嘴角微微动了动，却识趣地没有发表意见。如今的影视圈偏爱混搭风格，而他这种思想相对传统的人，确实难以完全适应这天马行空的潮流。不过，既然冯庭感兴趣，他也乐得陪她去看看。

冯庭刚才打台球时热血沸腾、不知疲倦，此刻全身放松下来，才开始感到疲惫。负责挥动球杆的那只手，此时连同整个胳膊都酸软无力，抬不起来。

疲倦过后的第一反应就是困。她刚上车不久，便觉得眼皮沉重、酸涩。不过，为了能和顾闻柯度过一个愉快的周末，冯庭无论如何也得打起十二分精神。

她用力眨了眨眼，将车窗摇下来，凉风从脸上呼啸而过。冯庭被呛得咳了几声，瞬间清醒了，这才关上车窗。

顾闻柯对她的行为感到不解，问道："你在干什么？"

冯庭笑眯眯地说："呼吸一下新鲜空气。"

在斌香楼吃过饭后，已经是下午三点半，冯庭买了四点的电影票。两人没有多做停留，直接驱车前往电影院。

冯庭负责取票，顾闻柯则去前台买饮品和爆米花。两人提前十分钟入场。到了座位区，顾闻柯才发现，冯庭选的位置在最后一排，是情侣座。

影厅里的上座率还不错，大多是年轻情侣，陆陆续续地入场。

其实，冯庭对看什么电影并不在意。她只希望电影不要太吸引人，因为如果电影太精彩，那她就显得没意思了。如此好的机会，如果只是单纯地看电影，那也未免太浪费时间。所以，她随意挑选了一部从名字就能看出很烂的电影——《异形大战史努比》。这部片子光听名字，就让顾闻柯无语。

电影很快开场。事实证明，冯庭选烂片的能力堪称一绝。

开场十分钟后，影厅的上座率便锐减了一半。两人左右两边的座位很快空了下来，整个区域显得格外安静。

开场二十五分钟，剩下的人睡了一大半，其中就包括冯庭。

顾闻柯起初没察觉冯庭已经睡着了。他拿起水瓶拧开，喝了一口，正准备放回去时，爆米花的纸筒碰到了他的手臂。奶油香味的爆米花缓缓滑落，无声无息地滚到地上。与此同时，冯庭毛茸茸的脑袋也朝这个方向歪了过来。

顾闻柯眼疾手快，一只手托住她的额头，另一只手接住掉落的爆米花。

看着眼前恬静的睡脸，他犹豫了一会儿，最终轻轻将她的头放到自己肩膀上，调整了坐姿，坐直身体，轻轻叹了口气。

冯庭只是微微动了动，依然沉睡。

顾闻柯面无表情地盯着无聊的电影情节。大概因为实在过于无聊，一向不喜欢甜食的他拿起一旁的爆米花，捏了一颗放进嘴里。

他慢慢咀嚼了一下，一个细微的表情在眼中一闪而过。这才明白为什么许多姑娘喜欢在看电影时买爆米花。随后，他又捏起第二颗、第三颗放进嘴里。

冯庭不知道自己睡了多久。当电影院的灯光骤然亮起，她猛然清醒过来，直起腰："演到哪儿了？"

耳边传来淡淡的声音提醒："演员表。"

冯庭愣了片刻，拨开眼前的碎发，看到所有人都已经站起来，有序地往外走。因为灯光太亮，她看不清屏幕，后知后觉地问："电影结束了？"

"你觉得呢？"顾闻柯语气平淡。

冯庭转过头看向他，注意到他手里的爆米花桶几乎已经空了。他拍了拍手上的碎屑，平静地评价道："爆米花不错。"

两人走出电影院，坐上车。冯庭刚才睡得昏天黑地，此刻精神抖擞。

她坐好，系上安全带，目光呆滞，幽幽地叹了口气，觉得一天的时间全白费了。

早知道还不如回家睡觉，在床上睡岂不是更舒服？

顾闻柯并不知道她内心的懊恼，单手握着方向盘，轻轻转动，瞥了她一眼："怎么，睡一觉就傻了？"

冯庭眨了眨眼，从懊恼中回过神来："我刚才睡着了，你怎么也不叫我一声？害得我连这么想看的电影都没看成。"

顾闻柯说："不光是你一个人睡着了，前面还睡了一大片呢。"

冯庭本来还想着帮这部电影宣传一下，听到他这么说，哭笑不得："这电影真这么无聊？"

顾闻柯笑了笑："这得问你自己。"

“我睡着是因为……”冯庭为自己辩解，“在台球馆打了一天球，太累了。”

说起累，她忽然觉得肩膀又酸又沉，甚至担心明天会不会酸痛加重，连开车都会成问题。

冯庭住的地方离电影院很近，开车十几分钟即可到达。不久后，顾闻柯便将冯庭送到了家。

车子停下后，冯庭并没有急着下车，两人在车厢里沉默相对。冯庭轻轻拉了拉顾闻柯垂在一旁的衣袖，率先开口问道：“下周末我们还能一起打球吗？”她的小动作带有明显的撒娇意味。顾闻柯看了过来。显然，他并不是每个周末都有整天的闲暇时间，这个周末只是个例外。不过，他犹豫了一下，说道：“我明天会去咖啡馆吃早餐。”

这样含蓄的邀请倒是很符合顾闻柯的性格。想到咖啡馆那难以下咽的早餐，冯庭一时不知道自己该欣喜还是惊讶。她看着顾闻柯，忍不住深吸了一口气，表情有些复杂。

顾闻柯皱了皱眉，问道：“怎么了？”

冯庭快速眨了眨眼，说：“没什么。”

她想了想，一日之计在于晨，忍不住试探性地提议：“我最近在公司附近发现了一家不错的中式早餐店，不如我们明天换一家试试？”

顾闻柯稍作停顿后说道：“我以为你很喜欢在咖啡馆吃早餐，以前你不是常去吗？”

冯庭尴尬地笑了笑，违心地说道：“是啊，我确实很喜欢啊。”

她又补充道：“不过，喜欢也不能天天吃，万一哪天吃腻了，就真的连一家喜欢的早餐店都没有了。”

不知顾闻柯信了没有，但在冯庭的强烈建议下，他最终同意换一家早餐店试试。

昨夜后半夜开始下雨，雨一直持续到早晨还未停。

顾闻柯睡觉前忘了关窗，外面狂风大作，窗帘在风中乱舞。他被风雨声吵醒，掀开被子下床，伸手关上窗户，拉上窗帘。

听着外面哗啦哗啦的雨声，顾闻柯一时无法再入睡。他拿起手机看了一眼，时间正好是凌晨两点。就在这时，手机“嗡嗡”振动了一下。

发消息的是冯庭。她可能也被雨声吵醒了，发来信息：“睡了吗？”

平时这个时候，顾闻柯肯定已经入睡了，没想到他回道：“被雨声吵醒了。”

冯庭立刻来了兴致。她坐起来，调整了一下枕头，找了个舒适的姿势侧躺着，回复道：“我也被雨声吵醒了。”顾闻柯只回了个“嗯”。

消息刚发过去，屏幕一闪，冯庭竟然在半夜打来了视频电话。

看到接听界面，顾闻柯犹豫了一下，过了好一会儿才抬手，“啪嗒”一声，把床头的灯打开。

谁知接通电话后，冯庭那边完全没开灯，显得特别暗。

她捂住脸，只露出一双水润的眼睛和一对干净的眉毛，低声说道：“我没化妆，不能让你看见我的素颜。”

顾闻柯把手机视频移开，侧过头到冯庭看不到的地方，轻声笑了笑。笑完后，他问她：“这么晚打视频，有什么事吗？”

冯庭天生具有撒谎的天赋，随口就说：“下雨了，我害怕，想找个人聊聊天。反正你睡不着，陪我聊会儿天？”

顾闻柯无法拒绝，沉吟了一会儿，把床头的灯关上。冯庭那边的画面彻底暗了下来，双方只能勉强看到彼此的轮廓。

“明天还要早起上班。”他说完，把手机的声音调大，放到枕头边。

夜深人静，这是多么私密的时刻。冯庭眯上眼睛，捏紧嗓子，一本正经地说道：“白天打台球累得我腰酸得很……”

顾闻柯听着对面传来的衣料摩擦声，喉结不由自主地上下动了动。他抿了抿唇，淡淡地问了一句：“你在做什么？”

“在拉伸。”冯庭喟叹了两声，“我睡不着，但又很累，听说拉伸能助眠。”

“哪里累？”

“全身上下哪里都累……”

顾闻柯思绪翻飞，或许是想起白天打球时冯庭的身姿，又或许是夜深时分心绪不宁，以至于让他有些心猿意马。

冯庭半天没有得到顾闻柯的回应，黑暗中无法从他的神情和态度中推测出任何反应，便不再试探，恢复正经语气说道：“我困了，睡吧，晚安。”

这样一张一弛的对话让顾闻柯沉默了许久。忽然，他低声唤道：“冯秘书。”

冯庭眨了眨眼，盯着天花板，平静地问：“怎么了？”

“你的声音挺好听。”

“是吗？你喜欢什么样的音调？少女音，还是成熟的音色？”

她每提到一种声音，就调整自己的发音，捏紧嗓子模仿相应的音色。

顾闻柯略带惊讶地说道：“你……”

冯庭咯咯地笑了起来。顾闻柯思索了一会儿，才继续道：“原来冯秘书这么有才华，居然还会变声。”

空气中沉默了几秒，冯庭故作深沉地叹道：“多掌握一门技能，以后做不了秘书，也多一条路可走。”

顾闻柯觉得她的思维有些跳跃，轻笑了一声，说：“不早了，早点休息吧。”

冯庭也笑着说：“开玩笑的啦。以前对配音有点兴趣，学过一些。不过这样用不同的声音跟男朋友打电话，是不是会增添不少新鲜感？你觉得有趣吗？”

电话那头的呼吸声明显沉重了些许，冯庭的嘴角微微上扬，暗自偷笑，等待着他下一秒的反应。

忽然，只听见那边床榻轻轻晃动，接着“啪嗒”一声，灯被打开了。屏幕上出现了顾闻柯俊朗的面庞。他凝视着冯庭，沉默片刻，声音微微沙哑：“确实不错。但是我跟你视频聊天睡不着，先挂了。”随后，“嘟”的一声，电话被无情地挂断了。

冯庭虽然在顾闻柯这里屡屡失手，但在操控他人情感方面一向百发百中。之前，她曾对秦乐天说，只需等待，他们之间的那些共同朋友自然会帮他传话。那天大雨，气温骤降。赵凉凉要去参加舞蹈社团的活动，担任领舞，需要与几位跳现代舞的同学一起改编动作。

以前赵凉凉谈恋爱时非常高调，恨不得让整个社团的人都知道。如今，两人分手的消息虽然在班级里传开了，但社团里还没有几个人知道。

她打着一把粉红色的小伞，从学校宿舍走过来。白色的鞋子被雨水打湿，踩在地上留下一个个湿漉漉的脚印。

副领舞左云从走廊走过来，看到赵凉凉的鞋子和袜子都湿了，手里还拎着一大包服装道具，不禁感到惊讶：“这么大的雨，秦乐天怎么舍得让你自己来？他不是每次都送你吗？”

提起秦乐天，赵凉凉的脸色僵硬了一下，说：“我们分手了，以后别提他了。”

“分手？什么时候的事？”左云看着她，忍不住问道，“他欺负你了？”

赵凉凉是个高傲的女生，优秀、漂亮，学习成绩也很好。听左云这么说，她笑了笑："我被他甩？你觉得可能吗？"

左云脾气好，微微翘起嘴角，接过赵凉凉手里的东西，没有再说什么。

两人把东西搬到舞台中间放下。练舞的人还没到齐，时间尚早，左云找了个台阶坐下玩手机。

百无聊赖间，她无意中刷到了秦乐天的朋友圈。那条动态是几天前发布的，她往下翻了好久才看到。

图片中的秦乐天，与左云印象中的他判若两人。照片里的他看上去妥妥的是个精英贵公子。

左云最近一次见到秦乐天还是在上个月，没想到跟赵凉凉分手后的他变化这么大。

左云身边坐着的伴舞也认识秦乐天。左云碰了碰她，笑着问："你看这个小哥哥，你认不认识？"

对方端详了许久，说："这是谁？你男朋友？"

左云凑近她，在她耳边低语了一句。对方抬起眼皮，不敢置信地接过手机，说："不可能吧，秦乐天穿西装这么帅？"

演出室的舞台上人不多，两人嘀嘀咕咕的声音引起了赵凉凉的注意。她走了过来，居高临下地看着她们，问："你们在聊什么呢？"

左云微微一僵，随即说道："啊，我们……"

赵凉凉挑了挑眉，清纯无害的眼睛眨了眨。

左云斟酌了一下，委婉地问："你最近见过秦乐天吗？他好像变化挺大的。我刚才无意间刷到他的朋友圈……他现在还在本市吗？"

赵凉凉已经很久没见过秦乐天了。上次去拿项链的时候，本来有机会碰面，但秦乐天不在。前后态度的巨大反差让赵凉凉心里有不小的落差。即使现在回想起来，她依然感到些许失落。

赵凉凉回过神来，问道："变化大？有多大？"她伸出手，说，"给我看看。"

左云犹豫了一下，最终还是把手机递了过去。

赵凉凉看着照片，瞬间愣住了。她眨了眨眼，好半天才把手机还回去，硬着头皮说道："哪有多大变化，我还以为是整容了呢。"

等人员到齐后，这件事就没再被提起。然而，赵凉凉却有些心不在焉。一场舞蹈排练下来，身为领舞的她竟然错了两个动作。

中场休息时，她走进更衣室喝水，无意间看到自己的手机静静地躺在衣柜里。犹豫了一下，她还是拿了起来。

秦乐天已经不再纠缠她，她也觉得没必要继续把他留在黑名单里，于是把他移了出来。

她点开了那几张照片。

这个月，秦乐天仿佛人间蒸发了。不来上课，也不参加社团活动。据老师说，他去了外地写生。

没想到，仅仅一个月不见，秦乐天竟像是脱胎换骨了一般。眉眼之间多了一份贵气，就连品位也提升了。

明明曾经是那个纠缠不休、让她不屑一顾的人，如今却仿佛变成了她高攀不起的人。

看着照片里的他，赵凉凉不禁想起了过去。

被冯庭盛赞的这家中式餐厅，在早餐前后的这段时间，冷清得和咖啡馆不相上下。

冯庭前脚刚踏进去，后脚就觉得有些不对劲。

可惜此时，顾闻柯已经停好车，拿着车钥匙朝她走来，让冯庭进也不是，退也不是。

顾闻柯单手撑住玻璃门，不解地问道："怎么不进去，在门口站岗吗？"

冯庭勉强笑了笑，只得硬着头皮进门。

两人找了一个靠窗的清幽位置坐下。这家早餐店是半自助形式，需要顾客自行到点餐区点餐。

顾闻柯刚脱下外套，整理了一下衬衫领口，冯庭便坐不住了，丢下他，迈着小碎步朝点餐区走去，似乎急于探个究竟。

她的动作如此匆忙，顾闻柯误以为冯庭昨晚没吃好，早已饥肠辘辘。

出于绅士风度和教养，顾闻柯自然要跟上去，以便稍后抢先买单。

于是，他匆忙站起，谁知动作过于急促，"砰"的一声，大腿撞到桌角。

他深吸一口气，两只手撑住桌子，勉强忍住疼痛。而此时，冯庭已经走到点餐区，皱了皱眉，回头不满地看了他一眼，似乎在嫌他动作太慢。顾闻柯顾不上腿上的疼痛，赶紧朝她走去。

冯庭瞥了顾闻柯一眼，心里却暗想：来得这么快，真让我措手不及。

既然如此，也只能将错就错。她端起白陶瓷餐盘，左顾右盼，认真挑选，力求在众多菜式和米粥中，选出几样色香味俱佳的食物。

点好餐后，顾闻柯准备付账并端餐盘，谁料冯庭却抢先一步端起餐盘，动作利落得让顾闻柯颇感意外。

顾闻柯收好钱包，跟着她走回座位，坐到冯庭对面。

此时，冯庭已经将刚才点的餐品整齐地摆放在桌上，筷子摆正，碗碟排列有序。

顾闻柯转身将钱包放回外套口袋，抬头看了她一眼，随即拿起筷子，夹起一片凉拌生笋，刚要送入口中，冯庭却突然伸手握住了他的筷子。

她用无辜的眼神幽幽地看着他，似乎话到嘴边，又欲言又止。

顾闻柯不解地看向筷间那只突然伸来的手，抬起头看向她。

冯庭意识到自己的行为有些失礼，悻悻地缩回手臂，低声轻咳了一下，试图掩饰尴尬："这个笋有点咸，吃别的吧……"

冯庭说得比较含蓄。

顾闻柯夹起一片生笋，眉宇间流露出一丝迟疑，身子微微往后撤了一下，犹豫片刻后，还是将生笋放进了嘴里。

冯庭没想到他竟然这么不信邪，顿时有些尴尬，只能愣愣地看着他。

生笋入口的瞬间，就像一勺盐在口中炸开一般。尽管顾闻柯极力控制着表情，但终究还是咽不下去，只能无奈地将那片生笋吐了出来。他轻咳了一声，端起水杯漱了漱口。

"这叫'有点儿咸'？"顾闻柯放下水杯，皱着眉头说道，"冯秘书，你说话还真够委婉的。"

冯庭勉强扯出一丝笑，用小拇指的指甲轻轻挠了挠后颈，为餐厅的大厨挽尊道："可能今天大厨状态不佳吧。昨晚雨太大，估计没睡好。我上次来的时候，这里的菜明明挺好吃的……"她说着，将一碗紫薯粥推到顾闻柯面前，"不过，这里的粥味道还算不错。"

她笃定地看着顾闻柯，目光中似乎带着一丝鼓励。顾闻柯显然变得谨慎了许多，心生防备。在冯庭的注视下，他拿起餐勺，稍稍盛了一勺紫薯粥，轻轻放到嘴边抿了一口。片刻后，他的眉头终于舒展开来。冯庭见状，轻轻挑了挑眉。

——至少还有一两样能吃的。

对于这家餐厅，冯庭也是一言难尽，只能用"能吃"和"不能吃"来勉强分类，"好吃不好吃"根本无从谈起。

她心里也觉得奇怪，难道商业街附近每天早上吃早餐的人真的这么少，以至于这些餐厅在准备早餐时如此敷衍了事？

那么，这些白领和企业老总平时都去哪儿吃饭呢？总不能只让牛干活，却不让牛吃草吧？

冯庭怀着几分愧疚的心情，陪着顾闻柯喝完了一碗粥。这顿早餐，顾闻柯仅仅喝了粥，简单夹了几口清脆的小咸菜，其他的东西一概没动。

两人走出餐厅，上车后，车子驶向对面公司大楼的地下车库。

车子进入车库后，男人打开近光灯，目视前方，随口问道："这家餐厅你也是第一次来吧？"

冯庭本来低着头处理手机消息。最近婷婷的老公有了新动向，她们约好晚上见面细聊。听到男人的问话，她下意识地抬起头，警觉地看了他一眼。

男人的侧脸在地下车库忽明忽暗的灯光下若隐若现。冯庭仔细观察，却没有从他脸上捕捉到任何情绪波动，心下便明白，他并没有生气，只是随口确认。

思索片刻，她才回答："是第一次去。"

她的语气中带着几分歉意："本来想着给你带来点不一样的体验，没想到可能搞砸了。"

车子在固定停车位稳稳停下，顾闻柯轻轻踩下刹车。

"尝试新鲜的事物总是需要冒风险，无论是对人还是对事。"男人平静地说道。

冯庭愣了一下，不知道是不是自己多心了，总觉得顾闻柯这句话别有深意。表面上是在说今天换地方吃早餐，暗地里却似乎隐喻着两人之间的关系。

冯庭很清楚，目前两人之间的感情需要慢慢培养。稍有不慎，就会像温室里的花朵一样迅速凋零。成年人之间的感情，特别是那些事业有成、阅历丰富并明确知道自己想要什么的人，在感情的初期往往更加谨慎。他们注重大局，善于权衡利弊。这与秦乐天截然不同。

秦乐天总是满脑子情情爱爱，失恋时便要死要活，而成年人的爱情则更加内敛含蓄。在一起时，他们情真意切、体贴入微；不在一起时，也允许自己短暂地失落，经历一些内心波动，甚至面对负面情绪。但无论如何，他们不会崩溃。擦干眼泪后，他们依然会继续生活和工作，扮演各种角色，承担各类责任。

从一开始，冯庭就清楚这项任务将充满挑战。然而，越是具有挑战性的事情，一旦成功，便越能带来成就感和满足感。

她收起心中的算计，因为有时候，面对难以掌控的人和事，必须投入真情实感。毕竟，如果你自己都投入不了真情，又怎么能让别人相信你是真心的呢？

“其实，不只是你觉得这是一次冒险，我也有同感。”冯庭认真地看着他，眼中流露出复杂的情绪，任由顾闻柯探究，“我觉得自己仿佛在走钢丝，一不小心，就会粉身碎骨。”

她有些焦虑，双手紧紧交扣，目光投向外面电梯间正在等电梯上班的人们，长叹了一口气。

“既然还没到那种地步，就不要给彼此制造焦虑感了。”冯庭学的是心理学，在剖析人心方面，比普通人更能直击内心，“这个世界上的许多烦恼，往往是人们自寻烦恼和杞人忧天造成的。”

顾闻柯听到这里，抬眼看向她。她只是耸了耸肩，轻声说道：“顾总觉得对吗？”

顾闻柯沉吟片刻，轻轻对她露出一丝微笑“冯秘书，你说话很有见地。”

他轻轻叹了口气，低下头，看着手中的车钥匙，沉声说道：“大概没有几个男人会不喜欢这样的智慧。”

这是对她智慧的最高赞美。然而，冯庭心里却清楚，男人虽然喜欢聪明的女人，但也忌惮那些智商和情商都太高的女人，因为不容易驾驭。所以，真正聪慧的女人在男人面前要懂得隐藏锋芒，即便心里一切都看透，也要在脸上写着“我很好骗”这几个字。

她立刻“扑哧”一笑，轻松说道：“谁说男人都会喜欢我？我和前老板的弟弟出去，他就经常提醒我比他大十岁，说我是老阿姨了，还总是催我谈恋爱，搞得好像我不赶紧找个人嫁了，就得孤独终老……”

刚才的严肃气氛瞬间缓和了许多，男人低头笑了笑，说道：“你前老板还有个弟弟？他多大了？”

“还在读书呢。”冯庭指的是秦乐天。

顾闻柯了然地点点头，说道：“现在的小孩子总喜欢操心成年人的事。他一个乳臭未干的小男生，可不能代表大部分男性。”

冯庭凑近他，笑容里带着几分狡黠，眼中闪过一丝戏谑：“那你也代表不了别人。”

他低下头看着她。

冯庭笑吟吟地问：“顾总，既然你说没有几个男人会不喜欢我，那你是不是也包括在喜欢我的男人里面？”

顾闻柯的目光定格在她红润的嘴唇上，又移向她仿佛镶满碎钻的眼眸，陷入长久沉默。

最终，他只丢下一句：“别想太多。”随后转身推开车门，下了车。

站在车前，他长身玉立，气质斯文，回头看了她一眼，见她迟迟未下车。

冯庭轻轻叹了口气，身子往后一靠。顾闻柯转过身去，她对着他的背影撇了撇嘴。

由于旧城改造项目，顾闻柯需要飞一趟临南。下午，冯庭接到随行通知，同行的还有李易安和吴巡。对冯庭而言，有李易安同行，这趟行程几乎就像一次旅行。

说是要轻装简行，冯庭收拾了一遍又一遍，最终还是整理出了两个小行李箱。李易安来接她时，先将一个行李箱放进后备厢，刚转头，就见她又拎过来一个。

李易安的眼皮不由得跳了跳，表情仿佛在无声地控诉：您对“轻装简行”是不是有什么误解？幸好这次是包机出行，别说两个，就算再多带几个行李箱也没关系。

登机后，冯庭并没有和顾闻柯坐在一起，因为机上还有一位与顾闻柯同行、负责谈旧城改造项目的客户。顾闻柯和那位客户面对面坐着，正专注地谈生意。

李易安负责汇总资料，在一旁添茶倒水，而吴巡和冯庭则坐在左后方。今晚到达南临后，还有商务活动要参加。吴巡在养精蓄锐，而冯庭则很会给自己找消遣，拿起一本时尚杂志，津津有味地欣赏里面的俊男美女。

顾闻柯时不时地看过来一眼。他放下手中的餐巾，朝对方抱歉地一笑，说道：“我去趟洗手间。”然后站起来，朝冯庭这边走来。

冯庭嘴角挂着微笑，盯着杂志上的一张照片看了足足两分钟，才注意到照片中的细节。

身后忽然传来一声轻笑，冯庭恍然回头，发现顾闻柯正在居高临下地看着她。她“啪”的一声合上杂志，拨开眼前的发丝。

“刚才看你这么专注，还以为你在工作呢。”顾闻柯说道。

“工作自然要认真，但娱乐也是必不可少的嘛。”冯庭瞥了一眼吴巡，确认他真的睡着了，轻轻叹了口气，“早上没吃东西，有些饿了，要是有些糕点配着杂志就更好了。”

顾闻柯嘴角微微上扬，转身朝机尾走去。

冯庭百无聊赖，翻开杂志继续看。没想到这时，空姐从机尾走过来，端着两碟点心。

空姐放下一份点心，温柔地说道：“这是广式点心，蜂巢糕和黄金糕。

您可以品尝一下，有什么需要再叫我。”说完，便端着餐盘离开。

冯庭心里明白是怎么回事，抬头望去，正巧看到顾闻柯从机尾走出来。他目不斜视地向前走去。冯庭低头轻笑，把杂志放下。当顾闻柯走到她身旁，即将擦身而过时，她抬起手指，快速蹭了蹭他的手背。而这个一向不解风情的男人，这次却罕见地反手，用拇指和食指轻轻拢住她纤细的指尖，从她小巧的指甲上缓缓滑过。

冯庭意外地挑了挑眉，等顾闻柯走过去坐定后，她带着几分欣喜回头看他。

男人低垂眼帘，认真翻阅资料。片刻后，他抬眼看了她一眼，又迅速收回视线。李易安在他耳边低声说着什么，但他显得有些心不在焉。几秒钟后，他再次抬起眼，目光又落在冯庭身上。

冯秘书今天的装扮尤为引人注目。一身无袖的浅色碎花休闲旗袍，将她的气质衬托得优雅又灵动。她细长的手臂没有一丝赘肉，柔和中透着精致与高级感，东方女性的柔美在她身上展现得淋漓尽致。

就在这时，一直在睡觉的吴巡醒了过来。他摘下眼罩，第一眼就看到面前多了两盘制作精致的点心，顿时食欲大增。他感慨道："冯秘书真是善解人意。"随即便开始狼吞虎咽。

冯庭看着他大快朵颐的样子，咬了咬牙。她没想到吴巡的胃口这么好，竟一个接一个地把点心全吃光了。

这一幕被顾闻柯尽收眼底。他沉默片刻，低头对李易安耳语了几句。

下午两点多，飞机降落。顾闻柯与合作商谈笑着走出机舱，冯庭紧随其后，而吴巡则去取行李。

吴巡收拾好行李，朝这边走来。李易安随后下了飞机，手里拿着几个黑色的打包盒。他看到吴巡后，直接把东西塞进他怀里，只简单说道："拿着。"

吴巡愣了一下，感觉手里的盒子沉甸甸的，估计有几斤重。他不禁问道："这是什么？"

李易安大步向前走，侧头瞥了他一眼，淡淡说道："顾总特意让机组准备的几盒'好东西'。既然你这么爱吃，今晚务必要把这些全吃完。"

吴巡一头雾水，低头打开其中一个盒子的盖子，发现里面正是刚才让他吃得有些发腻的两样广式点心——蜂巢糕和黄金糕。

顾总这是什么意思呢？

合作商安排的接机人员早已在出口等候，顾闻柯、冯庭等一行几人被送到了下榻的酒店。路上，吴巡好几次欲言又止，想问却不敢问。

几人被安排住在同一层楼，吴巡和李易安共用一个房间，而顾闻柯与冯庭则分别住单间。

吴巡进了房间，把那几盒点心放下，吞了口口水，愣愣地问李易安："李秘书，真的要吃吗？"

李易安严肃地点头："顾总特地吩咐了，让我看着你吃完。"

吴巡在酒店被李易安逼着吃点心的事，很快就在几人之间传开了。

冯庭笑得前仰后合，发消息问李易安："那他吃完了吗？"

李易安回复："还在吃。"

冯庭劝道："差不多得了，万一吃进医院可不好收场。"

李易安公事公办地答道："这得顾总发话。"

冯庭洗过澡后，哼着歌吹干长发，随后打电话给前台要了一瓶红酒和两只高脚杯。她随意将长发绾起，换上长裙准备出门。走了两步，她突然想起什么，放下红酒和酒杯，打开行李箱，从一堆旅行装香水小瓶中挑选出她最爱的——乌木沉香。

她将香水喷洒在手腕、脚踝、腘窝和耳后，然后拿起红酒，另一只手捏着酒杯，用脚轻轻带上房门。

一分钟后，顾闻柯的房门被敲响。

男人刚洗完澡，裹着酒店提供的深色浴袍，头发微湿，拉开门。

冯庭靠在门框上，踮起脚，晃了晃手里的高脚杯，笑容明艳，眼神慵懒："我能进来吗？"

顾闻柯探出身子，朝走廊左右看了一眼，随即抬手将她拉了进去。

冯庭本以为他会傲娇地拒绝一番，没想到这次竟然这么干脆。可能是因为不在北港市，人不多，眼不杂。吴巡和李易安都是人精，有什么事都烂在肚子里，顾闻柯也就不再那么忌惮了。室内没有开大灯，光线比走廊还要暗些。

冯庭穿着酒店的一次性拖鞋，纤细的脚踝轻轻贴着他的腿，后背抵住门板，微微仰起那漂亮而纤细的脖子，湿润的发丝散落，目光落在他身上："我刚才也洗过澡。"

她语气轻缓，随后抬起手腕在他鼻尖前故意晃了一下："你闻闻，是不是挺香的？"

男人闭了闭眼，喉结明显地上下滚动了一下。

冯庭却笑了，轻轻推开顾闻柯，径直往房间里走去。

两只高脚杯随着她的步伐轻轻碰撞，发出清脆的声响。她将酒杯轻轻放在套房沙发旁的茶几上。

红酒是客房服务送来的，木塞已经提前旋开，酒也醒好了。

冯庭回头看了顾闻柯一眼，握住瓶口，只听“啵”的一声，她将木塞拔了下来。

她将酒瓶有标签的一侧转到手心，非常专业地倒了一杯，捏起酒杯，递给顾闻柯。

男人沉默了一会儿，走过来接过酒杯。冯庭弯腰拿起另一杯，轻轻嗅了嗅杯中的酒液，红酒的清香在空气中弥漫开来。

顾闻柯俯身坐下，手臂随意地搭在沙发靠背上，捏着高脚杯的那只手轻轻晃动着，目光始终停留在她身上。

冯庭抬起头，轻轻抿了一口酒，随后捏着酒杯在他对面坐下。两人面对面，她单手托腮，目光温柔，轻轻眨着眼睛与他对视。长发顺着臂弯垂下，她的姿态显得慵懒而闲适。此刻，冯庭感到一阵前所未有的舒适。

她放下酒杯，身体微微前倾，手指漫不经心地缠绕着男人睡袍腰间的系带，低声问：“你今天生气了吗？”

顾闻柯将红酒一饮而尽，语气平淡地反问：“生什么气？”

她嘴角微扬，轻轻一笑：“李易安告诉我，吴巡被你逼着吃糕点。”

顾闻柯放下空酒杯，转头看着她，语气中透着一丝傲慢：“我只是觉得他爱吃，索性让他一次吃个够，以后也就不会再嘴馋了。”

冯庭闻言笑得肩膀轻轻颤抖。看到顾闻柯的酒杯空了，她便将双腿从沙发上放下，起身准备为他倒酒。然而，她刚刚直起身，身体还未完全离开沙发，手腕就被顾闻柯拦住了。

“晚上还有应酬。”他握住冯庭的手腕。

冯庭刚穿上拖鞋，被他一扯，猝不及防地踉跄了一步，身体朝顾闻柯贴近。两人的距离瞬间拉近，呼吸交错。

她垂下眼眸，视线不由自主地落在男人的薄唇上，低声道歉：“抱歉，刚才没站稳。”

顾闻柯居高临下地俯视她，目光从她的红唇上掠过，声音低沉：“没事。”话音刚落，他的视线转向一旁的葡萄酒瓶，却在下一秒又回过头来。

冯庭只觉腰间一紧，纤细的腰肢被他扣住。他手腕用力一带，她趿拉的拖鞋挂在脚尖，很快滑落。她赤着脚，不由自主地后退一步，抵住沙发垫。

两人近在咫尺，鼻尖几乎相碰。冯庭眼波微漾，红唇微启，似是无声的邀请。顾闻柯的眼神愈发深邃，胸膛起伏也愈加明显。他似乎无法克制，最终闭上眼，滚烫的呼吸靠近。

这是两人第三次接吻。相较于第一次的试探和第二次的生涩，此刻显得更加熟练。冯庭被轻轻压下，纤瘦的手掌贴在男人的胸膛上，感受到他心脏有力的跳动。那节奏犹如一面大鼓被重重敲击，震动得分外清晰。

她沉溺于这触觉的冲击，却努力保持一丝理智，不至于像他那般全然失控。

就在这时，“哗啦”一声，桌上的高脚杯被碰倒，玻璃敲打茶几，发出刺耳的声响。冯庭的思绪猛地被拉回，理智瞬间回归。她清了清嗓子，试图往后退离。然而，下一秒，她忽然感到天旋地转，还未反应过来，就被顾闻柯抱起，径直带入卧室，放在柔软的大床上。

冯庭下意识地缩起肩膀，然而，顾闻柯不给她任何退缩的机会，握住她的脚踝，将她轻轻拉近。

冯庭意识到继续下去会完全失去控制，连忙抬手抵住他的胸膛，声音略显急促：“等一下！”

她尽量让语调平稳下来，打断了他的动作：“我是第一次。”

顾闻柯的动作明显一顿。他抬眼看她，眼神里带着一丝意外：“你说什么？”

冯庭没有再重复，只是慢慢坐起身，盈盈地望着他，半真半假地说道：“这很奇怪吗？在遇见你之前，我对这方面的事情确实没什么兴趣……你不要觉得我主动就以为我的私生活很随便。你要知道，一把年纪突然开窍，是既疯狂又吓人的。”

“怎么现在才告诉我？”

“因为发展到这个阶段了啊，难不成我要满大街吆喝吗？”

两人对视着，顾闻柯刚才热血沸腾，此刻却忽然冷静下来。他的身体向后撤，退到床尾，双手撑在床上，默不作声地低下头，沉默了很久。

许久之后，他叹了口气，恢复了往常那副正经的神态。冯庭以为他会直接离开，谁知他没有走，而是转过身，背对着冯庭，在床尾静坐。

直到一旁的手机响起，顾闻柯抿了抿嘴，皱着眉头接听：“喂？”电话是李易安打来的，说今晚有饭局，合作商在随云阁订了包厢，时间差不多到了。

经过刚才的事情，顾闻柯的嗓音还有些低沉，他疲惫不堪地捏了捏鼻梁，语气中带着些许不耐烦："行了，我知道了。"

顾闻柯迅速结束通话，把手机丢到一旁。冯庭一直坐在他身后，静静地看着他，眉梢越挑越高。

顾闻柯侧了侧身，这才转过头说道："我现在要出门。"

冯庭耸了耸肩，没有说话。

此时顾闻柯在想什么，冯庭还没有猜透。

等到顾闻柯换上西装回来，冯庭觉得无趣，从床上跳下来。因为刚才是被抱进来的，拖鞋在外面，只能赤脚踩着地毯走出去。

她走到沙发边坐下，拔下木塞，又给自己倒了一杯红酒，往后靠着，慢悠悠地品尝。

冯庭表面上虽然云淡风轻，心里却止不住打鼓，犹豫着现在是该走还是该留。

她正想着，顾闻柯从卧室里出来，手里拿着一把车钥匙。这是分公司为了这次出行方便而准备的车。他第一次叫她："庭庭。"

冯庭愣了一下才意识到这是在叫她。以前顾闻柯总是称呼她"冯秘书"，现在竟然改了称谓？这让她受宠若惊。

顾闻柯说："今晚有个酒局，你就别去了。我可能会很晚才回来。车子停在地下停车场C区，下电梯左转。你要是无聊，可以自己开车出去兜兜风。"

冯庭愣愣地放下手中的高脚杯，呆呆地看着他，接过车钥匙，一时不知道该说些什么。

顾闻柯神色如常，走到门口换鞋。就在这时，门外忽然传来敲门声，是李易安和吴巡，他们已经准备好来接顾闻柯了。

冯庭缩到沙发一角。

只听房门打开，李易安和吴巡一前一后地恭敬地称呼"顾总"，随后房门又被关上。整个客厅陷入沉寂。此刻，房间里只剩下冯庭一个人。她放开紧紧抱着的膝盖，举起一直攥在手里的车钥匙，端详着，陷入沉思。

看了许久，她嘴角忽然浮现出一抹笑容。顾闻柯离开时，竟然连房卡都没拿。这是什么意思？是默许房卡由她保管，还是默认她今晚可以一直在这里等他？无论是哪一种情况，都是冯庭喜闻乐见的。

她悠闲地叹了口气，托着下巴继续品味红酒。

就在这时，手机"嗡嗡嗡"地振动起来。为了不被打扰，与顾闻柯一起品酒的好心情，冯庭早先特意把手机调成了振动模式，以免有人扫兴。

打开一看，是秦思明最近交给她的一个小案子。客户与男方之间的感情还不错，只是男方最近有些冷淡，希望冯庭能帮忙。

接到案子后，女客户的老公一直和她在一起，因此女客户没敢直接联系冯庭。今天男方出差，女客户便主动联系了她。

刚接起电话，那边便说："冯老师，我还需要介绍一下自己的情况吗？"

冯庭盘腿坐在沙发上，心不在焉地说："需要，我记性不好。"

对方继续说道："我男朋友家里挺有钱的，我家境也不错。一开始认识的时候还好，现在在一起一年了……"

"我想起来了。"冯庭打断她，从抽屉里拿出修甲刀，吹了吹指甲，"你多大了？"

"二十五岁。"

"从什么时候开始感觉他对你不关心？"

"半年前。"

"半年前发生过什么吗？"

"没有啊。"

"没有矛盾？没有吵架？"

"没有……"

"那你们是什么时候发生关系的？"

对方被问得有些尴尬，支吾了半天才说："半年前。我们都喝了酒，因为也已经在一起半年了，其实这个速度也还好，不算太快——"

"好了。"冯庭打断她，"我问什么你答什么就好，不要把答案搞得那么复杂。小妹妹，我不知道秦老师有没有跟你说清楚，我是按分钟计费的，很贵。"

对方低低地笑出声："我知道啊，姐姐。"

冯庭挑眉，看来是个有钱的主儿。

"这半年你们经常见面吗？"

"我们同居，他总说我太黏人，束缚了他……"

冯庭点点头，沉吟了一会儿。她分析问题向来一针见血，也不怕得罪人："你现在对他来说，可能已经没什么吸引力了，所以他的直接表现就是对你冷淡。"

对面的小丁张了张嘴，不知道该说什么。

冯庭笑了笑，问道："怎么了？"

小丁迟疑了一下，说："真的是因为这个吗？"

冯庭轻轻吹了吹指甲上的碎屑，淡然道："有这方面的原因。有些男人一旦获得了主动权，就会失去兴趣。这是他个人的问题。而女生在恋爱久了，往往会投入更多的时间和精力在这段感情中，男生得到了反而不懂得珍惜。"

小丁问："那我应该怎么办？"

冯庭微微一笑，说："当然是有办法的，而且办法很简单。"说完，她便将一个收款二维码发了过去。

小丁愣了一下，问："这是什么？"

冯庭不慌不忙地说道："先付钱。"

两分钟后，冯庭的手机传来入账提示。她慢悠悠地确认了收款，然后开口道："接下来，我给你几个建议。"

"第一，立即搬出去。第二，不要再把精力放在他身上。从明天开始，专注于自我提升，扩大交际圈，丰富业余生活。第三，如果他主动找你聊天，可以适当回应；但如果他不联系你，千万不要主动找他。第四，营造出身边有追求者的迹象，但如果他问起，一定要否认。第五，如果他意识到危机并试图挽回你，立刻联系我，我们再讨论如何引导他付出。不过，这部分内容需要额外付费。"

冯庭停顿了一下，继续道："前面的步骤只是为了调整你们之间的地位。只有占据高位者才有话语权，之后才能引导他为你付出。"

小丁听完后，依然有些疑惑："就这么简单，真的有用吗？"

冯庭从容地回答："当然有用。有些男人很现实，他们常用指责女人物质来掩盖自己的本质，但其实他们比谁都物质。男人对恋爱的态度，就像在做一门生意。面对价值两千万和价值二十万的选择，你觉得他们会更重视哪个？所以，我的建议是：提升你的自我价值。"

小丁是个乖乖女，涉世未深，自然不太懂人情世故。对于冯庭的观点，一时间她有些难以消化。都说爱情是纯粹的，但在冯庭眼里充满了套路。

处理完小丁的问题后，冯庭收到秦思明的消息。原来，刚才小丁又去找了秦思明。

秦思明说道："你给客户出谋划策的时候，能不能顺便讲讲底层逻辑？毕竟不是每个人都有你的水准。"

冯庭眨了眨眼，难以置信地问："我又被投诉了？"

秦思明连忙解释："也没有，人家只是说很害怕你，感觉你爱生气。"

冯庭知道自己的专业知识又一次受到了质疑。

她将刚整理好的小丁个人情况表直接发给了秦思明，并简单地说道：“她这种情况需要制造失去感。不然呢？温水煮青蛙吗？等男友对她最后那点留恋都被消磨完，或者找到下家无缝衔接，然后被分手？”

秦思明却反驳道：“我觉得或许应该让他们谈一谈，沟通一下到底存在什么问题。”

冯庭回道：“好啊。如果你不信邪，想验证人性的低劣，那这个案子你来吧。”她想了想，又补充道，“我始终坚持一个理论——低位者是没有话语权的。人只有在失去后才会珍惜，只有经历过痛苦，才会长记性。”

一向顺着冯庭的秦思明，这一次却与她产生了分歧。他不仅不支持冯庭的观点，甚至批评道：“你多久没来工作室了？乐天说你现在每天忙着谈恋爱呢。关于你的专业能力，我现在其实有些质疑。”

冯庭将杯中的红酒一饮而尽，随即“啪”的一声将高脚杯放下，冷冷地回道：“谈工作的时候能不能别扯私生活？以后请你区分清楚。你想接的案子，就不要交给我了。”说完，她将手机一扔，再也不理会秦思明。

第六章 俯首称臣

南临的深夜依然透着些许凉意，但并非刺骨的寒冷，而是一种让人倍感清爽的微凉。

对方谈笑风生，过来敬酒。顾闻柯定定地望向窗外的一株柏树。幸好李易安察觉到老板走神，轻轻握拳，轻咳了一声。顾闻柯将视线收回，专注于对方的笑脸。

气氛略显微妙，这个晚上，他显得有些心不在焉。

对方老总原本信心满满，认为顾闻柯千里迢迢而来，是表现出极大的诚意，因此觉得可以轻松赢得这位年轻掌权者的支持。然而，此刻，他有些拿不准顾闻柯的态度。

整个晚宴过程中，这位年轻企业家三次将视线投向窗外，四次低头查看手表。显然，他对今晚的会面并不感兴趣，甚至觉得是在浪费时间，迫不及待地想要离开。

老总心中不免忐忑，示意助理拿出早已准备好的礼物，本打算在必要时送给顾闻柯。他还嘱咐助理设法探听，此次顾闻柯过来究竟是专为这个项目，还是另有打算，与南临市的其他开发商合作。

晚宴提前结束，顾闻柯走出宴会厅，脸上带着几分疲惫。对方的助理追上来，递上两只礼盒，说是小小心意。顾闻柯点头示意李易安收下。

今晚，顾闻柯、李易安和吴巡都喝了酒，对方的助理早已安排好司机，送他们回酒店。

到达酒店后，经过前台，顾闻柯转身对李易安说："我把房卡落在房间了，你去前台再取一张。"

他不确定冯庭是否还在他的房间，而且也不想让李易安和吴巡察觉到什么异样。

李易安取了房卡，正好电梯也到了。

三人进入电梯，吴巡一路上都憋着话。碍于对方司机在场，车上没有开口，此时电梯里只有他们三人，他终于忍不住了，开口拍顾闻柯的马屁：“顾总今晚真是妙计高招啊。”

顾闻柯愣了一下，转头看向吴巡，显然不解其意。

只听吴巡继续说道：“知道我们这次主动过来，对方肯定会抬高价格。所以您今晚故意表现得兴致索然，心不在焉。我猜他们现在心里一定在打鼓，摸不清我们这边的意图，搞不好他们今晚是个无眠夜呢……”

李易安听吴巡这么一说，立刻领悟过来，心领神会地笑了笑。原来老板是在玩心理战术？他正想说点什么表示一下敬佩，顾闻柯却平静地解释道：“没有，我今晚确实有些心不在焉。”

三人瞬间沉默，电梯内升腾起一股浓浓的尴尬气氛。

幸好电梯很快到达，门打开了。

顾闻柯似乎完全不受尴尬气氛的影响，低头看了一眼脚下，然后抬腿走了出去。

电梯里，只留下满脸尴尬的吴巡和憋着笑的李易安。

顾闻柯的套房是酒店里视野最佳的海景房。有些遗憾的是，他来这里是出差，而不是度假，这样的惬意美景却没时间欣赏，倒是让冯庭享受了一番。

如果说以前，冯庭还担心两人干柴烈火刹不住车，那么经过今天下午的试探，她更加确信顾闻柯是个正人君子。在没有下一个情感爆发点之前，她明白顾闻柯不会轻易碰她。

她不自觉地留宿了，把卧室的窗帘全部拉开，打开一扇窗，伴着凉凉的、略带一丝海腥味的海风，躺在顾闻柯的床上，背对卧室房门，面对落地玻璃窗，睡着了。然而，在别人的房间里，即使毫无忌惮，睡眠也会很轻。房门被打开时，微弱的电子提示音便将她吵醒了。

她闭上眼睛，不动声色。

下一秒，房门被推开，脚步声越来越近。

月光下，城市璀璨的灯火映照出床上单薄的背影，让顾闻柯愣住。

冯庭只在腰间搭了一条薄毯，露出纤细的小腿和精致的脚踝。

顾闻柯单手握着门把手，停顿片刻，默不作声地走近她。

冯庭感受到身旁的温度渐渐升高，静默了片刻，随后感到腰间的毯子被轻轻拾起，温柔地盖在她身上。

男人拿起桌上的香烟和打火机，走到门外，“啪嗒”一声点燃了香烟。

深夜，卧室的房门半掩着，客厅里轻微的脚步声清晰地传入冯庭的耳中。抽完一支烟，男人便进了浴室。不久，浴室里传来哗啦啦的水声。

当顾闻柯再次回到卧室时，先前身上的淡淡烟酒气已消失，取而代之的是与冯庭身上相同的酒店沐浴露和洗发水的清香。

他在床边站了很久，最终选择躺下，和衣而眠。冯庭隐约闻到他身上散发出的乌木沉香，若有似无，恰到好处。

冯庭其实早就打算与他同床而眠，以此增进感情。如今“计谋”得逞，到了这一步，她却不自觉地手心冒汗，心跳也失去了节奏，令她的呼吸有些紊乱。

她僵硬地躺着，犹豫了片刻，见顾闻柯始终没有主动，才假装换睡姿，熟练地翻过身，向他靠近。

当她的脸贴上顾闻柯的肩膀，手触碰到他温热的胸膛时，顾闻柯似乎心领神会，抬起手臂，将冯庭揽入怀中。她微微挪动身体，调整到一个舒适的位置。顾闻柯身上穿着一件白色短袖，冯庭的手正好触碰到短袖上的图案。

他吐息间仍带着一丝酒香，与冯庭身上的香水气息交织，意外地和谐，别有一番风情。

可惜两人，一个假装熟睡，一个静静躺着，心中念头纷乱，却都保持着冷静克制，辜负了这满室的浪漫氛围。

不久后，困意再次袭来，冯庭渐渐昏昏欲睡。单身多年的她，对于这样的相拥而眠依然感到别扭，甚至觉得多余，认为这不符合人体的自然睡眠机制。

困意占据了理智，她连眼睛都没睁开，轻轻地将顾闻柯的胳膊从自己身旁抽出来，推到一边，动作中带着几分嫌弃。随后，她向落地窗的方向挪了几下，摸到一个枕头，发出一声惬意的叹息，蜷缩着身子，彻底睡着了。

清晨的第一缕阳光照亮了整个卧室，顾闻柯被刺眼的光线扰醒。昨晚他很晚才睡，按理说应该多睡一会儿，但生物钟不近人情地准时唤醒了他。

睁开眼睛，冯庭还在沉睡中，但她的睡姿不佳，身上仍是昨晚那件小吊带，薄被不知何时被踢到腰间。

顾闻柯移开视线，闭上眼睛，但这一幕已经深深印在脑海中，即使闭上眼，仍旧清晰地浮现在眼前。

顾闻柯坐起来，抬起食指，轻轻摩挲自己的嘴唇。他凝视着她，眼神逐渐深邃，浓得化不开。恰在此时，冯庭也醒了过来，完全忘记自己身在何处。她睁眼前先抬起双手，一边翻身，一边舒展地伸了个懒腰，从床的一侧又翻到顾闻柯身旁。

男人眯起眼，默不作声地低头看她。

冯庭这才睁开眼，一抬头，正好撞入男人紧锁的目光中。她尴尬了两秒，随即反应迅速地翘起嘴角："早啊，顾先生。"

意识到什么，她视线微微下移，迅速拉了拉衣服，刚要起身，腰间一紧，又被顾闻柯拉了回去。

经过一夜的压抑，清晨的情绪愈发激烈。

冯庭下意识地偏过头，但男人柔软的嘴唇追了过来，温柔又霸道地贴上她的唇。

许久之后，他才放开她，居高临下地看着她，叹了一口气，平躺回去，视线转向天花板。

冯庭长发披肩，轻轻侧身坐起来，凝视着他。

顾闻柯沉默了许久，才开口道："你昨晚怎么没回去？不要过分相信男人。"

冯庭只是看着他，转开眼睛，没头没尾地说道："我觉得老天有时候特别喜欢跟人开玩笑。看似平淡的一生，却可以比戏剧更狗血。"

顾闻柯不知道冯庭心中在想什么，还以为她在为他已订婚的身份而伤心。他沉吟片刻，微微皱起眉头，说道："有些事实无法更改。如果你觉得不开心，现在走还不晚。"

冯庭抬起眼，静静地看了他三秒，忽然笑了起来："谁说无法更改？你可以退婚啊。"

顾闻柯怔了一下，眉头随即皱紧，静静地注视着她。

冯庭轻轻抬手，垂下眼帘，指尖细致地描摹着他胸前短袖上的简约图案，半开玩笑半认真地说道："开玩笑啦。这个世界上，得不到的才是最好的。我想成为你心中最想得到的那个人。"

顾闻柯握住她的手腕，问道："嗯，那你是要走吗？"

冯庭低低地笑了起来。男人不解地皱眉看向她，她却翘起嘴角，眼中带着几分狡黠："我会走啊，但我不想让你好过。我想等你爱上我，再离开……"

顾闻柯眯起眼睛，摇头笑了笑："你现在已经让我很不好过了。"

冯庭耸了耸肩，嘟起嘴撒娇道："这才哪儿到哪儿，就说自己不好过了，搞得我好像是个恶人……"

顾闻柯淡淡一笑，说："没有，是我不好。"他沉默了一会儿，像是在公允地自我评判，"是我太贪心。"

顾闻柯很清楚，自己现在正逐渐向悬崖峭壁靠近。再往前踏出一步，很可能就是万丈深渊。

理智告诉他，应该就此打住，否则无论是对他的个人名誉，还是对公司的利益，都会造成损害。然而，每当面对冯庭时，他就像得了拖延症一样，总想着能拖一天是一天，抱有侥幸心理。

他内心其实很矛盾，最近常常莫名其妙地感到烦躁不安。

早晨七点半，铺着地毯的走廊里空无一人。房门悄然打开，一个披着女式睡袍、手拎拖鞋的女人光着脚从顾闻柯的房间走了出来。她左顾右盼，确认周围没人后，转身将房门轻轻带上，若无其事地朝自己的房间走去。

刚走到房门口，还没来得及掏出房卡，李易安和吴巡的房门忽然被拉开。李易安探身出来，看到冯庭这副模样，愣了一下。

冯庭自然地将拖鞋丢在地上，随即趿拉上，抚了抚后脑勺上凌乱又慵懒的长发，朝李易安打了个招呼："早啊，李秘书。"

李易安上下打量着她。冯庭抱着肩膀，有些讪讪地笑了笑，说道："今早阳光不错，出来晒晒太阳，补补钙。"

说完，她也不管李易安是否相信，迅速拉开自己的房门，闪身进去。

冯庭刚回到房间时，顾闻柯的房门又打开了。男人手里拿着一条手链，似乎是发现她不小心掉落的，便追了出来。

然而，当他抬头看到站在走廊里的李易安时，脚步顿时停住了。

李易安开口问道："顾总也起这么早？"

顾闻柯收起手中的手链，沉声答道："嗯，不早了，准备下去吃早餐。"

李易安是被饿醒的，昨晚的饭局上除了喝酒几乎没吃东西。他猜顾闻柯的情况也差不多，于是笑着提议道："我也准备去吃早餐，那我们一起吧，顾总？"

顾闻柯抿了抿唇，点头应道："好。"

两人边聊边走向电梯间。

“吴巡不吃饭吗？”顾闻柯随口问道。

“吴经理还在睡觉，刚才叫他了，他说不吃，也不起。”李易安答道。

“昨晚休息得怎么样？”顾闻柯继续问道。

“这家酒店条件还不错，吴经理睡得挺香，打了一夜呼噜。”李易安淡淡说道。

两人的对话声渐渐远去，直到彻底消失。冯庭这才再次打开房门，望向两人离去的方向，轻轻松了一口气。

接下来的两天，顾闻柯带着冯庭处理分公司的事务。旧城改造项目取得了进展，对方突然表现出诚意，由李易安和吴巡负责落实跟进。

两天后，一行四人从南临乘机返回。与此同时，周氏企业的股票持续动荡，坊间传言周氏可能面临破产清算。

顾闻柯起初本打算伸出援手，但前段时间他与周家的一位不懂事的晚辈发生了冲突，对方几乎强行抢走了他的旧城改造项目。顾闻柯一直等待周家有人出面表态，但除了周禀然，其他长辈始终没有任何表示。

周可岚以前因为攀上顾闻柯，在周家风光了三年，如今时值动荡，地位迅速下滑，日子变得艰难。

上飞机前，冯庭就收到了周可岚的消息。

“还要多久？”

冯庭拿着手机，抬头看向顾闻柯，顾闻柯感受到她的目光，也抬头望来。

两人目光交汇片刻，冯庭对他微微一笑。在外人看来，这一幕无疑是一对正值热恋的年轻情侣。

冯庭低下头，收起了笑容：“我还需要时间。”

周可岚追问：“需要多长时间？”

冯庭没有回答，只是向她确认一件事：“今年周、顾两家关系紧张，周家祭祖，顾闻柯还会去吗？”

周可岚回答：“顾闻柯的父母很重礼节，就算他不想去，他父母那边也无法交代，今年自然也不会例外。”

冯庭轻轻叹了一口气，开始考虑接下来的安排。

这一次在南临，事情处理得非常顺利。飞机上没有工作任务，气氛比以前融洽。

冯庭对面坐着的，正是顾闻柯。

他听到冯庭叹气，低头翻看杂志，问道：“跟谁聊天？”

"哦，"冯庭放下手机，轻轻抬起眼，若无其事地说道，"我一个好姐妹，和她老公是父母之命、媒妁之言，结婚几年了，一直没有什么感情。现在她老公想离婚……他是个生意人，有些钱，却不想给任何补偿。她心里难过，在跟我诉苦。"

顾闻柯合上杂志，看向她。

冯庭浅浅一笑，看向他，说道："你们生意人都这么小气吗？"

顾闻柯沉默了一会儿，不知道她是否在暗指自己，随即如实答道："对商人来说，离婚意味着分割财产。"

冯庭垂下眼帘，撇了撇嘴，轻轻晃动茶几上的高脚杯，低声说道："一个姑娘在你身上浪费几年青春，难道不是一笔宝贵的财富？婚姻的失败是两个人的失败，没有谁是赢家。俗话说，一日夫妻百日恩。既然要离婚了，作为主动提出分开的那一方，在能力范围内给予前妻一笔补偿，让她后半生无忧，这才是一个有担当的男人该做的吧。"

这番话倒是很中肯。顾闻柯看向她晃动的高脚杯，一时间竟不知如何回应。

冯庭收回手，托着腮，轻声问道："倘若有一天你和你的周小姐分开，你不觉得这样做才能心安吗？"

顾闻柯听后低下头笑了笑，说道："怎么又扯到我身上了？她未嫁，我未娶。"

他看着冯庭，想到周可岚，脸上的笑意渐渐消失了。

顾闻柯定定地看着冯庭，没有直接回答她的问题，反而问道："你希望我给她补偿吗？"

"是啊，"冯庭跷起脚尖，轻轻蹭着他的裤脚，缓缓说道，"我当然希望你给她补偿。"

她直视着他的眼睛，语气幽幽："如果你愿意为她的名誉损失做出补偿，那说明我没有看错你，你是个有情有义的人。倘若你不管不顾，直接解除婚约，那我会认为，像你这样绝情的人，她的今天可能就是我的明天。毕竟，这几年你们的婚约为你带来了不少生意上的好处……"

顾闻柯自然不是傻子，冯庭的话让他心中微微一动。他拿起旁边的一本杂志，云淡风轻地翻了两页，皱着眉说道："语言都是具有指向性的。如果不是了解你，我还真会怀疑你是站在她那一边的。"

冯庭晃动酒杯的手忽然停了下来。

顾闻柯看着她，她也察觉到自己的不自然，连忙端起高脚杯，仰头抿了一口。

“我当然是她那一边的。”她突然生气，阴阳怪气地说，“我不仅和她是同一边，我们俩的口味还一致呢！所以才会围着同一个男人转！”

冯庭说完，“啪”的一声将酒杯重重放下，不再与他同坐，脸色阴沉地起身离开。直到飞机降落，顾闻柯都没能再与冯庭说上话。她戴着眼罩，坐在吴巡和李易安对面，浑身散发出一种生人勿近的冷漠气息。冯庭的怒火来得毫无征兆，令顾闻柯有些摸不着头脑。

飞机落地后，一向不主动出力的冯庭竟然破天荒地跟着李易安一起去取行李箱。顾闻柯的视线扫过去，抿了抿嘴，却始终拉不下脸主动道歉。

他其实刚才不过随口一句玩笑，怎么想都觉得不至于让她真的生气。然而，从她的反应来看，冯庭确实动了真怒。她戴着墨镜，从他身边擦肩而过，完全无视他的存在，却和吴巡以及李易安聊得热火朝天。

“你说的是张秘书吗？怎么感觉和我认识的不太一样？”冯庭问道。

“人本来就有很多面。”李易安答道，语气轻松。

“那他还真是个好男人，怎么没让我遇到……”冯庭开玩笑似的感叹。

“赶紧打住吧，人家孩子都上小学了。”李易安淡淡地提醒。

顾闻柯听到这里，脸色微微沉了下来。下属谈论公司八卦，他只能装作若无其事地听着，随后拿起手机走向卫生间。

冯庭目送顾闻柯离开，等他走远后，才继续与李易安闲聊。

“最近没和张秘书联系呢。”她随意提起，“你和他共事多年，应该挺熟的吧？他现在和妻子的关系怎么样了？”

李易安点了点头，说道：“自从张秘书调过去后，两人的关系缓和了不少。他妻子还主动打电话跟他商量家里的事情。还真别说，距离确实能产生美。”

冯庭笑着接话：“凡事都有利有弊。距离不仅能产生美，有时候也会产生小三。”

李易安听后心里一紧，忙说：“那我得回去提醒提醒他。”

取完行李后，四个人从机场出来。正值登机高峰期，人流熙熙攘攘。

顾闻柯走在前面，冯庭和另外两人跟在后面。他用眼角的余光留意着她，刻意放慢了脚步。

刚出门，一抬眼，便看到两辆熟悉的私家车。前面那辆是黑色宾利，是周可岚平日出门常用的车。

顾闻柯停下脚步，目光投向那边。

冯庭注意到他的脸上掠过一丝不悦。她抬眼，正好看到车门打开。从那辆黑色宾利上下来两个人，其中一个是周可岚。她穿着一条带有大印花、海边风格的一字肩长裙。今天阳光不算强烈，她下车时从车内拿出一顶粉色的大帽檐编织帽戴上。

机场空旷，风有些大，帽子戴得并不稳。她刚走了两步，帽子差点被风吹跑，只得用一只手按住头顶，迎着风朝这边走来。周可岚身边还有一位长辈，两鬓夹杂着白发，在阳光下泛着银光。

顾闻柯这几天一直在出差，周家人看样子日子过得极其难熬。顾闻柯刚落地，就被堵在了机场。

结合最近周家的动荡，冯庭猜测来人是周可岚的三叔周禀则，也就是周禀然的堂兄。周禀然对家族企业插手不多，回国之前，周家的大小事务都是由周禀则和其他长辈打理。

周禀则比周禀然大十五岁，已经接近五十的年纪。

周禀则和周可岚朝这边走来，刚到跟前，黑色宾利的司机也下车了，一路小跑着走到顾闻柯面前，举止恭敬地说："顾总，我帮您把行李装上车吗？"

顾闻柯看了一眼司机，把行李箱推了过去。

周可岚满脸欣喜地挽住顾闻柯的手臂，说："你回来怎么也不提前告诉我一声？我还是从三叔那儿听说的。"她说完朝冯庭那边看了一眼，冯庭的视线在顾闻柯的手臂上停留了三秒，然后转头，淡淡地看向别处。

只听男人说道："嗯，临时改的行程。"

"改行程也要告诉我一声吧，这样我也好来接你。"

"不告诉你，你不也能知道吗？"

男人今天显然并不打算配合某人的表演，无视了周可岚的撒娇和抱怨。

随后，顾闻柯自然地将胳膊从周可岚手中抽出，与周禀则握手道："三叔怎么亲自过来了？"

周禀则皮笑肉不笑地说道："小顾，你日理万机，我不亲自过来，想见你一面比登天还难。"

话中有话，显然对顾闻柯最近袖手旁观的态度颇有不满。

顾闻柯低头淡笑："三叔真会说笑，每次讲话都这么夸张。"

周禀则右手搭在左手手腕上，双手拢在身前，说道："今天要给你接风洗尘，咱们就别干站着了，走吧？"

顾闻柯的行李早已被司机接走，此时正安静地放在黑色宾利的后备厢中。

顾闻柯在回来之前就已经料到周家人会来找他，以他们一贯强势的行事风格，他对此心中有数。

他沉吟片刻，回头看了看冯庭等人，随后又转向周禀则，问道："三叔，今天是家宴，还是谈工作？"

周禀则一时没琢磨出顾闻柯话中的深意，便随口答道："家宴！"

顾闻柯云淡风轻地点头："你们的家宴我就不去了，而且今天舟车劳顿，任何和工作沾边的事，我都不想谈。"

冯庭差点笑出声，低下头，轻咳了一声。

这一声忍笑轻咳，使她成为众矢之的。大家都回头看过来。

其中，周禀则的脸色最为难看。他不知道顾闻柯身边什么时候多了这么一个不懂规矩的小丫头，居然敢嘲笑他；更没想到自己竟被顾闻柯摆了一道，顿时拉下脸，紧抿双唇。

幸好顾闻柯还算识趣，转身对冯庭等人说道："我去周家一趟，你们先回去。"

周禀则的脸色这才稍微缓和下来。

随后，李易安招手喊来接机的司机帮忙搬行李。

冯庭站了好一会儿，脚都酸了，正盼着上车，好回家睡个饱觉。她把墨镜推到头顶，推着行李箱朝车子走去。

顾闻柯目送她轻快的脚步，不知为何，心里忽然有些堵得慌。

她刚走没几步，就听顾闻柯喊道："冯秘书，今晚吃过饭后你负责开车接我。"

冯庭停下脚步，转过脸，瞧着男人这副好看的皮囊，轻轻皱了一下眉。

顾闻柯心情似乎好了些，补充道："别忘了。"

在众目睽睽之下，冯庭只能笑着点头："好的，顾总。"

两辆黑色私家车一前一后，保持着不远不近的距离，行驶在环城高架桥上。

顾闻柯与周可岚、周禀则坐在前面的车里，冯庭、李易安和吴巡则坐在后面的车中。两辆车都朝市区行驶，直到进入内环线，前面的车向左转，后面的车继续直行。

冯庭与李易安坐在后排，看到顾闻柯乘坐的车拐弯，她的目光不由自主地追了过去。

"顾总不会有什么危险吧？"她有些担心地问。

坐在副驾驶座的吴巡似乎听到了什么好笑的事，转过头来看着她："有危险。"

冯庭一怔："什么危险？"

吴巡笑着答道："晚餐丰盛，有酒有菜，吃胖的危险。"

这次出差四天三夜，冯庭觉得自己与顾闻柯的关系似乎拉近了不少。她知道今晚的饭局是个鸿门宴，顾闻柯被迫陪周可岚回周家。但不知为何，晚上回到家后，她打开课件准备学习心理学知识，却怎么也看不进去。

冯庭"啪"的一声合上电脑，穿着黑色瑜伽裤，敲开了秦乐天的卧室门，背靠着门框，语气漫不经心地说："弟弟……"

秦乐天头也不抬，淡淡地问："怎么了？"

冯庭沉思片刻，犹豫着开口："最近你身边有没有长得漂亮、二十岁左右、爱撒娇的小哥哥？"

秦乐天抬头看了她一眼，盘腿坐直了身体，"你问这个干吗？"

冯庭叹了口气，语气有些无奈："介绍给我吧，让我转移一下注意力。"

"转移什么注意力？"秦乐天不解地问。

冯庭急了，拿起一个抱枕狠狠地扔了过去，语气里带着几分不耐烦："你怎么这么多问题？"

她咬了咬嘴唇，瞪着眼睛继续说道："你就说有没有不就得了？姐姐有钱，就想花钱请人吃饭！"

一提到钱，秦乐天的眼睛顿时亮了起来。他脸上带着几分坏笑，凑到冯庭跟前，越凑越近："姐姐，你看我行吗？"

冯庭嫌弃地翻了个白眼，没有理他。

半个小时后，两人出现在酒吧。

刚进场，秦乐天就指着门口卡座上一位穿黑色休闲服的男生，小声对冯庭说道："这是我学长，今年大二，刚才他发消息说在这里玩。"

冯庭皱了皱眉，小声嘀咕道："可我是姐姐，我这算不算厚颜无耻地蹭卡？"

秦乐天笑着说："你不说自己年纪大，谁知道呢？"

冯庭拍了拍他的肩膀，心想这话还算靠谱。

她把长发放下，将手机递给秦乐天，望着前方扬唇一笑："帮我找个地方充电，手机没电了。"随后拨开人群，走过去搭讪。

半个小时后，冯庭和那位男生并肩站立，随着音乐摇摆，两人有说有笑。接着，男生拉她回到卡座，拿出一副骰子，教冯庭玩广式玩法。

秦乐天看着冯庭直摇头，心想：她这是受什么刺激了？

殊不知，卡座旁边的桌子上，手机屏幕亮了又暗，顾闻柯的电话打进来，但铃声被刺耳的音乐淹没，闪动的屏幕在酒吧的摇头灯下也无人注意。

周家的住宅是一座典型的西式洋房，独立庭院内设有花园、草坪和车库，其整体景观风格借鉴了国际花园城市杭州的特色。

顾闻柯站在气势恢宏的板式游廊旁，脚下铺着碎石小路，周围的鸢尾花已然凋谢，显得枯黄而颓废。

他拨了几个电话，却始终无人接听，便将手机随手放回兜里，转身为自己点燃了一支烟。

烟才抽到一半，身后传来轻微的脚步声，那是高跟鞋踩在枯枝落叶上发出的细碎响动。

顾闻柯没有回头，眼角的余光瞥见一抹衣角，便已知道来者是谁。

周可岚站在石柱旁，迟疑片刻后并未再靠近一步。

她凝视着男人的背影，开口说道："我今天没来得及通风报信……"

顾闻柯显然没那么好骗。他低下头，弹了弹烟灰，语气平淡却直截了当地回应："你想通风报信，就一定有时间；你不想，自然来不及。"

他毫不留情地戳破了周可岚的借口，语气带着一丝冷嘲："不要以为我不知道，你最擅长的就是在周、顾两家之间和稀泥。"

说到这里，他抿了抿唇，没有继续深究，而是随手掐灭了烟头，拍了拍身上的灰尘，转身说道："我等下就找个借口离开。"

顾闻柯要走，而周可岚也不愿久留。她很清楚，周家如今深陷舆论旋涡，若顾闻柯不愿出力帮忙，她留下来也只会沦为众矢之的，遭受冷嘲热讽而已。

其实，有时候周可岚觉得自己很可怜。她似乎只是被利用，从没有人关心她到底想要什么。

冯庭曾说，女人要明白一件事：任何你想要的东西，都要靠自己去争取，而不是指望别人。然而，周可岚觉得自己从小缺乏关爱，精神上很难做到独立。她抬起眼，看到顾闻柯已经进了门。不久后，房里传来寒暄声和笑声，寒暄的是顾闻柯，笑的是周禀则。

半个小时后，顾闻柯假装喝醉，由李易安扶着走出来，上了车。他微微眯起眼睛，踉踉跄跄地上了车，坐定后，靠在座椅上，睁开眼睛，眼前一片清明。

顾闻柯侧头望了一眼周家的花园，等到周家人都回了屋，才拿起手机再次拨打电话，但对方已经关机。

顾闻柯皱眉片刻，问李易安："冯秘书回家了吗？"

李易安握着方向盘，通过后视镜看向老板，说："回家了，司机先送她回去，然后再送我和吴经理。"

顾闻柯侧过脸，看向窗外。

车辆继续行驶在大道上，拐角处的一家花店忽然映入顾闻柯的眼帘。他眨了眨眼睛，心中一动，对李易安说："就近停车。"

李易安感到不解，回头看了他一眼。顾闻柯重复道："停车。"

李易安在收到第二次指令后，立即打了转向灯，车子缓缓停在花店入口附近的路边。

顾闻柯沉默了一会儿，说："等会儿我要去拜访一个朋友，你帮我去选一束花。"他随口编了个理由。

李易安没有多想，转过身问："选什么样的花？"

顾闻柯思索了一下，说："我对花不太了解，就让花店老板包一束年轻姑娘会喜欢的花吧。"

冯庭既然答应了要去接顾闻柯，实际上还是要去的。只是秦乐天办事不力，没有及时帮她的手机充电。

她鬓角微微出汗，丢下身边的小哥哥，转身向卡座走去。刚走两步，又被拉住。小哥哥温柔地问："去哪儿？"

冯庭抬起头，微笑着问："几点了？"

对方微微一笑，以为她是被父母设了门禁的小女孩，便问："你明天要上课？"

冯庭愣了一下，随口答道："是啊。"

年纪小的果然玩心重，小哥哥不想冯庭离开，一直强调时间尚早。冯庭瞧着对方那张唇红齿白的脸，心一软，又多陪着玩了半个小时。

秦乐天一直在卡座上与人拼酒。冯庭打发了小哥哥后回到卡座，远远地问："有人给我打电话吗？"

秦乐天抬起头："你问谁？"

冯庭心里隐隐觉得不妙，赶紧拿起手机按了按。

竟然关机了？冯庭提了一口气。

此时她已没心情再喝酒，拉上秦乐天往酒吧外走。到门口，她租了一个移动充电器。

等待开机的这一分钟显得格外漫长，冯庭的第六感告诉她，今晚顾闻柯那边恐怕不好交代。

手机终于开机，她点开屏幕，果然看到——

21：30，顾闻柯来电。

22：30，顾闻柯来电。

他还发了消息："打电话不接，你干什么去了？"

她看消息时，又有一条新信息进来："手机还关机？"

冯庭抬眼看看时间，正好是十一点，距离顾闻柯发消息不过几分钟。她连忙回拨电话。电话刚响了一声，那边就接了。

"干什么去了？"顾闻柯直接问。

"手机没电了。"她稍顿了一下，补充道，"所以没看到。"

顾闻柯的逻辑一如既往地清晰，他语气淡淡地说："答非所问。"

尽管他的语气平稳，冯庭却敏锐地感受到他情绪的微妙变化。

她立刻笑着解释："我能去哪儿……我……"

"我在家"这几个字还没出口，顾闻柯已然说道："我在你家楼下，下来。"

这话让冯庭措手不及，心跳陡然加速。她赶紧眨着眼睛找借口："我现在不在家，我在小区附近……我弟弟晚上饿了，我出来超市买东西。"

秦乐天听见自己被提到，顿时好奇地凑过来偷听。冯庭不耐烦地推开他，示意他赶紧走开。不知道顾闻柯信没信她的话，他只是淡淡地说："我给你二十分钟。"

冯庭挂断电话，急忙抓起外套往电梯间走。看到秦乐天磨蹭，她一把揪住他的衣服，带着他一路小跑。

今晚喝了酒，本打算叫代驾，谁知顾闻柯来了。如果她叫代驾，那等于是不打自招。

于是，她招手叫了一辆出租车，手忙脚乱地上了车，低头看了一眼时间。

她叮嘱秦乐天："我的一个追求者现在在家门口等着，等会儿我带你一起过去，就说我们去超市买东西了。关于我的工作、职业，你一律不要多嘴……你就装哑巴，明白吗？"

说完后，秦乐天没有反应。冯庭蹙眉，狠狠地拍了拍他："问你呢，明白不明白？"

秦乐天反问："你不是说我是哑巴吗？哑巴怎么回答？"

冯庭“扑哧”一声笑了。

车子在小区门口停下，秦乐天付了车费。冯庭下车后，直奔小区门口的超市。她来不及精挑细选，随手在门口货架上抓了几盒饼干、几包袋装泡面，还有几根廉价的鸡肉淀粉肠，结账后提着塑料袋匆匆走了出来。

顾闻柯只给了二十分钟，她紧赶慢赶，却花了半个小时才回来。

两人此时正处于敏感期，冯庭今天真是大意了，差点阴差阳错地搞砸了出差几天刚升华的关系。

两人走到楼下，冯庭把塑料袋递给秦乐天，踮起脚张望了一下。没看见顾闻柯的车，却看见了李易安那辆银白色奥迪。车厢内漆黑一片，没有一点光亮。

她走近敲了敲车窗。

秦乐天站在两米开外，只见车门被推开，一双锃亮的、价值不菲的皮鞋从车内踏了出来。

男人站定后，理了理西装。冯庭笑着说了句什么，男人顺势看了过来。

秦乐天知道冯庭这是在介绍他，便几步走过去，弯腰鞠了一躬，还开了个无伤大雅的玩笑：“姐夫好。”

这一声“姐夫”把顾闻柯叫愣了。他不以为意地轻笑道：“弟弟你好，初次见面也没有给你带礼物，下次补上。”

秦乐天眼睛一亮，对冯庭竖起了大拇指。他喜欢这种有格局的人。

顾闻柯车上有花，却没有拿下来。人都已经到了家门口，岂有不上楼的道理？

秦乐天在前面开道，顾闻柯与冯庭在后面缓步而行。

秦乐天这个人还挺识趣，走着走着就没了踪影。眼下，清幽的羊肠小道上，只剩下他们两人。

她侧头瞥了他一眼，低声问：“你怎么来了？”

顾闻柯有些不自在，顿了顿，反问道：“我不能来吗？”

冯庭扬起笑脸，调侃道：“能来，当然能来。我这不是受宠若惊嘛。”

顾闻柯忽然停下脚步，不再往前走。冯庭一时没留意，猝不及防地撞进了他的怀里。

男人闷哼一声，双手扶住她的肩膀，帮她站稳。两人此时，一个仰望，一个俯视，相对无言。

远处，藤蔓下的花香阵阵，悠悠飘来。如此良辰美景，着实撩人心弦。

顾闻柯轻轻抬起她的下巴，目光凝视着她。良久，气氛愈发暧昧。男人的喉结微微上下滚动，似在犹豫，终究弯下腰，慢慢凑近……

冯庭的睫毛轻轻颤动，目光一瞬不瞬地盯着他。因酒精作用，她的眼神略显迷离。

“你喝酒了？”

顾闻柯动作一顿，随即拉开距离，皱眉道：“还有烟味。”他神色明显不悦。

他沉声道：“再问你一次，你到底去哪儿了？”

冯庭早有准备，垂下眼眸，语气略显委屈：“你管我做什么？你今晚陪周小姐吃饭，我也没管你。”

此话一出，四周顿时安静了许多。

顾闻柯刚才那盛气凌人的气势瞬间减半。他张了张嘴，却只是皱眉不语，脸色有些难看。

冯庭没有别的本事，就是擅长戳人痛处。

男人沉着脸盯着她片刻，方才的旖旎气氛已荡然无存。

“我只是觉得，女孩子在外面喝酒不太安全……”他沉默了许久，才低声开口，“下次，你可以叫我陪你。”

“真的？”她微微挑眉，似笑非笑地问。

“嗯。”男人点了下头。

冯庭静静地看着他，久久没有说话。

她好半天才转过身去，看着脚底那片绿莹莹的、从石子缝隙间倔强生长出来的杂草，对男人说道：“我之前一直说自己什么都不要，只是单纯地爱上了你，但现在……”

她忽然停住了，话到嘴边又咽了下去。

顾闻柯自然追问：“但现在怎么样？”

冯庭仍旧没有回答。在男人第二次追问后，她才微微偏了一下头，眉头轻蹙，说道：“但现在我发现自己嫉妒心太强，太爱吃醋。尽管知道你们之间没什么，可心里还是会觉得不舒服。”

她幽幽地看着他，语气中透着几分怅然：“而且你们很快就要去祭祖了，到时候朝夕相处，白天成双入对，晚上同床共枕。或许你们的感情会突飞猛进，等你再回来时，可能早已忘了这里还有一个度日如年、盼望你回来的小秘书吧……”

冯庭说完这些话后，不再看顾闻柯的反应。她慢条斯理地抬脚往前走，一边走，一边在心里默默数着：三、二、一……

顾闻柯从兜里抽出一支香烟，含在嘴里，低头点燃。烟雾缭绕间，他的表情变得模糊不清，但目光始终注视着她。

“你随时都可以喊停，都听你的。”他低声说道。

冯庭脚步一顿，眨了眨眼，继续走也不是，不走也不是。

正如顾闻柯所说，语言确实具有指向性。

比如，缺乏安全感的女人，常常会问男人一个问题：“你爱不爱我？”

在女人问出口之前，男人一般不会主动去思考这个问题。然而，一旦被问起，男人反而会开始琢磨：“那我到底爱不爱她？”

女人是感性的，能够清晰地辨别爱与不爱；而男人则偏理性，对于这种虚无缥缈、看不见摸不着的情感，大多数男人——尤其是恋爱经验不足的男人——往往会感到困惑，甚至可能得出“不爱”的结论。

所以，聪明的女人不会问“你爱不爱我？”而是会不间断地给予男人心理暗示，甚至可以说是“洗脑”：你是超级爱我的。

除此之外，对他们来说，短期关系往往是由生理冲动和情感认知所驱动的，而一段长期的两性关系中，舒适感才是让他们维持下去的动力。

尤其是对于顾闻柯这样身家地位都很高、如今深陷一段糟糕的婚恋关系、每天还要面对超强工作压力的成功男士来说，情绪需求才是最迫切的刚需。

想到这里，冯庭立刻收敛了情绪，主动扬起一抹笑容，说道：“好了，我们别提这些不愉快的事了。”她走到顾闻柯面前，将香烟从他指间抽走并熄灭，“最近是我不好。我知道你很为难，却还总逼着你……其实我心里很清楚，你是喜欢我的。你只是暂时没想清楚，但你也要理解，换作任何人都会有那么一点点小情绪……”

顾闻柯抿着嘴，低垂着眼眸盯着她，一言不发。

两人干巴巴地站了好一会儿。冯庭觉得有些冷，抬手搓了几下手臂。她明白此刻不必强撑，识时务者为俊杰。

她抬起头，笑眯眯地邀请道：“你饿不饿？上楼吃点夜宵吧？”

顾闻柯其实是想上去的，并不想就这么离开。但碍于身份，他故作客气地说了一句：“这么晚了，我过去会不会不太方便？”

冯庭一听，想到秦乐天还在楼上。这孩子嘴上没个把门，谁知道下一秒会说出什么话来。不上去，也未尝不是件好事。

她刚想说“那行吧”，顾闻柯却开口道：“不过，我确实也饿了。”

这暗示的意味简直再明显不过了。

周家今晚确实准备了一桌丰盛的晚饭，还是闽南口味的。但所有带有目的性的饭局，无论菜品多美味，酒水多名贵，参与者心怀鬼胎、各有算计，都注定吃得不舒坦。

他迈步朝冯庭走了过来，用眼神示意她带路。

直到这时，冯庭才猛然意识到一个问题：家里根本没准备夜宵。

电梯门打开，冯庭无奈之下，只能领着他上楼。

两人并肩走进电梯，冯庭拿出手机给秦乐天发消息："你赶紧打电话叫夜宵，我朋友饿了。"

秦乐天很快回复："这都什么点儿了？现在打电话订餐也来不及，少说一个小时才能做好送过来。"

说话间，两人到了家。冯庭进门后，把电脑合上，塞到抱枕下面，又倒了一杯温开水递给男人。

顾闻柯接过水，走到沙发边坐下。秦乐天在次卧不知忙些什么，客厅里只有两人。

男人抬眼，环顾四周。屋内干净整洁，摆设简约，是当下年轻人喜欢的风格。

"挺干净。"他点评了一句。

冯庭听了心想：能不干净吗？昨天家政阿姨刚来过。

男人抿了一口水，又说道："就是少了些人间烟火气。"

少了烟火气？不应该啊。冯庭暗自纳闷，明明上个月秦乐天还在厨房煮过泡面。

说到泡面，冯庭立刻想到了今晚的夜宵。

正巧这时，秦乐天从卧室出来。刚从夜店蹦迪回来，消耗了不少热量，他肚子空得发慌，胃里有些不适。他揉着肚子坐到沙发上。

冯庭挽起袖子，贤惠地说道："今晚我们随便吃点吧？"

顾闻柯以为这句"随便吃点"只是客套话，直到冯庭打开购物袋，从中拿出三包酸菜面和两根鸡肉淀粉香肠，顾闻柯才明白，这还真是随便……

冯庭拿着食材进了厨房。厨房里传来刷锅接水的声音，但两分钟后便没有了动静。

坐在旁边低头玩手机的秦乐天忽然不耐烦地扔下手机，趿拉着拖鞋进了厨房。接着，里面传来一阵嘀嘀咕咕的声音。

"啪嗒——"天然气灶这才被打开。

不一会儿，秦乐天挠着脑袋走出来，见顾闻柯正看着他，便笑着解释：

“最近我姐出差，我一个人住。她刚才问我鸡蛋放哪儿了。”

顾闻柯不动声色地挑了挑眉梢。联想到上次冯庭在吴巡的新家做饭时状况百出，如果他还看不出什么，那未免显得太迟钝了。

秦乐天拿起手机继续玩游戏，顾闻柯坐了一会儿，便起身朝厨房走去。

冯庭站在燃气灶前，抱着肩膀，面对一锅水发呆。

听到身后的脚步声，她才回过头来。

看到男人的身影，她眼中闪过一丝紧张，干笑道：“厨房重地，你怎么进来了？”

顾闻柯环视了一圈，发现锅碗瓢盆一尘不染，崭新得仿佛从未使用过，丝毫没有生活的痕迹。

他戏谑地看着她，却没有揭穿，只是朝锅里点了点下巴，提醒道：“水开了。”

“哦。”冯庭这才注意到锅中的水，手忙脚乱地去拿泡面。撕开袋子后，她犹豫了一下，才想起正确的步骤应该是先煮几个鸡蛋，毕竟白水煮荷包蛋不太容易熟。

顾闻柯笑了笑，凑近她问：“需要帮忙吗？”

冯庭愣了一下，随即反应过来，连忙拒绝：“不用，我会做饭。”

顾闻柯点点头：“那你小心点，别烫着。”说完，他便慢条斯理地走出了厨房。

冯庭忙着煮荷包蛋、下面条，等忙完一切，才隐隐觉得哪里有些不对劲。

她拿着勺子回过头，朝厨房门口看了看。

什么意思？是看出她不会做饭了吗？

几分钟后，冯庭端着面条走出来，叫顾闻柯和秦乐天到餐厅吃饭。

此时，顾闻柯正翻看着秦乐天的画本，听见冯庭的招呼，他把画本放下，起身走向餐桌。

冯庭有模有样地摆好碗筷，又把热好的速食蔬菜端上来。

顾闻柯倒是很捧场，接过面条尝了一口，点了点头。

他刚才还提心吊胆，对冯庭的期待不高，只求能下咽即可。果然，期望值越低，越容易满足，也越容易获得幸福感。

冯庭被顾闻柯的反应逗乐了，捏着筷子微微一笑。毕竟这是她第一次煮荷包蛋，她原本还担心自己煮得不好会被顾闻柯嘲笑，如今却意外得到了认可，心中不免生出一丝成就感。

“好吃吗？”

顾闻柯点了点头，简单地回应："能吃。"

秦乐天自然不知道顾闻柯心里到底在想些什么。被顾闻柯的言行举止勾起了好奇心，他也紧跟着"啊呜"尝了一口。

普通的面，普通的味道，着实吃不出什么特别之处。如果非要说哪里特别，那就是汤稍微有点咸。

他抬头瞧着顾闻柯和冯庭，脸上满是鄙夷：不就是一碗面嘛，你俩至于吗？

饭后，冯庭继续展现出她贤惠的一面，尽管平时不怎么沾阳春水，这会儿却主动端起碗筷，去厨房刷碗了。

客厅里只剩下顾闻柯和秦乐天，两人各自沉默着。

秦乐天刚准备继续打游戏，身旁的男人忽然转头看向他，嘴角噙着一抹浅笑："你是学画画的吧？那你知不知道你们业界有个名人，叫阿斯？"

一提到阿斯，秦乐天的兴趣立刻被勾了起来。阿斯是个亚裔，在欧洲那边小有名气。她的创作风格带着几分后印象派画家凡·高的影子，色彩运用大胆而富有表现力。去年，秦乐天在荷兰的一家博物馆里，还亲眼见过阿斯的早期作品——《跳水的小狗》。

顾闻柯从秦乐天的眼神中便看出，自己的话题成功投其所好。他拿起手机，点了几下，随后递到秦乐天面前。

一向高冷的顾闻柯，此刻竟对秦乐天露出了一个友善的笑容："不如我们加个微信吧。"

他看着眼前这个年轻的小男生，一脸善意地说道："阿斯是我的表亲。我觉得你画画很有天赋，改天有机会的话，可以介绍你们认识。"

这话让秦乐天如何还能淡定？他立刻拿起手机，赶紧扫了顾闻柯的微信二维码。

要是秦思明能有眼前这位大哥一半的上道，秦乐天早就把秦思明和冯庭撮合成一对了。

而且他改变了主意，决定以后再也不通风报信，不再把冯庭身边有追求者的事情透露给秦思明。

两人正在加微信时，冯庭刷好碗出来，正好瞧见了这一幕。

出于职业敏感，她其实不希望秦乐天与顾闻柯走得太近。不过转念一想，她本打算之后让婷婷以自己闺密的身份出面，介绍婷婷和顾闻柯认识，让婷婷帮忙完成一些操作。但既然今天顾闻柯主动加了秦乐天的微信，那就不需要再安排婷婷了。

尽管婷婷是冯庭比较信任的一位来访者，但相比之下，冯庭肯定更相信自己身边的人。

吃过饭后，顾闻柯又喝了一盏茶，随即起身告辞。

冯庭随手拾起一件外套穿上，送他下楼。

到了楼下，深夜的街头几乎没有行人。冯庭不打算再往前送，便停下了脚步。

顾闻柯忽然转身看着她，说道："你跟我过来。"

他的车就停在七八米开外。冯庭瞥了一眼，心里有些犹豫。

这大半夜的，吃饱喝足又进车里，干柴碰上烈火，准没好事。她迟疑了一下，说："我还是不去了，太累了，今天也没什么兴致……"

这话说得耐人寻味，顾闻柯怔了几秒，随即领悟到她的意思，不由得笑出声来。

"我让你做什么了？怎么平白无故扯到没兴致上去了？"

"啊？"

冯庭从他眼里读出了戏谑之意，立刻意识到自己误会了他的意思。

一向厚颜无耻的她，这一刻竟然感到血液直往头顶涌。

顾闻柯低低笑着，迈步走到她面前，温热而干燥的手掌握住了她的指尖，不容分说地拉着她朝停车的地方走去。

冯庭脚上只穿着家居鞋，快走了两步才勉强跟上他的步伐。

到了车前，顾闻柯松开她的手，拉开车门，探身进去。片刻后，他转身过来，手里多了一束鲜花。

花束以玫瑰、扶郎花、洋桔梗为主，点缀着情人草、满天星和勿忘我，主次分明，在路灯的映照下散发着淡淡的清香。

冯庭以前收到过太多花束，但顾闻柯送她花，这件事短时间内她还真没敢想过。

看着这束花，一向自信心爆棚的冯庭没有立刻接，因为他实在不按照套路出牌。她怕自己伸手去接，这家伙却来一句："只是让你帮我鉴赏。"

花对冯庭来说无所谓，主要是尴尬的场面经历多了，她有些怕了。

所以她没接，只是干巴巴地说了一句："哦，挺好看的。"

男人温柔地看着她，低声笑道："既然好看，为什么不接？"

冯庭愣了一下，抬眼问："送……送我的吗？"

男人没有直接回答，而是反问："你觉得呢？难道是送别人，然后拿过来让你鉴赏？”

得，两人还真想到一块儿去了。

这时，冯庭才敢伸手把花接了过去。她一脸欣喜地抱着满满一怀，表情略显夸张，像是几百年没见过鲜花一样。

“好漂亮，我好喜欢……”她低下头轻轻嗅了一口，耸了耸肩，微微挑起眉梢看向他。

顾闻柯单手插兜，淡淡地叹了口气，见她这么喜欢，似乎如释重负。

冯庭缓缓走过去，主动抱住了他，额头轻轻抵着他的胸膛，安静了片刻后，仰起脖子看向他：“怎么办，我感觉自己陷得越来越深了。”

男人垂下眼眸，两人视线交织，空气中弥漫着微妙的气息。

冯庭回到家后，直接把秦乐天从房间里提溜出来，叮嘱道：“弟弟，你加顾闻柯微信可以，但记得要注意，不要把自己的朋友圈展示给陌生人，更不要跟他聊太多关于我的隐私。”

秦乐天挑了挑眉：“我连这点职业素养都没有？你也太小看我了吧。”

冯庭竖起食指，晃了晃：“不要小瞧那个男人。”

最近太忙，她一直没时间关心秦乐天和赵凉凉的感情问题，这会儿才想起来问：“最近有好好建设朋友圈吗？”

秦乐天点点头：“我最近一周至少更新三次朋友圈动态。”

冯庭满意地点了点头，拍了拍他的肩膀，转身正准备回房间，秦乐天手边的手机忽然响了起来。

冯庭顺着他的目光看过去，屏幕上闪烁着“赵凉凉”三个字。秦乐天深吸一口气，满脸惊讶。

他紧张地盯着冯庭，手里的手机仿佛变成了烫手山芋。他低声喊道：“姐姐……”

秦乐天显得有些失态，语气里带着紧张和小心翼翼。

冯庭却不为所动，拨开他扒拉着她的手，皱眉道：“衣服都被你弄皱了。”

秦乐天指了指手机，愣了好几秒才找到自己的声音：“她给我打电话了！快两个月没联系，她竟然给我打电话了！”

“我看见了。”冯庭淡淡地回应。

“是反扑吗？”秦乐天急切地问。

“应该是，但现在还不好下定论。”冯庭冷静分析。

“那怎么办？我该说什么？要不要装得高冷一点？”

“不接。”冯庭语气坚定。

“不接？你开什么玩笑？她好不容易主动找我！”秦乐天急得提高了音量。

话音刚落，手机突然安静了下来。秦乐天眨了眨眼，表情瞬间变得生无可恋。

冯庭无奈地叹了口气，双手捧住他的脸，将他的视线拉回来，认真叮嘱道：“不接就是不接。从现在开始，她每次找你都别搭理。我猜她很快会发消息给你。接下来，无论是电话还是消息，一律不接、不回，并且第一时间告诉我。”

秦乐天愣愣地看着冯庭，而冯庭则给了他一个异常笃定的眼神。

两人正僵持着，秦乐天的手机突然又“嗡嗡嗡”振动了三下。

果然如冯庭所料，赵凉凉发来了一条消息：“有事找你，看到后立刻回电话。”

秦乐天这才相信冯庭，惊讶地说：“姐姐，你真神了！”

冯庭挑了挑眉，这次松开了手，指着赵凉凉发来的消息点评道：“你瞧，现在还端着架子呢。这种消息，别理她。”

她走到门口，忽然像是想起了什么，又探出头，语气轻飘飘地问：“你不是认识很多漂亮的小姑娘吗？”

秦乐天抬起头：“啊？怎么了？”

“最近别老在家里闲着，多无聊啊。约着聚聚餐，吃吃饭，再带上几个同学。”她特别强调，“最好是你和赵凉凉的共同同学。”

说完，冯庭露出一个狡黠的笑容，转身回了房间。

第七章 偏爱

顾闻柯目送冯庭抱着鲜花上楼，没有立即离开，而是站在原地抽了一支烟。

凌晨回到府前别苑时，他看见母亲半个小时之前发来的语音消息：“闻柯啊，过几天你就要陪可岚去周家祭祖了。我帮你们准备了一些东西，你周末有空的话，来家里拿吧。最近好久没回来了，什么时候带可岚回来吃饭？我和爸爸很想你……”

顾闻柯坐在书房的办公桌旁，闭着眼，用戴着戒指的那只手用力揉了揉眉心。他沉默了许久，才睁开眼，把母亲的语音又听了一遍。随后，他将手机随手丢下，拿起睡衣走进浴室洗漱。

洗完澡出来，他的脸色比刚才稍微好了一些。这时，他才回复母亲的信息：“我让李易安去拿吧，最近工作忙，没空回去吃饭。”

让他没想到的是，母亲这么晚还没睡，显然一直在等他的消息。

母亲一向很了解他，在语音里问：“是不是遇到什么烦心事了？你每次心烦都不喜欢回家，而且心烦的时候也不喜欢给家里打电话。”

顾闻柯简单否认：“没有，只是忙，这个周末我过去。”

母亲很开心，这次用文字回复：“可岚一起来吗？”

顾闻柯替周可岚做了决定：“她不去，她更忙。”

结束与母亲的对话后，顾闻柯感到一阵倦意。他躺下，很快便进入了梦乡。

在梦里，他隐约觉得自己在寻找什么。脚下是干涸的土地，寸草不生，到处尘土飞扬。旅途让他又渴又累。他翻过一座又一座道路狭窄的丘陵，忽然间，似乎受到了某种无形的指引和启示，开始往回折返。顺着一段高坡攀爬时，他眼看着就要找到所追寻的东西，前路却突然被一株横亘在路中央的粗壮的参天大树挡住。

他在树这边，有人在树那边，隔着大树向他招手，示意他赶紧过去，并告诉他前方就是光明所在。顾闻柯想迈步，却因胆怯而止步不前——前面是峭壁，后面是悬崖，稍有不慎便会粉身碎骨……

“嗡嗡嗡嗡——”

正当他犹豫不决时，电话的振动声将他从梦中拉了回来。

顾闻柯睁开眼，哪有什么飞沙走石，哪有什么悬崖峭壁，更没有遮挡前路的参天大树。

他用力揉了揉脖颈，伸手摸到手机，盯着天花板按下了接听键。

凌晨三点，电话是杨阿姨打来的。

她说周可岚昨晚心情不好，出去酗酒，现在酒精中毒被送到了医院。

顾闻柯沉默了三秒，嗓音因为刚刚醒来而带着几分沙哑：“好，我马上过去，你别慌。”

挂断电话后，顾闻柯迅速起身穿好衣服。他对周可岚的安危负有一定的责任。

这一夜他本就没怎么睡好，此刻开车时，只觉太阳穴隐隐作痛。他一边紧握方向盘，一边点燃一支烟提神。

顾闻柯赶到医院时，周可岚已经接受了救治，被安排在急诊室旁的输液病房。

凌晨三点，这间病房里除了她，还有一位头发花白的瘦弱老人。他的子女守在床前，而顾闻柯到时，老人已从移动病床上坐了起来。

一个护士拿着病患记录册，站在一旁轻声询问：“大爷，感觉怎么样？”

病房空旷，护士的声音清晰地传入每个人的耳中。

老人缓缓转过头，一脸茫然地看着护士，嘴唇却一动不动。

他的女儿显得有些焦躁，皱着眉头说：“别问了，他还没清醒，什么也不知道。”

护士点了点头，合上记录册，替老人调整了输液速度，然后夹着本子朝周可岚这边走来。

周可岚的情况属于轻微中毒，好在发现得较早，刚刚在急诊室完成了催吐处理。现在她只需留院观察，不过她眼下仍在发烧，今晚注定难熬。

顾闻柯在病房门口站了片刻，随后迈步走了进去。

护士检查了一下周可岚的情况，发现比刚才好转了不少。听见脚步声，她转身看了看顾闻柯，问道："你是家属吗？"

顾闻柯犹豫了一下，答道："嗯。"

离周可岚还有两米远，他就闻到她身上浓重的酒精味，夹杂着呕吐物发酵的气息。

他皱了皱眉，问道："她没事吧？"

护士低头看了看病历，说："退烧后才可以走。"随即合上病历本，又补充道，"把费用交一下，我去安排病房。"

说完，护士便离开了。

顾闻柯走到床前，在陪诊椅上坐下，两只手撑着膝盖，手掌交握，抵住嘴唇，默默地看向病床上的周可岚。

女子脸色格外苍白，神情虚弱无力，令人不由得心生怜悯。

半个小时后，周可岚悠悠转醒。她闻到自己身上浓烈的酒臭味，顿时感到反胃，弯腰想要呕吐。顾闻柯猜到她的意图，立刻拿起旁边的垃圾桶递给她。

下一秒，周可岚开始吐了起来。顾闻柯提着垃圾桶站在她身旁，沉默了一会儿，随后抬手帮她顺气。

吐完后，周可岚重新躺下，这才注意到顾闻柯的存在。她快速地眨了眨眼，隐隐觉得有些不对劲，望着天花板问道："我的手机呢？"

顾闻柯语气淡淡地回答："在你枕头下面。"

周可岚伸手摸出手机，顾不上自己还在输液，点开屏幕开始打字。

凌晨四点半，周可岚被转到了一间单独的病房。

由于她还在发烧，医生建议再观察一天。

清晨，冯庭才收到周可岚住院的消息。她一个激灵，从床上坐了起来。

周可岚将前因后果都发给冯庭，随后问道："刚才我吐酒，他还亲自帮我顺气、递垃圾桶。我隐约觉得哪里不对劲，是不是搞砸了？"

冯庭拿着手机，叹了口气，回复道："你觉得呢？"

周可岚："我哪里知道……"

冯庭说："只要不是渣男，订婚了又喜欢上别人，都会心生愧疚。你在这个节骨眼上酗酒住院，但凡有点责任感的人，都会觉得对不起你。"

周可岚看到冯庭的分析，脸一下子垮了下来，问道："那我赶紧解释一下？我昨晚喝多了，完全是因为在周家听了一些话，想到没人心疼我，心情不好，跟他没有半点关系！"

“别！”冯庭有些着急。她太了解这些想当然的男女，生怕周可岚火上浇油，赶紧拨电话给她打了过去。

眼下这个时候，也顾不得会不会被顾闻柯发现。

顾闻柯坐在周可岚床尾对面的椅子上，抱着胳膊。因为一夜没休息，他的眼窝下隐约透着淡淡的青色。

周可岚的手机响了，她抬头看了顾闻柯一眼，而顾闻柯也抬头看向她。不过，他显然对周可岚的私人事情不感兴趣，很快侧过头，视线转向窗外。

接着，周可岚接起电话，电话那头传来冯庭的声音：“喂？”

“我还没说……”周可岚低声道。

“好，我知道了……”冯庭立刻接话。

“嗯嗯，有情况我找你……”周可岚敷衍几句后挂断电话。

这时，顾闻柯才重新将目光投向她，抿了抿嘴，低声问：“好些了吗？”

周可岚没有直接回答，只道：“我朋友打电话问我情况。”

顾闻柯对她的朋友显然毫无兴趣，又问道：“怎么喝那么多？”

“不小心。”她轻描淡写地回答。

“差点把命搭上，就一句‘不小心’？”顾闻柯的语气冷了几分。

冯庭在电话里才刚嘱咐过她，如果实在不知道怎么把顾闻柯推开，就闭嘴别说话。然而，周可岚转头就忘了。

“烂命一条，也没人珍惜。”她脱口而出。

这句话直击顾闻柯的心底。他怔了一下，皱眉看向她，似乎有些不知该如何回应。

沉默许久后，他抬眼看了看窗外的天色，拿起外套站了起来，说道：“我去买早餐。”

说罢，他转身走出病房，但在门口停下了脚步，侧头又回望了一眼病房里的女人。

随后，他一边往外走，一边掏出手机拨通电话：“李秘书，把今天的行程都推了吧。”

他语气平静地说：“我未婚妻住院了，我需要在医院照顾她。”

就在他打电话时，杨阿姨迎面走来。听到顾闻柯的安排，她微微一怔，略感惊讶，但并未表露情绪，只是径直走进病房。

病房内，周可岚正躺在床上发呆。

杨阿姨误会了，以为周可岚因顾闻柯的离开而伤感。虽然她平时不太关心他们之间的事，但此刻看着病床上的人，还是安慰了一句：“顾总还是挺关心你的。”

周可岚抬头看她，愣了一下：“啊？”

杨阿姨笑着说：“我昨晚一打电话，顾总就赶过来了，守了你一夜。”

周可岚冷笑一声：“他不过是怕担责任，摘不干净罢了。”

杨阿姨却不赞同：“刚才我听顾总打电话给李秘书，让他把今天的行程全推了，说要好好在医院照顾你呢。”

冯庭得知最新进展后，愣愣地看着正在收拾东西、准备出门的秦乐天，心中略显惆怅。

她忽然开口：“为什么你们都那么不乖呢？我不让做什么，偏要做什么；我让做什么，偏偏不做……干啥啥不行，闯祸第一名。”

秦乐天一脸无辜地眨巴着眼睛：“姐姐，我一直很乖啊！你指哪儿我打哪儿，你让我干啥我就干啥……”

冯庭叹了口气，像丢了魂儿一样，无精打采地去洗漱。

她开车到了公司，刚进部门，李易安便走了进来，拍了拍手，向大家宣布：“顾总今天休息，不来公司。”

顾闻柯不上班，这对整个公司而言，尤其是秘书部，简直是一种“解放”。对大家来说，这意味着工作量减半，自然是一片欢呼雀跃，激动不已。

冯庭早已知道顾闻柯今天不会来公司，但从李易安口中再次听到这个消息，心情却复杂了几分。

她的表情有些僵硬，手中的钢笔掉在地上，弯腰去捡时，竟好半天都没捡起来。

在这种情况下，冯庭很识趣，整整一上午都没去找顾闻柯。即便有必要的事情，她也安排别人去与他沟通。只是偶尔，她会望向玻璃窗外的高楼大厦，目光沉寂，思绪难平。

到了中午，冯庭去员工餐厅用餐，偶遇李易安。她只随意吃了几口，显然心不在焉。

在李易安看来，他们两人都算是顾闻柯身边的红人。他以为冯庭并不知情，于是两人上了电梯后，他回头看了她一眼，说道：“周小姐住院了。”

冯庭抬起头问：“为什么住院？”

“顾总告诉我的。”李易安沉吟了一会儿，提议道，“要不，晚上下班后，我们买束花去医院看看她？”

冯庭深吸了一口气。这个时候，顾闻柯的愧疚感肯定很强。如果她去了，反而可能让顾闻柯不自在。

她蹙眉道：“我听说她这次是因为酒精中毒才进医院，是这样吗？”

李易安一愣：“你听谁说的？”

冯庭耸了耸肩：“听谁说的不重要。如果真是这样，我觉得去看她还不如不去。毕竟，这种事，大家都要点面子……”

李易安沉默了片刻，没有再说话。电梯停下，两人一前一后走了出去，之后他也没再提去医院探望的事。

冯庭回到办公桌，打开电脑，忽然一个念头涌上心头。她觉得，这或许是解决僵局的最快办法。

她拿出手机，犹豫片刻，深吸了一口气，才编辑了一条消息：“说实话，这或许是修复你们感情的最佳契机。你还打算继续吗？”

消息发出后，那边迟迟没有回复。冯庭的手心微微出汗，心跳也有些紊乱。

这一刻，她就像是把主动权交到了对方手里，等待审判。半个小时后，“叮咚”一声，手机终于响了。

冯庭鼓起勇气点开消息。

周可岚回复道：“他跟我就没感情，哪里来的修复啊……”

紧接着，她又发来一条：“我和赵晨的事，如果他不知道的话，出于利益考虑，我肯定会想维持好表面关系……但我太了解顾闻柯了，就算以后跟他结婚了，也是有名无实。”

冯庭没有立即回复。在得到确切答案后，她发现自己的心情竟然比想象中平静许多。

这时，手机振了一下。周可岚又发来一条消息：“拜托，我只想要钱。”

冯庭这才把方法告诉她，并警告道：“如果这么做，你就等于没有退路了，自己斟酌。”

周可岚回过神，放下手机，掀开被子，下床。

她还在低烧，一整天没下地，脚步虚浮。

护士刚刚撤了点滴，杨阿姨去医院的营养餐厅打饭，还没回来。病房里只有两个人，顾闻柯坐在椅子上，电脑放在一旁。

他以为周可岚是想去卫生间，见她脚步踉跄，便抬手扶她。周可岚躲开，盯着他看了许久，然后拉过另一把椅子坐下。

她开口道："其实你这人挺有魅力的。如果当时不是先遇见赵晨，我也不会为了他用水杯砸伤你……"

提起赵晨，顾闻柯呼吸一窒："非要在我面前提你的旧情人？"

周可岚眨了眨眼，笑道："你不已经有小秘书了吗？咱俩也算是旗鼓相当。"

她这话一出口，顾闻柯的脸色瞬间阴沉。他抬起眸，沉沉地盯了她三秒，才冷声道："我出去抽支烟。"他不想在对方大病初愈时闹得太僵。

周可岚却在这时开口："别走，我想去卫生间——"

顾闻柯不可能再理她，头也不回地说："自己去。"

他说是去抽烟，却走了很久。别说一支烟，十支烟的时间都过去了。

这时，医生打来电话，让顾闻柯去拿周可岚的血液检查报告单。

顾闻柯挂断电话，前往医学检验科。不久，他回到病房，刚要推门，门缝里传来一男一女的对话——

"你怎么来了？"

"别紧张，我只是过来看看。"

"你疯了！"

听到这里，顾闻柯微微侧身，透过门缝望向说话的男人，脸色瞬间铁青。

赵晨的出现成功勾起了顾闻柯的记忆。那段记忆包括了很长一段时间里，顾闻柯对周可岚生理层面的反感。他原本搭在门把手上的手指缓缓抽离。顾闻柯没有推门而入，而是掉头离开了。

在杨阿姨和赵晨面前，他为周可岚，也为自己保留了最后的颜面。

顾闻柯走后，周可岚长舒了一口气，目光缓缓转向赵晨的脸。她将他带来的鲜花直接扔到地上，冷冷地说道："是你自己体面地滚，还是我叫警察？"

赵晨被周可岚的态度弄得一头雾水。这几天，他对周可岚穷追不舍，而她对他爱搭不理。可今天，她突然回了消息，还告诉他自己生病住院了……

按常理推测，这显然是个暗示：顾闻柯不关心她，她想借此让他过来探望。

谁知，事实却完全相反！

赵晨碰了一鼻子灰。周可岚的狠话已经说到这个份上，他自然不敢再多逗留，拿起地上的鲜花，灰溜溜地离开了。

等人都走后，病房里只剩下周可岚和杨阿姨。

周可岚刚才透过门缝瞥见了顾闻柯，以为他会暴怒，会冲进来。她甚至担心，万一场面失控，自己可能无法应付。

然而，事情竟如某人所料。顾闻柯是个极其清高的人，他断然不会为了与自己毫不相干的人低下那颗高傲的头颅，给赵晨和杨阿姨提供看他笑话的机会。

周可岚感到口干舌燥，拿起水杯喝了一口水，随后转过头，幽幽地笑着对杨阿姨说："阿姨，你看到了吧，很多有钱人就是这么混乱肮脏。小三、小四、小五、小六，打着爱情的幌子，干着最恶心的勾当……"

话音刚落，她忽然掩面大哭起来。

杨阿姨对周可岚前后反差的举动感到困惑，半天手足无措，不知该如何安慰。好久之后，她才喃喃地问了一句："你到底是想让顾总离开，还是不想？"

周可岚哭着哭着，忽然又笑了："想不想又怎么样呢？顾闻柯本来就不喜欢我。"

她平躺在病床上，湿漉漉的泪水挂在纤长的睫毛上，语气轻飘飘的，仿佛风一吹就散了。

与此同时，李易安一进部门，就看见冯庭正拿着一个彩妆蛋在补妆。

他笑了一下："冯秘书，今晚有约吗？"

冯庭抬起眸子："我猜会有。"

她推测顾闻柯下午从医院负气离开，今晚会主动联系她，到她这里寻求安慰。所以，她才精心打扮，准备赴约。

不过，冯庭在顾闻柯身上栽跟头，也不是一次两次了。

这一次冯庭又栽了跟头。一直到下班，顾闻柯都没有联系她。

她低估了顾闻柯的自我调节能力。顾闻柯这样克制的男人，从不会在女人身上寻找安慰。

下班后，冯庭坐进车里，瞧着手机，红唇轻轻上扬。她对顾闻柯再一次刮目相看。他果然和那些凡夫俗子不一样。他不找她，那她就找他。现在的情况和上午截然相反。

赵晨去了一趟医院后，冯庭便不再处于被动状态。

她清了清嗓子，拨通了顾闻柯的电话。

"喂？"

"我在听。"

“你在哪儿？”

“在书房处理公务。”

顾闻柯冷静自持的态度，让冯庭吸了一口冷气，她忽然感到一丝害怕。

沉默了半晌，顾闻柯低低一笑：“找我就是为了沉默？怎么突然不说话了？”

冯庭犹豫着开口：“你今天没来公司，我们已经一天没见面了。”

顾闻柯看向窗外，这才发现天色已经彻底暗了下来。马上就到晚饭时间了，他也有些饿了。他淡淡说道：“去吃饭？我来接你。”

冯庭轻笑了几声：“好，你来接我吧。我在公司……我们去‘久未烊’吃饭怎么样？”

顾闻柯没有异议，直接打电话订了包间。

半个小时后，顾闻柯的车子停在公司楼下。冯庭捏着小包，拉开车门，弯下腰，装作什么都不知道，朝他灿烂一笑。

顾闻柯凝视着她，忽然笑了，笑容自然，比以往多了一丝轻松。

她坐进车里，系好安全带。

顾闻柯发动了车子，主动问她：“想吃什么？”

对待吃饭，冯庭一向很虔诚：“水煮鱼，还有菠萝咕咾肉，这两道菜让我特别惊艳。”

她侧头瞧了他一眼，语气里带着些许埋怨：“你今天一整天都没联系我哦。”说着眨了眨眼睛，“我中午吃饭都没心情……”

顾闻柯微微一怔，侧头看她：“那你怎么没找我？”

冯庭避开他的目光，望着窗外：“李秘书说你休息，我怕你不方便，就没敢找你。”

顾闻柯的目光暗了几分。他忽然踩下刹车，打着方向盘靠边，车子在停车位缓缓停下。

冯庭有些疑惑，不明白他为什么突然停车，转头看向他。

男人凝视着她的眼睛，忽然靠近，低声问道：“我们可以等会儿再吃饭吗？”

冯庭眨了眨眼：“嗯？”

“因为我现在很想吻你。”他说罢，俯下身，轻柔地吻上了她的唇。

不多时，冯庭情不自禁地深吸一口气，微微抬起腰，心跳如雷般，仰头怔怔地望着车顶。

理智告诉她应该阻止，内心某个邪恶的声音却在鼓励她放纵，只要不越过最后的界限……

华灯初上，夜幕降临，街道上已错过了晚高峰，人行道上的行人也逐渐稀少。

冯庭坐正身子，被他注视了片刻，低头整理着自己的衣物和头发，背过身去，不再看他。

顾闻柯深吸一口气，平复了情绪，主动开口打破沉默："时间不早了，你应该饿了，我们走吧。"

他说完，重新发动了车子，转动方向盘，驶上了道路。

冯庭故作镇定，但心中实在好奇，悄悄转过头，用余光偷瞄正在专注开车的男人。

他的下巴棱角分明，薄唇轻抿，目光一如往常般沉静。然而，冯庭细心地发现，他的脖颈以上、耳根以下，隐隐透出一抹淡淡的红晕。

顾闻柯竟然害羞了？冯庭简直难以置信。

毕竟见惯了太多油腔滑调的案例，她对那些经验丰富的男人，总是从内心深处产生一种抵触情绪。

她喜欢温柔体贴，喜欢儒雅的君子，因此对顾闻柯这样的人，几乎毫无抵抗力。心底有个地方，似乎被轻轻触动，柔软得让她自己都难以想象。

她转过脸，坐回座位，双腿自然舒展开来，身体微微往后靠在椅背上，望着窗外飞速掠过的夜景，嘴角不自觉地扬起一抹浅笑。

男人专注地开车，目不转睛，修长的手指随意地搭在方向盘上。片刻后，他举止自然地伸手握住了冯庭的手，轻轻紧了紧。

今天，沈丝云不在店里，不过她的妹妹沈丝蕴在。

沈丝蕴抱着双臂站在后厨监督工作，听到侍应生说顾闻柯来了，便掀开帘子，从厨房走了出来。

恰好，顾闻柯和冯庭还没有进门，两人站在院子里的青砖小桥上，正低头观赏水中的锦鲤。

这锦鲤是沈丝蕴昨天从欧洲弄回来的洋品种，娇贵难养，也不知道能活几天。沈丝蕴目光敏锐，一眼就认出了顾闻柯身边的女秘书。沈丝蕴跟周可岚关系不错，看到这一幕，心里顿时生出了几分猜测。

沈丝蕴和沈丝云长得极为相似，顾闻柯一时没分清，还以为她是沈丝云，于是客气地点了点头。随后，他转身对冯庭低声说了句什么，两人便顺着桥走下去，朝二楼的雅间走去。

沈丝蕴低下头，从兜里掏出手机，毫不犹豫地拍了一张照片，直接发给了周可岚。

她回头看了一眼身边同样在看热闹的小助理，对她说道："你瞧见没？天下的乌鸦果然一般黑。嫁汉嫁汉，穿衣吃饭。以后你找男朋友，一定得擦亮眼睛。"

此时，周可岚还在医院。护士刚刚来巡房，又给她抽了一管血。检查结果显示血液指标正常，护士让她通知家人，说明天一早可以办理出院手续。

她低头看了一眼沈丝蕴发来的图片，表情平静，似乎并不感到意外，但内心深处涌起了一股复杂的情绪，五味杂陈。

她仔细看了一遍又一遍，最终只回了沈丝蕴一句："下次别再给我发这样的图片。"

沈丝蕴瞪大了眼睛，更让她目瞪口呆的是，周可岚又说："两个人吃饭比一个人吃饭香。我没空陪他，只好麻烦小秘书，这不是人之常情吗？"

沈丝蕴深吸一口气，笑着打字回复："你是真傻，还是在装傻？"

周可岚回答："我相信顾闻柯。"

沈丝蕴眨了眨眼，原来还是她多管闲事。她心中一阵无名火，转身离开了"久未烊"。

这一幕正好落入冯庭的眼中。她趴在二楼木质窗台上，笑吟吟地目送沈丝蕴离去。

前几天刚下过雨，窗台潮湿，生了一层青苔。冯庭收回纤细的手臂，轻轻拿起茶壶，为自己和顾闻柯添了茶。

她撑着腮，含笑看向顾闻柯，说道："沈丝蕴长得挺漂亮的。那个程家的少爷，怎么就不喜欢她呢？"

顾闻柯轻笑了一声，说："别把男人想得那么肤浅，漂亮就一定要喜欢吗？"

说罢，他垂下眼眸，端起茶杯喝了一口茶。冯庭立即帮他又倒满了茶，眼珠子转了转，歪着头问："那你喜欢我什么？"

顾闻柯动作一滞，慢悠悠地放下茶杯，抬起眼皮看她，说："不是你先喜欢我的吗？"

冯庭被问得一时语塞。她想了想，好像确实是自己先表白的……

在攻略顾闻柯的道路上，冯庭已经筹备了好几个月，也快要进入"翻身虐他身心"的阶段了。只是，她还没想好从哪儿下手。而且，两人的感情才刚刚回温，不如再温存个三五日吧。

很快，饭菜被送了上来。顾闻柯拿起筷子吃了两口，随后起身去了卫生间。

经过两侧回廊时，他注意到墙上挂着一排车载小饰品，全是纯手工制作，走线精美。这让他忽然想起了冯庭送给自己的那个。

他犹豫了一会儿，叫来服务员，认真挑选后，让服务员摘下一件。

冯庭正低头饮茶，顾闻柯慢条斯理地走回来。他静静地看着她半晌，直到冯庭察觉到他的目光不对劲时，他才把那件饰品摊在桌上，推到她眼前，说："礼尚往来，我希望你也把这个挂到你的车里。"

"啊？"

"啊什么啊？刚才过来，没瞧见我车里的挂饰很眼熟？"

她就随手一送，还真没注意。

冯庭突然觉得这么骗他有些愧疚，犹豫了半晌，探过手，主动握住他的手，心里默默地说："如果有一天我伤害了你，一定不是故意的……"

赵晨拿着鲜花去探望周可岚的行为，堪称釜底抽薪，成功将顾闻柯心里那点愧疚感消磨殆尽。

他以前在冯庭面前总是摇摆，喜欢端架子，但接下来的几天里，他的态度发生了不小的变化。这天是周末，顾闻柯主动表示下午没安排，等会儿过来接她吃饭打台球。

冯庭坐在自家沙发上贴鼻膜，秦乐天自以为了解她，特意帮她调出了一部韩剧。

冯庭看了几眼，说："换了，这是什么毒鸡汤。"

秦乐天好笑地问："你不是喜欢感情剧吗？"

冯庭抬起眸子，轻飘飘地反问："谁说我喜欢？我一年到头工作面对的就是痴男怨女，头都大了。"

秦乐天拿起遥控器："那你说，想看什么？"

冯庭沉吟了一会儿，说："陪你看《新闻联播》吧。我前几天看新闻，说有个孩子，父母从小陪他看《新闻联播》，后来就考上清华了。"

秦乐天抿了抿嘴，说："姐，我学美术的。"

冯庭"啧"了一声，刚想狡辩，门铃突然响了起来。

冯庭以为是顾闻柯，示意秦乐天去开门。她的视线还盯着电视屏幕，就听见外面传来秦乐天和人争吵的声音，而且对方还是个女人。冯庭顿感不妙，匆忙趿拉上拖鞋走到门口。

刚走近，冯庭就听见“哇”的一声，只见一个漂亮的小姑娘坐在地上，肩膀一抖一抖地痛哭，双手死死抱着秦乐天的大腿，任凭秦乐天怎么挣扎都不放开。

冯庭悄悄凑近秦乐天，小声问：“这是谁啊？”

秦乐天有些不好意思地挠了挠眉梢，低声告诉她：“赵凉凉。”

冯庭一听到是赵凉凉，立刻扬唇笑了。以前只听秦乐天夸她漂亮，今天终于见到了本尊。她悄悄打量了一下，还真是清纯又标致。

赵凉凉跑到这里堵秦乐天，显然是为了求和而来。复合的速度比冯庭预想的提前了一个月。

冯庭弯下腰，语气假惺惺地劝慰道：“啧啧啧——小妹妹，你怎么哭成这样？是不是我们家乐天欺负你了？门口风大，别坐着了，快进来吧。有话好好说，别在这里闹，影响也不好啊。”

正当冯庭劝着时，对面的电梯忽然打开，顾闻柯从里面走了出来，正好看见了这一幕。

冯庭赶紧松开手，生怕顾闻柯误会，连忙指了指赵凉凉和秦乐天，示意这事跟自己无关。

赵凉凉终于止住了眼泪，抬起头对秦乐天说道：“是我以前不懂事，现在知道错了。我已经跟他分手了，你不要再不理我了，好不好……”

顾闻柯微微皱眉，抬眼看向冯庭。

冯庭只好摊开双手，尴尬地解释道：“小孩子闹矛盾，让你见笑了……”

顾闻柯抿了抿唇，见笑倒不至于，不过这小姑娘的几句话，信息量确实不小。

他扫了一眼秦乐天，随后对冯庭说道：“你收拾一下，我在楼下等你。”

冯庭抬手，讪笑着比了个“好”的手势。

等顾闻柯离开后，冯庭悄悄松了一口气。好说歹说，总算把赵凉凉劝进了屋。她走到厨房去倒水招待客人，而赵凉凉则坐在沙发上，面对着电视轻声啜泣。秦乐天跟在冯庭后面，一起进了厨房。

冯庭低声问道：“她怎么知道你在这儿？”

秦乐天淡淡地说道：“我告诉我那个同学了。”

冯庭长舒了一口气，说道：“那行，你们谈吧，我走了。”

秦乐天一把拉住她：“不行，不行，姐姐，我害怕，万一控不住场怎么办？”

冯庭难以置信地瞧着他：“现在是她求你复合，都哭哭啼啼上门抱大腿了，你还控不住场？”

冯庭这么一分析，秦乐天瞬间不慌了。他深吸几口气，缓了缓情绪，这才精神抖擞地走出了厨房。

顾闻柯降下车窗，坐在车里抽烟。冯庭拉开车门，坐了进去。

他熄灭香烟，打开车内通风系统，淡淡地问：“事情处理好了？”

冯庭系上安全带，反问：“什么事情？”

他轻笑了一声：“秦乐天和他那个小女朋友的事。小姑娘哭得那么惨。”

冯庭一脸无辜地答道：“小孩子的事，我一般不插手。年轻的时候，谁还不谈几段恋爱啊。”

顾闻柯挑了挑眉：“那你年轻的时候在干什么？”

冯庭笑了笑：“我年轻的时候，不识趣。”

顾闻柯失笑，没再追问，启动车子，载她前往台球馆。

这次打台球的地方和上次不同。上次是冯庭买单定的地方，这次是顾闻柯让李易安安排的。

这是他常去的私人娱乐会所，不论是隐私保护还是各方面的服务，都相当到位。

冯庭许久没摸球杆，本就技艺不佳，再加上手感生疏，打了几轮才逐渐找到感觉。

不过，即使顾闻柯有意放水，她依然不是他的对手。

顾闻柯倚在一旁，双臂抱在胸前，静静地看着。这时，台球馆的服务生送来两杯香槟，俯身在顾闻柯耳边低语了几句。他淡笑着点点头：“好，麻烦你了。”

今晚的顾闻柯显得有些神秘，冯庭说不出具体原因，只是觉得他的心思似乎不在打球上。

心神一分，冯庭手下失误，下一局便轮到顾闻柯上场了。

男人将球杆放下，走过来，顺手拿走她的台球杆，放到一旁，笑着说：“我今晚不太想打球，有点累了。”

“你怎么不早说？”她略带不满地问。

“因为今晚我想见你。”他指了指电梯的方向，“我们去顶楼喝杯咖啡吧，坐下来休息一下，顺便吃个晚餐。”

冯庭看着他，半信半疑。

男人没有多做解释，直接牵起她的手，带着她走进电梯。两人并肩站立。他侧过身，目光落在她身上。

“怎么不说话？”他问。

“你怪怪的。”她直言道。

顾闻柯微微一笑，云淡风轻地回应：“你今天也怪怪的，戒备心好像特别强。”

冯庭在心里默默地反驳：我戒备心当然强，毕竟得随时想着怎么“套路”你。

电梯很快到达顶层，门打开时，他伸出手。冯庭犹豫了三秒，最终还是将手搭了上去。

露天观景台上人不多，大家三三两两地低声交谈。为了营造高级感，这里铺设了珠光白的地砖，光线柔和却不失明亮。

刚出电梯，就有服务员迎上来，引导他们前往左侧视野最佳的位置。

两人落座后，服务员递上菜单。这家咖啡馆主打法式和日式料理，但顾闻柯并没有像往常一样将菜单递给冯庭让她点菜。

他抬起眼，目光深邃，替她做了决定：“有道菜是专门为你准备的。”话音刚落，服务员走过来，顾闻柯仰起脖子，漂亮的喉结上下滚动，说道，“去端过来。”

对方往冯庭这边瞟了一眼，噙着笑离开。

冯庭隐约能猜到顾闻柯在搞什么名堂，只是不确定。这个时候装傻比较好。

她站起来，扶着栏杆眺望，忽然瞧见观景台上架着一台远程望远镜，便犹豫着走过去，津津有味地观赏对面景色。

她正要转身对顾闻柯说话，却见一位身穿燕尾服的服务员端着一个白色的法式托盘走了过来。

服务员将托盘轻轻放下，微微点头后转身离开，只留下冯庭面对顾闻柯。

凉爽的海风从远处的海平面吹来，拂乱了冯庭的发丝。她那张原本就精致的小脸在凌乱的发丝遮掩下，更添一丝慵懒的美感。

她轻轻拨开嘴边的发丝，随手将长发拢到一侧，然后径直朝他走去，拉开对面的椅子坐下。

顾闻柯嘴角浮现出一抹温暖的笑意，抬手指了指餐盘，语气轻松地说道：“打开看看，喜不喜欢。”

冯庭微微一怔，抬眸与他对视了几秒，带着几分迟疑，将盖子缓缓揭开。

托盘中是一条钻石项链，铂金与彩金的精致镶嵌，完美融合了古典韵味与现代时尚。项链在灯光下散发出低调而含蓄的光芒，微妙而耐人寻味。

顾闻柯含笑解释道：“还没送过你一件像样的礼物。”

他站起身，双手取出项链，拨开冯庭颈间散乱的碎发。冯庭深吸一口气，作为一个一门心思搞钱的女人，这样的诱惑实在难以抗拒。

他动作轻柔地替她扣上项链，指尖沿着项链的边缘缓缓滑过她的肌肤。随后，他弯下腰，递来一面小巧的镜子，低声问道：“怎么样？”

冯庭看着镜中的自己，低声回应：“喜欢……”

她怎么可能不喜欢？

冯庭恍惚地接过镜子，抬起下巴，细细端详自己佩戴昂贵钻石项链的模样。

“只是，这有点太贵了。”

顾闻柯轻笑道：“喜欢就好，至于贵不贵，不需要你操心。”

冯庭抿了抿唇，说：“可是，收下这样价位的礼物，我会觉得自己占了你的便宜。”

话说得过于直白，顾闻柯果然沉默了。冯庭站起身，抬头凝视着他。

他语气郑重：“我不想否认自己对你的那点旖旎心思。毕竟，我是个正常的男人。”

他的目光专注而坦诚：“我不会勉强你，但也不否认，这条项链确实有讨好你的意思，希望能达到我的目的。”

冯庭轻轻抬起眼眸，指尖若有若无地在顾闻柯的胸口游走，随后滑到他的下巴处，动作暧昧又从容。她认真地看着他：“可是你知道的，我想把这些留给我丈夫。”

她脸不红心不跳地为自己立下了一个很高的道德标准：“这是我的原则和底线。”

顾闻柯闭了闭眼，握住在他身上作乱的手指，气息有些不稳。

“以后的事，以后再说。”他反过来安抚她，“先吃东西吧。”

冯庭戴着璀璨的项链，低下头点单。

他沉默了一会儿，主动说道：“我下周就要去周家老家祭祖了。到那边以后，我们可能就没那么方便联系了。”

他不提还好，冯庭差点忘了两人之间还有周可岚的存在，以及自己接近顾闻柯的真正目的。她脸上的笑意不由自主地僵了片刻。

不过，她调整得很快，很快又扬起笑脸：“是不是不能主动给你打电话，也不能主动找你？”

顾闻柯默默看了她一会儿，说道：“是的，最好不要。”

冯庭垂下眼眸，让男人看不出她的情绪：“那万一我想你了呢？”

空气中沉寂了几秒，男人开口道：“我会给你打电话。”

“多久打一次？”她追问。

“两天一次。”

“不行，”冯庭反驳道，“两天一次太少了，一天两次，最少。”

顾闻柯显然对一天两次的频率有意见，他抿紧唇线，说道：“到了那边，隔墙有耳，我可能抽不出时间。”

冯庭“啪”的一声，把咖啡杯放回咖啡碟里，抬起眼，莫名来了点小情绪，冷冷地看着他：“那就别联系了，别打电话了。”

顾闻柯拿起餐巾纸擦了擦嘴，皱起眉头，视线转向别处，片刻后又回过头，眉头终于舒展了些：“好，我尽量吧。”

冯庭不再说话，四周一片静悄悄。两个服务员此时端着法式料理走了过来，将餐点一一摆上餐桌。

“请慢用。”服务员礼貌地说道。

两人离开后，冯庭拿起汤勺，默不作声地开始吃东西。

顾闻柯搓了搓指尖，手臂伸过来，轻轻触碰她的手：“不是都答应你了吗？”

冯庭躲开他的手，依旧不理睬他。

顾闻柯叹了口气，转头望向观景台对面的海面夜景，按捺住自己的情绪，吃了一顿实在不怎么舒心的晚餐。

用过餐后，两人一前一后从电梯里出来。门童取来车，把钥匙交给顾闻柯。

顾闻柯帮她拉开车门，冯庭连眼皮都没抬一下，直接钻进车里。

两人一路沉默地驶出地下停车库。冯庭望着窗外的路灯，突然没头没尾地说道：“不许碰她。”

顾闻柯握着方向盘，瞥了她一眼。

这一点冯庭显然是多虑了，他绝不会碰周可岚。

他以为冯庭并不了解他和周可岚之间的具体情况，而这种事，顾闻柯也不想解释得太清楚。

车子停在冯庭家楼下，冯庭推开车门下了车。

冯庭的身影被楼道的灯光拉长，她不紧不慢地走进电梯。

至于秦乐天到底是怎么解决那件事的，冯庭并不清楚。等她回到家时，屋里一个人也没有。

她扶着鞋柜脱下鞋子，整齐地摆进鞋柜，换上拖鞋后，活动了一下肩颈，走进厨房，倒了一杯温水，一口气喝完。

随后，她拿着睡衣进了浴室。脱下衣服时，手指不经意间滑过锁骨，触碰到脖子上的项链，这才想起自己还戴着这件价值不菲的饰品。

她走到梳妆镜前，小心翼翼地把项链摘下来，挂到项链架上。

洗去一身疲惫后，她裹着干发帽走出来，仰着头经过项链架，走了两步，又退了回来。她站到项链前，弯下腰，与项链平齐，目光耐心而细致地从项链的做工到纹理一一打量。

她欣赏了许久，拿起手机对准项链拍照。随后，她把照片发给秦思明，并附上一句话："你找人帮我评估一下，这条项链值多少钱。"

秦思明回复："稍等。"

冯庭把项链摘下来，挂在中指和食指之间，又随手扯下头上的干发帽，有一下没一下地擦着头发。走出浴室后，她回到卧室。

秦思明办事效率一向很快。冯庭吹干头发、护理好脸，正涂抹身体乳的时候，他就已经找专业人士评估完毕了。

对方一眼就认出，这条项链是今年米兰时装周前后，在拍卖会上惊鸿一现的米兰轻奢珠宝系列中的一款。超大型号是这款珠宝的流行关键词，而华丽复古的古典主义风格则凸显了其极具存在感的大牌设计。

"估价七位数。"

冯庭看到这最后三个字时，双腿一软，差点站不住。

原本她还想，如果只是几万块，那她就照单全收；就算是几十万，也不至于让她腿软。

然而，现在的七位数，彻底让她心乱如麻。

她满脸复杂地看着这条项链，最后一把将它拥入怀中，心情难以言表。

这时，秦乐天才从外面回来。他哼着小曲打开门，一脸轻松的模样。

赵凉凉哭了一晚上，委屈巴巴的样子挺让人心疼。秦乐天便带她去了附近的小吃街，点了两份黄焖鸡，请她吃了一顿饭。

饭间，赵凉凉得知冯庭并不是秦乐天的亲姐姐，心里有些介意。于是，她试探性地希望秦乐天尽快搬出去。

以往，秦乐天对她总是百依百顺，几乎有求必应。然而这次，秦乐天硬气多了。

他板起脸。赵凉凉见状，立刻改口，忙不迭地表示，无论搬不搬出去，她都尊重他的想法。

原来，赵凉凉上个月就和那个男生分手了。那个男生本就不是什么好人，赵凉凉也是一时脑热，才犯了糊涂。

秦乐天发现，自己竟然不在乎赵凉凉交往的细节，也许他早就不喜欢赵凉凉了。原先的痛苦，只是不甘心罢了。

他脱下外套，低头看见鞋柜里的女鞋，知道冯庭回来了。

他敲了敲冯庭的卧室门，然后推开门。

却看见冯庭蜷缩在床上，怀里抱着什么东西，抬起头时，脸上显得无精打采。

“有事？”她问。

今晚冯庭离开时还兴致勃勃，这会儿却像霜打的茄子。秦乐天原本想和她聊聊关于赵凉凉的事，但见她这个样子，只得挠了挠头，说道：“也没事……”

冯庭又躺了回去，半张脸藏在薄被下，瓮声瓮气地说道：“没事就出去，把房门带上。”

秦乐天探过头，悄声问：“你没事吧？”

冯庭不耐烦地拱了拱身子，皱着眉说道：“我没事，赶紧出去，让我冷静冷静……”

秦乐天挑了挑眉，心想，大概是冯庭和顾闻柯发生了什么不愉快。他摇了摇头，退了出去，并顺手带上了房门。

冯庭毫无睡意，抱着项链在床上躺了很久，才下定决心，伸手摸过手机，发了一条消息：“小刘，明天帮我跑一趟私人保管箱租赁中心。”

发完消息，她随手把手机丢到一边，指尖探进被子，轻轻抚摸怀里的东西。

“唉……”她郁闷地叹了口气，就差对着项链亲上几口。

那一夜，冯庭是抱着项链入睡的，睡得格外舒坦。

她还做了一个梦，梦到自己变成了《霍比特人》里那个喜欢收集金子的巨龙史矛革。凭借一己之力，她灭掉了坐拥金山银山的孤山矮人王国，在高大的宫殿下，搂着一宫殿的宝石和黄金，呼呼大睡。

冯庭没有什么远大的目标。她从一开始就只想漂亮地完成这一单，然后出国定居。兴许还能和周可岚做邻居。

不过，在知道周可岚的厨艺也不怎么样之后，冯庭想和她做邻居的念头就淡了。

冯庭其实不想在这个时候跟周可岚有过多接触。不过，顾闻柯送的这件东西实在太昂贵。她只有亲自交给周可岚，才能松口气。

两人虽然约在夜微凉酒吧，却没有进去。

说来也巧，冯庭刚从车里下来，周可岚就进了停车场，两人正好碰上。

周可岚摇下车窗喊她：“冯老师？”

冯庭左右看了看，见四下无人，才答应了。

“周小姐，你好。”

于是两人临时改变主意，去了附近的咖啡馆。

冯庭点了一杯美式咖啡，转身把刚才随身携带的纸袋打开，拿出一个雕纹精美的礼盒，放在桌面上，推到周可岚面前。

净几明窗，通透的光线洒在冯庭光洁饱满的额头上。

周可岚抬手覆在盒盖上，犹豫了一会儿，轻轻掀开一条缝。

她的眼睛里，立刻映出了盒子里物品散发的细碎光芒。

周家好歹风光过几年，周可岚经手的好东西也不少，只一眼就能猜到大概价值。她“啪”的一声把盒子盖上，视线转向别处，胸口起伏了许久。她想到跟顾闻柯订婚这几年，衣食无忧的富足生活，勉强牵了牵嘴角。

“这个男人一直都是这么大方，出手阔绰。”周可岚说道。

是挺阔绰的，冯庭心里想。

她端起咖啡抿了一口，润了润嗓子才问：“你前几天住院，我不好过去，这两天身体怎么样？”

周可岚把项链收好，转身放进自己的包里，回道：“就是喝多了，也没什么。”

冯庭点点头，又问：“赵晨呢，还骚扰你吗？”

周可岚垂下眼眸：“他就是个渣男。”

冯庭不方便跟她多说，放下咖啡，拿纸巾擦了擦嘴巴，帮周可岚出谋划策：“赵晨如果再骚扰你，你大可以告诉顾闻柯。你们现在还没分手，是一条船上的蚂蚱。顾闻柯肯定会帮你解决的，这样一来反而好，你跟顾闻柯的关系会因为赵晨闹得更僵……当然了，如果你对赵晨还有留恋，那就当我没说。”

冯庭说完就站了起来，戴上墨镜：“我先走了，周小姐慢用。”

周可岚忙站起来，低头理了理裙摆，说：“我开车送你过去吧。”

“不用，我自己走回去。”

说罢，冯庭提起包，朝门口走去。

周可岚望着冯庭离开的方向，托着腮注视了许久。

她对冯庭的信任感更强了，这次不用冯庭帮她分析，她自己都能分析出来。

距离解脱和自由，已经指日可待了。

冯庭今晚还约了顾闻柯。

她徒步走到夜微凉酒吧，把墨镜和包扔进车里，绕到另一侧，踩油门离开。

车子开到顾闻柯给的位置，冯庭停好车，拉下后视镜，打量了一眼自己。

一直安静的手机突然响了，是秦思明。自从顾闻柯和秦乐天接触了两次以后，现在每次秦思明主动打电话，冯庭的眼皮都会跳上一跳。

她很害怕秦乐天这孩子嘴上没把门，再胡说些什么。

她犹豫了两秒，接了电话。

原来是她多虑了，秦思明找她，还是因为小丁的问题。

他告诉冯庭：“我的方法也不是没用，至少小丁的男友愿意跟她沟通了，两人谈了谈，关系已经缓和了许多。”

冯庭就知道他还有后话，不然不会大晚上打电话过来。果然，他语气一转，又对冯庭说：“只是刚和好了两天，小丁因为一件鸡毛蒜皮的事，又跟男友冷战上了。”

冯庭忍住笑，夹着手机从车里推门下去。

“什么小事？”

“因为吃虾。以前吃虾都是男友帮小丁剥虾，这一次男友不仅不动手，还说两人关系不健康，以后不会再这么惯着她。”

“呵，”冯庭冷笑一声，“谈恋爱的时候都不主动给女友剥虾的男人，结婚以后连虾皮都不让你吃。”

“咳咳咳——”秦思明尴尬得不行。犹豫再三，他试探道，“要不，这个案子还是交给你？”

顾闻柯站在海边，冯庭看了一眼他的背影，沉默片刻，对电话那头说道：“我过段时间想出国放松放松，这几年太累了。”

秦思明沉默了一会儿，问：“过段时间是什么时候？”

冯庭也拿不准，叹了口气：“两三个月？三四个月？得看事情的进展，到时候再说吧……”

她锁好车门，说道：“我还有事，先挂了。”

收起手机后，她朝顾闻柯走过去。

傍晚时分的海边，潮起潮落，显得有些凄凉。海边的人不多，只有夏日晚风习习时，这里才会喧嚣热闹。而这个时节，显然还早了些。

冯庭走到距离顾闻柯还有两米远的沙滩边停下脚步。顾闻柯背着手，察觉到身后的动静，回头看了她一眼：“怎么这么晚才过来？”

他刚应酬完，身上还带着些酒气。是李易安送他过来的，送到之后李易安就走了。他发了位置，让冯庭过来找他，说是想见她。

两人今天在公司没碰上面，顾闻柯一整天都在外面应酬，连早餐也没一起吃。他说早上回了老宅，陪父母吃了早餐。

冯庭笑道：“迷路了，这地方不好找啊。”

她解开高跟鞋，随手丢到一旁，赤脚踩在沙子上。今日天气不错，沙子还留有些许余温。她提着长裙，朝海边走去。

顾闻柯提醒她：“别走太近，危险。”

冯庭转过身来，海风从海平面席卷而来，长发被吹散，包裹着她的脸庞。她抬起纤瘦的手腕，拨开凌乱飞舞的发丝，眼中带着柔情，向他发出邀请：“下来呀。”

顾闻柯西装笔挺，一副端着架子的模样，摇头拒绝了她。

冯庭没有再理他，迎着风在沙滩上小跑。浅色的长裙随风飘扬，宛若浮光掠影。远处的灯塔光芒微弱，海面波光粼粼，映出点点星辉。

这时，顾闻柯的手机响了。是李易安打来的，问他需不需要来接他。

他的视线不由自主地跟随冯庭远去的身影，眼中掠过一抹笑意。看着那画面，他淡淡地说道：“不需要，我自己回去。”

说罢，他直接挂断了电话。此时，冯庭已经跑到了海水边，提起长裙，小心翼翼地用脚尖试探着水温。

鬼使神差地，顾闻柯拿起手机，随手抓拍了一张照片。

有些美是不经意的。照片中，她忽然转身，笑容明媚，仿佛能治愈一切。

顾闻柯心中一动。别说他不知道真相，就算知道，也无论如何难以将眼前这个笑得如此灿烂的姑娘，与“女骗子”三个字联系起来。

他将手机放回口袋，寻了个干净的石阶坐下。

她在闹，他在笑，大概就是这样的情景。

突然，冯庭被闪光灯晃了一下，提着裙子又跑了回来。她一步一步，慢悠悠地走到顾闻柯跟前，轻轻地坐到他身侧。

“你偷拍我了？”她笑着问。

“想多了，我在拍大海。”他语气淡然。

“不信。”她伸手去抢他的手机，“让我看看。”

顾闻柯下意识地躲闪，却被她追了上来。男人的手一软，手机差点掉到地上。动作间，两人靠得极近，气氛顿时暧昧了几分。

顾闻柯深吸了一口气，或许是酒精的缘故，他比以往更为敏感。

冯庭似乎也察觉到了什么。她的脸突然有些发烫，忙不迭地从他身边离开，低头拢了拢耳边的碎发，说道：“我去那边看看。”

话音未落，她便转身跑开了。

夜幕之下，几个老翁正在赶海，收获颇丰。冯庭踱步过去，借此平复心绪。

她不时朝顾闻柯的方向瞟上一眼，见他仍凝视着自己，心中一阵慌乱。

她低下头，装作若无其事地与老翁攀谈起来。那位老翁倒是和气，聊得投机，临走时还送了她一小兜刚捡的新鲜海货。

夜已深，他们在海边附近找到了一家路边摊。小摊位于犄角旮旯，地方狭窄，甚至难以下脚。

点完菜后，冯庭将老翁赠送的海货拿出来递给老板，并支付了加工费。很快，那些新鲜的海货被爆炒出锅，香气四溢，融入了夜晚的微凉。

不多时，冯庭端回一盘蒸虾，顺带拿了一副一次性手套。她耐心地剥了一只虾，蘸上油醋料汁，递到顾闻柯唇边。

男人愣了一下，抬手想接：“我自己来……”

冯庭却不依，抬头看着他，眸光流转。男人失笑，低头咬住虾仁。

冯庭继续低头剥了第二只，这才送到自己嘴里。

“剥虾这种事，不是应该由男人来做吗？”

她摘下手套，托着腮，望着他说：“谁说一定要男人给女人剥虾？真正喜欢一个人，都会把取悦对方放在第一位。”

这样的“迷魂汤”，还真是香。男人瞧着她，喉结微微一动。

不多时，冯庭点的菜一个接一个被送上桌，其中包括老翁赠送的海货。

海滩的夜晚既寂静又喧闹。遮阳伞顶棚上挂着的橘黄色小灯，在海风中摇曳不停。几只飞蛾被趋光的本能驱使，不断撞击着灯柱。

冯庭仰起脖颈，好整以暇地看着飞蛾撞得晕头转向。

她垂下眸子，忽然问顾闻柯：“你经常来这里看夜景吗？”

顾闻柯“嗯”了一声，说：“经常来。”

“我是第几个陪你过来的姑娘？”

顾闻柯轻笑，转头瞥了一眼正歪着脑袋等他回答的冯庭。

这时，方才一直撞击灯柱的一只飞蛾伤了翅膀，忽然掉落在桌上，扑棱着翅膀挣扎。

冯庭对这种小东西还是有些忌惮，连忙缩起手臂，往后挪了挪。相比之下，清隽矜贵的顾闻柯却显得从容许多。他拿起桌上闲置的茶杯，轻松地反手将飞蛾扣住。

替冯庭解了“危机”后，他才开口道：“估计要让你失望了。我的生活一向单调乏味，就连周可岚都说我是个只知道工作的机器。”

换作其他身家地位如顾闻柯的男人说自己没时间谈恋爱，冯庭可能不会相信。但对于顾闻柯，她观察了这么久，却不得不信。

这世界就像一座大森林，什么鸟都有，自然也少不了几个像顾闻柯这样沉迷于事业带来的快感的人。

冯庭垂下眼帘，轻轻戳着猫眼螺，然后慢悠悠地抬起头：“那么，在平淡且枯燥无味的日子里，你要记得偶尔想起今晚。”

她的话语里透着几分离别的意味，顾闻柯敏锐地察觉到了这一点，皱起眉头看着她。

“听起来好像你要离开一样。”他放下筷子，微微舒展了一下腰身。

冯庭在他的目光注视下，懒洋洋地笑了笑：“人这一生，本就是孤单地来，孤单地去。只要有相遇，就会有别离。”

两人都没有太多食欲，只是随便找了个地方坐下聊会儿天。冯庭说完这句话，便轻轻拍了拍手，起身去找老板要餐盒打包。

秦乐天这孩子正是长身体的时候，剩下的饭菜可不能浪费。

顾闻柯目送冯庭的背影，总觉得她身上藏着太多秘密。越是接触，她越让他生出想要探究的冲动。

当夜，顾闻柯喝了些酒，只能由冯庭送他回府前别苑。

车停稳后，冯庭熄了火。顾闻柯解开安全带，推开车门，刚把一只脚伸了下去，耳边却忽然传来一句话——

“你知道我为什么一直没有谈过恋爱吗？”

顾闻柯收回脚，转头深深看着她：“为什么？”

冯庭垂下眼眸，声音淡淡地坦白道：“因为我不喜欢被情绪牵着走的感觉。我的情绪只能掌控在我自己手里。”她顿了顿，接着说道，“那种感觉会影响我的思考，影响我的工作。”

顾闻柯沉默了一瞬，问道：“现在被影响了吗？”

车厢里沉寂了很久，久到顾闻柯以为她不会回答时，才听到她轻轻开口：“嗯。”

她的声音清冷而平静：“只要想到过几天我们就不能像现在这样，我胸口就闷闷的。”她长叹了一口气，“我不喜欢这种感觉，很影响我的工作效率。”

顾闻柯的表情多了几分凝重。周家祭祖的事情迫在眉睫，他不得不去。然而，此刻，他也不知如何开口劝慰，只能避开她的目光。

低头沉默许久，他才开口：“只有几天，很快就会回来。”

冯庭抿了抿嘴，没有再说话。

顾闻柯推开车门下车，走了两步，却一时冲动又折返回来，扶着车门框弯下腰，邀请道：“要不要上去喝杯咖啡？”

冯庭莞尔：“这么晚喝咖啡，顾总不怕失眠？”

刚才沉重的气氛被打破，他“嗯”了一声，略显尴尬：“有道理。”

“那，”男人迟疑了一下，“晚安？”

冯庭看着他，下一秒解开安全带，推开车门走了下来。她噙着笑走到他面前，抱住他的手臂，悄声问：“你是不是不舍得我走？”

她原以为他会否认，谁料，他委婉地说道：“聪明人之间，看破不说破，就别讲得那么明白了……”

冯庭低声笑了起来。

他牵着她走进电梯，随后进了家门。

顾闻柯刚换上拖鞋，口袋里的电话就响了。

是从国外打来的电话，他低声吩咐冯庭：“我处理一下，等我十分钟。”

此时已是十一点多，冯庭原本就有些困了。她只是上来坐坐，早知道他要处理公务，她便不会上来。打了个哈欠后，她心里不禁感叹，终于明白顾闻柯为什么没时间找情人了。

要找情人，时间、精力、金钱缺一不可。而像他这样的男人，忙起来没日没夜的，大概早已心有余而力不足了吧。

顾闻柯说十分钟就处理完，谁知一聊就是半个小时。等他挂断电话出来时，冯庭已经在沙发上睡着了。

她裹着一条薄毯，怀里抱着一本心理学书，是从客厅书架上随手拿的。

他捏着手机走过来，轻手轻脚地把手机放在茶几上，转过身，取走她怀里的书。

事实上，顾闻柯刚坐下时，冯庭的意识就已经清醒了，只是她没有睁开眼。

顾闻柯伸手探过来，想帮她拉好毯子，刚捏住边角，怀里的人突然动了。她顶着松软的长发，径直扑向他的怀里，双臂自然地伸出，精准地搂住了他的腰。

顾闻柯被压在沙发背上，双手不知该放哪儿，只得无措地摊开。他仰起头，看了看她的模样。她双眼轻闭，睡意浓浓，毫无要醒来的迹象。

他移开视线，感到蜷曲着的长腿微微发麻，试探着伸展开来。胸膛随着呼吸起伏，他轻轻吐出一口气。

脖颈隐隐酸涩，他坚持了片刻，索性将身体向后靠去，头枕在沙发靠背柔软的边缘，目光无意间落在天花板上，神情平静。一只大手轻轻覆下，环住怀中那纤瘦柔软的背脊。

画面拉远，只见纤瘦的姑娘趴在男人怀里，而男人则靠在沙发上，静静地任由她依偎。此刻，时光仿佛静止。他们看起来像是相识多年的伴侣，感情早已归于平淡。在忙碌的工作之余，两具疲惫的身躯彼此依偎，汲取着对方的温暖与安慰。

到了某个年纪，经历了世事沉浮的男人，对余生的渴望已经简单了许多：一个温馨的家，再加上一位温柔体贴的妻子，便已足矣。

冯庭依偎在他的怀里，闻着他身上那股淡淡的清香，渐渐陷入沉睡。

不知过了多久，男人才轻轻抬起手臂，一只手揽住她的后颈，另一只手环住她的纤腰，稳稳地将她抱起。

他转过身，迈步向卧室走去。

转眼到了周三，这一天是顾闻柯陪周可岚回乡祭祖的日子。

周家虽然发迹于本市，但在整个家族中仅是一支分脉。周可岚的太奶奶高寿，至今仍健在。周可岚每次回乡，总是提前几天精心准备孝敬老人的礼物。

尊老爱幼这一点，顾闻柯颇为欣赏。

那天，他到得很早，却没有催促周可岚，而是径直去了书房，翻开一本国学经典。然而，他显然心不在焉，一页纸翻了许久也未看完。

沉吟片刻，他打开电脑，给人事部经理发了一封邮件。

随后，他给冯庭发了一条消息：“你不是说不喜欢被情绪影响工作吗？”

他没去公司上班，但冯庭的工作如常进行。早晨到公司后，她跟着李易安去会议室整理文件，半个小时后才回到办公室。这时，距离顾闻柯发来消息，已经过去了四十分钟。

此时，顾闻柯已经抵达了机场。周家的人昨天已经先行回去了。

刚办好值机手续，他推着行李箱准备通过安检时，冯庭才回了消息："什么意思？"

男人回复："我已经通知人事部经理，从明天开始，你可以不用上班，休假到我回来。"

冯庭心里那点本就不太深的酸涩感，在收到这份"补偿"后，瞬间平复了许多。

还没来得及回复顾闻柯的消息，人事经理已经查看完邮件，直接给冯庭打来了电话："冯秘书，如果你想休假的话，随时都可以过来办手续。"

冯庭试探着问："如果我现在就想休假呢？"

"那你现在就过来吧，我正好在公司，可以帮你签假条。"

挂断电话的那一刻，冯庭心头一早上的阴霾一扫而空。

这时，李易安抱着一摞文件走了过来，正准备塞到冯庭怀里，却被她抬手推开："李秘书，你还是找别人吧。"

李易安挑了挑眉："怎么了？"

冯庭扬唇一笑，从包里摸出墨镜，抬手戴上，语气轻快地说道："我从现在开始，休假了。"

"休假？谁批准的？"李易安显然有些不敢相信。

冯庭轻飘飘地回了一句："顾总啊。"

她拎起包，拨开李易安，径直走出了办公室的大门。

李易安站在原地，眨了眨眼，显然还有些反应不过来。

"说休假就休假，你当公司是你家开的？"

然而没过多久，公司的企业微信就更新了今日职员的考勤表。冯庭的名字一栏，赫然显示着两个明晃晃的大字："休假"。

第八章 周家变故

顾闻柯进入候机室时，飞机还有十分钟就关闭登机口了。空乘人员走到他身边，微微弯腰，柔声提醒道："顾先生，可以登机了。"

五分钟前，周可岚已经登上了飞机。而顾闻柯以"想抽支烟"为由，一直坐到现在。

他对空乘点了点头，然后拿起手机站起身。

此时，周可岚点的一杯鸡尾酒早已喝完。看到顾闻柯进来，她打量了他几眼，见他似乎心情不佳，便没有主动搭话。她低下头，坐回座位，将头顶的眼罩拉下来装睡。

两人面对面而坐，桌子正好位于窗户旁边，恰好是机翼的位置。抬头一看，便能看到螺旋桨开始缓缓旋转。

顾闻柯一直在等待冯庭的回复，但冯庭始终没有回消息。

与此同时，冯庭刚刚办完休假手续。拿着休假条走出公司大楼后，她的第一个念头是：今晚去哪儿喝酒？

这几个月在公司混日子，简直让她憋屈得发慌。

想她一个工作时间自由、动动嘴皮子就能拿高薪的人，为了顾闻柯，竟然在公司里出苦力。

别说和顾闻柯是假装情侣了，就算是真的恋爱，冯庭一贯的信条也是：恋爱需要理智，绝不能全凭感性。

刚走出公司大门，冯庭还没来得及掏出车钥匙，突然下起了雨。

冯庭抬头望着乌云密布的天空，心里想着：顾闻柯的航班，会不会因为天气而延误？

不过，她的担忧显得有些多余。此时，顾闻柯的飞机早已起飞，飞入万米高空，穿过了乌云之上。

冯庭拿起手机，犹豫着要不要发消息问一问。但思来想去，她还是放下了手机。

与其替他操心，不如考虑今晚该约谁出来喝酒。

毕竟，顾闻柯有美人做伴，到了目的地，风景秀丽，还有人陪着游山玩水。要是这期间真的擦出了什么火花，冯庭也只能顺其自然，选择抽身而退。

想到这里，她心里多少有些堵得慌。但转念一想，白纸黑字的协议摆在那里，周可岚总不会不给钱。

今日天气不佳，气温骤降，空气中微微透着寒意。

时尚不分季节，而冯庭今天的穿着却显得有些“放飞自我”。

当冯庭从车上下来的时候，一股寒风裹着潮湿的空气扑面而来，她不禁抖了抖身子。

站在车辆呼啸而过的马路边，冯庭结结实实地打了个喷嚏。

夜晚回到家，她开始发低烧。半夜醒来找水喝时，她才想起顾闻柯这茬。整整一个晚上加上一个下午，她都没看手机。顾闻柯下了飞机，按理说应该会给她报个平安。

冯庭拿起手机一瞧，谁知一条消息也没有。

冯庭挑了挑眉，刚才信誓旦旦的猜测瞬间落空。

她心里顿时有些不快。

第二天一早，她的烧依然时断时续没有退去，迷迷糊糊间被秦乐天清晨收拾东西的声音吵醒。

冯庭扶着额头走出来，看到客厅里放着两只小行李箱，秦乐天正在叠衣服。

“大清早的，收拾什么呢？”她问。

秦乐天答道：“我打算搬回去住。”

“哦。”冯庭应了一声。虽然一开始秦乐天搬过来的时候她觉得很烦，但现在秦乐天要走了，她忽然有些失落，“唉，都走了。”

话音刚落，她感到天旋地转，眼前一阵发黑。踉跄着走到沙发旁，她的身子突然一软，倒了下去。

秦乐天的心猛地一紧，发现冯庭脸色苍白，嘴唇毫无血色，立刻意识到情况不对。他伸手摸了摸冯庭的额头，发现她烧得滚烫。

冯庭迷迷糊糊地闭着眼，有气无力地转过头，随后便失去了知觉。

不知过了多久，冯庭醒来时，一股淡淡的消毒水味充斥着鼻腔。她睁开眼，看到秦乐天年轻稚嫩的脸庞，紧接着又看到了秦思明的身影。

看到秦思明，冯庭心里一紧，想装作没醒，却被男人先一步发现了。

“乐天说你是因为昨天穿得太少，被冻感冒的？”秦思明语气平淡地问道。

“这么说太片面了吧，我觉得主要还是因为抵抗力差……”冯庭试图辩解。

秦思明轻哼了一声，似笑非笑地看着她，却没有再让她难堪。

秦乐天坐在一旁默不作声，只是静静地注视着冯庭。

冯庭打完点滴回家后，秦乐天煮了一锅清淡的小米粥。本来已经准备搬出去的他，却因冯庭突然晕倒被吓了一跳，暂时打消了这个念头。

面对赵凉凉的催促，秦乐天犹豫着回复：“我姐身体弱，更需要我。”

赵凉凉心里有些生气，但刚刚和好，还不敢表现出来，只说道：“你这样说，我好伤心啊。我是你女朋友，她需要你，我更需要你啊……”

赵凉凉的这番话提醒了秦乐天。他放下手机，把手里的碗递给冯庭，忽然开口道：“老冯。”

冯庭挑了挑眉，笑着问：“老冯？怎么不叫姐姐了？”

秦乐天抿了抿唇，支支吾吾地说：“你又不是我亲姐。”

不过是个称呼而已，冯庭懒得纠正，拉起被子翻了个身，闭上眼睛继续睡了。

冯庭这一病，持续了两天，而顾闻柯承诺的一天两通电话，却始终没有打来。

冯庭嘴上不说，心里却有些郁闷。

秦乐天看着冯庭情绪低落，自言自语地嘟囔着，还以为她是烧糊涂了。

直到第三天下午，顾闻柯的电话才姗姗来迟。

那时，冯庭大病初愈，刚恢复些元气。她正坐在沙发上，拿着指甲油给脚趾涂颜色。

顾闻柯来电的铃声突兀地响起，把她吓了一跳，手一抖，指甲油滴在了地毯上。

她放下指甲油，静静地看着手机屏幕。这两天的阴霾仿佛一扫而光。

然而，她并没有接电话，只是盯着屏幕。当顾闻柯第二次拨打电话时，她直接挂断，轻笑了一声，将顾闻柯拉入黑名单，同时删除了微信。

外卖到了，秦乐天放下勺子，从厨房走出来去开门。

他不会炒菜，只会熬粥，所以点了几道清淡的小菜。这两天，他勤快得让冯庭都有些羡慕赵凉凉了。

“谢谢，哥们儿。”

秦乐天接过外卖，关上门，解开塑料袋，将点的几样清淡、适合病人吃的菜肴一一摆到冯庭面前。

冯庭放下手机，朝秦乐天摆了摆手：“弟弟，你过来。”

秦乐天走过来，在她身边坐下：“怎么了？”

冯庭想了想，笑着说：“我把顾闻柯拉黑了。不出意外的话，他这两天会来找你。到时候，你就这样跟他说……”

说到这里，冯庭凑到秦乐天耳边，低声吩咐了一番。

秦乐天听完，转头看向她，眼神复杂：“你们俩在谈恋爱吗？”

冯庭“啧”了一声，装模作样地说：“大人的事，小孩子不要多嘴。”

秦乐天一向开得起玩笑，谁知今天竟然发了脾气。他解开围裙，随手朝她一丢：“我是小孩子，你是大人？你是大人，你去熬粥！”

冯庭被他呛得一愣一愣的，眨了眨眼，悄悄打量了一下秦乐天。

这孩子，好像还真生气了。

她走过去，轻轻扯了扯他的衣袖，低声道歉：“别生气嘛，弟弟。我刚才没说清楚。我嘴里的‘小孩子’是指你年轻。你年轻，我年纪大了。我就是个老阿姨嘛，你经常叫我老阿姨的……”

秦乐天气鼓鼓地瞪了她一会儿，最后叹了口气，说道：“我只是随便说说，我可没觉得你年纪大。”

冯庭还有正事要忙，见他消了气，赶紧又叮嘱道：“弟弟，我刚才交代你的，你一定要记住。如果顾闻柯找你打听我的事，你就按照我刚才说的，一字不落地告诉他，知道吗？”

秦乐天不耐烦地挥了挥手：“行了行了，知道了。”

冯庭撇了撇嘴，一脸可怜巴巴的表情。这小子是又跟赵凉凉闹别扭了？

不过她还是有些不放心，犹豫了一阵，走到厨房门口，攀着门框，讨好地喊了一声：“弟弟？”

“干吗？”秦乐天头也不回地问。

冯庭试探着比画了一下，说道：“要不，你把刚才我交代你的话重复一遍，我看看你有没有记住。”

秦乐天皱眉问道：“你跟他真谈恋爱了？别忘了，你发过誓，说要是喜欢上别人，就吃啤酒瓶子。”

冯庭愣了一下，随即翻了个白眼，说：“我能喜欢他？”

秦乐天这才转过身，漫不经心地说道：“不就是让我告诉他，你觉得他是欺骗人感情的骗子。说好了每天打两个电话，结果三天才找你一次。你每天等他的电话，现在已经伤心欲绝了，再也不想搭理他了，之前的事就当什么都没发生过。”

冯庭听完，果然发现少了一点，便悄悄提醒道：“那我生病的事呢？”

秦乐天想了想，补充道：“哦，对。你因为太伤心，还生病住院了，今天刚出院，状态还很不好，出去散心了，让他别再打电话了。”

冯庭竖起大拇指，赞道：“弟弟记性真好。”

她轻轻舒了一口气，背着手转身朝餐厅走去，这才安心地坐下吃饭。

一开始，冯庭并不是这样计划的。她本打算一声不吭地跑去找顾闻柯，故意让周家察觉到顾闻柯在外面有女人，从而激化周家和顾家之间的矛盾。

如今的周家早已没落，对顾家来说，周家几乎再无任何商业价值。没有商业价值的商业联姻，自然少了一层保障。

从上次鸿门宴的情形来看，冯庭就知道，顾闻柯对周家的最后一点耐心也被周禀则的不识时务消磨殆尽。

如果这个时候周家发现了顾闻柯和她之间的关系，按照周家一贯张扬跋扈、目中无人的行事风格，必然会闹上一场，逼迫顾闻柯收敛。

届时，顾闻柯与周家之间那点仅靠联姻维系、在外人眼中所谓的“世交关系”，将变得更加名存实亡。

然而，周可岚胆小怕事，不敢这么做。

她从小在周家长辈们的严苛要求和冷眼嫌弃中长大，内心的恐惧感早已根深蒂固。她害怕如果事情闹大，顾闻柯会因此计较，从而让她失去一个棋子应有的价值，最终鸡飞蛋打，在周家彻底失去立足之地。

前怕狼，后怕虎，进退两难。

冯庭左思右想后，决定临时改变计划，自作主张地另辟蹊径。她借着顾闻柯对自己的怠慢，找茬虐他一回。

在两性关系中，想要增进亲密感，并不意味着每天都要甜言蜜语。某些时候，“失去感”反而是一种更有效的方式。

人们在面对失去时，会产生紧张、不安、担忧等情绪，进而突然意识到某个人或某件事的珍贵，以及失去他们的痛苦。

这种痛苦的体验，往往会在和解之后，成为感情更加稳固的黏合剂。

因此，冯庭策划了一出戏，让秦乐天配合她。无论如何，这次因为祭祖而耽误的几天，她不想就这样白白浪费。

至于秦乐天，他被蒙在鼓里，以为冯庭口中所谓的“出去散心”，只是为了让他帮忙敷衍顾闻柯。

没想到，这所谓的“散心”，竟然是真的要出去散心。

第二天一早，冯庭收拾好行李箱，拿着从本市到南港的火车票从卧室里出来，将票塞进装着身份证的包里。

这两天生病让冯庭瘦了不少，不仅气色不好，脸颊比以往更尖，脖子也显得更加纤细。

她提着行李箱走到门口，忽然想起秦乐天打算搬走的事，转身问道：“你哪天走？”

秦乐天抬眼看她，半开玩笑地说道：“你是不是想赶我走？”

冯庭嘴角微微一弯，笑着答道：“我只是随便问问。”随即将家中的备用钥匙抛给他，“走之前打电话告诉我一声。”

说完，她走到门口换鞋。秦乐天还没反应过来，就听见“啪”的一声，房门已被关上，冯庭潇洒地出门了。

秦乐天眨了眨眼，环顾空荡荡的客厅，一时竟拿不定主意是该搬走还是留下。

想了想，他自言自语道：“还是等她回来再说吧。”

赵凉凉从昨晚就开始闹秦乐天，说他变了，没有以前那么宠她，也没有以前那么爱她了。

此刻，秦乐天拿起手机，才回了她的消息：“那你觉得我没有以前宠你、爱你，是你的错，还是我的错？”

赵凉凉被问得哑口无言，心里清楚，再争下去，只会让自己的那些问题一遍遍加深在他心中的负面印象。

她不敢再回，昨晚气得一夜没睡，此刻掀开被子躺下，差点郁闷死。

冯庭早上刚走，顾闻柯上午就给秦乐天发了消息。

“冯庭在家吗？”

秦乐天没想到顾闻柯会这么快找来，回复道：“不在家。”

顾闻柯又问：“她什么时候回来？”

秦乐天回道：“她因为你心情不好，出去散心了，什么时候回来还说不准。”

顾闻柯一怔，追问：“因为我？”

秦乐天看完消息，笑了笑，随即将昨天冯庭再三嘱咐的话一字不落地告诉了他，还添油加醋地补充了一句：“总之，她挺伤心也挺生气的。你就别再给她打电话了。她这人一旦下了决心，十头牛都拉不回来。”

顾闻柯脸色瞬间一沉，问道：“她生病了？”

秦乐天回答：“难道我会骗你？她在家晕倒了，是我送她去医院的。”

男人看完消息后，久久没有回复。

就在秦乐天准备放下手机去画画时，男人才回了一条信息：“她把我的微信和手机号都拉黑了。我猜到自己食言会让她非常生气。多谢你告诉我这些。”

秦乐天回道：“不客气，举手之劳。”

他以为男人会就此知难而退，没想到对方又问：“那你知道她去哪儿散心了吗？”

秦乐天说：“不知道。”

顾闻柯最终没有再追问。

此刻，他正站在重症监护室外面的大厅里。

大厅和走廊一片混乱。无论平日里人们在社会上拥有多么光鲜亮丽的身份，当家人被送入这片生死之地，等候在外的人都显得颓废而憔悴。

三五成群的人坐在地上，有的铺着简陋的地铺，有的吃着泡面，目光空洞，表情呆滞。有的人在生离死别的煎熬中挣扎，有的人则因高昂的医疗费用而感到窒息般的无助。

顾闻柯犹豫了许久，再次尝试拨打冯庭的电话，却发现还是打不通。这两天兵荒马乱，他的手机在前天送周可岚的太奶奶来医院的路上弄丢了。刚买来的新手机他还不太习惯使用，操作起来显得有些生疏。

他不知道冯庭那边是否能收到消息。迟疑再三，他低头发出一条道歉的短信：“是我不好，答应了你的事却没做到。不过我这边有特殊情况，我可以解释。”

想了想，顾闻柯又编辑了一条消息发过去：“秦乐天说你病了，是真的吗？”

消息发出去后，依然没有任何回复。

他驻足片刻，目光在大厅里熙熙攘攘的人群中扫过，随后转身朝走廊的岔口走去。

周可岚站在外面，双臂抱在胸前，沉默不语。在距离她一米远的地方，围着一群人。他们来回踱步，神色不安。旁边停着一辆运送重症病患的推车，推车两侧站着四个人——周禀则、周禀然，以及他们各自的父亲。

老太太病危，如今躺在重症监护室里，生死一线。周家能扯上关系的长辈们，这两天陆陆续续都赶来了。

医生的话已经说得很清楚："不动手术没有希望，动了手术也只有一线希望。"

周家人始终拿不定主意：不动手术，老人可能挺不过明天；动了手术，老人却可能会死在手术台上。

到底是选择体面的死亡，还是为了那一线希望将百岁老人送上手术台挨一刀，这个抉择实在令人难以决断。

熬了一天一夜，顾闻柯显得有些疲惫。他拿着手机，从一侧的回廊走出来，点燃了一支烟。

深吸一口后，他才觉得肩膀上的压力稍微减轻了一些。

今天早上，他刚拿到新手机，补办了号码，便给父母那边发了消息："周家老太太恐怕挺不过去了。"

父亲说道："如果周老太太这根定海神针没了，周家恐怕会陷入动荡，家产分割也难免引发争端。这是非之地，你赶紧回来吧。"

顾闻柯熄灭了香烟，回复道："嗯，我也是这么想的。"

他捏着烟头，走到垃圾桶前丢掉。刚站起身，便看到周可岚出现在身后。

从昨夜到现在，周可岚滴水未进，嘴唇干裂脱皮，嗓音沙哑，喊了他一声："走吧。"

顾闻柯抬起头，问道："去哪儿？"

"你们从昨晚守到现在，连饭都没吃一口。小叔刚打电话，在医院后面的小餐馆订了位子。"

顾闻柯点了点头，跟着她往外走。

一路上，顾闻柯和周禀然并肩而行。救治中心就在西大门口，几步路便出了医院的大门。

顾闻柯神情平静，开口问周禀然："商量得怎么样了？"

"决定动手术。"周禀然答道。

"嗯，老太太吉人自有天相。"顾闻柯淡淡地说道。

周禀然叹了口气，说："要不你带可岚回去吧。老太太在重症监护室，大家都耗在这里也没什么意义。"

顾闻柯沉默片刻，问："老太太什么时候动手术？"

“明天下午。”

“那我等明天下午手术做完，老太太好转了再走。”

其实，老太太九死一生，十有八九是没有好转的可能。这一点，周家人即使心里再不愿接受，也不得不面对现实。

周禀然没有再说话。

小餐馆的饭菜寡淡无味，汤粥清淡如水。顾闻柯面无表情地往嘴里扒着饭，皱着眉咽下去，只是为了填饱肚子。

晚上，一行人按照周家的安排，住进了医院对面的连锁酒店。

顾闻柯和周可岚自然被安排在一间普通的大床房。

男人洗漱完，从浴室走出来，而周可岚却无心整理自己，已经和衣躺下了。

他站了片刻，拿起手机走了出去。酒店外，灯光洒满台阶。他缓缓走下，站在车水马龙的大街上，面对霓虹闪烁的城市与灯火通明的医院。

想到重症监护室里的周老太太，她曾经身体硬朗，幽默慈祥，如今却躺在那里，不禁令人感慨万分。

忽然，他意识到，人生短暂，岁月如梭，谁也无法预料是否能看到明天的太阳。

那么，是不是应该活得更加洒脱一些，才算不负此生？

他叹了口气，思绪如潮水般翻涌。

他拿出手机，再次拨通冯庭的号码，结果仍然是一样。显然，她这次是真的下定了决心。

冯庭并不知道这里发生的事情，而顾闻柯也能够理解她的怒气。

沉默了一会儿，这个一向不喜欢解释的男人罕见地发了一段语音：“我并不是不想联系你。刚到周家那天晚上，周老太太就病重了，这几天我一直守在省医院。当时过来的时候，手机不小心弄丢了，所以一直没办法联系你。如果你看到了这段话，就给我回句话……”

冯庭选择散心的地方，并非随意决定，而是特意挑选了一个位于本市与顾闻柯祭祖地之间的旅游城市。

晚上七点，冯庭下了高铁，酒店派车来接她。刚出站台，她便看见一辆贴着酒店标志的黑色商务车。司机手里高举着一块木牌，上面写着“冯庭”二字。

她推着行李箱，摘下墨镜，挥手示意。

对方小跑着下了台阶，确认身份后，接过冯庭手里的行李箱，放进后备厢。

坐了三个小时的高铁，冯庭有些饿。第一次来到这个城市，她的出行决定得很突然，因此并未做详细的攻略。

冯庭侧头看向沿街的景象。这座旅游城市空气清新，环境雅致，就连道路两旁的绿化带也别具一格。植树工人正在修剪道路旁法国梧桐上的枯黄树叶，清理完后又用水冲刷路面上的浮尘。

冯庭兜里的手机响了。她点开一看，是系统拦截的骚扰短信，发件人竟然是顾闻柯。

她只是扫了一眼，并未细看。

将手机放回包里后，她抬头瞥了一眼前面专心开车的司机，轻声问："酒店附近有什么好吃好玩的地方吗？"

司机抬头通过后视镜看了她一眼，镜中只见后座姑娘的鼻翼挺翘，唇形优美，唇色鲜艳，脸的轮廓却看不太清。

他笑着介绍道："附近有个护城湿地公园，明天您可以去逛逛。从这条路往南走两个路口，还有一条本地有名的特色小吃街，评价挺不错的。哦，对了，这几天正好有啤酒节，特别热闹。"

冯庭点点头，轻声说道："谢谢。"

她侧头看向窗外，只见道路两旁的街灯明亮耀眼，许多小商贩挂起了红灯笼，在路边忙着做生意。街边的小摊贩热闹叫卖，精美的饰品琳琅满目，来来往往的行人络绎不绝，一派繁华景象。

看着这喧嚣的场面，冯庭来了兴致，便问司机："这里离酒店远吗？"

司机答道："走一个路口就到了。"

冯庭随即朝窗外一指："那你先回去吧，把我放在路边就行。"

她下了车，吩咐司机直接回酒店，将她的行李送到房间。随后，她披上外套，慢悠悠地融入了人群。

在路边的一家玉器店里，她花了百十块钱买了一枚小镯子戴着玩。接着，她转身看到一家卖丝巾的小摊，想到明天要坐游轮去岛上游玩，为了应景，她认真挑选了一条黑底印花的丝巾。丝巾上是花鸟树的图案，搭配孔雀金黄的边饰，显得别致而精美。

回到酒店时，已是晚上九点多。简单洗漱后，她正准备睡觉时，手机突然响起一声，是垃圾短信的提示音。

她从被子里摸出手机，屏幕上显示着顾闻柯发来的新消息。

冯庭眨了眨眼，这次他的理由倒是说得过去。若此刻还继续拉黑他，倒显得自己有些不讲道理了。

原本还有几分不爽的情绪，此时完全消散了。

她指尖轻点，将他从黑名单中放了出来，却并没有回复顾闻柯的消息。

她放下手机，全然不理会某人可能因为她的不回复而辗转难眠，径直睡了过去。

第二天一早，刺耳的铃声将冯庭从睡梦中吵醒。她皱着眉头，迷迷糊糊地摸到手机，接通电话："你好，哪位？"

顾闻柯本来只是试探性地打个电话，没想到电话竟然一下子就接通了。她淡淡的音调，竟然出奇地好听。

他抿了抿唇，开口道："我是顾闻柯。"

冯庭听到"顾闻柯"这三个字，忽然清醒过来。

"嗯。"她的语气淡漠而疏离。

顾闻柯垂下眸子，悬着的一颗心终于落了地。他沉默了好一会儿，才开口问："你在哪儿？"

"有事？"

"我听秦乐天说你出去散心了。"

"他还是那么多嘴。"

顾闻柯从她的语气中察觉到明显的变化。以前，即便耍小脾气，她的语气也从未如此冷淡疏离，仿佛变了一个人。

此时，顾闻柯刚吃过早餐，顺路去了一趟医院。原定今天下午的手术被推迟了，因为麻醉师担忧老太太体脂率过低，手术成功的概率仅有一成，一直劝说他们慎重考虑。

周家有人在省医院工作，得知老太太的状况确实不容乐观，建议放弃手术。于是，周家人哭成一团，已经准备将老太太接回家。

顾闻柯不便插手，便走了出来。

他问："你看到我发的消息了吗？"

冯庭答道："看到了。老太太还好吗？"

"大限将至。"

即便是毫不相干的人，此刻气氛也难免显得沉重。

顾闻柯走到路边的草丛旁，找到一张带靠背的长椅坐了下来。

"病刚好就到处乱跑？"

"顾总。"冯庭沉吟片刻，忽然用生疏的语气称呼他。顾闻柯听到这声称呼，隐隐感到不安。果然，接着便听到她说道，"我不想继续下去了，我们就此打住吧。”

“这几天我想了很多。我以为自己可以什么都不在乎，只要跟你在一起就好。但这次我发现，我低估了自己。我太爱你了，继续下去，我都快不认得我自己了。”

“我很感谢你一直克制自己，没有强迫我，否则的话，我可能会崩溃。”

说到这里，她顿了顿，神情有一瞬间的恍惚。她察觉到眼角的温热，抬起手，才发现是一滴泪水顺着眼睑滑落下来。

眨了眨眼，她抬手擦去指尖上的泪水，继续说道：“你不是一直说，主动权在我手里，我想结束随时都可以吗？”

顾闻柯捏着手机，指尖因为用力而泛白，额角的青筋隐隐浮现。

她语气坚定地说道：“现在，我想结束了。”

顾闻柯艰难地咽了口口水，低声说道：“你等一下。”

冯庭却干脆利落地回应：“再见。”然后，她直接挂断了电话。

“喂？”顾闻柯下意识地喊了一声。

回应他的，只是一片寂静。

他缓缓将手机从耳边移开，愣了几秒，才意识到她竟然真的挂断了。

头顶的核桃树上，一只羽毛朴素的小麻雀正与另一只隔空相望，叽叽喳喳地叫个不停。

顾闻柯看着手中的手机，轻轻叹了口气，随即将手机放进兜里。

他表面上看起来平静如常，但心跳逐渐从刚才的平稳转为急促。一种陌生的感觉莫名袭来，压得他胸口发闷，呼吸困难。这种情绪，他此生还是第一次体会到。

就在他沉浸于自己的思绪中时，身后有人悄然靠近，他竟全然未察觉。直到肩膀上搭上了一只手，他才倏地睁开眼，直起身来。

身后的人是周禀然。他的眼眶和鼻尖微微发红，显然刚哭过。平日里干净整洁的西装此刻满是褶皱，甚至沾染了些许灰尘，显然是刚才搀扶长辈时沾上的。

“这几天辛苦你了。”周禀然低声说道。

顾闻柯微微一愣，低下头答道：“没关系。”

周禀然在他身旁坐下，沉默了片刻。

顾闻柯轻声安慰道：“节哀。”

周禀然牵动嘴角，勉强挤出一抹笑容。

顾闻柯轻轻叹了一口气，目光落在那片绿意盎然的青草上。

周禀然看了眼手表，开口道：“要不你订机票回去吧，这里暂时忙不过来。”

顾闻柯本就有这个打算，闻言点了点头。

周禀然站起身，拍了拍身上的灰尘，离开了。

顾闻柯望了一眼周可岚的方向，一个念头忽然在心头闪过。他拿起外套，站起身，朝周可岚走去。

周可岚回头看了他一眼，淡淡地说道：“你走吧。”

顾闻柯目光中带着几分柔和，说道：“好。”

他拿出手机拨通了李易安的电话，简单交代了行程安排。挂断电话后，他稍作思索，转身叮嘱道：“明哲保身，不要站队，也不要参与。”

周可岚觉得他的叮嘱有些可笑，没有回应。

顾闻柯说完便与长辈们简短地告别，离开了医院。

第九章 以退为进

另一边，冯庭挂断电话后，躺在床上准备酝酿回笼觉。辗转反侧，实在睡不着。她掀开被子下床，走进浴室洗脸刷牙。

就在这时，顾闻柯的电话又打了进来。

冯庭等到电话响了第三声，才慢条斯理地接起："还有事？"

电话那头沉默了很久，才说道："只要你一句话，我现在就去找你。"

半晌没有回应。顾闻柯捏紧手机，垂下眼眸，表情变得更加凝重。

此时，李易安安排的车已经到了。司机停下车，拉开车门，请顾闻柯上车。

他弯腰坐上车，背靠在座椅上，视线落在车前的显示屏上，目光略显游离。

"为什么不说话？"他低声追问。

昨晚在闹市买的手镯，此刻静静地套在她的手腕上。那镯子在路灯下折射出璀璨的光芒，可在日光下，显得廉价又粗糙。果然，价钱不到位，东西也不会太好。

冯庭把手镯摘下来，随手丢到水池台上，语调轻柔地回道："不知道该说什么。"

司机这时上了车。顾闻柯握紧手机，声音低沉却坚定地说道："我去找你。"

电话那头沉默了一会儿。每一次的沉默，都让顾闻柯感到煎熬、紧张，还有一种失去掌控的茫然与不安。

"你在哪里？"他只好步步紧逼。

只听那边轻轻叹了口气："别骗我了。"

顾闻柯终于从她的话语中听出了一丝态度上的缓和。

"我没骗你。"车一直没走，因为司机在等顾闻柯打完电话，吩咐他去哪儿。顾闻柯看了一眼司机，说道，"我现在在车上，只是不知道你在哪儿。"

冯庭已经把这几天的行程安排好了，她的目的就是想让顾闻柯过来，不然自己一个人玩，实在没什么意思。

见好就收，她终于愿意把位置告诉顾闻柯。

男人松了一口气，说道："距离我这边不算太远，开车过去大概五个小时。"

到了此刻，一直压在顾闻柯心头的烦闷情绪才彻底缓解，甚至隐隐约约升腾起了一丝兴奋和期待。

他抬手看了看手表上的时间，说道："我现在出发的话，大概下午三点到。"

正要挂断电话时，冯庭却叫住了他："等一下。"

顾闻柯应道："嗯，你说。"

冯庭拉开窗帘，室外一扫昨日的阴霾，天气终于放晴，温度也升了上来。

老天爷可真给面子，好像在鼓励两人这次出游。

她伸手遮住光线，眨了眨眼睛，问道："你来找我是为了什么？为了我的身子？"

顾闻柯怔了一下，他还真没往这个问题上想过。

他迟疑了半晌，不知该怎么答。

冯庭便说道："如果你有这个想法，就不要来。"

顾闻柯的视线转向车窗外，语气坚定地说道："我过去只是想见见你……"

冯庭这才满意地说道："那你来吧。"

两人结束通话后，冯庭惬意地伸了个懒腰。

酒店房门被敲响，冯庭趿拉着拖鞋去开门。

客房服务员推着餐车走了进来，冯庭点的早餐送到了。

服务员轻手轻脚地将餐点端下，摆放整齐，然后转身问道："女士，您只预订了一晚，需要续住吗？"

冯庭抬起头说道："不续住了，谢谢。"

服务员离开后，冯庭坐下，慢条斯理地品尝起美食。

与此同时，顾闻柯从最近的路口驶上高速，朝着冯庭所在的方向疾驰而去。

冯庭那边，吃完早餐后低头看了看手机，发现时间尚早，还有四个小时需要打发。她打开行李箱，开始随意挑选衣服。

最后，她选了一件黄色印花的清凉长裙，搭配了一顶系着黑色蝴蝶结的浅褐色编织帽。她推着行李箱，悠然地等着电梯。

若无其事间，她才想起来给顾闻柯发了一条消息："路上一定要注意安全。"

随后，她来到酒店前台办理退房，并将行李箱寄存在前台。

离开酒店后，冯庭在附近的旅游景点转了一圈。看到本地特色炊糕时，她津津有味地欣赏了一番制作工艺，随后买了两盒糕点。

此时，她手里已经拎了几个购物袋，里面装满了特色小玩意，有吃的，也有观赏的。

算了算时间，距离顾闻柯到达还有半个小时。她在路边花了十块钱，买了一大束满天星干花。

拎着东西回到酒店后取行李，想着顾闻柯快到了，冯庭决定和他一起吃午饭。

冯庭刚推上行李箱，顾闻柯的电话就打了进来。

"我下高速了。"他的嗓音因长时间未开口显得微微暗哑，"还有十分钟到你住的酒店。"

好几天未见，冯庭听到他这么说，心脏突然轻轻一跳。

说对见面没有期待是假的，但她心里又存了几分谨慎。

略坐了片刻，冯庭便看到一辆奔驰车缓缓驶入酒店正门。

她放下咖啡，随即拾起一旁的满天星干花，起身迎了上去。

男人很快接过她手中的行李，朝车子走去，将行李装进后备厢。他吩咐司机自行离开，自己上了主驾驶座，而冯庭则坐上了副驾驶座。

车子缓缓驶出两个路口，冯庭才后知后觉地开口问："我们去哪儿？"

顾闻柯握着方向盘，回道："先去酒店放下行李，再找地方吃饭。"

"好。"冯庭点了点头，没有异议。

她低头看着自己的指甲，沉默了三秒，随后又问："几间房？"

顾闻柯目视前方，转头看她。听到她语气坚定地补充道："如果只安排了一个房间，那就再订一间吧。我在你来的路上已经说得很清楚了。"

她顿了顿，继续说道："经过这件事之后，我想再慎重考虑一下。就算你手机丢了，老太太病危，如果你真担心我会多想、会因此夜不能寐，你肯定会借别人的手机联系我。就算你没有我的号码，联系不上我，不是还有李易安吗？”

她的话条理分明，顾闻柯听了也无法反驳。确实是他考虑不周。既然问题出在自己，他也没打算推卸责任。

他点了点头，低声回应：“明白，理解，尊重你。”

说罢，他伸手从兜里掏出手机，拨通了李易安的号码。

男人直接打开外放，在冯庭面前毫无避讳。

“顾总，有什么事？”

“你打电话过去，再订一间套房，要视野好的。”

“我马上去办。”

十几分钟后，车子驶入度假酒店。办理入住后，顾闻柯住在 203 号，冯庭被安排在 205 号，两间房仅隔一墙之隔。

冯庭摘下编织帽，走进房间，将帽子随手丢在沙发上。服务员将行李送进来，确认没有遗漏后便转身离开。

顾闻柯轻轻合上房门，双手插进裤兜。

冯庭径直走到落地窗前，将窗帘彻底拉开，阳光顿时洒满房间。她推开窗户，清新的空气瞬间涌入。

刚到酒店附近时，冯庭就注意到路旁不知名的大树上开满了紫色的花，淡淡的花香一路萦绕鼻端。此刻打开窗户，那熟悉的香气再次扑面而来。

她转过身，沐浴在阳光下，嘴角含笑地对他说：“你不是说只想见见我吗？现在看了我这么久，还满意吗？”

顾闻柯听罢，低头一笑。他从兜里抽出双手，走到沙发前坐下：“我还不能看你吗？”

冯庭紧挨着坐到他身旁，拿了一个抱枕垫在腰后，侧身而坐，单手托腮，眼眸轻眨：“你再这么看我，我可就要不好意思了。”

男人轻轻一笑，目光缓缓从她的小腿向上游移，掠过纤细柔软的腰身和优美的曲线，最终停留在她白皙修长的脖颈，以及那抹淡粉色的嘴唇，最后定格在她的双眸中。

她今天特意化了淡妆，尤其是嘴唇，涂得自然又粉嫩。

顾闻柯的喉结微微上下滑动，深邃的眼眸专注地注视着她。片刻后，他的手伸了过来，拇指和食指轻轻捏住她的下巴，在她的唇线上缓缓摩挲。

显然，他有想吻她的冲动，但还在犹豫是否要再多相处片刻。毕竟几日不见，他担心她会觉得生疏或感到唐突。

在这短暂的试探中，冯庭抬起眼睑，目光直视他的眼底深处，毫不避让，显然没有表现出拒绝的意思。

他这才低下头，靠近她，用鼻尖轻轻碰触她的鼻尖，迫使她微微仰起头，为他制造便利的角度。

当他的嘴唇贴上她的那一刻，两人都小心翼翼地调整着呼吸。

男人停顿了几秒，随后缓缓闭上眼睛，随着内心的渴望，毫无顾忌地深吻她，仿佛在尽情掠夺属于他的疆域。

微风穿过玻璃窗，轻轻拂动冯庭的长发。她被他抱了起来，发丝随风轻扬，增添了几分柔美的韵味。

顾闻柯低头看着她，嘴角浮现出一抹笑意。然而，就在此时，他的手机忽然嗡嗡振动起来。他扫了一眼屏幕，发现是李易安发来的消息。

李易安说吃饭的地点已经安排妥当，订了下午五点的桌位，最晚保留到七点。同时还提到，酒店已经根据顾闻柯的尺码准备了换洗衣物，晚上会送到房间。

此时，冯庭侧坐在他的腿上，调侃道："这么快就对我没兴趣了？在我面前居然还跟别人聊天。"

顾闻柯轻笑了一声，简短地回复了李易安一个"好"字。随后，他将手机递到她面前，说道："你可以随意查看。"

冯庭随手推开他的手机，身体稍稍后退，脚尖触地，从他身上轻巧地滑了下来。

"我才不要查你的手机，我又没有那个权利。"她一边说着，一边拿起酒店准备好的冰镇果茶，倒入杯中，轻轻抿了一口。

顾闻柯转过身，语调带着一丝挑逗："那好吧，换我查查你的。"

冯庭没想到一个大男人竟然会来这套，刚喝进口中的果茶还没来得及咽下，就因为惊讶而呛到。

饮料涌入鼻腔和气管，让她不由得剧烈咳嗽起来。

"咳咳咳——"冯庭猛烈地咳嗽起来，一时间血气上涌，红晕顺着脖颈迅速爬上脸颊，又热又红。

顾闻柯没多想，还以为她是喝果茶太急了，忙抽出纸巾递过去，说："没人跟你抢。"

冯庭哪是因为这个，她是怕顾闻柯发现她手机里的秘密罢了，所以才被呛得眼眶泛红。

接过男人手里的纸巾，她一边咳嗽，一边快步走向卫生间。

几分钟后，她才从卫生间出来，这个话题总算被揭过去了。

男人坐在沙发上，给自己倒了杯茶。她走出来时，他只是抬眸看了她一眼。忽然，他叫住她："庭庭。"

"你是不是有什么秘密瞒着我？"顾闻柯的声音低沉，像一把无形的刀，直刺冯庭的心口。

冯庭心里猛地一颤，脸上的红潮瞬间退去，嘴唇也变得苍白。她定了定神，努力让语气平静下来："是因为我没让你看手机？"

眼下，她只能赌一把，赌他自信且有教养，不屑查看别人的手机。于是，她拿起手机递过去，表情平静地说："密码是 2580，你随便看。"

顾闻柯抬起头，静静地看了她一会儿，又看向手机，眉头微微皱起："不是这个意思。"

冯庭走过来坐下，抱起双臂，语气冷淡："你连对我最基本的信任都没有，我们还谈什么感情？"

她这句话让男人瞬间哑口无言。

"你说得对，"他终于开口，声音低缓，"男女之间的感情是建立在信任上的。我完全可以选择信任你。不过——"他的语调一转，眼神多了几分深沉，"如果你骗我，我肯定不会放过你。"

冯庭默不作声地抿了抿唇，靠在沙发上，一口接一口地喝着果茶，掩饰着内心的慌张。

"你吓我？"她试探着问。

"不是。"顾闻柯的目光落在她鬓角的一缕发丝上，他抬手替她理了理，"我为什么要吓你呢？你怕我，对我有什么好处？"

冯庭偏过头，躲开了他的触碰，语气有些生硬，问："那你为什么这么说？"

"这是我的为人处世之道。"顾闻柯答得云淡风轻。

冯庭悄悄吞咽了一下，思虑再三才开口："感情的事没有强买强卖这一说。如果哪天我不喜欢你了，或者觉得我们不合适，我是自由身，可以随时离开。你以前不是也说过，完全由我决定，我想什么时候喊停，就什么时候喊停？"

顾闻柯听出她话里的意思，不由得轻笑出声："这个是自然的。"

听到这话，冯庭才稍稍松了口气。她心中暗想，以后总能找到一个"不合适"的借口离开。

她深知男人喜欢什么样的女人，也知道他们讨厌什么样的女人。既然能让他喜欢，自然也能让他厌恶。

“我饿了，去吃饭吧。”

顾闻柯看了眼时间，五点半，正是晚饭的时候。

晚饭是在度假酒店的餐厅吃的。冯庭今天胃口出奇地好。趁顾闻柯去洗手间的空当，冯庭打开手机，将最近的聊天记录一一清理，该删的删，该隐藏的隐藏。

做完这一切，她才松了口气，随后慢悠悠地品尝起饭后甜品。

此刻，顾闻柯还没从洗手间回来，楼下却传来了悠扬的萨克斯声。冯庭坐在二楼，忍不住探头望去，只见外面人头攒动，三五个年轻姑娘正在热舞，还有人在海边点燃了篝火，牵着手跳起了篝火舞。

冯庭招手叫来服务员，问道：“今天是什么节日？”

服务员笑着答道：“是啤酒节呀！您可以去看看。今晚举办方还花钱请了开幕式表演，而且全场酒水一律免费。”

全场酒水一律免费？这样的薅羊毛好机会，冯庭怎么能错过？

她眼睛一亮，追问道：“外地游客也可以免费吗？”

服务员点了点头。

就在这时，顾闻柯从洗手间回来了。他走到冯庭对面坐下，抬眼问道：“怎么了？”

冯庭撒娇道：“我想去参加啤酒节。”

顾闻柯顺着她手指的方向望去。

两分钟后，原本还在楼上优雅地吃着西餐的顾闻柯，已经被冯庭拽进了热闹的人群。

他显然不太适应这样的场面，眉头微微蹙起，却还是随着她在人群中穿梭。啤酒节的氛围活泼热烈，甚至有些放肆，搞得像泼水节一样。顾闻柯的外套上溅满了酒水，一时间竟分不清是啤酒还是其他饮品。

他脱下外套，卷起衬衫袖口。身边站着两个陌生姑娘，一边随着音乐起舞，一边对他耸肩微笑，嘴里喊着什么。顾闻柯没听清，但从情境判断，大概是她们觉得他太拘谨，想邀请他一起玩。他礼貌地笑了笑，摆手婉拒。

他转过身时，冯庭已经不在身边。她竟然登上了高台，主动与人攀谈说笑。免费的啤酒对她而言就像白开水一样，她随手拿了两瓶，灵巧地穿过人群，朝顾闻柯走来。

耳边嘈杂声不绝，各个啤酒品牌都在这里招揽顾客。她将一瓶当地啤酒递给他。顾闻柯低头看了看酒瓶上的品牌标签，为了配合她的好心情，便陪着她喝了起来。

晚上十一点，啤酒节的热闹渐渐散去，人群少了一大半。三三两两的商人坐在大树下或草地上的圆桌旁，与游客攀谈。

喧嚣过后，海面传来悠扬的风琴声，旋律在林荫间回荡，别有一番静谧的韵味。

顾闻柯坐在藤编的椅子上，结实的手臂搭在圆桌边，目光始终落在冯庭身上，压抑着酒后涌动的不安情绪。

冯庭穿着亮黄色的雪纺裙，一只手拿着高脚杯，另一只手捏着酒瓶，醉眼迷离地踮起脚，随着音乐轻轻摇摆。她的高跟鞋早已丢在草地上，长发原本高高盘起，此刻却散落了几缕，搭在肩头。她轻盈地转了个身，醉醺醺地晃了晃身子，又抬起手臂，准备往高脚杯里倒酒。

顾闻柯长叹一口气，起身朝她走去，一把夺过她手中的高脚杯和酒瓶，低声在她耳边说道："天不早了，我们回酒店休息吧。"

"我还没喝够呢……"她嘟囔着。

顾闻柯柔声劝道："明天再喝。"

"明天就不免费了。"

说她醉了吧，可逻辑依然清晰得很。

顾闻柯将酒瓶和高脚杯放回桌上，捡起她的高跟鞋，然后弯腰将她拦腰抱起。

怀里的姑娘长发飞扬，眼神迷离，定定地望着他英俊的脸庞看了两秒，然后提醒道："我的酒……"

"不要了。"他果断拒绝。

冯庭不甘心地哼了一声，有气无力地挣扎了一下，可惜醉酒后的她早已力不从心，眼皮沉重得仿佛挂了铅块，最终还是乖乖地靠在他的怀里。

她平时酒量很好，没想到几种酒混在一起喝，着实上头，所以今晚算是失策了。

好在冯庭喝多了话不多。此刻，她红唇紧抿，迷迷糊糊地被顾闻柯抱到酒店房间。

她方才的知性优雅，又带着若有若无的慵懒随意，让顾闻柯一整晚心神不宁。

将人放到床上，他刚要起身，纤细的胳膊便攀上了他的脖颈。

床上的人幽幽地问："这是哪里……"

“酒店，”男人的喉结剧烈滚动了一下，“你的房间。”

冯庭喟叹一声，伸了个懒腰，手腕在他嘴鼻之间轻轻蹭过。她今晚用的香水是杨树林家的反转巴黎淡香。以前，冯庭很不喜欢这种香水，觉得太甜腻。最近才发现，这香水的妙处在于后调，带着一丝成熟女人的魅力与诱惑。

他双手撑在她两侧，闭着眼，迟疑不决。须臾之后，他抬起眼，本就浑浊的眼神已被欲望吞没。

一凉一热之间，冯庭悠悠转醒，仰起脖子深吸了一口气。酒精的作用让她难以自持。手臂搭在额前，她昏沉的脑袋正承受着阵阵眩晕。

眼看着局势一发不可收，仅存的理智提醒她不能越线。下一秒，全身忽然一空。她倏然睁开眼，转过身背对他，呼吸急促地说道：“不行。”

她收紧全身，抱住肩膀，声音颤抖却坚定：“我喝醉了，脑子不清醒，真的不行……”

室外星光璀璨，玻璃窗面朝大海，海浪声阵阵澎湃。

顾闻柯进了卫生间，洗了手，打开浴室的花洒。哗哗的水声回荡在静谧的房间里，让冯庭根本无法入睡。

不知又过了多久，浴室的门被推开。顾闻柯腰间仅围着一条浴巾，水珠沿着他结实的肌肉线条滑落。

他走到床边，居高临下地看着躺在床上的冯庭，那目光让她不由得头皮发麻。

恰在此时，酒店工作人员送来了为顾闻柯准备的换洗衣物。他起身去开门取衣服，冯庭躺在床上，听着他与工作人员交谈的声音。交谈结束后，房门重新关上，顾闻柯回到了房间。

“睡着了？”顾闻柯低声问。

冯庭的眼皮轻轻动了动，没有说话。

他的笑声低沉而短促，似乎因为她的反应感到几分愉悦。不知是酒精的余韵，还是夜晚的氛围使然，这笑声在此刻显得格外低缓动听。

他并没有戳穿冯庭装睡的把戏，而是换上了酒店准备的睡袍。随后，他拿起打火机和香烟，走到阳台抽烟。

一支烟抽完，他的情绪似乎平复了不少。回到床边，他掀开另一侧的被子，半靠着坐下，目光落在缩成一团的冯庭身上。被子裹得严严实实，她似乎一点儿也不觉得热。

“你不用觉得尴尬，咱们都是成年人。我不会对你有什么看法。”他忽然开口说道。

冯庭想起刚才自己情难自禁的模样，心里涌上一阵懊恼。

顾闻柯显然没指望她回应，低头沉默了一会儿，又补充了一句：“或许你不会相信，但这确实是我第一次……这样。”

他抿了抿唇，声音中透着几分自责：“是我没忍住。”

冯庭一直没有作声，只是微微扭了扭身子，背对着他继续闭上眼睛。前半夜她装睡，后半夜却是真的睡了过去，甚至没有机会把顾闻柯赶走。

计划永远赶不上变化。冯庭原本信誓旦旦地坚持，如今却被和顾闻柯同床共枕的现实狠狠打了脸。

昨夜忘记拉上窗帘，清晨的阳光毫无遮拦地洒在冯庭的脸上。阳光刺眼，她翻了个身，身体无意间轻轻碰到了身后的热源。

虽然眼睛仍闭着，昨晚的记忆却渐渐浮现。也不知是阳光过于炽烈，还是别的什么原因，一抹红晕从耳根迅速蔓延到她的脸颊。她悄悄往旁边挪了挪，微微睁开眼，眯成一条缝，小心翼翼地打量着身旁的男人。

男人中规中矩地平躺着，气息平稳，似乎仍沉浸在梦乡。

冯庭这才松了一口气，轻手轻脚地从床上起来，掀开被子，随手扯了一件睡袍披在身上，蹑手蹑脚地走了出去。

走出卧室后，她打开冰箱，从冷藏柜里拿出一瓶冰镇矿泉水，拧开瓶盖，仰头喝了几口。冰凉的水顺着喉咙滑下，冯庭只觉得胸口那点烦闷终于散去。

这时，卧室里传来些许动静。冯庭猜测顾闻柯已经醒了，连忙将矿泉水放下，手忙脚乱地绕过茶几，坐到沙发上。她随手拿起一本酒店提供的娱乐新闻杂志，装作随意地翻看，跷起二郎腿，假装悠闲地沐浴在阳光中。

卧室门被拉开，顾闻柯已经衣衫整齐地走了出来。冯庭背对着他，微微侧过头，用眼角余光偷偷打量了一眼，随后若无其事地翻到下一页。

“什么时候醒的？”顾闻柯的声音不紧不慢，带着一丝懒散。

在这种场合下，男人显然比女人更为从容。

冯庭一时有些尴尬，之前那些专业理论如今应用到现实中，才真正明白什么叫“纸上谈兵”。

她处理别人的问题向来游刃有余，一旦轮到自己面对顾闻柯，却显得手足无措。

不过，对方神态自然，她也不愿落了下风，免得显得自己小气。

“有一会儿了。”她不动声色地应道。

顾闻柯整理了一下袖口，随即走向冷藏柜，拿出一瓶水喝了几口。

冯庭假装看杂志上的插画，实际上耳朵却紧紧捕捉着他的一举一动。

顾闻柯喝完水，走到她身边问道：“早餐想吃什么？”

冯庭清了清嗓子，语气漫不经心地说：“随便吧，我都行。”

顾闻柯抬头扫了一眼她手中的杂志，似乎对她一大清早就看这种内容感到有些好奇。

冯庭被他的目光盯得不自在，微微侧了侧身，试图避开。

顾闻柯心知肚明，显然明白她为何如此拘谨，低声笑了笑。

这一声笑让冯庭瞬间奓毛，她猛地转过头瞪着他：“你笑什么？”

“没笑什么，只是觉得你很可爱。”

“可爱？”冯庭挑了挑眉，语气里透着几分不服气，“是可笑吧？”

顾闻柯微微皱眉，似乎在认真思考她的话。随后，他走到冯庭对面坐下，双手交叠，目光沉静地凝视着她，仿佛要看穿她内心深处的所有情绪。

冯庭脸上的红晕刚刚退去，瞬间又觉得有些发热，忙不迭地转移话题：“我饿了。”

“我饿了”这三个字成功化解了这场尴尬。

顾闻柯丢下一句：“我去订早餐。”

说完，他拿起手机拨通了酒店前台的电话。

昨晚回来时手机没电，顾闻柯到酒店后也没开机，此刻才发现手机里有几十条未读消息。

其中一条消息提到，周老太太在出院当晚便去世了，凌晨三点多咽气，清晨五点家里便开始通知安排丧事。

对周家而言，这一切来得既突然又匆忙。如今丧事在即，家族内部早已暗流涌动、剑拔弩张。如果不是老太太尚未下葬，恐怕内部矛盾早就爆发，闹得满城风雨，关于分家的新闻铺天盖地。

即便如此，各大报纸今早已经蠢蠢欲动，似乎都在抢独家消息。

好在顾闻柯提前离开了那个是非之地。

这时，酒店房门被敲响。冯庭放下手中的杂志，抬头看向顾闻柯。

顾闻柯放下手机，起身走向门口开门。

昨晚的啤酒节上，酒水一律免费，冯庭觉得自己算是占了个大便宜。没想到今天出门时，又从服务员口中得知：“今天酒水依旧免费，不过需要登记联系方式并注册会员。”

“不喝就是对钱的不尊重。”冯庭一听到“免费”两个字，立刻又来了兴趣。但一想到昨晚酒后失态的情景，她顿时安分了不少。

从酒店出发时已经是十点多了。两人在附近的景点闲逛了几个小时后，决定找地方吃饭。

冯庭提议去那晚司机提到的小吃街，于是两人驱车前往。

到了小吃街，正值中午时分，吃饭的人特别多。

她带顾闻柯过来，也只是想增进两人的亲密感。

她随手在一旁的小吃摊买了几串烤鱿鱼，尝了一口，眉梢立刻扬了起来。味道丰富，独具特色，她忍不住又买了一份。随后沿着这条小吃街边走边买，还买了烤串、生蚝和手工凉皮。

如果不是胃容量有限，冯庭真想每样再来几份。

别说她，就连一向对小吃不感兴趣的顾闻柯，今天也难得捧场地夸了几句。

最后，两人在一家云吞面店前停下脚步。冯庭挽着顾闻柯的手臂走进店里。因为实在吃不下太多，两人只向老板娘要了一碗云吞面。

冯庭拿了两只小碗，将筷子掰开后递给顾闻柯，托着腮问：“你有没有跟别人一起吃过一碗面？”

顾闻柯笑了笑，说：“没有。”

冯庭接着问：“第一次吗？”

“第一次。”

“那你的第一次属于我了。”

这话说得暧昧至极，连冯庭自己都起了一身鸡皮疙瘩。

以往，顾闻柯面对这样的挑逗都会一笑置之，但这次主动回应：“你喜欢就好。”

冯庭正想再说些什么，这时手机突然响了。她低头一看，收到了一条信息：“冯老师，我想尽快出国。如果你这几天没有行动的话，我就单方面结束合作了。”

看完消息，冯庭愣了一下。

不久，云吞面被端上桌。冯庭拿起筷子，低头开始吃。顾闻柯看了她一会儿，也拿起桌上的筷子吃了起来。

外面的小吃街热闹喧嚣，而云吞面店里相比之下却安静了许多。客人稀少，环境清幽。

冯庭望着对面正在吃面的男人，忽然失去了继续吃下去的心情。

她放下筷子，默默地看着他，开口问道：“你喜欢我吗？”

“还不够明显？”男人挑眉看着她。

冯庭叹了口气，或许确实是时候了。

明天，顾闻柯就得按照行程回公司，不可能一直陪着她。

晚上回到酒店时，顾闻柯以为冯庭会跟他一起回去，谁知她却说：“你回去吧，我还想再玩几天。”

顾闻柯正在收拾行李，听到这话顿了顿。他居高临下地俯视她，发现她神色凝重，并不像是在开玩笑。

“为什么不回去？”

冯庭笑了笑，说：“我想再多玩几天。”

“玩可以，过段时间我看有没有时间再陪你过来。而且你的假期也快结束了，否则人事那边不好安排。”

冯庭耸了耸肩，说：“我准备辞职。”

顾闻柯整个人僵住了，抬起头问：“你说什么？”

冯庭淡淡一笑：“辞职啊。”

顾闻柯把衣服放到一边，沉默了一会儿，问道：“为什么辞职？”

冯庭低声说道：“我觉得我们真的不能继续下去了。”

空气似乎一下子凝固了。

顾闻柯抬起眼眸，缓缓地看向冯庭。他在她的脸上没有找到任何开玩笑的迹象。

“你还在生气？我不是已经解释过原因了吗？”

他单手抚着额头沉思了一会儿，又问：“是我哪里做得不够好？”

冯庭低着头，没有说话。顾闻柯的眉头皱得更紧了。

“是我昨晚唐突了你，让你觉得我不尊重你？昨晚我喝了酒，有些冲动。如果你觉得不舒服，我们以后可以换一种相处方式。”

顾闻柯在生意场上一向头脑清晰，但眼下有些乱了方寸，也从未预想过会发生这样的情况。

他沉默了许久，才开口说道：“我承认自己对你很着迷，但这一定是建立在你情我愿的基础上。我希望你明白，我不是单纯地想满足一时的欲望。如果只是为了这种需求，我完全可以花钱找别人，那样的成本反而更低……”

他停顿了一下，觉得这样说不太妥当，又重新解释道：“当然，我从没花钱找过任何人。我一直认为，无论是身体还是思想，我都保持得很干净。虽然偶尔会有一些逢场作戏的场合，但我始终坚守自己的底线，因为我觉得没有感情基础的事情毫无意义。在我做生意的时候，别人给我介绍过不少女人，也有很多人主动接近我。但每个人的需求不同，有些人只是为了玩，只要是个女人就行。而我只能说，我的要求比较高……”

冯庭安静地看着他，依旧没有回应。

男人认真地回望着她，语气中多了一分诚恳：“在这种事上，我不太擅长表达，但你能明白我的意思吗？”

冯庭依旧注视着他，没有说话。

他看着眼前的人，心里升起一阵不祥的预感。这种感觉与几天前冯庭拉黑他、提出分开时如出一辙。

但这一次，冯庭显然比上一次更加认真。而且，两次之间的间隔如此短暂，这让顾闻柯感到一丝无力和挫败。

他握紧双手，低声问道：“你为什么不说话？是不相信我吗？”

冯庭轻轻叹了口气，缓缓说道：“昨晚的事情，不是你一个人的问题。在酒精的作用下，难免会有些越界……但问题不在这里。”

她侧过头，看向窗外的景色，语气刻意模棱两可，没有再多说。她心里很清楚，自己越是沉默，就越让他无从猜测，越让他感到不安。

顾闻柯注视着她，沉默片刻后，起身拿起香烟和打火机。他推开窗户，站在风口点燃了一支烟，深吸一口，然后目光重新落回到她身上。

冯庭依然坐在沙发上，一动不动。

这支烟，顾闻柯没抽完。他向来没什么耐心，很快就掐灭了烟，朝她走过来，蹲在她面前。他咬了咬后槽牙，似乎费了些力气，终于开口，对她表白：“说实话，从来没有一个女人能带给我这种感觉。这真的是我第一次遇到……所以，我也很在乎你。”

冯庭这才转过头，问了一句：“你很喜欢我吗？”

男人直直地看着她，沉默片刻，才轻轻闭上眼，点了点头。

“嗯，确实很喜欢。”

他叹了口气，说道：“如果不喜欢，我会在你身上花那么多时间和精力吗？你也看到了，我平常工作很忙。陪你待这两天，公司那边就会积压一堆事情。”

“那你喜欢我什么？”

他低头笑了一下，语气里带着几分无奈：“如果你非要问喜欢你什么，我也说不清楚。”

冯庭垂下眼眸，忽然站起身来：“我……我先去一下洗手间。”

说完，她匆匆朝洗手间走去。顾闻柯的目光追随着她的背影，唇线抿得很紧。

冯庭走进卫生间，转身将门关上，急忙打开水龙头，低垂着肩膀，扶着洗手池大口喘息。

稍微平复了一下情绪，她捧起冰凉的水往脸上泼，试图强迫自己冷静下来，不让顾闻柯的话扰乱自己的思绪。

她的手微微发抖，过了好一会儿才缓缓睁开眼，望向镜子中的自己。

镜子里，那双眼睛中满是犹豫与纠结，还有许多不确定的情绪。这个场景，她早已在心里演练过无数遍，但真正面对时，发现自己表现得并不如预想。

几秒钟后，她收拾好情绪，拉开门走了出去。

顾闻柯依然保持着刚才的姿势，听见开门声，抬眼看了过来。

冯庭握紧了双手，走向沙发，在距离顾闻柯两米左右的地方停下。

她平静地看着他，语气缓慢却态度坚定：“以前，我不介意你名义上有个未婚妻，但随着我们关系进一步发展，我对你的要求自然也会随之增加。我没有办法接受和一个有未婚妻，而且显然不会对我负责的男人继续交往。”

她的话音刚落，顾闻柯放在茶几上的手机就响了起来。屏幕正好朝上，来电显示是“周可岚”。

气氛有些微妙，周可岚的电话来得真是时候。

顾闻柯扫了一眼来电显示，此刻毫无接听的心情，直接抬手挂断。

铃声停止后，房间里又恢复了安静。

男人沉吟了一会儿，开口说道：“我是因为喜欢你，才想和你亲近。”

冯庭眨了眨眼，问道：“你说什么？”

顾闻柯闭上眼，沉默片刻，才重复道：“我们可以只谈感情。”

这话简直太离谱了吧？柏拉图式的爱情，从一个男人嘴里说出来？

顾闻柯总是这么不按常理出牌，差点打乱了冯庭的计划。

她愣了好一会儿，试探着提醒他：“你能忍住吗？”

谁知顾闻柯却认真地回答：“我会克制自己的想法。既然我这么说了，就一定会努力去做。”

冯庭顿时觉得头疼，非得让她把话挑明了说吗？

她直直地看着他，语气有些无奈：“你能克制，我克制不了。我也有生理需求，我想要正常的爱情！我想结婚，想嫁人，想生儿育女！”

顾闻柯当然明白她的意思，只是眼下没有更妥当的解决办法，他才想退而求其次，看看她是否能让步。

他抬手，用力揉了揉鼻梁，疲惫地问道：“那你觉得怎样才能正常？我退婚？”

冯庭又不傻，当然不会直接逼迫他，说：“我从没让你退婚。从一开始，我的目的就是离开。我们两个及时止损，这才是最好的选择。”

其实，冯庭今晚心里很忐忑，总觉得时机未到，自己有些操之过急。但当顾闻柯说出那番话后，她突然意识到，顾闻柯是真的喜欢她。而且，这份喜欢或许比她想象中更加纯粹。

然而，这份喜欢，还不足以让他舍弃联姻的利益。冯庭心中一动，觉得还需要再加一把火。

想到这里，她便不再犹豫，快刀斩乱麻般回卧室收拾东西。

顾闻柯抬头，正好看到冯庭拉着行李箱走出来。他眉头紧锁，呼吸有些急促。见她大半夜拖着行李箱往外走，他还是两步上前，一把抓住行李箱的扶手，沉声问：“这么晚了，你去哪儿？”

冯庭语气坚定：“我不想再待在这里。”

顾闻柯咬紧牙关，说道：“你别走，我去隔壁房间。”

冯庭却毫不妥协：“我必须离开，现在就走！”

顾闻柯的手不由自主地用力，青筋因过度用力而凸显。他长叹一口气，说：“不管你走还是不走，等天亮再说。我们都冷静考虑一下……”

冯庭毫无让步之意：“这已经是我冷静后的决定。需要考虑的人是你，不是我。”

夜晚十二点，酒店前台刚刚换班。此时，整个大厅除了两名值夜班的工作人员外，空无一人。

忽然，电梯门打开，一男一女从楼上走了出来。女人拉着行李箱，神色冷静地向外走去，男人则紧随其后。

两人走出大厅，来到酒店的上下车区域时，才开始争执起来。

正巧，一辆出租车驶入，停在两人面前。女人将行李箱交给出租车司机，头也不回地坐上了后座。

男人无奈地揉了揉额头，拉开车门对她说了些什么，但女人依旧无动于衷。

出租车司机走过来，男人只得转身叮嘱了几句，还留下了自己的联系方式。

在女人的催促下，出租车迅速驶离，只留下男人一个人站在原地沉默。

这一幕颇具戏剧性。站在前台的两名服务员忍不住小声议论起来，觉得女人果断潇洒，而男人则像是被无情甩掉的一方。

十几分钟后，顾闻柯回到酒店房间，面无表情地走到沙发前坐下，久久没有动弹。

一向对抽烟极为讲究场合的他，这次却直接点燃了一支香烟，狠狠地吸了一口。

兜里的手机突然响了起来。顾闻柯拿起来一看，这次不是周可岚，而是李易安。

他一点也不想接。此时此刻，无论是谁的电话，他都不想接。他长按关机键，直接将手机关掉。

随后，他把手机重重地扔到沙发上，又夹起香烟，深深地吸了一口。

轻薄缥缈的烟雾从指间缓缓升起，他低垂着眼睛看着，脑子里却一片空白。

过了一会儿，他重新拿起手机开机，犹豫片刻后，给冯庭发了一条消息："不管怎么样，找到住的地方后，给我发个消息。"

他心里清楚，她根本不会回。

想了想，他又在屏幕上敲了一行字："就算要办离职，也必须你亲自去公司。"

编辑完毕后，他点下发送键。

谁知这条消息没能发出去，屏幕上直接弹出了一条系统提示："对方开启了朋友验证，你还不是 TA 的好友……"

昨天才从黑名单里出来的微信，现在竟然又被对方删除了。

冯庭处理事情一向条理清晰，这次却显得有些吃力。不知道是因为情绪受到了干扰，还是因为夜太深、睡眠不足，此刻她的脑子乱成一团，怎么也理不出头绪。

离开度假酒店后，她漫无目的地让司机随便找了一家酒店停车。深夜里，她推着行李走到前台，办理了入住手续。

简单洗漱过后，躺在床上，冯庭辗转反侧，心里空落落的，仿佛失去了什么。不过，好在她懂得如何调节情绪，即使睡不着，也没有焦躁不安。

她安慰自己道："没关系，这些情绪都是正常的，只要认清它们，坦然接受就好。"

这一觉，她睡得很久。

然而，这家酒店的隔音效果并不好。冯庭住的楼层较低，楼下闹市的喧嚣声很快将她吵醒。

以为时间尚早，她随手拿起手机一看，才发现已经是下午了。

冯庭的思绪慢慢恢复，昨夜的记忆也逐渐回笼。她裹着被子，仔细回想了许久。经过休息后，她的大脑似乎变得思维敏捷了许多。

昨夜的确有些莽撞，打乱了原本的节奏，但她只能将错就错，把计划的步骤提前。

她决定给顾闻柯制造一次彻底的失去感，在这场毁约的博弈中，狠狠地从背后推他一把。

想到这里，她拿起手机，给周可岚发了一条信息："事情进展得很顺利，接下来……"随后，她将接下来的计划以及周可岚需要配合完成的事项一一安排清楚。

发完信息后，她放下手机，起身去浴室洗澡。洗漱完毕后，她简单吃了点午餐，随即拨通了几天没联系的秦思明的电话。

"秦老板？"冯庭开口道。

"你不打这个电话，我都快忘了你还是公司的二老板呢。"秦思明的语气中带着几分调侃。

冯庭不好意思地笑了笑："最近工作室忙不忙？"

"还行吧，我正打算雇几个人来帮忙管理。"

"有空吗？半个月后我想去度假，你要不要一起去？"冯庭问道。

秦思明顿了一下，似乎在思考。冯庭却抢先一步提议："不如我们公司内部组织一次出游，增进一下员工和上司之间的感情？"

秦思明笑道："你想公费旅游就直说。"

冯庭认真地说道："我只是觉得，一个人出去玩太寂寞了。"

与此同时，顾闻柯必须回公司，因为他约了几位从北京来的老总见面。

这些人既是顾闻柯的合作伙伴，也算是他比较信任的朋友，其中包括程深之。

几人悠闲地坐在落地窗旁的茶几边品茶。顾闻柯推门而入时，他们正随意地聊着天。他简单吃了几口饭，便坐了下来，加入了他们的谈话。

程深之抬头看了顾闻柯一眼，笑着打趣道："顾总今天气色不太好。"

顾闻柯昨夜没睡好，今天又开车返程，一路奔波劳累，气色自然好不到哪里去。被看出来后，他也没多作解释。

他解开西装扣子，走到程深之对面的矮茶几旁坐下。

方才一直在说话的另一个男人在顾闻柯走近时被程深之打断。他年纪比他们稍长，此刻朝顾闻柯看了一眼，随后继续说道："有生意大家一起做。"他指了指一旁的陌生面孔，接着说，"今天我来其实不是为了别的，就是想把我一个晚辈介绍给你们认识。顾总，这就是我在电话里向你提过的人。"

这事顾闻柯来之前已经知晓。当面介绍之后，对方站起身，朝顾闻柯伸出手。顾闻柯与他握手，寒暄了几句场面话。

话题就这样被带了过去，他们开始聊起其他内容。不过，在场的人都不是傻子，还是能察觉到顾闻柯的漫不经心。

这场谈话持续了整整三个小时才结束。送走几人后，顾闻柯端起茶杯抿了一口，刚脱下外套时，兜里的手机便响了起来。

来电的是刚才那位年长几岁的老总。

对方在电话里语带遗憾地说道："今天来找你，其实是想谈几个投资项目的。我出资，你出理念，咱们一起拓宽企业的发展领域。但你今天显然不在状态，所以我就没提。"

顾闻柯一只手撑着桌子，闭着眼接听电话，听到这话并没有反驳，只是用指尖轻轻揉了揉眉心。

对方的语气中带着几分关切："你最近是不是遇到什么事了？周家老太太病故的事我听说了，但总觉得你情绪低落不是因为这个。"

顾闻柯叹了口气，说道："确实遇到了一些事情，不过我会尽快调整好状态，你不用担心。"

"嗯，"对方闻言稍稍放心，"那下周我再过来吧。等你状态恢复了，我们再好好谈一谈合作的事。"

"好，没问题。"

挂断电话后，顾闻柯收起手机，打开电脑开始处理工作。

这时，李易安敲门进来，提醒道："顾总，四点半有个高层小会。"

顾闻柯回过神来，抬手看了下时间，发现现在已经是四点一刻。如果不是李易安提醒，他还真把这件事给忘了。

一向对咖啡颇为讲究的顾闻柯今天一反常态，冲了一杯又浓又苦的美式咖啡。

喝完咖啡，他起身朝会议室走去。

市场部经理正在汇报近期的工作进展，而顾闻柯却显得心不在焉，视线不时飘向桌上的手机。他几次拿起手机，又迟疑着放下。

如此反复了几次，市场部经理不禁暗自揣测顾闻柯的心思，心里不免有些忐忑，于是将原本计划一个小时的汇报时间临时缩短为半小时。

散会后，众人陆续离开。顾闻柯坐在椅子上，手臂撑在办公桌上，单手扣住口鼻，指尖轻轻摩挲着下巴上的青色胡楂。

李易安带着小秘书进来收拾文件，顺便整理卫生，而顾闻柯依然一动不动地坐着。

待小秘书离开后，李易安压低声音问道："顾总，您是不是太累了？"

顾闻柯低低地"嗯"了一声，手从下巴上移开。片刻后，他忽然摇头，轻笑了一下。

李易安一脸困惑："顾总，您笑什么？"

顾闻柯沉思了片刻，才道："我今天状态不好，是不是很明显？"

李易安悄悄打量了几眼他的神情，随后如实答道："是啊。从今天中午到刚才这场会议，您都频频走神。虽然以前偶尔也会有这样的情况，但从没像今天这么严重……顾总，如果累了，还是早点回去休息吧。"

顾闻柯听罢，沉默不语。他站起身，甩了甩手，径直向外走去。

他一向自诩自制力过人。在公司担任总经理至今，什么风风雨雨都经历过，自认为内心早已变得无比强大。然而，他怎么也没想到，自己竟会有一天如此失控。

这段感情来得迅猛，去得突兀。它如狂风骤雨般席卷而至，又像一阵飓风般迅速离开。天堂与地狱的转换，宛如过山车一般，让顾闻柯心力交瘁，完全无法招架。

直到此刻，他才真正体会到，为什么当初冯庭会说她不喜欢情绪被别人牵着走的感觉。她只想掌控自己的情绪。

原来，当情绪被别人牵引时，竟是如此令人不适。如今别说生活，就连工作，顾闻柯也提不起任何兴趣。

这一天，实在难熬。周老太太出殡，顾家人自然要前去吊唁。出殡当天，顾闻柯陪同父母一同前往。

周可岚自老太太去世后，一直在灵前守丧，几日不见，人已憔悴了不少。

她随几个伯伯叔叔站在灵前，向前来吊唁的宾客致谢。一抬头，便看见顾家人进来。长辈在前，顾闻柯跟在后面。

鞠完躬后，周可岚随着叔伯一起回礼。顾闻柯则走到另一边，与周禀然攀谈。而顾闻柯的母亲却拉住了周可岚，关切地说道："这几天知道你心情不好，不过凡事都要看开一些……"

她说到这里，左右环顾了一下，见周围无人，又低声安抚道："不要怕，遇到处理不了的事，就告诉我们。"

周可岚与顾闻柯的母亲平日里关系不深不浅，今天被她这样关心，心里忽然生出一丝感动。她轻轻点头，表示谢意。

顾母欣慰地笑了笑，似乎想起了什么，便将挂在手腕上的提包取下，打开后从中取出一盒润喉含片。在灵堂前，她显得格外谨慎，既怕周家人觉得顾家失礼，又担心别人认为周可岚不够哀恸，于是低调地将药盒塞进周可岚的衣兜里。

"有时间就含一片，对嗓子好。今天你还有不少事情要忙呢。"

周可岚隔着黑色西装外套，摸到药盒坚硬的边角，眼前微微模糊了一下，低声说道："谢谢。"

顾母轻声回应："谢什么？要谢也得谢闻柯。这药是他出门时特意叮嘱我带给你的。"

周可岚怔住了，片刻间只觉得心绪难平。

她转头看向顾闻柯那边，见他正与周禀然交谈。两人各自点了一支烟，周禀然滔滔不绝地说着什么，而顾闻柯只是静静地听着。临别时，顾闻柯拍了拍周禀然的肩膀，才转身离开。

周可岚收回目光，认真地看向顾闻柯的母亲，问道："真的是闻柯让您给我的？"

顾母被她问得笑了起来："这种事我有什么必要撒谎？"

周可岚抬起眼眸，静静注视着眼前的长辈，心中却已乱作一团。

说了会儿话，周家的长辈过来接待，安排顾闻柯的父母到后面的休息室喝茶歇息。周可岚的目光不由自主地随着顾闻柯的身影游移。

午间用过饭后，顾家便起身告辞。周可岚刚忙完，目光呆滞地望着空荡荡的灵堂，正出神时，周禀然站在门口喊她："你不出去送送吗？"

如果不是周禀然提醒，周可岚这次恐怕真的要失了礼数。她连忙擦了擦眼泪，快步往外走。

在长辈面前，顾闻柯比平日里收敛得多。整个过程中，他要么侧头看向别处，要么抿着唇一言不发。

当司机将车开过来时，顾闻柯才稍微回过神，走上前拉开车门，恭敬地伺候父母上车。

周可岚加快脚步，走到顾闻柯身边，脚步微微一顿，用只有两个人能听见的声音问道："润喉含片是你让阿姨给我带的？"

顾闻柯怔了一下，转头看向她："嗯，去药店买东西时，顺手带的。"

周可岚低下头，轻声说道："谢谢。"

顾闻柯神色平静，语气淡然："不用谢，举手之劳。"

他说完便绕过车尾，上了车。

目送着顾闻柯离开后，周可岚摸了摸口袋里的润喉含片，拿出来抠出一颗放进嘴里。浓浓的薄荷味很快在口腔中蔓延开来，嗓子触碰到药液后，瞬间感到清凉舒爽，再没有先前那种口干舌燥、难以下咽的感觉。

嗓子虽然舒服了，周可岚的心情却更加复杂。

顾闻柯在这个时候还想着给她买润喉含片，无论是有心还是无意，至少相比那些对她生死冷眼旁观的路人，顾闻柯显然还是更关心她一些的……

然而，想到自己联合一个外人欺骗了顾闻柯，她的心中不由自主地升腾起一丝愧疚感。

周可岚最信任的人刚刚去世，此时正是她心力交瘁、容易被一点点关爱打动的时候。

顾闻柯显然没有考虑到这一层。毕竟，这盒润喉含片正如他所解释的，确实只是顺手买给她的。

别说是名义上的未婚妻，就算只是普通朋友，顾闻柯也可能会帮忙买东西。

买回来以后，为了避免引起误会，他特意嘱咐母亲将东西送过去，并再三叮嘱她不要说是他买的。

显然，三个人都误解了彼此的想法。

顾闻柯上了车，手搭在膝盖上，半路才转过头说道："我不是跟您说过，不要告诉周可岚是我买的吗？"

母亲抬起眼眸，语气淡然："为什么不能说？关心不能只做，还要表达出来。要不然别人怎么知道你的好？"

顾闻柯叹了口气，有些哭笑不得："您想多了，我只是希望周可岚不要误会。"

这句话的信息量不小，母亲愣了一下，眨了眨眼，单手撑着腮沉思。沉默了好一会儿，她才对儿子说道："你不要总是这种态度。"

顾闻柯微微抿紧唇线，目光淡淡地望向窗外。许久之后，他才低声对母亲说道："我以前想得太简单了，忽略了情感需求。最近我总在想，如果换作现在，我会不会依然选择向利益低头。"

这句话像一块巨石，投入母亲的心湖，激起轩然大波。

原本对母子对话毫无兴趣的顾父，这时突然坐直了身子，清了清嗓子，问道："什么意思？后悔了？"

顾闻柯侧头看向父亲，父亲也看着他。

顾父语气平静，却带着几分警告："退婚可不是儿戏，这牵扯到的事情太多了。"

尽管父亲没有明说，顾闻柯也明白其中的含义。如果他真要和周可岚退婚，显然不会轻而易举地实现，这必然是一件需要慎之又慎的事情。

顾闻柯低下头，轻轻叹了口气："您别紧张，还没到那个地步。"

父子之间你一言我一语，气氛渐渐变得有些僵硬。作为链接丈夫和儿子之间的纽带，顾母自然站出来，试图调解这场若隐若现的冲突。

"行了，走一步看一步吧。有些事情想得太多，只会自寻烦恼。"

她看了看丈夫，又转头望向顾闻柯，语重心长地说道："你爸爸也是为了家族的利益，为了你的事业着想。我们每个人身上都有许多角色，伴随着不同的责任。况且，可岚是个挺不错的女孩。如果没有原则性的问题，那些因为脾气性格、生活习惯引发的分歧，能忍则忍，相互包容……"

顾闻柯听到后半段，忽然抬起头，目光直视母亲。

巧了，周可岚确实存在原则性的问题。

从顾闻柯得知的那天起，他就清楚地明白，他与周可岚之间的矛盾是一个死结。

这个死结存在了很久，顾闻柯一直没想过去处理。然而，如今冯庭闯入了他的视线，顾闻柯开始有些冲动了。他不想否认，在这件事上，他确实有些自私。

顾闻柯收回思绪，静静地坐着。他拿起手机随意翻看，无意间看到最近一段时间与冯庭的消息记录。

他也不知道自己是哪里来的兴致，一条一条地往上翻。记录里尽是与工作相关的内容，但他竟然全部看完了，而且毫不觉得枯燥乏味。

如果说以前对冯庭只有好感和喜欢，那么在这一刻，顾闻柯非常清楚地意识到，这段感情已经不再是单纯的喜欢了。鬼使神差般地，他的指尖停留在冯庭的手机号码上。

冯庭已经好几天没有来公司上班了。顾闻柯让人事部门打电话去联系，但电话始终无人接听。

他叹了口气，手指收回，迅速将手机塞回口袋。

接下来的几天，冯庭依旧没有出现在公司。

她不来，顾闻柯也没有催促。

男人心里多少有些逃避的念头，总觉得如果一件事情不知道该如何解决，冷处理或许是最稳妥的办法。

其实，冯庭并没有在那个旅游城市待太久。顾闻柯回来的次日，她就悄悄地回来了。

顾闻柯那边的事情告一段落，接下来只需要暗中操作，因此冯庭也难得清闲下来。

每天闲来无事，晚上和朋友喝酒唱歌，白天一觉睡到自然醒，下午到工作室坐坐，有案例就处理一下。

一转眼，半个月过去了。这天阳光明媚，秦思明开车到楼下，接冯庭和秦乐天。

公司组织团建，订了飞往外地的机票，下午出发，大家一起去度假。

本来这件事秦乐天是不知道的。冯庭一时不小心说漏了嘴，于是秦乐天执意向学校请假，非要一起去玩不可。

秦思明拗不过固执的弟弟，只能将这件事告诉继母。谁知，继母竟然同意了。

冯庭倒是乐在其中。毕竟她心里清楚，秦思明对自己那点儿说重不重、说轻不轻的心思，多一个人同行，可以缓解许多尴尬和不自在。

第十章 消失

冯庭的朋友圈已经闲置了半个月，没有更新任何动态。今天，她终于发了一组在机场的自拍照。除此之外，她还将朋友圈设置为陌生人可查看十条动态。

临上飞机前，她拨通了一位老朋友的电话。对方是一名律师，二人经常有业务往来。

“有件事需要你帮我处理一下。”冯庭开门见山地说道。

“冯总，您说吧。”对方答道。

冯庭简要说明了自己最近在顾氏工作的前因后果，随后笑着叮嘱：“这事儿你去办比较稳妥，具体怎么操作，还是按老规矩来。”

“那我现在就去？”对方问。

冯庭沉吟片刻。今天她刚发了朋友圈，顾闻柯需要一点时间来发现。

“这周三吧。”她说道。

此时，机场广播响起登机提醒。冯庭结束通话，将手机收好，拿起机票，随着人群走向登机口。

她给顾闻柯留了四天时间，其实已经绰绰有余。

果然，第二天下午，顾闻柯开完会后，神色沉重地回到办公室。刚一进门，就听见李易安正和另一位秘书聊天。

“我说冯秘书怎么没来上班，原来是去度假了。”

“你怎么知道？”李易安问。

对方答道：“你没看见她的朋友圈吗？”

李易安无奈地解释：“我朋友圈里有四五百人，哪有那么多时间去看每个人的动态？”

话音刚落，一阵脚步声传来。李易安回头一看，只见顾闻柯站在门口，脸上带着几分疲惫。

“顾总，您需要咖啡吗？”李易安试探着问。

顾闻柯扫了他一眼，淡淡说道：“你们先出去吧，不用收拾了。”

说完，他解开领带，随意挂在脖子上，然后走到办公桌前的椅子上坐下，仰头靠着椅背，闭目养神。

等到耳边彻底安静下来，办公室里只剩下他一个人。他睁开眼，盯着天花板出神片刻，随后将视线移到桌上，停留在手机屏幕上方。

沉吟片刻，他拿起手机。

盯着屏幕又思索了一会儿，他最终点开了微信。

虽然冯庭已经将他删除，但公司内部还建了许多工作微信群。他手指微微一动，果断点开了冯庭的微信，直接进入了冯庭的朋友圈。

那个半个月来没有任何消息的女人，果然如秘书所说，更新了几张机场的照片。

照片中，她身穿一袭白色丝质长裙，头戴墨镜，神采奕奕。眼神依旧清澈，笑容依旧温暖。配文是：“好吧，那就一起去度假。”

顾闻柯在没看照片时，心里已经感到些许不适，而看完照片后，这种不适感愈发强烈……才几天而已，她就能这么轻松释然了吗？

照片里只有她一个人，朋友的身影完全没有出现。然而，在另一张照片中，顾闻柯敏锐地注意到一个细节：她身后，在阳光下，地面上投射着一个高大修长的男人的影子。

尽管她刻意遮掩，但依旧逃不过顾闻柯的眼睛。一个他不愿承认却不得不面对的事实摆在眼前——她的身边又出现了其他异性。

这时，吴巡的电话打了进来。名仕苑二期工程遇到了纠纷，本来谈妥的条件恐怕要有变动。他做不了主，只能向顾闻柯请示。

男人刚刚喝过酒，龙舌兰的酒劲还未散去。他抬手按了按额头，心不在焉地说道：“好，我明天处理。”

挂断电话后，顾闻柯感到一阵心力交瘁。随后，他拨通了人事部张经理的电话：“你联系过冯秘书了吗？”

张经理答道：“打过去了，但没人接。”

顾闻柯沉思片刻，说道：“如果冯秘书想辞职，让她亲自来找我。在没有我的允许下，谁都不能批准。”

挂断电话后，顾闻柯才起身去洗漱。

他并不知道，冯庭早已预料到辞职会遇到阻挠，因此特意委托了律师代为处理。

两天后，冯庭的委托律师亲自来到公司，前往人事部找张经理。

而此时，顾闻柯因为前一晚应酬到凌晨四点多，尽管一向酒量不错，这次却喝醉了。次日上午，他并未按时去公司，直到十一点多还在睡觉。

张经理的电话打了过来："冯秘书委托的律师来办辞职手续，现在正在公司的接待室。"

律师正在与张经理讨论劳动法，强势干练的态度让张经理显得有些招架不住。顾闻柯听完电话，立刻掀开被子下床。

半小时后，顾闻柯赶到公司。正当律师起身准备离开时，他推门而入，两人正好迎面相遇。

张经理连忙介绍道："这位是我们公司的顾总。"

律师不卑不亢地伸出手，说道："顾总，您好。"

顾闻柯与他握手，张经理忙在一旁打圆场："孙律师，有什么问题您可以直接和我们顾总谈。毕竟冯秘书是顾总的秘书，有些事情还是当面商量更好。"

谁知，孙律师并不买账，依旧保持礼貌却毫不退让地说道："刚才我已经传达了我委托人的意思。如果顾总还有疑问，可以直接问张经理。抱歉，我是按照小时计费的，时间有限，下午一点还有其他委托人的约见。"

说完，他向顾闻柯点了点头，随即转身离开。

顾闻柯侧身为他让路，目送这位冯庭请来的律师走远。

张经理见状，忍不住冷笑了一声："这人还真是不识好歹。"

顾闻柯回过头，目光微微一沉。

张经理又接着说道："冯秘书也挺不识好歹的。"

男人眉头一皱，抬眸看向张经理。这个眼神让张经理瞬间意识到自己说错了话，脸色微微一变，立刻闭上嘴。他抿了抿唇，试探着问道："顾总不生气吗？"

顾闻柯明显愣了一下。至于生气与否，只有他自己清楚。

深吸一口气，他语气平淡地说道："这是好事，说明现在法律普及得不错，大家的法律意识也越来越强。"

张经理被这话噎了一下，心里不免有些委屈。

他小心翼翼地问道："那现在怎么办？冯秘书的离职手续还办吗？"

“办吧。”顾闻柯随口丢下一句，转身离开。

回到办公室后，顾闻柯发现冯庭已经换掉了那个隐晦的情侣头像。

他静静地盯着屏幕看了许久。

顾闻柯知道冯庭想要什么，但正因为自己给不了，所以自从那晚之后，他便不再主动联系冯庭。

可最终，他还是没能忍住，拨通了冯庭的电话。然而，电话接通后，始终无人应答。一旦迈出这一步，顾闻柯便显得有些执着。他又拨了第二通、第三通，结果无一例外——冯庭全都没有接。

起初，他还试图维护男人的自尊与体面，但此刻，连最后一丝体面也荡然无存了。

他发了一条消息过去：“想辞职还委托律师来，你就这么不想见我？我已经让张经理办了手续，现在你满意了吗？”

冯庭依旧没有回复。

顾闻柯将手机重重地放下，陷入沉默。

正当他不再抱有任何期望时，手机突然嗡嗡振动起来。

他抬头看向屏幕，迟疑着点开消息。

原以为是冯庭终于回了消息，谁料发信人却是张经理。

张经理说道：“冯秘书的离职手续已经让下属去办了。顾总，您什么时候有空？我找您签字。”

晚上，顾闻柯开车送周可岚回家。

周可岚下车后走了几步，忽然又折返回来。这几天，顾闻柯送润喉含片的情景一直萦绕在她心头，让她感到一丝莫名的温暖。

她弯下腰，望向车窗内的男人，轻声说道：“要不要下来喝杯咖啡？”

顾闻柯微微一愣，垂眸看了她一眼，语气平淡：“不了。”

周可岚顿了顿，注视着他，忽然问：“你说，我们如果真的结了婚，会不会过得很幸福？”

话音刚落，顾闻柯像是被针扎了一下，眼皮微不可察地跳了跳。

周可岚鼓起勇气，继续追问：“你怎么不说话？”

顾闻柯眉头微蹙，语气冷淡：“说什么？”

周可岚扫了一眼前方的司机，摆摆手示意对方离开。

她定定地看着顾闻柯，深吸一口气，语气中透着一丝恳切：“我们就不能像普通的情侣那样相处吗？”

男人神情淡漠，眼神清冷，静静地注视着她。那一刻，周可岚忽然明白，自己又一次高估了自己在这场联姻中的分量。果然，顾闻柯的声音冷硬而不留情面："我做不到。"

他移开目光，语气平静却带着疏离："这种话，你说晚了。"

周可岚只觉得自己像个跳梁小丑。他的语气和态度无疑是一种赤裸裸的羞辱。

她冷笑了一声，反问道："什么时候晚？什么时候不晚？"

顾闻柯沉默片刻，目光投向前方，语气淡然得近乎冷酷："或许在你背叛我之前，就该说这种话。"

他一针见血地指出事实，让周可岚身上最后一丝伪装彻底被撕下。她的情绪瞬间爆发，直接钻进车里，抬手指着他的脸怒斥："自己的女人都看不住，还怪我？"

这句话太狠，直戳顾闻柯的痛处。一向冷静自持的他，终于在这一刻失控。

他的眼神如刀锋般锐利，声音冷得仿佛寒冬的凛风："滚下去。"

周可岚猛然清醒，意识到自己刚才的话有多么过分，那些话无疑如同致命的利刃。

空气中弥漫着令人窒息的沉默。周可岚低头走下车，男人冷冷地移开视线，随即弯腰关上车门，驾车离去。

回到府前别苑，顾闻柯拾级而上。"啪、啪"两声，他打开了玄关和客厅的灯，走到沙发旁坐下，倚靠着沙发背，点燃了一支烟。

他沉默片刻，拨通了李易安的电话，低声说道："明晚的饭局取消，你帮我约一下诚明事务所的高律师。"

电话那头的李易安一时满脸疑惑，甚至有些愣神。然而，还没等他开口询问，顾闻柯便果断挂断了电话。

事实上，如今周家早已没落，此时退婚绝不是最佳时机。不论是业内人士还是媒体记者，都会借此大肆炒作。稍有不慎，他可能会背上"狡兔死，走狗烹"或"落井下石、卸磨杀驴"之类的恶名。

冯庭收到周可岚消息的时候，正在海边沙滩上享受日光浴。一袭比基尼勾勒出她完美的身形。秦乐天格外殷勤，正递过来一颗冰镇椰子，插好了吸管。

冯庭摘下墨镜，微微眯起眼睛，笑着吸了一口椰汁。

看到微信消息，冯庭微微蹙眉，随手点开微信。

屏幕上是周可岚发来的一大段消息。冯庭心中惊讶：这么多字？

周可岚的情绪此刻极不稳定，言辞也显得有些混乱。她将两人争吵的内容以及吵架的前因后果一股脑儿地说了出来。最后，她补充了一句：“顾闻柯要退婚。”

看到这句话，冯庭瞬间精神一振，立刻回复：“恭喜你啊，周小姐。”

谁知周可岚却回道：“我现在有些迟疑。”

冯庭以为自己看错了，眨了眨眼，又将这行字重新读了一遍。她问：“你是不是打错字了？”

周可岚重申：“冯老师，你没看错，我确实不想毁约了。”

看到这条消息，冯庭心里仿佛有根弦“啪”的一声断了。她愣愣地坐在那里，半天没能回过神来。

沙滩上的阳光温暖适宜，海风轻柔惬意，但冯庭忽然失去了继续享受日光浴的心情。

就在此时，手机铃声不断响起。

周可岚的消息一条接一条地发过来：“老师，我在某平台上看到了你分享的许多成功案例，有些人的情况远比我糟糕。我真的很相信你的能力。如果我现在改变主意，你还有办法让他回心转意吗？我知道突然改主意可能会让你为难，但我真的后悔了……老师，我很害怕，也很无助，你能不能帮帮我？”

看着周可岚的反悔消息，冯庭的心情顿时变得五味杂陈，一时间竟不知道该如何回应。她呆呆地坐了几分钟，缓过神来后低头查看消息。看完内容，她差点气得吐血。

她回复道：“对不起，我是情感咨询师，不是神。”

发完这句话后，她直接将周可岚的消息设置为免打扰。

冯庭已经没有继续放松的心情。她拿起桌上的红酒，一饮而尽。随后，她弯腰拾起墨镜，神色沉着地裹上浴袍，赤脚踩着沙滩向岸边走去。

一路上，她思绪纷乱，最终决定，留在这里也无济于事，于是订了第二天一早回程的机票。

晚上，冯庭在房间里收拾行李时，秦思明敲响了她的房门。他站在门口，目光落在沙发上整齐叠放的衣物和地上摊开的行李箱上。

冯庭将长发高高绾起，扎成一个利落的丸子头。她让秦思明进来，顺手关上房门。

一路走进房间，她一边说道：“我明天一早就回去。工作室的事情近期可能没法兼顾了，过段时间我还得出国。”

秦思明点了点头，沉默片刻后才问：“出国做什么？”

冯庭抬眼看了他一眼，平静地答道：“避风头。”

事情到了这个地步，她觉得没有必要再隐瞒什么了。倒了一杯温水递给秦思明后，她将最近发生的事一五一十地告诉了他，没有任何保留。

本以为秦思明会很惊讶，没想到这个男人还算淡定，只是说道：“那确实应该出国避一避风头。”

在退婚这件事上，顾闻柯做得还真是雷厉风行，大概是之前压抑得太久了。

周可岚已经两天没有出房门，也没怎么吃东西。阿姨几次端着饭菜进去，却又原封不动地端了出来，认为周可岚身体不舒服。

她正犹豫着要不要把周可岚的状态告诉顾闻柯的母亲，没想到第三天，高律师就找上门来了。周可岚昨晚一整夜没睡好，直到凌晨五点才迷迷糊糊地睡着。

阿姨敲门，在门外轻声说道：“周小姐，家里来了一位律师，说是奉顾总的委托，找您谈事情。”

周可岚不是傻子，自然知道对方想谈什么，心一下子提到了嗓子眼。

阿姨继续敲门：“醒了吗？”

周可岚再也装不下去，只得掀开被子下床，简单整理后下了楼。

高律师等候多时，见到周可岚，便开门见山地将一份协议放在她面前。

周可岚握紧双手，沉默了许久，才伸手拿起协议查看。

这份协议仿佛烫手。她深吸一口气，面对那些专业的法律条文完全看不懂，但也不想在高律师面前表现得过于慌张。稳住情绪后，她说道：“你帮我介绍一下吧。”

高律师简明扼要地将顾闻柯的意思传达了出来。补偿条件给得还算丰厚，甚至可以说是相当慷慨。

周可岚听完，却毫无兴趣，将文件推回到高律师面前，说道：“你让顾闻柯亲自来找我谈。”

高律师保持着职业化的微笑，说道：“您要相信，顾总能坐到今天的位置，其实是很有手段的。敬酒不吃吃罚酒，可不是聪明人的选择。”

周可岚却丝毫不为所动，坚持说道：“我不同意退婚，别费唇舌了。”

高律师语气不急不缓，继续旁敲侧击：“说实话，对于顾总拟的这份协议，这是我从业十年以来第一次见到如此有诚意的条件。如果您犹豫不决，说不定过几天顾总就会改变主意。”

他顿了顿，接着说道：“毕竟，在商人眼里，利益永远是第一位的。顾总虽然有钱，但钱也不是大风刮来的。他现在对耽误您三年的青春心怀愧疚，所以才愿意给出这么优渥的条件。如果您见好不收，回头等顾总的耐心耗尽，对您只会更不利。”

周可岚低下头，声音冷淡：“别说了，没用。”

她油盐不进的态度让高律师无奈地叹了口气。

拿起提包准备离开时，高律师刚走到一半，却忽然停下脚步，转身又折返回来。在周可岚疑惑的目光中，他重新坐回刚才的位置。

高律师静静地注视着她，摊了摊手，一副胸有成竹的模样。周可岚的每一个反应似乎都在高律师的预料之中。而这一次，高律师显然是有备而来。他微微一笑，夸赞道：“你很聪明。”

周可岚更加不解，但高律师没有多做解释，而是径直打开皮包，从中拿出另一份协议，递到她面前。

这是顾闻柯的计划。如果第一份协议能让周可岚点头，那自然是最好；如果不行，就拿出第二份协议。

周可岚翻开协议，震惊地发现，条件比之前的筹码提高了十倍。如果她刚才草率地答应了第一份协议，显然会让顾闻柯省下一大笔钱。

“无奸不商”四个字，她今天算是彻底体会到了。

事实上，在冯庭动身去三亚之前，她就已经通过电话嘱咐过周可岚：如果顾闻柯有了退婚的念头，周可岚千万不能轻易答应，绝不能暴露自己的需求。

想要拿到巨额补偿，她就必须表现得知足，让顾闻柯坚信她根本不想毁约，对钱财也毫不在意。

她需要将这场博弈的战线拉长，耗到顾闻柯筋疲力尽、不愿再与她纠缠时，才是她争取最大补偿的时机。

果然不出冯庭所料，一切都按计划发展。唯一没料到的是，周可岚在面对这份巨额补偿时，竟然犹豫了。

翻阅着协议，周可岚内心难掩震惊，心跳乱作一团。

高律师微笑着提醒道：“这份协议，您要是再不同意，那就太不明智了。”

她深知，如果此时自己不果断地离开，不仅拿不到补偿，甚至连给冯庭的钱都可能成问题，还可能面临来自冯庭的法律纠纷。

更为严重的是，如果顾闻柯察觉到其中的猫腻，她的好日子恐怕就真的到头了。想到这里，周可岚终于不再犹豫，拿起钢笔，在协议上签下了自己的名字。

高律师见事情顺利办妥，眉开眼笑地收起合同，小心翼翼地将其放入提包。

随后，他当着周可岚的面拨通了顾闻柯的电话，汇报进展："顾总，周小姐很爽快，已经签了第二份协议。"

冯庭拖了几天才回来。

一下飞机，冯庭就看到了周可岚在她登机前发来的一条消息："冯老师，我跟顾闻柯已经签了补偿协议。按照你我之间的约定，我已帮你订了一张明天飞往美国的机票。事情办妥后，我会第一时间把钱汇给你。"

冯庭此刻人都已经回来了，才得知协议已经签订。她心想，如果早知道事情进展如此顺利，她就不会急着赶回来。

她无奈地回复道："我刚才在飞机上才看到消息。好吧，都听你的。谢谢。"

不久后，周可岚又编辑了一段话发过来："冯老师，我知道他对你很有意思。希望你能拿出职业素养，从今往后，不要再与他有任何接触。"

冯庭盯着屏幕看了许久，静默片刻，才回复："放心。"

发完消息，她戴上墨镜，又用方巾裹住头，将所有情绪掩盖起来。随后，她一反常态地拖着行李箱，独自朝公交车站牌走去。

公交车缓缓行驶在开往市区的道路上，车子一路走走停停。冯庭靠在车窗边，面无表情地注视着窗外的风景，脑海中却不断浮现出这段时间与顾闻柯相处的点点滴滴。

想到明天就要离开，下次再回来时，恐怕物是人非，冯庭心中不免泛起一丝感慨。

这辆公交车的终点站就在冯庭住的地方附近，但下车后还需要步行五百米才能到家。

夜幕降临，冯庭拖着行李箱，沿着小路慢悠悠地往前走。她的心中空空荡荡，仿佛一时间失去了目标。

刚走到楼下花园，还没来得及上楼，忽然一辆私家车从身后驶过。刺眼的灯光扫过，让冯庭眼睛一阵刺痛。她抬起胳膊挡住灯光，心里暗暗将这人狠狠“问候”了一番。

谁知车子突然靠边停下，冯庭心中一阵慌乱，还有些心虚。下一秒，车门打开，一抹熟悉的身影出现在她的视线中。看清来人后，冯庭愣在了当场。

而男人背对着她站了片刻，扣上西装纽扣，随即转过身来。这一刻，冯庭竟然以为自己在做梦。她迟疑片刻，缓缓摘下墨镜。

四目相对，冯庭的心跳瞬间乱了。算起来，他们已经一个多月未见了。

再见到他，熟悉中却多了一丝陌生感。

男人容貌俊朗，眉清目秀，眼角带着一丝岁月镌刻的痕迹。然而，这些痕迹不仅没有削减他的魅力，反而为他增添了一份成熟的韵味。

他的目光平静，双手背在身后，缓步朝她走来。冯庭握紧手中的行李箱，深吸了一口气。

男人走到她身边，见她依旧站在原地一动不动，垂下眼眸，主动开口：“一个人回来的？”

“不然还有谁？”她下意识反问。

“不是跟异性一起出去的？”他语气不明，像是随口一问。

“啊，”冯庭想了想，轻声说道，“谁还没有一两个异性朋友呢。”

顾闻柯低下头，目光落在皮鞋的鞋尖上，淡淡地回应：“那倒也是。”他的语气中带着几分嘲讽，“毕竟冯秘书一向很受欢迎。”

“哦，”冯庭平静地抬眸看他，纠正道，“现在我已经不是秘书了。你我之间，也早就不是上下级关系了。”

想到确实做过对不起他的事，她试图隐晦地表达歉意：“不管我做了什么，都是工作需要。如果无意中伤害到了顾总，还请您不要介意，这并非我的本意。”

顾闻柯还不知道她与周可岚暗中勾结算计他的事。此刻听到这番话，他只是微微一愣，显然有些不解。

他没有深究，只是抬起头，看了看头顶的法国梧桐树，又侧过脸提醒她：“不请我上去坐坐？”

冯庭犹豫了一会儿，在职业素养和内心需求之间权衡不定。顾闻柯耐心耗尽，不等她下定决心，径直朝电梯间走去。

冯庭回过神，拉着行李箱匆匆跟上。

此时的顾闻柯气势凌人。冯庭按下电子门密码，推开门，邀请他进去。

因为离开了一段时间，房间里积了些灰尘。冯庭取下防尘布，将沙发整理干净。

“坐吧。”她转身进厨房烧水待客。

顾闻柯跷着腿，双手交叠，安静地坐在沙发上，一言不发。

他耐心地等到冯庭把水烧好。冯庭倒了一杯热水端出来，却发现家里既没有咖啡，也没有茶叶。

她早就知道自己即将出国，因此没有再补充这些物品。

开水被放到顾闻柯面前，热气袅袅升起。顾闻柯盯着水汽出神片刻，才转过头，将目光落在冯庭身上。

他语气淡然，像是在陈述一件与自己无关的事情：“我刚和周可岚签了协议，补偿了她一笔钱，结束了我们之间的合约关系。”

冯庭正低头收拾桌面，听到这话时动作一滞。她没想到顾闻柯会如此坦率地提起这件事。

她缓缓收回手，坐回沙发上，抬起眼眸。顾闻柯始终凝视着她，目光深邃，隐约透着一丝温柔。

面对这样的顾闻柯，冯庭有些招架不住，心脏仿佛被一只无形的大手攥住，狠狠地掐了一下。

他只是想告诉她，如今他是自由身。至于两人今后如何，顾闻柯并不想多做设想。合适与否，都要看两人的态度。他想到这里，慢条斯理地叹了口气，觉得有必要和冯庭好好沟通一番。

就在下一秒，冯庭忽然做出了一个决定。在男人的注视下，她径直走到他身边。

顾闻柯愣了愣，而冯庭却俯下身，在他耳边低声说道：“我想要你。”

客厅里一片寂静，桌上的茶杯尚有余温，一缕白烟悠悠升起，随即消散在空气中。

顾闻柯微微仰起脖颈，沉默片刻，喉结上下滚动了两下，声音低沉而克制：“你想清楚了吗？”

冯庭微微直起身子，抬手将披散的长发拢到一侧，露出修长纤细的脖颈，白皙得晃人眼。

她眉形精致而漂亮，轻轻抬起眼皮，直视着他。虽然没有开口，但她的眼神和动作已经足以让顾闻柯的心跳开始失控。

在冯庭面前，一向自持冷静的顾闻柯似乎从未真正保持过定力。她轻轻咳了一声，抬眸似乎在暗示着什么。

“要不要再给你点时间熟悉一下我？毕竟好久没见了。”顾闻柯试探着提出建议，语气里带着几分克制。

在男女相处的细节上，女人往往比男人更容易遗忘。然而，这段时间的分离，似乎并未在冯庭心中留下太多疏离感。

“那你觉得呢？”她反问，声音柔和却带着几分挑衅。

顾闻柯嘴角微微上扬，失笑了一声。

他不再犹豫，忽然挺直腰身，大手直接扣住冯庭纤细的脖颈，将她拉向自己，微微偏头：“我也觉得不需要。”

一番难舍难分后，顾闻柯微微后撤，冯庭的脸上染上浅浅的红晕。她缓缓睁开眼睛，与他四目相对。

顾闻柯没有给她太多缓冲的时间。他长臂一挥，两人瞬间调换了位置。冯庭只觉得眼前一阵天旋地转，下一秒便被柔软的沙发接住，头顶的灯光刺得她微微眯起眼睛。

她轻轻动了动双腿，尾指不经意地抵住嘴角，双眸微微湿润，目光中带着几分柔情，静静地看着他。

男人不慌不忙地将手表摘下，动作缓慢，却透着一股不容置喙的笃定与掌控感。

冯庭的眼皮跳了跳，视线下移扫了一眼，随即手撑着沙发，悄悄往后挪了些许距离。

她下意识地吞咽了一下，轻轻咬住指甲。

“看得还满意吗？”他低沉的声音带着几分戏谑。

“你知道我是个颜控，就是看上你的脸了。”她轻声回道。

“这是夸我，还是损我？”他挑眉反问。

“随你怎么想。”冯庭语调轻松，嘴角微微扬起。

顾闻柯低低地笑了一声，带着几分难以捉摸的意味。

遮尘布被他随意扯开，凌乱地堆在沙发下的地毯上。茶几上的水杯被碰动，几滴温水洒在桌面上，留下了一小摊水渍。

昨晚的放纵，虽然一开始是冯庭主动挑起的，但最终，她为自己的主动付出了惨痛的代价。刚从三亚坐飞机回来，折腾了一整天，晚上又和顾闻柯纠缠至深夜，冯庭已是身心俱疲，几近昏厥。他伏在她耳边低语，冯庭却连回应的力气都没有了。

后半程她几乎是在混沌中度过的，结束后，她趴在薄被里，直接沉沉睡去。

迷迷糊糊间，她只记得顾闻柯将她抱到一旁，细心地为她盖上了薄被。

冯庭睡熟了，而顾闻柯却失了眠。他精神亢奋，走到阳台抽了一支烟。

回来后，他坐在床边的沙发上，目光一瞬不瞬地凝视着床上侧卧的她。她的容颜让他心潮澎湃，难以平静。他一度有冲动想叫醒她，却最终还是忍住了。

夜渐深，东边的天空渐渐泛起鱼肚白，漆黑的夜色逐渐被朦胧的晨曦取代。直到天微微亮，顾闻柯才终于睡去。

清晨，他翻了个身，手臂向旁边的床榻伸去，却摸了个空。意识瞬间回笼，他猛地睁开眼，发现身边无人。

他翻身坐起，拿起床头柜上的手表看了看——早上八点，比平时晚了一个多小时。

他放下手表，掀开被子起身穿衣。

昨晚随手丢在客厅的衣服早已被冯庭收拾妥当，整齐地叠放在床脚的沙发上。

顾闻柯拿起衬衫，慢条斯理地扣上纽扣。穿戴整齐后，朝外走去。

客厅的窗帘已经全部拉开，阳光洒满每个角落，使整个空间显得通透明亮。

他戴好手表，环顾四周，目光落在餐厅的餐桌上。桌上摆放着两盒菜和一副碗筷，白瓷碗里盛着一碗清水煮面。顾闻柯伸手触碰了一下，面条还微微温热，显然是刚做不久。至于那两盒菜，一看就知道是从小区餐馆点的。

菜品清淡，十分适合早晨食用。

白瓷碗下还压着一张小纸条，上面写着："辛苦顾总，帮你准备了早餐，不用谢。"

顾闻柯看完后，嘴角不自觉地扬起一抹笑意。他没想到冯庭会突然变得如此体贴，竟然一大早特意为他煮了面条。

从昨晚到今早，她表现得既乖巧又善解人意，完全不像平时那个有点矫情、带刺的小妖精。

他拉开椅子坐下，拿起筷子，慢条斯理地尝了起来。

清水煮面放置时间稍长，显得有些黏，口感并不算好。顾闻柯尝了一口，微微皱眉，流露出些许挑剔的神色。不过，他最终还是低下头，将一碗面吃得干干净净，一根不剩。

殊不知，此时的冯庭早已乘坐飞往美国的飞机，正戴着眼罩，在太平洋上空睡得香甜。

昨夜折腾到太晚，鬼知道她今早费了多大的劲儿才起床。幸好昨晚行李箱没有被动过，今早她又原样拖到机场。

顾闻柯联系不上冯庭，只以为她出门有事，便没有继续追问。

一周前，殷航便已经发来了请柬，邀请顾闻柯参加今天的开工剪彩仪式。上午的剪彩活动结束后，此前从北京专程找他谈投资的总裁又特意赶了过来。

顾闻柯安排众人在黄金国际简单吃了顿饭后，便约到茶室谈生意。

下午从茶室出来，一行人又转去了私人会所，吃饭、喝酒、唱歌娱乐。

顾闻柯走到外面，点燃一支烟，试图借此缓解一天的疲惫。这时，他才意识到，整整一天过去了，冯庭始终没有联系他。他再次拿起手机拨打冯庭的号码，却依旧无人接听。这让他的眉头紧锁，心中隐隐升起一丝不安。他眯起眼，将香烟掐灭，脑海中突然闪过一个念头——自己和冯庭竟然没有任何共同的交友圈。在这个时候，似乎唯一能够联系的，只有秦乐天。

此时，秦乐天正准备搭乘飞机离开三亚。自从冯庭离开后，他便失去了兴致。加上赵凉凉最近特别黏人，得知他去了三亚后，大吵了一场，甚至哭闹着要分手。秦乐天懒得理会，现在她又打电话道歉，说自己只是太冲动了。然而，赵凉凉越是这样，秦乐天对她越提不起兴趣。

当顾闻柯的电话打过来时，秦乐天愣了一下。他原以为是赵凉凉打来的，连看都没看，便直接接通并呛了一句："你闹够了没有？"

顾闻柯在电话那头愣了片刻，随即反应过来秦乐天是把他当成了别人，便开口道："我是顾闻柯。"

听到是顾闻柯，秦乐天立刻道歉："哦，不好意思啊，哥，我以为是我女朋友。"

顾闻柯并不在意，直截了当地问："你知道冯庭在做什么吗？"

秦乐天想了想，回答道："她没回去吗？"

顾闻柯听出了一些端倪，追问："你现在在哪里？"

"三亚啊。"秦乐天回答。

听到这三个字，顾闻柯瞬间明白了什么。他抬手将指间的香烟弹掉，对秦乐天说："没事了，打扰了。"

挂断电话后，顾闻柯脑海里浮现出冯庭之前提到的陪她去三亚散心的异性朋友竟是秦乐天。

他误会了，而冯庭却任由他误会？顾闻柯隐隐觉得事情有些不对劲，但一时之间又说不上来。他握着手机，陷入沉思。这时，房间里有人追出来，催促他赶紧回去。

应酬彻底结束时，已是凌晨两三点。顾闻柯微醺着，李易安特地打车过来接他。他弯腰上车，眯着眼闭目养神，抬起手臂，用指腹轻轻按摩太阳穴。

此时，李易安递过来一个包裹。

顾闻柯瞥了一眼，问道："这是什么？"

李易安答道："早上寄到公司的，是周小姐寄来的。"

顾闻柯伸手打开包装袋，只听"哗啦"一声，从里面滑出一个礼盒。

夜深人静，车厢内光线昏暗。顾闻柯怔了怔，弯下腰低头去捡。将东西拿到眼前，他看清了礼盒的形状和颜色。静默了几秒后，他抬手打开礼盒——一条项链赫然躺在盒子里。尽管车内光线不足，这条项链的光泽依然难以掩盖。

李易安见他半天没有动静，回过头向后座望去，只见顾闻柯表情僵硬，垂眸盯着手里的东西，一动不动。

他试探着问："顾总，我送您回府前别苑吗？"

顾闻柯盯着手中的项链，没有作答。

"顾总？"李易安又问了一声。

顾闻柯突然抬起眼，眼神从和缓温润瞬间变得冷峻，语气淡漠地说道："去冯庭那儿。"

车子很快抵达冯庭的住处。车还未停稳，顾闻柯便推门下车，手里拎着礼盒，连外套都没披上，径直朝居民楼走去。

李易安一头雾水，回头看了眼后座上的外套，只能原地等着。

顾闻柯来到冯庭家门口，稍稍调整了一下情绪，抬手按下门铃。等了两分钟，门依然没有打开。

顾闻柯握拳抵住门框，抿着唇沉思片刻，又按了一次门铃。然而，依旧无人应答。

他渐渐失去耐心，直接举拳敲门。深夜的走廊寂静无声，敲门声显得格外刺耳。然而，冯庭的房门始终没有动静。

倒是对面的门"哗啦"一声打开了，一个妇人探出头来。她长发披散，显然刚从睡梦中被吵醒，满脸无奈地扯了扯肩上的外套。见顾闻柯衣着体面，气质不俗，语气稍稍缓和了一些，说道："大半夜的，敲什么呢？别敲了，这家没人。"

顾闻柯转过身，抬眼看向她。

还没等他开口，对面的妇人便继续说道：“你再敲也没用，对面的人已经搬走了。”

顾闻柯一愣，脱口而出：“搬走了？”

妇人点了点头，说道：“是啊，白天中介还带人来看过房子呢。这套房子正在出售，看样子挺急着出手的。”

顾闻柯怔怔地望着妇人。一个陌生的邻居没有理由骗他。尽管他难以相信，却不得不接受这个事实。

妇人说完后便不再多言，抬手打了个哈欠，转身准备回房。临走时，她还留下一句：“你再敲门，我可就报警说你扰民了。”

说罢，她关上了门，走廊重新归于寂静。

李易安在楼下等了很久，却始终不见顾闻柯的身影。他犹豫再三，只好将车停好，拿着车钥匙上了楼。

刚出电梯，他便闻到一股浓烈的烟味，刺鼻得让他不由得皱起眉头。

他顺着走廊走了几步，定睛一看，这才认出那人正是自己的老板。此刻，顾闻柯整个人看上去疲惫又颓然。

见到老板如此尴尬的一面，李易安很后悔跑上来这一趟。他站在原地，不敢继续上前。走廊的灯在一分钟后“啪”的一声熄灭了。

黑暗为顾闻柯保留了一丝上位者的体面，也让李易安松了一口气。

刚松了口气，男人长臂一挥，朝李易安丢过来一个东西。那东西重重地落在李易安脚下。他的声音清冷：“去查。”

李易安借着微弱的光线看向脚下的东西，看了几眼，才弯下腰捡起来。他打开盒子，发现里面是前段时间顾闻柯高价拍回来的限量版项链。

顾闻柯从未对周可岚抱有过任何大的期待。她喜欢吃喝玩乐，喜欢打扮和保养，喜欢挥金如土。她不懂人情世故，没有野心，还死要面子、胡搅蛮缠。

周可岚心里在盘算什么，顾闻柯一眼就能看穿。也正因如此，顾闻柯对她毫无防备。

因此，当初周可岚闹着要为一个陌生女人安排职位时，顾闻柯根本没放在心上。

毕竟，这三年来，她做过不少让顾闻柯无法理解的荒唐事。

比如，有段时间她沉迷于直销产品，逢人就推销，还往里砸了大笔钱。尽管顾闻柯明确地帮她分析了利弊，她依然固执己见。最后，闹得朋友和闺密对她敬而远之，她才不得不作罢。

再比如，她还曾不知听谁忽悠，开始研究玄学。当时，顾闻柯明确警告她，如果敢在家里搞那些封建迷信的东西，就直接把她送回周家。后来，这件事也不了了之。

相比之下，周可岚因为面子执意安排女秘书这件事，实在显得微不足道。所以顾闻柯大意了……

此刻，顾闻柯彻夜未眠，一团怒火在胸中升腾。他坐在车里，抬头便看见冯庭送给他的那枚挂坠，在夜风中微微晃动。

尽管李易安还没查明前因后果，但顾闻柯已经猜出个大概。原来这一切，都只是一场谎言。他抬手将挂坠拽下，紧紧握在手中。这个跟头，确实栽得不轻。

第十一章 别扭

冯庭落脚在康涅狄格州的一个偏远小镇，这里的居民以老年人为主，生活相对单一。下飞机后，她拨通了一个因机缘巧合认识的朋友——李大卫的电话，请他开车来接自己。

一路舟车劳顿，冯庭终于在约定地点见到了李大卫。

李大卫曾是冯庭的一位咨询者，他性格温和，是个出了名的“宠妻狂魔”。也许正因为太温和，他在家中的地位堪忧，常常得不到妻子的情感回应。几年前，冯庭曾帮助过他，那段时间两人关系还算不错。

李大卫一直居住在美国，而冯庭当时是通过远程方式处理了他的咨询案例。

然而，最终他还是离婚了。尽管在冯庭的帮助下，李大卫的妻子发生了一些改变，但由于中西方生活习惯的巨大差异，两人依然没能走到最后。两年前，他们正式办理了离婚手续。

现在，他们的女儿跟着前妻生活。每到周末，李大卫都会接孩子过来一起度过周末时光。

听说冯庭要来康涅狄格州，李大卫表示非常欢迎。当晚，他带冯庭去了当地的一家酒吧喝酒。

酒吧门口有一家便利店，冯庭顺便进了便利店买烟。

国内情况还不明朗，冯庭来美国正是为了避风头。所以，她特意选择了这么一个偏僻的地方。

李大卫正在酒吧喝酒，而她独自拉开车门，坐在后座，摇下车窗，慢悠悠地抽起烟。

李大卫这才意识到冯庭离开了许久还没回来。他推开酒吧的门走出来，一眼便看见了她。他摸了摸牛仔裤口袋，沉默了一会儿，随即坐到冯庭旁边的座位上。

冯庭轻轻掸了掸烟灰，主动拿起打火机，帮李大卫点烟。

李大卫问道："有心事？"

冯庭随手放下打火机，回答："是啊。"

她显得有些无聊，侧头看了看外面的天色，说道："回去吧，不想喝酒了。"

李大卫顺着她的目光看了一眼外面，说："我叫了几个外国朋友过来，都是小镇的人，要不再等会儿？"

冯庭有气无力地摇了摇头："什么朋友都没意思，我也不想继续喝酒了。现在对男人没兴趣。"

李大卫笑了笑："那帅哥呢？"

冯庭干脆地摇头："帅哥也没兴趣。"

她伸手将烟头掐灭。话音刚落，就有两三个男人从车前经过，边走边笑地朝酒吧方向走去。

冯庭侧头瞟了一眼，很快移开视线，但几秒钟后又重新看了过去。她抿了抿唇，对李大卫说道："看，过去了几个帅哥。"

李大卫顺着她的视线望过去，眯起眼睛，咬着烟蒂，"嗯"了一声，说："他们就是我刚跟你提到的朋友。"

冯庭挑了挑眉，沉吟了三秒，随后推开车门下了车。

李大卫一脸疑惑地看着她，问："不走了？"

冯庭刚拉开酒吧的门，闻言顿了顿脚步，回头笑着说："走什么走，朋友都来了。"

等李大卫进酒吧时，冯庭已经和那几个帅哥玩熟了。她长发高高绾起，手里握着一杯威士忌，操着一口流利的美式英语，眉飞色舞地谈笑风生。

在李大卫的想象中，精通心理学的冯庭应该是一个带着几分清高和傲娇气质的女人。他认为，若有男人主动招惹她，她定能一眼看穿对方的小心思。

然而，现实与他的想象相去甚远。工作之外的冯庭竟然如此轻松幽默，甚至带着几分洒脱。

谈到一个有趣的话题时，她耸了耸肩，仰起头，将一杯酒一饮而尽。这般豪爽的喝酒架势，倒不像是出来消遣，反而更像是在借酒浇愁。

晚上散场时，冯庭果然喝醉了。她被李大卫扶了出来，手里还紧紧握着一个浅绿色的啤酒瓶。李大卫将她扶到车前，拉开车门，正准备把她安顿进车里时，冯庭却突然扬起拿着啤酒瓶的手，转过身对他说："干杯——"

李大卫无奈地笑了笑，只得点头附和："好，好，干杯，干杯。"一边说着，他一边轻轻按住冯庭的头，试图引导她上车，"我们回家再好好干杯。"

好不容易把冯庭哄进车里，李大卫松了一口气，发现后背的短袖衬衫竟然湿了一大片。他连忙喊了酒吧的工作人员帮忙开车。

车刚开不久，冯庭便半眯着眼，似睡非睡。从小镇的酒吧到李大卫的住所还有二十分钟车程。这一带地广人稀，交通不便，居民分布零散，路两旁尽是大片私人开垦和养护的草坪。

他余光瞥了一眼此刻显得有些迷迷糊糊的冯庭，开口问道："你这次来美国是为了什么？工作压力太大，出来散心？还是想修身养性？"

冯庭听到问话，微微抬了抬眼皮，淡淡说道："你觉得我有那个闲情逸致吗？"

她的语气平静得很。李大卫这才明白，刚才的"耍酒疯"并不是真的醉了。三分醉意，七分伪装，不过是因为心情不好罢了。

"看你这个样子，像是为情所困。"

有句话叫旁观者清，当局者迷，果然不假。

冯庭听李大卫这么说，抿了抿嘴，轻轻睁开眼。

"哦，"她云淡风轻地答道，"有这么明显吗？"

李大卫笑了笑，说："虽然你很了解男性，恋爱的经验、技巧和套路也比较多，但这并不代表你在处理自己的情感问题上就很在行。就像一个医生，就算救人无数，医术再精湛，自己生病了，却也不能给自己看病。"

冯庭摇下车窗，清爽的田野凉风夹杂着青草的气息扑面而来，柔和而惬意。她闭上眼深吸了一口气，然后转身去拿香烟和打火机。她摸出一支烟刚送到嘴边，只听"啪嗒"一声，李大卫已经点燃了打火机，递了过来。

冯庭咬着烟蒂，垂眸看了一眼他的手，随后凑过去，深吸了一口。

李大卫给她点上烟，又顺手给自己点了一支。

他随手把打火机丢在一旁，目光重新落到冯庭身上。她手里夹着香烟，手臂不时探到窗外掸烟灰，脸上的落寞之色显而易见。

李大卫追问："是不是我说的那样？"

冯庭好笑地看了他一眼："不是。"

她一本正经地否认。

李大卫显然不信："不是？"

"不是啊。"冯庭依旧云淡风轻地说，"我来这边不是为情所困，也不是因为工作压力太大，更不是过来散心、修身养性。我啊，其实是为了躲避仇家。"

"仇家？"李大卫一脸费解地看着她，"什么仇家？"

冯庭半真半假地说道："能把我吓成这样的，那肯定是想把我锉骨扬灰的仇家啊。"

"锉骨扬灰的仇家"，是冯庭对顾闻柯在未来得知真相后可能反应的定义。然而，远在大洋彼岸的冯庭并不知道，她口中的"未来"，其实已经悄然到来。

李易安直接联系了一家在业界颇有名气的侦探社，将冯庭的身家背景调查得一清二楚。

一周后，第一手资料被交到李易安手中。他看完后大惊失色，顿时对冯庭刮目相看。

此前，他一直以为冯庭不过是个"干啥啥不行、吃啥啥不够"的角色。她之所以能够进入秘书部，完全是因为顾闻柯的特殊安排，看上去更像是为了让公司里的单身男同胞们"望梅止渴"的"花瓶"。

然而，他的认知竟然如此浅薄。冯庭那副无害的笑容之下，竟然藏着蛇蝎美人的本性。他一向自诩颇有洞察人心的能力，却完全没有察觉冯庭在他眼皮底下做了那么多事，而他对此一无所知。

再仔细一想，他也并非唯一的"蠢货"。他的老板更蠢——毕竟，顾闻柯才是最大的受害者。不仅被骗了钱，还被骗了感情。

连老板都逃不出冯庭的手掌心，李易安觉得自己被蒙在鼓里，也算情有可原。

得知这样一个惊天内幕后，李易安心中忐忑不安。尽管顾闻柯目前对他十分信任，但这并不意味着这种信任会一直持续下去。知道得越多，对他来说未必是好事。

倘若有人将这件事曝光，他也难逃嫌疑。

因此，他嘱咐侦探社将所有文件用密封袋封好。随后，他装作什么都不知道，回到公司后从公文包中取出文件，将密封袋直接交给顾闻柯。

顾闻柯接过密封袋，瞥了一眼被封得严严实实的袋口，又抬眸看了看李易安。

不知他是信了，还是没信。他当着李易安的面撕开密封条，抽出文件，低头翻阅起来。

一周前，刚意识到自己被骗时，顾闻柯一时难以接受。一方面，他对冯庭动了真感情，把她视若珍宝，珍惜她，尊重她。然而，令人难以置信的是，她竟然是个骗子；另一方面，他觉得自己的一世英名竟折在了一个女人手里，实在咽不下这口气。不过，这段时间，他已将前因后果梳理清楚，做好了心理准备。所以，当真相摆在眼前时，他的表情还算平静。

他不得不佩服冯庭的心思缜密。

“你现在联系美国那边，不管用什么办法，两个月之内，我要知道她的下落。”他松了松手上的手表，语气冰冷。

顾闻柯说得如此直白，李易安想装傻都没办法装。思索片刻，李易安只好答道：“顾总放心，我会尽快安排人去办。”

就在李易安还没想明白时，顾闻柯冷冷地吩咐道：“把这些资料拿出去，扔进碎纸机。”

李易安一愣，赶紧答应道：“好的，顾总。”

李易安离开后，顾闻柯转过椅子，面向落地窗，陷入了长久的沉默。

在这片沉默中，他的思绪仿佛停止了，目光空洞地望向远处高楼大厦的灯火和闪烁的霓虹。

秘书敲门的声音响起，顾闻柯才眨了眨眼，背对着房门说道：“进来。”

孙秘书端着一杯热茶走进来，将顾闻柯桌上已经彻底凉透的茶水换了下来。

他抬头看了一眼顾闻柯，端着凉茶走了出去。这段时间，顾闻柯的口味忽然变了，把以前在工作前喜欢用来提神的美式咖啡换成了浓茶。

前几天，顶替冯庭职位的新人在给顾闻柯送茶时，粗心大意地忘记了老板最近吩咐不再喝咖啡的事情。结果，一向喜怒不形于色的顾闻柯在看到咖啡时勃然大怒，把新秘书狠狠地训了一顿。

别说新秘书，就连孙秘书都觉得顾闻柯有些过于严苛。幸好李易安及时提醒了他，说：“你忘了以前顾总的咖啡一直是冯秘书负责的吗？”

孙秘书这才恍然大悟。

李易安是个聪明人，他对顾闻柯和冯庭之间的暧昧关系点到即止，措辞也十分委婉：“顾总生气也是情有可原的，毕竟冯秘书当初不声不响就走了。当时顾总很珍惜她这个人才，可以说是极其不情愿的，结果冯秘书竟然连律师都请来了。这样一个泼辣的小秘书，让我们顾总怎么可能想得开呢？”

其实，李易安并不知道的是，顾闻柯最近不仅不再喝咖啡，就连这几年来一直光顾的那家咖啡店也再没踏入。

这一切都是冯庭当初长期“种心锚”的后遗症。一时半会儿，顾闻柯很难将那些记忆抹去。以至于他每次看到美式咖啡，就会想起她；每次踏入咖啡馆，就会想起两人那段时间经常共进早餐的情景。

当然，冯庭当时耐心地“种心锚”，并不是为了让顾闻柯在她离开后对她念念不忘，也不是刻意留下某些影子来触动他的情感，而是为了在一切有条不紊地进行到后期时，突然抽身离开，逼迫顾闻柯在某些关键抉择中做出二选一的决定。可以说，这是一种精心策划的长期战略手段。

如果冯庭知道后劲会这么大，当时就不会把心锚种得那么深。

虽然冯庭死活不承认自己遇到了情感问题，但作为经历过刻骨铭心感情的李大卫来说，他根本不信。

他的直觉告诉他，冯庭的所有反应都符合失恋男女的典型状态。

比如，她经常一个人坐在院子外的长椅上，手里端着酒杯，望着星空发呆；又比如，有时候打开冰箱门会愣上一会儿，像是不知道自己要拿什么；再比如，有时候虽然笑得很开心，但笑容未达眼底，下一秒便干巴巴地合上嘴。

这些细微的表现，冯庭自己却毫无察觉。

李大卫在镇上一家汽修厂工作。小镇上的生活很悠闲，每天来修车的人寥寥无几。所以，李大卫常常在上午忙完后，下午就有空闲时间陪冯庭去酒吧喝酒唱歌，或者开车到附近自驾游、野餐。

冯庭当然不是那种白吃白住，还让人陪玩的性格。在她的一再坚持下，李大卫才勉强收下了房租。

冯庭并不打算在小镇上久留。准确地说，她并不打算在美国久留。下个月，她准备去加拿大。

眼下正是加拿大枫叶红得最艳丽的时候，她计划来一场观赏秋日红叶的旅行。

这天，冯庭和李大卫下午去了小镇的一家书店。书架上琳琅满目，分门别类地摆放着各式各样的书籍。地上还有一堆破旧的藏书正在低价处理，有些书纸张破损，有些满是污渍，还有一些书上写满了字，留下了不少读者的痕迹。

冯庭对书架上那些干净整洁的书籍兴趣不大，她反而喜欢在这些破旧书中寻找“宝贝”。她的视线最终停留在一本心理学书籍上。她直起身子，背靠书架，细细品读起来。而李大卫却没有她这样的雅兴，早已跑到外面去买啤酒了。最近家里的啤酒消耗量骤增，全拜冯庭所赐。

冯庭将长发高高绾起，几缕慵懒的碎发垂落下来。她身穿一套浅色的棉麻长袖长裤，随意又舒适。她正看得津津有味，完全沉浸在书中，似乎忘记了时间的流逝。

夕阳西下，室内的光线逐渐暗淡下来。就在这时，书店的灯光突然闪了一下。冯庭抬起头，发现身后两米外有一位身材高大的男士正拿着相机对着书架拍照。

只听“咔嚓咔嚓”几声，他拍了几张照片，然后低头查看刚才拍下的画面，露出了满意的神情，甚至点了点头，一脸欣慰。

冯庭不用猜也知道，这是一位摄影爱好者。

那位男士欣赏完照片后抬起头，目光正好与冯庭相遇。此时的冯庭神色慵懒，穿着随意，但她具有东方女性特有的温婉气质，显得格外引人注目。

冯庭抱起双臂，大方地朝他微微一笑，以示礼貌。

谁知，这位“老外”——哦，不对，冯庭此刻身在异国他乡，严格来说她才是“老外”——竟动作敏捷地举起相机，镜头直接对准了她。

冯庭反应过来，立刻抬手遮挡。只听“咔嚓”一声，她伸展五指遮住脸的姿态被精准地定格在镜头中。尽管照片中她只露出了额头和嘴唇，却依然难掩与生俱来的气质与韵味。

男人眼前一亮。这是他今天出门拍摄时最满意的作品。

换作以前，冯庭若被选作背景出现在某张素材中，她是完全不在意的。说不定对方是个很有名的摄影师，有朝一日，她的照片还会出现在某个知名展览上，供大家瞻仰。

不过今时不同往日，冯庭躲到这个小镇，就是为了避开顾闻柯。于是，她赶紧上前与对方交涉。谁知对方不会英语，只会说丹麦语。

冯庭开口道：“不好意思，先生，麻烦您把这张照片删掉。”

男士一脸茫然。

冯庭又重复了一遍。对方皱了皱眉，依然显得困惑。

这让冯庭不禁感到头疼。

幸好这时，李大卫回来了。他曾在丹麦待过几年，会说一些不太流利的丹麦语。一番交涉之后，男士抬起手，对冯庭比了个“OK”的手势。

冯庭松了一口气，向他道谢。

这个小插曲过去后，冯庭继续低头看书，而摄影师在书店里找不到拍摄灵感，推门离开了。

李大卫随手拿起一本书，慢悠悠地朝冯庭凑过来，好奇地问："你刚才反应怎么那么激动？"

冯庭目光盯着书页，轻轻翻开下一页，偏着头，连看都没看李大卫一眼，只说道："我不是说了嘛，我在躲仇家。万一照片流传出去，仇家找上来怎么办？"

李大卫还是不信："有你说的这么夸张？真会有生命危险吗？"

冯庭抬起头，目光冷冷地扫了他一眼，语气平静却带着一丝警告："你觉得呢？"

李大卫终于意识到问题的严重性。他对国内的情况不太了解，但在美国治安混乱的地区，这种事确实时有发生。

冯庭知道自己骗到了他，忍不住哈哈大笑，甚至笑出了眼泪。

虽然李大卫知道冯庭是在开玩笑，但从书店开车回家的路上，他心里还是隐隐有些担忧。到家后，他打开地下室的门，弯腰走了进去，再出来时，手里多了一把斧头。这把斧头上布满锈迹，看起来已经有些年头了。

他正色说道："冯老师，你别害怕。如果你的仇家找上门，我肯定保护你，先给他一斧子！"

冯庭随即欣慰地拍了拍他的肩膀："好哥们。"

李大卫随后把斧头挂在门口，以备不时之需。到了晚上，冯庭下楼找水喝，转头时忽然看到墙上挂着的斧头。

她端着水杯站在原地，双手抱住手臂，目光紧紧盯着那把斧头，陷入了沉思。

如果顾闻柯真的找到了这里，冯庭还真担心李大卫一斧头下去会直接把人给"解决"了。

正当她发愁时，兜里的手机突然响了。电话是从国内打来的。

知道冯庭电话号码的人并不多，秦思明算是其中之一。

她放下水杯，接起电话："喂？"

秦思明问："在国外怎么样？"

冯庭走到沙发边坐下，随手拿起一个抱枕抱在怀里，撑住下巴，说道："挺好，朋友对我很照顾。打电话有什么事？长话短说。"

电话那头，秦思明似乎正在抽烟。只听他皱着眉，深吸了一口气后说道："顾闻柯那边应该都知道了。"

其实，秦思明对消息的掌控并不够及时——事实上，顾闻柯早就知道了。

冯庭知道这一天终究会到来，但心里还是不免有些紧张。

"他什么反应？"

"奇怪的是，他好像没什么反应，一切如常。"

秦思明这么说，冯庭本该感到高兴才是，但没想到心底隐约生出一丝淡淡的失落。

"那不更好吗？不多说了，我先挂了。"

秦思明最后叮嘱了一句："好好照顾自己。"

冯庭点头道："我知道。"

匆匆结束通话后，冯庭将手机收起来，喝干杯子里的水，又在沙发上坐了许久，这才起身上楼休息。

一眨眼，又是半个月过去。自那天以后，秦思明再没有打电话过来。

冯庭明白，不打电话或许比打电话更好。一来是担心他的手机被人监听，二来，不打电话也意味着顾闻柯那边没有什么新的动向。

然而，冯庭一时间竟然不知道自己该欢喜还是该难过。

她不想在顾闻柯的心里掀起惊涛骇浪，但如果这件事像雁过无痕，未曾激起哪怕一丝波澜，那是不是也太让人心酸？这也说明自己太没有魅力了？

下午，她又去了趟书店，在书店里看了一整个下午的书。周五，书店老板想早点打烊，回家与家人团聚，便开始劝散顾客。

冯庭有些不好意思地笑了笑，拿起书离开。

刚推开门走出去，头上的方巾被一阵风吹散，从肩膀滑落下来。幸好冯庭眼疾手快，一把抓住。她侧身抱紧怀中的书，快步跑向车子。

冯庭刚坐进车里，还没来得及喘口气，兜里的手机就"嗡嗡嗡"地振动起来。

在这里，唯一会联系她的就是李大卫，估计是问她几点回去，好一起吃晚饭。

她坐在驾驶座上，一只手搭在方向盘上，悠闲地拿起手机低头查看。然而，当她看到短信内容时，笑容瞬间僵硬在脸上。

短信上写着：“小心点。掘地三尺，我也要把你找出来。”

顾闻柯竟然查到了她的手机号？！

她的心几乎跳到了嗓子眼，慌乱中赶紧给李大卫打电话。可是，在这个节骨眼上，李大卫竟然关机了！

冯庭此刻真的害怕了。之前，她还因为自己没能在顾闻柯心里激起任何波澜而失落，现在却要面对对方“掘地三尺”也要把她找出来的威胁。

这来势汹汹的态度让冯庭不由得开始脑补自己被抓到后的可怕后果。她左顾右盼，确认没有人跟踪后，深踩油门，迅速驱车离开。

回到住处后，冯庭隐隐觉得不对劲。她轻轻推开房门，犹豫着走了进去。窗户没关，今晚的风有些大，窗帘被风吹得轻轻摆动。

冯庭本就怕黑，周围的环境显得阴森恐怖。她站在门口，试探性地轻声喊了一句：“李大卫？”

寂静的客厅里没有任何回应，只有风声和窗帘被吹动的沙沙声。

她犹豫再三，蹑手蹑脚地走进客厅，借着朦胧的夜色把窗户关上。就在这时，她突然感觉到身后沙发上似乎有人。瞳孔猛地一缩，她赶紧转过身。

与此同时，漆黑中响起一个低沉而冰冷的声音，既熟悉又陌生：“我不是警告过你了吗？小心点。”

冯庭的胸口猛地一窒，下意识地往后退了一步。沙发上的男人一动不动，眼神淡漠而冰冷，直直地注视着她。

顾闻柯低声开口：“我们友好地谈谈？”

冯庭讪讪一笑：“好啊。”

“跟我走。”他的语气不容置疑。

“好的。”她顺从地点头，表现出一副非常识时务的样子。

隔天，冯庭从睡梦中悠悠转醒。此时，日上三竿，刺眼的阳光透过白色纱窗的缝隙洒进来，落在她的脸上，带着暖洋洋的气息。

她一时竟忘了昨晚发生的事情，有气无力地抬起手，用手背揉了揉眼皮。然而，记忆如潮水般突然涌回。冯庭想起了一切，整个人顿时僵住，睫毛紧张地颤了两下。

她轻轻地睁开眼睛，映入眼帘的是白色的天花板，镶嵌着一盏精致的吊灯。她的视线缓缓从天花板移下，看到那洁白的床单和被褥——那种常见于酒店的款式，以及坐在床边椅子上的顾闻柯。

他目不转睛地盯着她，目光冰冷而犀利，脸上的神色淡漠疏离，仿佛隔着一层寒霜。

冯庭唇上的最后一丝血色瞬间褪尽。她试图撑着床坐起来，但一用力，便又软绵绵地倒了回去，呼吸也变得急促不稳。

男人这时才动了动嘴唇，冷冷地开口：“我们这次见面的场景，似乎和预想的有些不一样。你脸上的表情，是惊喜，还是惊吓？”

冯庭抿了抿唇，没想到顾闻柯会这么快找上门来。她深吸了一口气，却发现心跳因他的这句话而愈发加快。

她努力组织着语言。一向能言善辩的她，此刻却不知道该说些什么。

是说“嗨”，还是“好巧啊，又见面了”？

这种话用在前任男女分手后再相见的场景，或许可以缓解尴尬，但用在顾闻柯和冯庭之间，显然显得既滑稽又可笑。

她的心跳如擂鼓，还未彻底恢复冷静。面对顾闻柯，她仿佛一只待宰的羔羊，只能听凭猎人的发号施令。

冯庭很清楚，现在的顾闻柯恐怕恨不得杀了她。他早已不再是那个温文儒雅的男人了。

刚想到这里，顾闻柯伸出手臂，将手机放到旁边的桌子上。

冯庭看到他的动作，瞳孔猛地一缩。她意识到，这次自己恐怕在劫难逃，甚至担心他一时冲动，会做出什么过激的举动。

在冯庭的注视下，顾闻柯慢条斯理地朝她走了过来。他居高临下地看着冯庭，嘴角浮现出一抹冷笑。他的语气依旧冰冷，毫无情绪波动：“怕我报复？”

冯庭微微颤抖，心跳几乎提到嗓子眼：“你想报复，我可以理解，但我只是拿人钱财替人消灾，不至于这么极端吧！”

“极端？”顾闻柯忽然被气笑了。他想到她的所作所为，实在觉得可笑，语气淡淡地提醒道，“这是你选的，后果难道不该由你承担吗？”

冯庭的胸口剧烈起伏了几下，勉强平静下来后说道：“我是应该承担后果。那么，您觉得，怎么才能补偿您？”

“您”这个字瞬间拉开了两人之间的距离。

顾闻柯脸上的笑意丝毫未减，漆黑如墨的眼睛紧紧盯着她：“你现在才想着补偿我？她给了你多少钱，能让你做出这种事情？我很好奇。”

冯庭哑口无言，他的质问让她一时无从反驳。

那时候的心境和现在自然不同。如果换作现在，冯庭绝不会那样做。但这个世界上没有后悔药，她也没有办法弥补过去的过错。

她其实不太相信顾闻柯会真的舍得报复她。毕竟当时，他是真的喜欢她。但现在，顾闻柯究竟有多恨她，冯庭完全看不出来。她索性闭上眼，破罐子破摔，赌了一把：“那你报复我吧，给我一个痛快。”

说完，她紧闭双眼，屏住呼吸，试探着顾闻柯的底线。心跳越来越快，冯庭害怕下一秒顾闻柯真的会对她下手。

一秒、两秒、三秒……一分钟过去了，耳边依然没有任何动静。冯庭这才悄悄松了一口气，眼睛微微睁开一条缝，小心翼翼地打量着他。

男人的目光如刀锋般锐利，眉宇紧锁，眼神深沉地凝视着她。

下一秒，他忽然俯下身，伸出大掌扣住她的脖颈，力度逐渐加重，又缓缓移至她的下巴。

他强行抬起她的脸，力道让冯庭微微吃痛。他的气息喷洒在她的脸上，声音低沉而冰冷：“随便报复你，是不是太便宜了？你以为用这种方式刺激我，就能让我失控？”

此时此刻，冯庭的小命全捏在顾闻柯的手里，生死全凭他的心情。识时务者为俊杰，她自然不敢与他硬碰硬。

冯庭酝酿了一下，情绪瞬间如潮水般涌来。下一秒，她哭得梨花带雨，啜泣着求他：“我知道自己骗了你，我真的不想这样。你放我一条生路，好不好……”

以前这一招很管用，但现在显然不行。顾闻柯心如铁石，完全不为所动：“放过你？你觉得可能吗？”

不过，他松开了紧紧钳着冯庭下巴的手，脸色阴沉，随后拿起手机转身离开。

只听见厚重的木质房门被打开又关上，卧室里只剩下她一个人，瞬间陷入了静谧。

不多时，庭院里传来几句隐约的交谈声，冯庭听不真切。片刻之后，一阵汽车引擎的声音响起，随后整个世界归于彻底的安宁。

冯庭平躺了一会儿，轻轻动了动手臂，感觉力气正在一点点恢复。现在的状态显然比刚才好得多。

她抬头看了一眼，瞧见桌子上放着一杯水，这才意识到自己已经十几个小时没有喝水了。嗓子干燥得像要冒火，难受得很。

冯庭艰难地坐起来，端起水杯送到嘴边。水的温度刚刚好，显然是刚倒上不久的。

一杯水一饮而尽，冯庭的嗓子终于得到了滋润。她叹了口气，重新躺下，小命算是暂时保住了。好死不如赖活着，能熬一天是一天。

毕竟学过心理学，冯庭很清楚，顾闻柯这些天拼命找她，无非是为了打击报复，发泄自己被骗的那口气。既然第一次见面他没有动杀心，那么以后大概率也不会。至少，只要她好好表现，情况只会越来越缓和，不至于越来越糟糕。

刚想到这里，门外就传来脚步声。这座庄园的设计是典型的美式田园风格，古朴而纯粹，散发着淡淡的木香。

房门被推开，一个华裔女子走了进来，看起来三十五岁左右。她身穿一套浅蓝色的包臀裙搭配西装外套，身材高挑，显得干练而精致。

她手里端着几件衣服，推门而入。看到冯庭已经醒来，她微微挑了挑眉，将衣服放到床边后说道："这里只有我一个女性，衣服的尺寸可能不太合适，希望你不要介意。"

昨晚的衣服上带着淡淡的尘土气息，还混杂着残留的香水味，实在不怎么好闻。此刻，冯庭哪里还顾得上挑剔，只觉得能活着就是莫大的幸运。

她勉强扯了扯嘴角，挤出一抹笑意："谢谢。"

对方耸了耸肩，说了句："不客气。"随即转身离开。

女子走到门口时，似乎想起了什么，又回头说道："午饭已经准备好了，你洗漱一下，起来吃饭吧。"

冯庭犹豫了一会儿，开口问那名女子："顾闻柯去哪里了？"

女子停下脚步，语气淡然："这个需要你自己去问顾总。"

说完，她转身离开，完全不给冯庭留下追问的机会。

冯庭换好衣服，洗漱完毕后，轻轻地从卧室走了出来。门前的地面铺着一条厚重且花纹繁复的地毯。

她沿着地毯一路往外走，来到一个极为宽敞的客厅。客厅内雕梁画栋，设计精美，尽显奢华。

长方形餐桌上摆放着丰盛的西式午餐，而餐桌一旁嵌入墙壁的大型壁炉静静伫立着。

这个季节，壁炉里自然没有生火，空空如也。

冯庭看到餐桌上的牛排，瞬间饥肠辘辘，拉开椅子坐下，拿起刀叉就开始大快朵颐。

这时，刚才给她送衣服的女人从冯庭身后又走了出来，被冯庭如此不雅的吃相惊讶到。她坐到冯庭对面，抖开白色餐巾，优雅地铺好，摇头笑了笑。原以为是什么样的女人值得老板这么兴师动众，原来也不过如此，她高估了老板的品位。

冯庭这边一块小牛排已经吃掉了半块，外面又响起了引擎声。对面的女人起身走出去，随后传来一阵细细的交谈声，错落的皮鞋和高跟鞋的声音敲击着地板，在空旷的大厅里显得格外清晰。

紧接着传来一句："嗯，我知道了，你去忙吧。"

冯庭听到了顾闻柯的声音。

冯庭用力握紧刀叉，心脏稍稍提了一下，毕竟两人刚才结束了一场不愉快的谈话。刚想到这里，顾闻柯便出现了。

顾闻柯站住脚，双手插在口袋里，垂眸，视线落在冯庭脸上。

站在顾闻柯身边的女人低声说话，尽管声音很低，但客厅太安静，话语还是飘进了冯庭的耳朵里。

"我让厨师给冯小姐煎了牛排，七分熟的，也不知道冯小姐能不能吃习惯。"

"一会儿还有甜点上来，是专门为冯小姐准备的。"

冯庭动了动耳朵，竖了起来。她的喜好，可没有几个人知道。这女人还挺有意思。

而顾闻柯这边，起初面无表情，听到最后双眉皱了起来，不耐烦地回头看了看女人，似乎嫌她太唠叨。只看了一眼，他转过头，目光又一次掠了过来。

他盯着冯庭，抿了一会儿嘴唇，回头问女人："谁让她吃饭的？"

女人闻言愣了愣："啊？顾总，您说什么？"

"我说，谁让她吃饭的？没有我的吩咐自作主张，谁给你的权力？"

顾闻柯目光犀利，转过头，依旧看着冯庭："把她的饭撤掉。犯错的骗子还吃牛排，待遇实在太好，她不配。"

冯庭静静地坐在餐桌旁，从刚才听到顾闻柯说话声，到现在为止，一直垂着头，目视餐盘。听顾闻柯说完这些话，她眉梢轻轻挑了挑。

她把嘴里的东西快速咀嚼完，用力咽了下去。有些时候，体面是自己给自己的。既然顾闻柯这么说，冯庭也吃饱了，那就没必要等他火气上来，还死皮赖脸地坐在餐桌旁，把剩下那半块牛排再吃完。

她"哗啦"一声把刀叉丢到一旁，双手举起来晃了晃，拉开椅子，从桌子旁离开。在顾闻柯的注视下，她耸了耸肩膀。

这个动作对顾闻柯来说显然是挑衅。他偏过头，闭了闭眼，随后回头对身旁的女人说："带她下去。从今天开始，没有我的允许，不许她吃饭。"

女人撇了撇嘴，朝冯庭走过来："冯小姐，请。"

冯庭主动转身朝卧室的方向走去。两人一前一后进了门，冯庭乖乖走到正对门的沙发上坐下。

待女人离开后，冯庭不再像刚才那样配合。她站起来，望着门沉默了一会儿，仔细回想了一下事情的经过——一觉醒来，她还不知道这是哪里，也不知道这里距离李大卫住的地方有多远。

她抱着肩膀，漫无目的地踩着地毯踱步，走到一旁的茶水柜。一抬头，她看见一面小窗户，目测长宽约一米。窗外阳光灿烂，隐约能闻到海水的味道。

冯庭犹豫了一会儿，探过身子，透过玻璃窗往外眺望。窗外竟然是悬崖峭壁，悬崖峭壁下方是翻涌澎湃的海水。

远眺出去，海天一色，岸边的码头上停靠着一艘小游轮。

顾闻柯没有跟过来，不知道去忙什么了。她其实有些话想跟他说，但又不知道该怎么开口。

冯庭想到这里，刚叹了口气，外面突然响起男人沉稳的脚步声。

冯庭抱着手臂转过身，此时那人已经走到门口，两人之间仅隔着一扇木门。她紧张地左顾右盼，三步并作两步走到沙发旁，直接躺下。

下一秒，门被推开，顾闻柯的身影出现在视线内。

冯庭小心地换了个姿势，背过身去，闭上眼睛装作自己很困。

谁知男人仅仅往前走了两步，就停下脚步。房门大开，外面的微风吹进来，带来阵阵不知名的花香。

就在她搞不清楚顾闻柯进来做什么的时候，只听窸窣几声，一件衣服被抛过来，直接盖到了冯庭的头上。

随后，顾闻柯一言不发地离去。

冯庭静默半晌，睁开眼，发现自己被淡黄色的布料笼罩。她轻手轻脚地掀开布料，确定房间里只剩下自己一个人后，才慢悠悠地站起来。冯庭抖开布料一看，发现是一件崭新的连衣裙，尺码正好是她的大小。

她起身追出去，正好看到顾闻柯走到游廊尽头。望着男人的背影，她叫住他："顾闻柯！"

男人的脚步顿了顿，却没有转过头。

冯庭内心一时间百感交集，想说的话堵在心口难以出口。最后，她只是低声说道："对不起。"

顾闻柯觉得好笑："对不起？"

冯庭咬住嘴唇。这时，男人才转过身看向她：“对不起什么？”

她有些难以启齿，沉默了许久，才低声说道：“我不应该欺骗你的感情，很抱歉。”

事情既然已经发生，顾闻柯也已经受到伤害，冯庭从未奢望过顾闻柯会原谅她。

“其实我逃到美国这段时间，过得并不开心，总是想起你……”

“我不是个没有感情的机器，我也有自己的情感，我虽然是接受任务，但我——”

顾闻柯打断她：“又想用你精湛的演技要什么花招？”

冯庭忽然感到一阵无力，望着顾闻柯，张了张嘴。那些在脑海中徘徊了许久的话语，此刻竟显得无比廉价，让她一时间不知该如何开口。

顾闻柯这时冷冷地笑了：“你觉得我还会再相信一个骗子说的话？”说罢，他转身就走。

冯庭一个人站在游廊下面，冷风吹过，她抱了抱肩膀。

华裔女人叫安灯，是这家庄园名义上的女主人。不过，这地方实际上是顾闻柯购置的，安灯是顾闻柯请来负责打理庄园的人。

她的本职工作是律师，工作半年，休息半年。休息的这半年里，有一半时间会回到庄园。

顾闻柯很少来这里。当初购置这处庄园时，也不过是因为觉得周围环境不错。

庄园位于距离城区很远的一座天然小岛上。从小镇过来，需要先乘车，再换乘游轮。一路风景优美，自然风光尽收眼底，确实是个惬意的度假胜地。

顾闻柯离开后，房门一直敞开着，冯庭也没有再关上。

安灯身材高挑，穿的衣服尺码偏大，而冯庭的身形娇小许多。

她拿起衣服，推开更衣室的门走了进去，换好衣服后，赤着脚走了出来。

走到门口时，冯庭犹豫了几秒，随后拿起鞋子穿好，探头探脑地向外张望。

宽敞空旷的客厅里一个人都没有，桌上的食物已经被收拾干净了。

冯庭绕着房子走了一圈，最终来到大门口。她试探着推了推门，却发现厚重的木门纹丝不动。

她悄悄地向外看了看，却不见顾闻柯和安灯的踪影。偌大的地方，连一个用人都看不到。

视线落在湿漉漉的鹅卵石地板上，冯庭这才意识到昨晚下过雨。看样子，雨势还不小。

院子被迷宫一样的绿色树墙围绕，正对面能看到大门出口。冯庭心潮澎湃，十分激动，伸出两根手指，试图推开大门。

突然，从大院门口的狗窝里钻出一只藏獒，身上挂着粗重的锁链。它神色慵懒地看着冯庭，抖了抖浑身的毛发，嗓子里发出低沉的警告声。

这么一只攻击性很强的大型犬摆在眼前，比一两把锁的效果好得多。冯庭一颗心提到了嗓子眼，小心翼翼地往后退。藏獒看到冯庭胆怯，脾气反而更大了，发出“呜呜”的声音恐吓她。

冯庭只好掉头就跑，在藏獒挣着锁链试图追过来的威胁下，乖乖回了卧室。

下午五点多，顾闻柯依然不见踪影，却出现了一个黄皮肤的阿姨。她敲了敲房门：“我可以进来吗？”

冯庭正躺在沙发上无所事事，听见声音，翻身坐起，将长发随意撩到身后，起身去开门。

门开了，阿姨端着托盘进来，里面有两样小菜、几种主食，还有一盅鲫鱼汤。

冯庭不由得眨了眨眼睛。顾闻柯刚吩咐不许给她饭吃，这怎么又送进来了？难不成搞错了？

冯庭抱着手臂，一言不发地站在阿姨身后。阿姨弯下腰，把菜品一样一样地放到茶几上。摆好碗筷后，她才礼貌地退了出去。

冯庭本来觉得自己不饿，但闻到食物的香气，瞬间饥肠辘辘。顾不了那么多，她便津津有味地吃了起来。

深夜，她在床上翻来覆去，实在不明白顾闻柯这种温水煮青蛙式的处理方式到底是什么意思。难不成是念旧情？

想到白天他冷漠的样子，冯庭摇了摇头。这个时候自作多情，实在不太理智。

不知几点，困意袭来，冯庭拥着被子，浅浅地睡去。

室内光线暗淡，她睡得并不好，半梦半醒间，只觉得一丝丝凉风从背后和脖颈袭来。猛然惊醒，她睁开眼，费力地抬了抬沉重的眼皮，就看见卧室的房门开着。她明明记得睡觉之前是关上的。

随后一个激灵，她翻过身来，看到椅子上有一个熟悉的轮廓。男人又像白天一样，坐在床边的椅子上，眼睛一瞬不瞬地盯着床上的她。

冯庭顿时丝毫没有了困意。她扯着被子，一言不发地靠到床头上。

空气中弥漫着一股浓郁的酒精味，顾闻柯喝酒了。他的头发有些凌乱，整个人颓态尽显。不过，他的表情和情绪隐藏在碎发之下，让人摸不透他在想什么。

冯庭舔了舔干涩的嘴唇，难过地看着他："你喝酒了？"

"与你无关。"

"我只是想关心一下……"

顾闻柯本来神色淡淡，听到这句话，周身的气势瞬间就提了起来。他在黑夜中如鹰隼般的目光扫过来，冷冷地"呵"了一声："你关心我？你觉得我会信吗？"

冯庭抬起眼眸，小心地看过去："信不信是你的事。"她斟酌了一下措辞，接着说道，"你还记得那一夜吗？毕竟对我来说，有些东西也是很重要的。我心里肯定是有你，才给你的……"

"打住。"顾闻柯面无表情地打断她，"又准备故技重施？你以为这一次，我会上当？"

冯庭抿了抿嘴，沉默了好久才说："我这次没骗你，都是——"

"行了。"顾闻柯偏过头，闭上眼，连看都不看她一眼。许久之后，他才冷冷地说道，"你现在说什么我都不会信。你的话到底几分真几分假，我们彼此心中有数。别演了。"

说罢，顾闻柯起身便走。

冯庭望着男人的背影，忍不住唤住他："我想走。"

"我没拦着你，你随时可以走。"

冯庭突然掀开被子，从床上跳下来。她身穿深红色针织睡衣，赤着脚跑了过去。

她绕到顾闻柯面前，堵住房门。顾闻柯垂下眼眸，淡淡地眨了眨眼。冯庭与他对视，轻声问："你想要怎么样？你告诉我……"

顾闻柯纹丝不动。冯庭沉默片刻，忽然壮起胆子，纤细修长的胳膊一把抱住男人的劲腰。

她放软了身段，说："你不舍得报复我，对不对？"

顾闻柯冷嘲道："真会给自己脸上贴金。"

他说罢，动作粗鲁地扯开冯庭的手臂，一把将她推开。冯庭没有丝毫防备，往后趔趄两步，身体失去平衡，直直地朝地面倒下去。她只觉得身子一晃，脚底失去支撑，还没反应过来时，手腕就被扣住，又被拉了回来。

冯庭随着力道撞入男人怀中，感受到男人温热的胸膛。

她仓皇抬头，还没来得及看清，顾闻柯的唇就覆了下来。这一次，不同于以前的蜻蜓点水、温柔细腻，而是粗鲁霸道，充满攻击性。

顾闻柯的反常让冯庭感到害怕，她推搡着向后退，而顾闻柯却不管不顾地向前逼近。酒精让他冲动，失去了理智。

两人的脚步错乱，最终冯庭被逼到墙角。男人单手撑在墙壁上，另一只手扣住她纤细的脖颈，将她按在墙上。

冯庭趁他没有防备，偏过头去喘息。男人愣了一下，睁开眼睛，但下一秒又猛地闭上眼，一切继续进行。

冯庭被逼无奈，只能踮起脚。那仿佛咬断气管般的动作让她轻咳起来，心中既惊惧又隐隐有些复杂的情绪。她弯下腰，还来不及挣扎，身子一轻，便被抱起来扔到床上。

深夜，海潮涨起，海边波涛澎湃，细听还能听到海浪的声音。

昏暗的室内，冯庭什么都看不清。不知过了多久，才云消雨歇。冯庭皱着眉，目光短暂地失去了焦点，许久之后才恢复清明。

男人并排躺在她旁边，两人之间隔着一段距离。他抿着嘴，目视天花板。

顾闻柯突然毫无征兆地起身，拾起地上的衣服，一件一件地往身上穿。冯庭没想到他竟然要走，刚才还浓浓的温存，随着他的行为一点一点消失殆尽。

顾闻柯穿戴整齐，拿起手表看了一眼时间，然后仰起头把手表扣好，径直往外走去。只听房门一开一合，卷携着一股冷风闯入室内，男人已经消失在门口。

冯庭静静地拥着被子躺在床上，感觉心一点一点往下沉，沉入深渊，沉入冰冷之境。

泪水毫无由来地溢满眼眶，她眨了眨眼，一滴泪水顺着脸庞流下来。

顾闻柯竟然抽身就走？这实在有些无情，他以前从来不这么过分……可见现在对她有多么失望。

冯庭又无奈又理解。她闭上眼，刚才的细节一幕一幕浮现在脑海里。他就是想羞辱她，报复她欺骗了他。

冯庭没有太伤心，毕竟人家只是以其人之道，还治其人之身。

一整天的惊吓，加上顾闻柯这么一番冷落，冯庭的眼泪不受控制地扑簌簌落下。

枕头瞬间湿了一片。她趴在枕头上，脸庞被枕头花纹压出一片红色的印记。哭着哭着，她迷迷糊糊地睡着了。

而顾闻柯出了庄园，沉默着，大半夜坐船离去。

他从庄园出来，直接坐船来到小镇。

深夜的小镇，街道上几乎没有行人，只有一家小酒馆的灯还亮着。白天的时候，他就是在这里喝的酒。

酒馆里，客人刚刚散去，老板正准备打烊。他记性很好，抬头瞧见顾闻柯，立刻想起这是白天那个一言不发、坐在吧台上抽烟喝闷酒的男人。

老板看出顾闻柯有心事，便将“打烊”的牌子翻了过去，主动走到吧台，倒了两杯龙舌兰，递给他。

顾闻柯接过酒杯，走到白天坐过的位置，面无表情地点燃了一支烟。

酒馆老板是个美籍华人，身在异乡见到同胞，心里多了一份莫名的亲近感，所以才破例让顾闻柯进来。

顾闻柯一边喝酒，老板则在一旁打扫卫生。等卫生都收拾妥当，老板拉了一把椅子坐到顾闻柯旁边。

顾闻柯情绪低落，捏着酒杯，久久没有动。他手里的香烟只抽了一口，等他想起来再抽时，香烟已经快燃尽了。

他把香烟按灭在烟灰缸里，拿起烟盒又准备点燃一支。

老板却止住了他的动作：“有没有兴趣跟我聊聊？”

顾闻柯动作一顿，抬起眼皮看向老板。他向来没有跟陌生人分享内心想法的习惯，沉吟许久，无奈地失笑。

老板叹了口气，给自己倒了一杯红酒，轻轻晃动几秒后送入口中。

“男人一个人喝闷酒，无外乎三种情况：事业不顺，感情不顺，或者家里出了什么事。”老板看向顾闻柯，问道，“你属于哪一种？”

顾闻柯精神不佳，出神片刻，才抬头看向酒馆老板。

老板的眼光很毒辣，嘴角抿着，忽然咧开笑了。

两个人始终没有再多言，只是各自沉默地喝着闷酒。酒入愁肠，顾闻柯还没开口，老板却侃侃而谈。

话说完，老板将酒杯里的酒一饮而尽，又点了一支烟，靠在椅背上，神情颓然地闭上了眼。

顾闻柯静静地看了他数秒，没有说话，只是默默从钱包里抽出两张钞票放在吧台上，然后轻声离去。

老板闭着眼，轻笑了一声：“走了吗？想通了？”

顾闻柯停下脚步，沉思片刻后说道：“我喜欢的姑娘，是个无情无义的职业骗子。”

老板露出一副见惯大风大浪的表情：“哦，看样子你上钩了。”

顾闻柯低下头，冷笑了一声：“是啊。”

他看向外面，语气复杂地说道：“她情商高，会套路，时而温柔体贴，时而任性骄纵。我不过是个普通人，怎么可能不上钩？”

“既然上钩了，干脆就咬住钩别放了。”老板幽默地说道。

顾闻柯怔了怔，陷入沉思。

顾闻柯回到庄园时，已经是凌晨五点多。

他从船上下来，径直朝冯庭的卧室走去。到了门口，他才驻足，思索良久，借着酒意推开了房门。

冯庭已经睡着，身上比他离开时多了一件浅色纯棉睡衣。顾闻柯走到椅子旁，凝视着床上的人。

他隐忍许久，才抬起手，指尖轻轻搭在冯庭的额头上，将遮挡她视线的发丝拨开。

冯庭睡得很浅，被这微小的动作惊扰，她幽幽地睁开眼。顾闻柯察觉后，赶紧收回手，端坐回去，从桌子上拿起一本杂志，漫不经心地翻看起来。

冯庭打了个哈欠，顾闻柯抬起眼，冷漠的目光瞥向她。

“你回来了？”她皱了皱鼻子，闻到酒精味，“你现在就这么喜欢喝酒吗？”

“这是我的地方，我不能回来？”顾闻柯反问，语气中透着一丝疏离。

冯庭深吸了一口气：“能，当然能。”她侧过身，有气无力地说道，“你想什么时候回来就回来，想什么时候走就走。这是你的地方，你是老大。”

顾闻柯眯起眼睛，审视着她：“你这是什么语气？”

冯庭蹙眉：“我没什么语气啊……我现在的态度还不够好吗？”

她实在太困，忍不住又打了个哈欠，掀开被子下床，走到茶水柜前给自己倒了一杯水。

顾闻柯默默地看着她的背影，一言不发。

冯庭喝完水，放下杯子走了回来，双手叉着腰看着顾闻柯。原本她想说一句“你这样看着我，挺吓人的”，可话到嘴边，又硬生生咽了下去。以前，这个世界上，唯一能让她低头的，只有金钱。

想到这里，冯庭的态度发生了变化。她深深地看着面前的男人，说道：“如果把骗你的钱都补上，你是不是会好受点儿？你想要这样吗？至于男女之间那些事，如果你只是想报复我，那就当扯平了吧……”

顾闻柯拿着杂志的手明显地收紧了。他咬了咬后牙槽，冷笑着反击：“扯平？我出力，你享受，这能算扯平吗？”

冯庭没想到顾闻柯竟然会这么激动，她抿了抿嘴，实在不知道该怎么接话。

正当她琢磨着时，顾闻柯往椅背上一靠，双手随意地摊开，语气凉凉地说道：“把我给你的衣服脱下来还给我，我突然不想让你穿了。”

冯庭一时间没反应过来：“你……你说什么？”

她顿时深吸了一口气，站在距离顾闻柯两米远的地方，面对男人突如其来的要求，心里满是犹豫和不解。

顾闻柯偏过头去，不耐烦地说道：“别想太多，照做就是。你怎么那么多废话？”

冯庭脸上的笑容渐渐消失，取而代之的是一抹寒意。这分明是在羞辱她。她抱起胳膊，冷冷地回道：“你能别这样吗？”

顾闻柯的视线重新落在她身上，语气冷淡：“我现在对你没兴趣。”

冯庭干涩地笑了笑，似乎想要确认：“你确定没兴趣？”

顾闻柯嗤笑一声，语气嘲弄：“你可真有意思。”

冯庭的脾气被彻底激了起来。她静静地盯着顾闻柯，沉默了许久，嘴角却忽然扬起一丝弧度。她温柔地笑着说道：“你知道我的恶趣味，我喜欢……”

她的语气轻飘飘的，像一根羽毛划过，却带着隐隐的锋芒。顾闻柯抿着唇，目光打量着她。冯庭刚才喝水时把灯打开了，现在室内光线明亮，白炽灯的光线刺眼得让人感到一丝不安。

冯庭一瞬不瞬地观察着男人的神色。这种场景，怎么可能让人冷静？顾闻柯喉结微微滚动了一下，偏过头避开她的视线。然而，这场景又是那么令人心动。

他沉默了片刻，视线最终还是回到了她身上，声音低沉了许多：“把衣服穿好。”

冯庭抬起眼，水灵灵的眸子直击人心：“不是你想要的吗？你就想这么羞辱我……”

顾闻柯沉吟了一会儿，说：“忽然没兴趣了。”

冯庭仰着脖子，抬起下巴，深吸了一口气：“好一个没兴趣，你说什么就是什么？”

顾闻柯闻言又看了过来，只觉得心潮澎湃，好像要沸腾了一样。他忽然把杂志丢到一边，站了起来。

冯庭知道自己惹火了他，拾起睡衣就要逃跑。

刚走了两步，腰就被钩住，她双腿离地，被托抱起来，丢在床上……

冯庭醒来的时候，床上空空如也。她环视一圈，手臂探出去，扯过一条睡袍裹住自己。

外面天色已经大亮，厚重的窗帘拉着，室内显得暗淡，她闻到一丝烟味。

顾闻柯坐在远处落地窗旁的沙发上抽烟，窗户开了一扇，不时有微风拂过，伴随着若有若无的海浪声。

冯庭趿拉着拖鞋，径直朝他走过去。

顾闻柯把香烟熄灭，抬眸看了她一眼。

冯庭走到男人身旁，弯腰拾起茶几上的打火机和香烟盒，脱掉鞋子，蜷缩进沙发里。

两个人都不太愉快，彼此较着劲儿。冯庭低头点燃香烟，夹着香烟的手臂往旁边一搭，另一只手撩起一把长发甩开，扬起细长的脖子，轻轻吐出烟圈。

顾闻柯微微皱眉，淡然地移开了视线。

两人沉默不语，各自陷入无声的僵持。

冯庭默默抽完一支烟，随即抬手拿起第二支。她刚将烟咬在嘴边，打火机点燃的瞬间，顾闻柯突然伸手，从她嘴边将烟抢走，用力摁进烟灰缸里。力气之大，那支刚点燃的香烟直接从中间折断。

冯庭长发垂落，遮住了半张脸。她微微侧头，面无表情地眨了眨眼，语气冷淡："只许州官放火，不许百姓点灯？你抽烟的时候，我可没管过你，现在你倒来管我？"

顾闻柯神情透着一丝疲倦，抬手反复揉捏眉心。面对冯庭的质问，他却一言未发，起身径直走向门外。

冯庭盯着他的背影，目光复杂。看到他时心情烦闷，看不见他时，心情更加郁结。

她在原地坐了许久，最终还是拿起一支香烟，垂着眼皮点燃。然而，这烟她并没有抽的心情，只是夹在指间，任其静静燃烧。

冯庭很清楚，顾闻柯依旧恨她。毕竟，任何人被欺骗，都难以轻易释怀。

一个不好的开始，注定很难迎来一个美好的结局。

这几天，她早已想明白，他们两人之间是不可能有好结果的。毕竟，在成年人的世界里，利益至上，感情往往不堪一击。

在冯庭眼中，两人目前的关系只是一种相互消耗的状态，而这种状态是男女之间最不健康的相处方式。

与其这样无休止地僵持下去，不如就此分开。然而，冯庭的内心隐隐有些不舍。

她低头看了一眼指间燃尽的香烟，抬手将其摁灭在烟灰缸中。

从卧室出来时，她听见顾闻柯正在和安灯交谈。

“我今天要去镇上补货，老板有什么想吃的？”

“没有。”

“冯小姐呢？”

“不用管她。”

冯庭脚步顿了顿，走了出来。顾闻柯背对着冯庭正在打领带，并不知道冯庭已经站在他身后。

安灯眼角的余光瞥见了冯庭，嘴角轻轻扬了扬，主动上前，双手伸过去：“这边没弄好，我帮您整理一下……”

顾闻柯停下了手，愣了愣。

冯庭看着这一幕，眼皮微微动了动，她握拳轻咳了一声。

顾闻柯闻声回头，原本想拒绝安灯的提议，但在看到冯庭的那一刻，忽然改变了主意，对安灯说道：“好，你来。”

安灯立刻笑了，纤细的指尖轻轻拉住男人的领带，动作温柔，把刚才打好的结解开，然后娴熟地用手指一圈一圈地缠绕。她的视线时不时瞄向冯庭，眼神媚意十足，挑衅的意味十分明显。

冯庭忽然想起，当初她勾引顾闻柯时，也用过这一招。

都是她玩剩下的，有什么好得意的？

虽然心里这么想着，但她的情绪难以平复。冯庭用力抿了抿嘴，走到餐桌旁坐下，低头吃起蛋糕。

安灯看向冯庭，笑吟吟地说道：“冯小姐要是饿了，我可以让阿姨准备午餐。空腹吃蛋糕，热量可不低哦。”

冯庭连眼皮都没抬：“没事，我吃不胖。”

她抬手托腮，目光柔和地看着对方，说道：“不过你倒是应该给你们老板好好准备一下午餐，因为你老板这几天跟我睡在一个卧室，辛苦了。”

顾闻柯眯起眼，微微皱起眉头。

冯庭则抬手抽了一张纸巾，仔细叠好，轻轻擦拭嘴边的碎屑。擦干净后，她将纸巾放到桌子上，完全不顾两人复杂的神色，径直起身回了卧室。

冯庭走后，安灯侧头望向冯庭离去的方向，轻笑着说道："冯小姐真是幽默。"

顾闻柯沉吟片刻，没有回应，随即起身走向门外。

下午，顾闻柯回来时，看到冯庭正懒洋洋地躺在沙发上，膝盖上搭着一条碎花小毯子。

顾闻柯走到她身边，居高临下地注视着她。

刚想开口，冯庭却抬起一根手指抵住嘴唇，轻声说道："嘘——"

顾闻柯抿了抿嘴，没有出声。

冯庭慢悠悠地解释道："海浪声。"说完，她微微叹了口气，睁开眼睛，清澈的眼眸直视着他，"我在这里好无聊，每天只能无聊地听海浪……"

顾闻柯沉默片刻，最终低声说道："你可以离开。"

冯庭微微一怔，随即问道："你希望我离开吗？"

男人神情一滞，似乎一时间不知如何作答。

"如果你希望我离开，又为什么千方百计地找我？"冯庭一针见血地问道。

她垂下眼睑，语气略显冷淡："你再这么说，我可要真的离开了……"

"随你。"顾闻柯不为所动。

冯庭掀开毯子坐起来，忽然就来脾气了。

"我今天心情不好。"她站起身，缓缓朝他走近。

"你哪天心情好过？"顾闻柯语气带着几分讥讽。

冯庭沉默片刻，低下头，声音低低的，带着一丝委屈："我在这里，除了能看见你，就是看见安灯和做饭的阿姨。再加一个，就是门口那条凶巴巴的藏獒。那藏獒看见我还龇牙咧嘴的……我想出去晒晒太阳，你陪陪我，好不好？"

她走到顾闻柯面前，轻轻扯了扯他的袖口。曾经，这个动作总能让男人瞬间心软，无论什么要求他都会尽量满足。但如今，顾闻柯的防备心重了，他下意识地收回手臂，后退了一步，冷笑着问："只是出去晒太阳？又想要什么花招？"

"我耍花招？"

冯庭微微蹙眉，与他对视片刻，随后露出一抹冷淡的笑容："我不过是想出去晒个太阳，就成了耍花招？你跟我相处这么累，何必呢？如果我是你，不如换一个女人。”

说完，她转身回到沙发上，重新躺下，拉起单薄的毯子盖住自己，闭上眼睛，不再看他。

她在等男人表态，但顾闻柯如今与从前大不相同。他静静地看着躺在沙发上装睡的人，一句话也没说，反而转身走了。

顾闻柯出了屋子，冯庭便睁开眼睛，不可置信地侧过头，望着空荡荡的房间。

出去晒太阳是多么合理的请求？他竟然如此冷漠。冯庭最近常常感到无力，这种感觉正是因为他们之间的这段关系。

冯庭哪里还有心思再睡觉？她无聊至极，最终只能不情愿地打开电视机，出神地看着那些无趣的电视广告。

正当她昏昏欲睡时，房门被轻轻叩响。冯庭转过脸，只见安灯出现在门外。

安灯笑着对她说：“冯小姐，有兴趣坐我的车在岛上逛一逛吗？”

幸福来得太突然，冯庭一时愣住了，反应了两秒才点头道：“好啊。”

她很清楚，是顾闻柯安排了安灯来陪她。

这让她的心情不由得好了一些。

车子行驶在大道上，海风迎面吹来，冯庭仰起脸，深深吸了一口气，一切都显得那么惬意。

她伸手探出车窗，感受着阳光和海风带来的温柔。

冯庭大概已经了解了这个庄园所在小岛的地貌：小岛三面环海，其中两面的海岸线望不到尽头，另一面则可以看见一座灯塔，目测游过去大概需要五个小时。

冯庭心中暗想，改天有机会倒是可以挑战一下。

小岛的另一侧景色更加优美，还有一个清澈的淡水湖。她再一次叹了口气，心想，顾闻柯真是会挑地方，这地理位置选得绝妙。

看来，为了这座庄园，他一定花了大价钱。

兜了一圈风回来后，冯庭感到很累，蔫头耷脑地回到庄园。

晚餐已经准备好，顾闻柯正捏着刀叉慢悠悠地享用。冯庭走到他对面坐下，看着眼前外焦里嫩的牛排，却提不起半点食欲。

顾闻柯切了一块牛排，放进嘴里慢慢咀嚼，见她迟迟不动刀叉，抬起眼眸，问道：“怎么了？牛排不合口味？”

冯庭收拾好情绪，答道："没有啊。"

她笑得有些勉强，拿起刀叉开始吃东西，却觉得味同嚼蜡。

顾闻柯像是想起了什么，放下刀叉，擦了擦嘴角，起身绕过冯庭，离开了餐厅。

晚餐过后，冯庭回房洗澡。等她洗完出来时，顾闻柯正端坐在沙发上看文件。他虽身在美国，但国内公司的事务依然需要处理。好在公司正值淡季，大部分事情通过视频会议就能解决。

冯庭用毛巾将头发吹至半干，裹着浴巾走出房间，目光随意地扫向顾闻柯。一个念头突然浮上心头。她踮起脚，悄悄靠近。顾闻柯察觉到她的动作，却没有抬头，只是将手中刚看完的文件放到一旁，又拿起另一份，翻开下一页。

冯庭站在他旁边，犹豫了一会儿，最终在他身旁安静地坐了下来，等着他看完手里的文件。

顾闻柯微微一怔，却没有多说什么。

冯庭鼓起勇气，稍稍靠近了一些。男人沉吟片刻，既没有拒绝，也没有表现出欢迎的意思，只是垂下眼帘，静静地注视着她的动作。

冯庭抬起手臂，轻轻地搭在他的脖子上。

两人的气息交缠，刚洗过澡的淡淡香气在空气中弥漫。顾闻柯叹了口气，将手里的文件放到茶几上。

冯庭咬了咬下唇，低声说道："这么晚了还在处理工作，真辛苦啊。"

顾闻柯不由自主地看向女人的红唇，淡淡地应了一声："嗯。"

她低垂着眼眸，转了转眼珠，手指抠弄着男人的西装纽扣，拨来拨去。过了一会儿，她才轻声说道："辛苦了。"

顾闻柯低笑了一声，说道："跟你比起来，这算不上辛苦。毕竟你工作的时候，24 小时都要处在演戏状态，偶尔还需要……牺牲色相。"

这话直接把气氛聊死了。

冯庭一向擅长找话题，此刻却也不知道该怎么接下去。她轻轻叹了口气，说道："我知道你生我的气……"

她撇了撇嘴，继续说道："可是你也不能总揪着这件事不放啊。我已经说过很多次了，我只是因为工作需要，不小心才误伤了你。我这个工作是没节操了点儿，但我也不是随便的人啊……"

提到"随便"二字，顾闻柯脑中忽然闪过一个问题。他抬手捏住冯庭的下巴，两人四目相对。他仔细端详着她，才开口问："那晚，你到底是不是第一次？是不是也骗了我？”

冯庭的耳尖瞬间染上红晕，她眨了眨眼，有些尴尬地回答：“是不是第一次你还不清楚？我没必要拿这个骗你……”

说完，她才意识到今晚的初衷是想讨好他，好争取去小镇逛街的许可，但话已出口，气氛明显僵了。她从他身边挣开，转身就要离开。

然而，下巴刚挣脱开，她的肩膀就被男人一把扣住。他用力将她拉回，两人再度对视。他细细探究着她的表情，最终在冯庭脸上没有找到任何撒谎的迹象，这才相信了她的话。

顾闻柯的目光瞬间柔和下来，他推了推冯庭，说道：“行了，天色不早了，你休息吧。”

她侧过头，发丝扫过嘴边，随着她的呼吸轻轻飘动起来。她问：“你今晚不在这里睡吗？”

“嗯。”男人简短地回答。

冯庭觉得此时的气氛正好，简直是提出请求的最佳时机，怎么能让他就这么走了？

她双臂一收，紧紧搂住他的腰，将头枕在他的肩膀上，试图阻止他离开。

顾闻柯嗅到从她发顶传来的幽香，那淡淡的香气像是无声的诱惑，让他内心原本不多的抗拒逐渐消散……

冯庭微微动了动脑袋，更深地往他怀里靠了靠。男人被迫靠在沙发上，突然想起她做冯秘书时，也曾这样赖着他不放。

那次，她似乎是睡着了，死死抱着他不松手。

心底的回忆被勾起，那种美好的感觉也一点一点浮现出来。

冯庭见时机差不多，睁开眼睛，静静地看向远处地毯上的一只花瓶：“你明天陪我去小镇上，好不好？我想去看看。”

此话一出，顾闻柯的脸色便沉了下来：“你是想逛逛？”

冯庭舔了舔嘴唇，轻声说道：“今天是你安排安灯带我出去玩的吧？知道我无聊。”

“不是，是安灯多管闲事。”

“她有这么好心？”

“起码比你善解人意，还不是骗子。”他说完，冯庭突然沉默了下来。

以往这个时候，冯庭肯定会说些花言巧语哄他，每次都是这么一个套路。顾闻柯其实都明白，只是那时愿意纵容她。

如今，他自然是不领情的。不领情也就罢了，还拿别的女人与她比较。

然而，这次冯庭与往常不同，只是静静地趴在男人肩头，一言不发。

顾闻柯察觉到异样，揽住女人的肩膀，轻轻推开她。冯庭直起腰，与男人的视线对上。

她双眼通红，满脸是泪。

无声的眼泪，比有声的更让人心疼。

顾闻柯紧紧抿着唇，眉头皱了起来："说哭就哭？我可没欺负你。"

冯庭偏过头，一滴眼泪从脸颊滑落，正好落在他的指尖上。

热泪滚烫，男人的手指顿了顿，似乎被这泪水烫到了内心深处。他沉默了两秒，轻轻抹去手指上的水渍，抿着嘴往后靠，不远不近地看着她。

冯庭吸了吸鼻子，淡然一笑，无奈地说："我现在说什么、做什么都是错的。如果我好好表现就能打消你心里的芥蒂，那我肯定二话不说就去做。但是你对我的防备心太重了，根本不给我机会……你到底想让我怎么样才能满意？你告诉我，好不好？别让我猜了……尽管我确实有很大的错误，但如果你一直这样，我的愧疚感也会在你的冷落中慢慢消失。"

顾闻柯偏过头不去看她，冷哼一声："你倒是很会为自己开脱。"

冯庭无奈地叹了一口气："我现在也懒得解释了……如果你想惩罚我，你的招数确实不错。慢慢地，我在这种状态下，可能就人不人、鬼不鬼的，就算不疯也会傻。但如果你还喜欢我，你这么做，就是在逼我做过激的事……"

最后一句话说完，顾闻柯神色一凛，眼神突然变得犀利，好像要把冯庭看透、看穿，让她无处遁形。

"怎么，你又准备做什么过激的行为来试探我的耐心和底线？"

冯庭摇头说："没有啊。"

她绕到窗户边，双臂抱在胸前，平淡地说："你如果这样，我就真要走了……"

"没人拦着你。"

冯庭脸色苍白地笑了笑："好，你陪我去小镇玩一天，我就走。"

"下午有暴风雨。你可以明天走。"

"你不想让我走，是不是？"

顾闻柯低低地浅笑，抬起头问："你是不是太自作多情了？"

冯庭深吸一口气，气氛有些压抑："那就当我自作多情吧。"

她说罢上了床，掀开被子躺进去。在顾闻柯的注视下，她背过身，闭着眼酝酿睡意。

空气中沉寂了许久，顾闻柯低下头继续处理工作。

窗外高大的树木在风中摇曳，能听到“沙沙”的声音。

“不就是去小镇吗？可以，我陪你去。不过你不要多想，我也有东西要买。”他忽然松口。

“买什么？”

男人没想到她会这么问，怔了一下，一时间不知道该怎么回答。

冯庭嘴角微微翘起，睁开眼看向他。

背后的男人沉默了许久，才又开口：“我不能一直待在这儿，下周我就得回国。你想怎么安排，随你自己。”

冯庭对这次去小镇充满期待。一大早，她便起身坐在镜子前，认真地描眉画眼。顾闻柯从外面回来，卷起袖口进了卧室。看见梳妆镜前的冯庭，他斜靠在门框上，一言不发地打量着她。

冯庭放下眼线笔，转过身看向他：“你收拾好了？”

顾闻柯无声地点了点头。

冯庭又转回身去，说道：“我马上也好了。”

嘴上说着“马上”，却耽搁了半个小时。幸好顾闻柯今天没有处理工作。他走到沙发旁，随手拿起一本全英文的书籍，随意翻看起来。

不久后，冯庭换好衣服，两人一同出了房门。冯庭的步伐稍稍落后于顾闻柯。她的手自然垂在身侧，犹豫片刻后，用手背不经意地碰触他的手背。

这样明显的暗示，换作从前，顾闻柯早就会主动牵起她的手了。然而现在，男人显然还无法释怀。他面无表情地躲开，将手插进兜里，刻意避开了她的触碰。

冯庭有些下不来台，装作若无其事地清了清嗓子，以缓解尴尬。

安灯已经安排好了出行的车子和船只。他们需要先坐车到码头，再乘船前往小镇。虽然从庄园的窗户就能看见码头，但实际上走过去还有一段距离。

今天，顾闻柯陪同前往，还带了两名保镖。

门前停着两辆黑色私家车。顾闻柯和冯庭上了前面的一辆，由安灯开车送他们到码头后再返回，两个保镖则坐在后面的一辆车里。

冯庭今天穿了一件高开衩的白色窄裙，后背半露，纤细的腰身若隐若现。她的一举一动都散发着风情。

冯庭知道顾闻柯从刚才起就在注意她，忽然转过脸对顾闻柯挑眉一笑。笑容甜美无害，依旧和从前一样让人心动。

不过，顾闻柯已经被这样的无辜笑容骗过一次，如今没了当初的沉迷，甚至一针见血地说道：“你现在每次这么笑，我都觉得你在琢磨接下来又要怎么算计我。”

冯庭又被泼了冷水，原本的好心情瞬间被破坏，嘴角的笑容僵硬在脸上。她垂下眸子，轻声说道：“好吧，那下次我心情好就哭，您看行吗？”

顾闻柯不置可否：“随你。”

冯庭撇着嘴点了点头。接下来的路程中，两人再没交流。到了码头，顾闻柯跳上船后，这才向她递了手。

很快到了小镇，冯庭被扶上岸，这才有机会回头打量整个小岛的全貌。

顾闻柯走出两步，见她呆愣着，便问：“在看什么？”

冯庭收回目光，扬起笑脸问：“我们今晚还回去吗？”

顾闻柯不愿多说：“为什么不回去？你喜欢这里？”

“喜欢。”她不假思索地回答。

“那你可以自己待在这里。”顾闻柯一句话堵得她无言以对，不过冯庭心情好，也懒得计较。

她快步跟上顾闻柯，用闲适的语气继续说道：“你怎么会在这么漂亮的地方置办一座庄园？”

顾闻柯显然没什么兴趣，只简单地回应：“机缘巧合。”

冯庭又问：“这里是哪里？”

顾闻柯脚步一顿，说：“你今天话有些多。”

冯庭眨了眨眼，笑着说：“因为我今天心情好，有你陪着我。”

男人探究的目光落在她脸上。

冯庭随即戴上墨镜，抬起下巴往前走。忽然，她看到一家服装店，笑着对顾闻柯说道：“我想进去看看。”

这一刻，两人看上去就像一对热恋期的情侣，之前那些糟心事仿佛从未发生过。

冯庭还没等他回应，就已经率先一步推门进了商店。

店老板是个白人女性，身材干瘦高挑。看到冯庭和顾闻柯走进店里，身后还跟着两个保镖，她立刻笑脸相迎，向冯庭介绍最新款式。

顾闻柯耐心地走到一旁坐下，不紧不慢地等候。

试衣间的门关上，冯庭脱下身上的白色高开衩长裙，搭在门框上，拿起刚才挑的衣服，漫不经心地试了两件。忽然，她打开试衣间的门，探出头来，对顾闻柯笑着问：“我穿这件裙子美不美？”

顾闻柯缓缓垂眸，说："注意场合。"

冯庭撒娇道："我要注意什么？"

她一边说着，一边走向顾闻柯，顺势抱住了他的脖子，将他拉进了试衣间。

男人眸色一深，冯庭被压到墙壁上，缩着肩膀侧过头去，目光恍惚，有些情难自禁。

直到衣服滑落到腰间，她才推搡着拒绝："好了，冷静一下嘛，这是在试衣间。"

男人闻言，单手撑住墙壁，低下头迫使自己冷静下来。

冯庭欠了欠身子，从他臂弯里弯腰溜了出来，动作利落地穿上自己的衣服。

冯庭幸灾乐祸地说道："这里的衣服我都不喜欢，换一家吧。我到门外等你。"

说罢，她直接推门走了出去。

两个保镖没有进店，而是站在门口抽烟。她用英语对他们大声说道："你们老板在试衣间，突然很不舒服，你们要不要去看看？"

冯庭这么一说，两名保镖立刻慌了神，扔掉烟头就往店里跑去。

冯庭提着裙子走了出来，开始闲逛。

她今天穿了一双休闲鞋，非常适合逛街。

顺着小镇往东，有一条大道，周围没有遮挡，一眼可以望到尽头。天色十分晴朗，那边还有一个大码头，聚集了许多渔民，环境热闹，她想过去看看。

打定主意后，她绕过长街，钻进一旁的小巷。巷子两边是当地居民，有的在摆摊，有的站在巷子里闲聊说笑。

冯庭似乎听到两名保镖追了出来，传来一阵急促的脚步声。她并未理会，也没有回头，只是慢悠悠地向前走去。

房屋错落不齐，她穿过这些小巷，谁知尽头竟是个死胡同。她停下脚步，回头看了一眼，发现并没有人追过来，心中不免有些落寞。

她左右环顾了一下，凭借刚才的方向感选择了左边。左边是一堵破损的矮墙，她动作灵活地爬了上去，接着顺着另一条巷子继续朝大码头走去。

冯庭花了二十分钟，终于绕到了码头。

此时，冯庭有些疲惫，白色的裙摆在刚才翻过矮墙时染上了灰尘，看起来有些脏。

她没有心思顾及这些，随手摘下一朵野花，轻轻嗅了嗅，依旧慢悠悠地闲逛着。

今天出门前，她特意戴上了一条价值不菲的手链，那是顾闻柯送给她的礼物，非常漂亮。不过，顾闻柯不擅长表达感情，或者说，他根本不愿意表达。

冯庭站在海边，迎着海风而立，静静地眺望着远处的渔民。她注意到一个赤裸上身的男人正在清理游艇。

突发奇想之下，她想上前看看。她把手链往前递了递，用英语说道："这条手链够不够让我观光一下？"

手链在太阳下折射出光芒。男人还算识货，放下铁锚走过来，接过去看了一眼："钻石？"

"对，彩钻，价格不菲。"

男人又问："你是中国人？"

"是的。"

男人接过手链，上下打量了她一番，说道："你英语讲得不错。"

他拿起一件衣服披上，走在前面引路，冯庭提着裙子跟在后面。

冯庭笑眯眯地说："是吗？谢谢夸奖。"

她刚随着男人踏上甲板，还没来得及欣赏风景，身后忽然传来一声："闹够了没有？"

冯庭听到这句话，心中松了一口气，嘴角微微扬起。不过，她很快又收敛了笑容，神情从容地转过身。

相比冯庭的从容，男人显得狼狈许多。他发丝微乱，一眼便能看出他是紧急赶来的。

很快，他身边缓缓驶来一辆黑色商务车，车上下来两个保镖。

顾闻柯朝她伸出手："过来。"

冯庭听出了一丝隐隐的怒意。

其实，她刚才是故意逃跑，想试探一下他是否真的无所谓。而顾闻柯的态度，已经证明了一切。于是，她问道："你不是说，我随时可以走吗？我现在要走了。"

"去哪里？"

"回李大卫那里啊，我已经出来好几天了……"

顾闻柯语气微沉，说："今天下午有暴雨，不适合出海。你可以明天再走。"

冯庭摇了摇头：“你这么讨厌我，我一天都不想多待了……”

男人深吸了一口气，移开视线，看向别处：“你自己过来，还是我请你过来？”

冯庭耸了耸肩，站在原地不动。

顾闻柯见冯庭不为所动，侧头吩咐保镖。

冯庭以为他要故技重施，便下意识地往后退了几步。身后是深不见底的海水，甲板距离水面约有两米高。

然而，保镖并不是来找她的，而是对船的主人招了招手，示意他过去。两人凑在一起嘀嘀咕咕说了些什么，随后保镖掏出一沓钱，拍了拍男人的肩膀。男人从裤兜里掏出冯庭的手链，还了回去。

男人显得有些不情愿，眼看一笔横财从手中溜走，他心里自然感到懊恼。不过，眼前这么多保镖，他自知惹不起，也不敢私吞。

交易结束后，顾闻柯耐着性子对冯庭说道：“你胆子还挺大，敢随便上一个陌生男人的船。你知道这里有多乱吗？”

冯庭当然明白自己这样做有多危险，但她不愿承认，梗着脖子犟道：“你既然那么想让我走，还关心我的人身安全做什么？大不了，我就牺牲一下色相！”

顾闻柯脸色一沉：“你再说一遍。”

冯庭没有重复，反而反问道：“不是你无所谓的吗？现在又追过来是什么意思？舍不得我走？”

顾闻柯的脸色稍稍缓和了一些，但依旧冷笑了一声：“如果你从一开始接近我就没有心怀鬼胎，我们会走到这一步？冯庭，到底是你的错，还是我的错？”

冯庭沉默不语。她知道，无论怎么辩解，都无法回答这个问题。

他刚才一直握着岸边的栏杆，这会儿松开手，缓步朝冯庭这边走来。

“跟我回去，今晚有暴风雨。你要走，明天我再安排……”

冯庭看着男人，嘴角噙着笑：“我还要在这里待一会儿，你自己走吧。”

顾闻柯觉得好笑，继续往这边走：“你以为我想管你？”

他绕过游艇，朝甲板走去。看着越来越近的顾闻柯，冯庭能清楚地感觉到他藏在平静外表下的暴怒。他只是想先稳住她，回去再算账。

想到这里，她的心不禁有些紧张，但也不能认输。她仰起脖子问他：“你是不是不想我走？”说着，她往后退了退，“如果是的话，我就跟你回去……不就是让你损失了一些钱吗？赔给你前未婚妻，你至于这样？”

顾闻柯好像听到什么荒唐的笑话，无奈地摇了摇头："你觉得我在意的是那些钱？"

冯庭当然知道不是，她只是故意气他罢了。

顾闻柯盯着她，再一次伸出手，语气低沉地重申："过来。"

两人之间的距离很近，他一伸手，就能抓到她。

冯庭倔强地又往后退了一步："我不——"

话还没说完，她脚下一空，身子直接往后仰去。顾闻柯眼神骤然一紧，立刻跑过来伸手去拉，却还是晚了一步。

第十二章 交心

冯庭在他眼皮底下从两米高的甲板上一头栽入了海里。

顾闻柯愣了一瞬，随即反应过来，立刻翻过甲板，跟着跳了下去。

冯庭会游泳，只不过这次毫无防备，加上距离水面太高，从这里掉下去，直接被震蒙了。

她呛了很多水，砸在水面上的身体部分失去了知觉，迷迷糊糊地往下沉。就在呼吸停滞的那一刻，一只手臂忽然拉住了她。顾闻柯屏住呼吸，将她带向水面，并用手臂钩住她的腰肢，奋力向上游去。

冯庭此时意识模糊，隐约听到男人慌乱的声音，却怎么也睁不开眼睛。

两个保镖看见老板直接跳下水，面面相觑，随即也跟着跳了下来。在他们的协助下，顾闻柯很快将冯庭抱上了甲板。

冯庭穿着单薄的白色长裙，此刻完全贴在身上，显得衣不蔽体。顾闻柯顾不得许多，开始为她进行胸外按压。海水从冯庭的口鼻涌出，嗓子和鼻腔火辣辣的。她吐了几口水，呼吸终于畅通，难受地弯腰呻吟。

顾闻柯脱下自己的外套包裹住她，一把将她抱起，对两个全身湿淋淋的保镖低声斥责："愣着干什么，还不赶紧帮忙？"

说完他才意识到他们听不懂中文，又用英语重申了一遍。

顾闻柯手忙脚乱地把冯庭抱上车，此刻冯庭嘴唇苍白，没有一丝血色。她抬起眼，有气无力地看了他一眼，又晕了过去。

顾闻柯看见这一幕，心头猛地一沉，仿佛被重重一击，险些窒息。

他揽紧冯庭，额头抵住她的额头。两人全身湿漉漉的，水滴不断从身上滑落。他的头发凌乱地垂在眼前，发梢的水珠滴落在冯庭的脸上。男人的声音低沉而沙哑，带着一丝颤抖：“别睡，我们马上去医院……”

冯庭听到这句话，想回应一句“好，不睡”，可连张嘴的力气都没有。

一名保镖开着车在前面开道，顾闻柯和冯庭乘坐另一辆车跟在后面。

不知是呛水太多，还是先前落水时撞击了身体的某个部位，冯庭只觉得每一次呼吸都牵动着全身……

冯庭在医院的急救室醒来时，顾闻柯正站在床边，脸上的焦急终于稍稍缓解。他低头看着她，语气中透着关切：“醒了？”

从码头到医院不过三四公里的路程，顾闻柯却觉得这段距离漫长得难以忍受。他一向冷静自持，但这一路上，心绪被冯庭的状况牵动得前所未有地紊乱。他从未料到，冯庭的安危竟能令他如此惊惧。

冯庭一时没回过神，呆呆地望着顾闻柯，未能立刻想起自己摔进海里的事。

等到记忆渐渐恢复，她突然一个激灵，想要翻身坐起。然而，刚一抬身子，侧腰处便传来一阵难以言喻的疼痛。说剧烈不算剧烈，说不剧烈，却又如针刺般尖锐难忍。

顾闻柯连忙扶住她：“别乱动，你的肋骨伤到了。”

冯庭深吸了一口气，无力地靠在他的手臂上，被小心地扶着躺回床上。这个动作让她的脸色愈发苍白。

就在这时，负责诊治冯庭的汤米医生拿着检查报告单走了进来。他敲了敲病房的门，对顾闻柯说道：“请您出来一下，我有话要说。”

病房门没关，但他们的交谈声很低，她听不清内容。

发了一会儿呆后，顾闻柯与医生的交谈结束，回到了病房。他居高临下地看了冯庭一会儿，松了一口气：“万幸。”

他的语气与过去几天的冷漠截然不同，变得温柔许多：“没有伤到肋骨，大概只是软组织挫伤，不过也需要静养。”

软组织挫伤？难怪感觉这么不舒服……

冯庭抿了抿嘴。原本只是想开个玩笑，没想到玩笑开大了，竟把自己折腾到掉进海里。她抬眼看着顾闻柯，心里不由得有些胆怯和心虚。

顾闻柯似乎看透了她的心思，拉过一把椅子坐下，目光沉静地注视着她：“不要多想，我不会对你怎么样。”

冯庭轻轻抬起眼眸：“我没多想啊。”

顾闻柯还想再说什么，安灯这时进来了，对他说道：“手续已经办好了，汤米医生建议冯小姐回家静养。”

顾闻柯点了点头，目光转向躺在床上的冯庭，说："准备一下，我们出院。"

十几分钟后，一行人从医院走出来。

顾闻柯调整好副驾驶座位，扶着冯庭上了车。他独自开车，和冯庭先一步离开。

虽然只是软组织挫伤，但冯庭一旦躺下，就很难直起身。她费了好大劲儿才翻了个身，背对着顾闻柯，脑子里乱糟糟的。

因为呛水伤到了气管，她胸腔一带仍然火辣辣地不舒服。

男人握着方向盘，看了她一眼，沉吟片刻才说道："你身体不舒服，今晚我们不回庄园。安灯已经在小镇上安排了地方，我们先在那里落脚。"

冯庭一听说不回庄园，精神稍微振作了一些，艰难地转过头看向他。

男人沉默了片刻，忽然伸出手臂，犹豫了一会儿后握住冯庭垂在一旁的手。不顾冯庭的反应，他紧紧地将她的手攥在手中。

冯庭微微一愣，低头看向被握住的手。男人依旧一言不发，只是执拗地握住她的手不放。

冯庭沉默了一会儿，缓缓地将被动的姿势改为十指相扣，掌心贴着掌心。她的心软了下来。

今天的落水经历，其实让她受到了极大的惊吓。她真的以为自己要与这个世界告别了。

两个路口后，男人的手机响了。他直接按下免提接听，是李易安打来的国际长途。

电话那头，李易安语气急促地催促顾闻柯尽快回国，说董事长最近一直在催促，对他的态度似乎有些不满。

董事长，自然是指顾闻柯的父亲。

面对李易安的焦急，顾闻柯应对得游刃有余。他淡淡地说道："好，我等会儿给他回电话。"

挂断电话后，顾闻柯握着冯庭的手微微用力。

冯庭一直保持沉默，此刻忍不住吸了一口冷气，想把手抽出来。

顾闻柯并没有强硬阻止，只是淡淡地看了她一眼，随后继续开车。车子逐渐驶离小镇的热闹区域，周围的环境越来越安静。

突然，顾闻柯靠边停车，将车停在路旁空旷的草地上。

几棵郁郁葱葱的不知名树木在微风中轻轻摇曳。顾闻柯调整了驾驶座的座椅，将其缓缓放倒，然后按下车顶天窗的按钮。天窗慢慢打开，夜空的凉意随即渗入车内。

新鲜的空气顿时涌入，近处传来庄园主人用喷洒器灌溉草坪的声音，空气中弥漫着湿漉漉的青草气息。

顾闻柯深吸了一口气，望着蓝天白云，点燃了一支烟。

冯庭见他如此惬意，也将自己这边的座椅放倒，说道："我也想抽烟。"

顾闻柯怔了怔，从烟盒里掏出另一支烟，点燃后递给她。

两人在抽烟的片刻里，谁都没有说话。

顾闻柯抽完那支烟后，拉开车内的烟灰缸，熄灭了烟头。冯庭身体不舒服，其实并没有抽烟的心思，便将自己那支递给他。男人明白她的意思，接过来也熄灭了。

他又躺回去，手背搭在额头上，遮住半张脸。

温暖的阳光洒在他的脸上，使整个人显得异常柔和。

"冯庭，你爱过我吗？"男人突然问了这么一句。

突如其来的柔情让冯庭有些不知所措。毕竟两人的关系现在如此紧张，自从第二次逃跑以后，冯庭都没想过还能有好日子过。

她也躺着，侧过头去看男人。男人将手臂从额头上拿下来，也同样看向她。

冯庭意识到，以前的时候，"我爱你"这种话，她可以毫不犹豫地脱口而出。但这次面对顾闻柯的问题，冯庭慎重了。

两人的目光交织在一起，冯庭眨了眨眼，纠正了他的问题："我不是'爱过'你。"她的眼眶突然红了，带着一丝无奈笑了笑，"我一直爱你啊……"

顾闻柯微微蹙眉，对这个答案半信半疑。他定定地看了她许久。

冯庭自嘲地笑了笑："你看，我说什么你都不会信。男女之间一旦失去信任，对方的一言一行，你都会觉得别有用心……"

男人自然明白这话的含义，喉结用力滚动了几下，试图隐藏自己的情绪，随后继续问："当时，你既然已经完成任务，为什么还主动靠近我？"

这一次，冯庭没有犹豫："因为我想，爱上一个人，对亲密的需求是无止境的。会控制不住想要跟他更亲近，再亲近，进一步亲近，直到坦诚相待，甚至那样都不一定满足……"

她沉默片刻，又补充道："如果不那样，我会遗憾一辈子。毕竟不出意外，我们这辈子都不会再见了。"

顾闻柯再次侧过头，目光幽深，像是要将她看透。不过，从他的眼神中，冯庭也读到了一丝迟疑。他咽下所有的情绪，又问了一个问题："这次，你觉得我应该相信你吗？”

看着顾闻柯的试探，冯庭愧疚不已。她不止一次为自己的行为感到抱歉，但总喜欢找借口为自己开脱。即使在面对顾闻柯的质问时，她也习惯性地用“工作需要”“无可奈何”等理由为自己辩解。

其实，只不过是懦弱罢了。她不想直面内心深处对自己的谴责。

冯庭心无杂念地注视着他，凝视了许久，这一次没有回答。她忍着身体的不适，撑起身子，主动靠近，钩住男人的脖颈，侧过头，闭上眼睛亲吻了他。

顾闻柯却没有动，低垂着眼眸注视着她，不知在想些什么。

冯庭腰间有伤，亲吻没持续多久便因力气耗尽而松开了他，向后跌倒。男人这时才有所反应，他用有力的手臂揽住她的腰，为她提供支撑，随后加深了这个吻。

这是两人第一次彻底交心后的坦诚相待，冯庭卸下了所有防备与芥蒂，显得格外动情。男人放开她后，低声笑了起来。

冯庭的眼神有些迷离，似乎被情绪冲昏了头脑。男人离开后，她愣了一会儿，才逐渐看清眼前的情景。

“不行，我们都冷静一下。”冯庭有些扫兴地说道。

顾闻柯坐回原位，竭力克制着情绪。他推开车门，下车冷静。

他也有狼狈的时候，不愿被人看见。

冯庭躺在车内，透过前挡风玻璃看向他。

男人的目光透过玻璃与她相遇，忽然低声笑了起来。

那天夜里，他们没有回庄园，外面下起了雨。淅淅沥沥的雨滴不断打在窗棂上，发出轻响。顾闻柯轻轻推开窗户，望着湿漉漉的瓦片，内心竟出奇地安静。

忽然，他的腰间被一双手臂从后面环抱住，温热的身体贴了上来。男人低头看着交握在腰间的手，冯庭将头埋在他的背上，深深地嗅着他身上的气息。

顾闻柯轻轻拉开她的手臂，转身将她拥入怀中：“怎么出来了？”

冯庭声音闷闷地说道：“睡不着。”

男人“嗯”了一声，扶着她走向后方的沙发。两人肩并肩地坐下，冯庭微微歪头，靠在了他的肩膀上。

冯庭静默半晌，对顾闻柯说：“说说你的原生家庭吧。”

男人怔了一下：“我的原生家庭？”

她笃定地点头："是啊。通过了解你的原生家庭，我会更加了解你。"

男人笑了笑："学心理学的人，都是通过这个了解别人的？"

"那是自然。每个人的原生家庭都会对这个人的一生产生影响——无论是工作还是生活，多多少少都会留下痕迹。毕竟，我们生来就像一张白纸，而父母是我们最直接的模仿对象。"

顾闻柯对这些观点表示认同。既然冯庭主动问，他也没有什么需要隐瞒的。他思考了一下，问道："你想了解什么？"

冯庭想了想，说："先说说你父母的脾气性格、为人处世的方式吧。然后再讲讲他们夫妻之间的相处模式。"

顾闻柯沉吟了一会儿，淡淡地说道："两个人都很有个性，年轻的时候没少经历波折。不过，毕竟磨合了这么多年，我母亲现在的性格已经收敛了许多。至于我父亲，他向来是说一不二。"

他说完看向冯庭："你还想问什么？"

"先到这里吧。"冯庭轻轻靠在男人的肩膀上。

她愿意主动了解他的家庭，顾闻柯心里还是很欣慰的。至少，这次她不至于拍拍屁股就走人。

"你呢？"他反问她。

"这说起来可就长了。"冯庭并没有详细讲述，而是直接表达了自己在感情和婚姻中的态度，"我呢，因为从小父亲没有给予我太多关爱，所以比较缺爱，也缺乏安全感。这其实是很多女人成长中都会出现的问题，所以我并不觉得这样的自己有什么缺陷。这只是我人性中的短板。我很清楚，如果我陷入感情会是什么样的状态，而这种状态就是原生家庭带来的。我理解自己的问题，也会努力调整自己……至于你需要做的，就是尽可能地给我足够的安全感和关爱。放心吧，如果你有做得不够的地方，我会直接提出来，直接向你要。"

顾闻柯一时没理解："要什么？"

冯庭挑眉："要关爱和安全感啊。"

男人低低地笑了，摇头叹了口气："跟学心理学的人相处，是不是会少很多麻烦，至少在沟通上？"

冯庭笑吟吟地说："是啊。至少我会表达需求，不会让你去猜。以后你的家人要是心情不好，也可以找我做咨询，我给打八折。"

"八折？"

"一口价，七五折，不能再少了。"

男人又笑了，没再说话。

两人静静地听了很久的雨声，他忽然开口说道：“跟我回国吧。”

冯庭原本闭着眼睛，听到这句话后，轻轻地睁开了眼。她微微侧过脸，问道：“什么时候？”

顾闻柯回答：“最近公司和家里一直在催。虽然我把事情交代给副总处理，但我不在公司，高层和员工总觉得决策者不在，做事情畏首畏尾。”

冯庭没说话，只是默默抱住顾闻柯的腰，闭上了眼睛。

冯庭不知道周可岚现在是否已经出国定居，但她清楚，周可岚之前的打算是拿到分手费后出国，不再过问周、顾两家的事。不过后来周可岚反悔，搞得冯庭骑虎难下。

其实冯庭猜到，顾闻柯能发现她的阴谋，多多少少跟周可岚有点关系。既然说到这里，冯庭干脆直接问道：“我和周可岚的交易，是不是她告诉你的？”

顾闻柯沉吟片刻，说：“你倒是大方，把我送给你的项链交给她。我是该夸你不爱慕虚荣，还是夸你敬业？”

顾闻柯一追问，冯庭瞬间尴尬。她自知这事有些伤人，清了清嗓子，埋首在男人怀中，瓮声瓮气地撒娇：“那么贵重的东西，我怎么能收呢？如果我收了，搞不好还要惹官司。那个时候也是出于自身考虑……谁叫你出手阔绰，不给人留后路呢……”

顾闻柯挑眉，敢情还是他的错？

夜已深，两人有一搭没一搭地闲聊着。冯庭因为白天受到惊吓，加上腰伤未愈，此刻眼皮酸涩，渐渐睁不开了。

顾闻柯并未察觉她已经睡着，目光定定地看着天花板，叹了一口气。他轻轻抚摸着她的长发，沉声说道：“过去的事已经发生，过往不究。我不会再计较，但你记住，从今以后要坦诚相待，不能再有任何欺骗。”

话音落下后，他等着冯庭的回应。然而，等了半晌也没听到她的答复。他微微愣了愣，低头看向她，只见她呼吸均匀，双眼自然地闭着，已经趴在他身上睡着了。

她的双手还紧紧地抱着他的手臂。顾闻柯轻叹了一口气，本想再说些话，但见她已经睡熟，也只好作罢。

他保持着这个姿势静静地坐了许久，目光沉静，耳边是窗外的夜雨声。

不知过了多久，冯庭因为手臂麻木而皱起了眉，轻声喟叹了几句，随后侧过脸。顾闻柯伸手轻轻托住她的脸，将她抱了起来，朝卧室走去。

第二天一早，两人便回了庄园。再次归来时，冯庭神采奕奕。

一进门，她便扯了扯顾闻柯的衣袖。顾闻柯微微低头侧耳倾听，她指了指门口那只讨人嫌的藏獒，低声抱怨：“这只狗好像不太喜欢我。我第一次来这里的时候，不知道有只藏獒，差点被它扑倒。”

顾闻柯招手叫来了安灯：“我之前就觉得在这个位置养烈性犬不合适，你安排一下，换个地方吧。”

这只藏獒是几年前安灯托朋友从西藏带到美国的。安灯特别喜欢大型犬，把藏獒养得肥硕又健康，它几乎成了她的心头好。

被顾闻柯这么指摘，安灯感到有些委屈，忍不住替藏獒辩解：“它是经过驯化的，不会咬人。”

顾闻柯的眉头立刻皱了起来，转身看向她，语气微冷：“让你处理就去处理，哪来这么多借口？”

安灯的脸顿时涨得通红，站在原地抿着唇不再说话。

冯庭觉得气氛有些尴尬，便给两人打圆场：“那个，安小姐您别生气，我觉得顾总考虑得很周到。虽然是驯化过的，但兽性难除啊，万一咬到谁就不好了。”

安灯抬眼看了看冯庭。她不是傻子，刚才看到两人低声交谈，自然明白这件事与冯庭脱不了干系。深吸一口气，她只能照办。

半小时后，门口那只狗窝就空了。

冯庭的腰伤尚未痊愈，并不适合长途跋涉。医生叮嘱她要静养，否则容易留下后遗症。这种事情，顾闻柯心里还是有分寸的。即使再想立刻回国，也不能操之过急。

因此，他格外小心谨慎，特意吩咐安灯，又请了一位有医护经验的阿姨，专门照顾冯庭。

这段时间，冯庭在庄园里颐指气使，而顾闻柯对此睁一只眼闭一只眼，对她颇为纵容。

周可岚承诺的酬劳终于全部到账，冯庭也已经跟着顾闻柯回国。

周可岚显然不想那么痛快地把钱交出去，还想着能拖几天是几天。这种心理，冯庭完全能够理解，所以出国后，她并没有催促，也知道周可岚迟早会将这笔钱转给她。

钱款到账后，冯庭终于松了口气。

不过，在她这里是结束了，但在周可岚那里，远没有结束。尤其是当周可岚得知顾闻柯追到国外，并把冯庭带回国这件事时，她顿时觉得冯庭没有信守承诺。

汇款过去后，周可岚的消息也随之发了过来："冯老师，我听说你回国了？"

冯庭没想到周可岚的消息如此灵通，回复道："是的，周小姐。"

对方回复得飞快："有空出来喝杯咖啡，我们谈谈吧？"

冯庭问："周小姐没出国？"

周可岚答："回来了。你也回来了，不是吗？"

冯庭皱眉，想了想，直接拒绝道："不必了吧，周小姐。咖啡就免了。不过你以后如果遇到新的感情问题，可以再来咨询我。我们工作室刚推出一个针对老客户的优惠活动，你要不要了解一下？"

周可岚无语了，没有再回复。

冯庭拎着两杯奶茶来到了顾闻柯的公司。男人正在回复邮件，处理完后，他合上电脑，看着冯庭说道："你过来就过来，怎么还带了奶茶？"

冯庭把长发理到一侧，托着腮看着他说："我总不能说一会儿见不到你，就想你了吧？这样显得我多黏人。奶茶只是个借口，要是你责怪起来，我可以说，突然觉得这个牌子的奶茶很好喝，带过来跟你分享一下。"

顾闻柯摇头笑了："那你现在什么都告诉我，岂不是没有借口了？"

冯庭叹了口气："是啊。"

她低下头整理了一下自己的衣服，说道："情侣之间需要信任，我又不想对你撒谎。所以你看，我其实也挺为难的。"

顾闻柯把手头的工作暂时搁置下来，牵着她的手到一旁的沙发上坐下。

"你不需要想那么多。"他轻轻拨开冯庭脸庞上的发丝，温柔地说，"你想找我，随时可以找我。"

"可是我不想耽误你的工作。"冯庭说道。

顾闻柯回答："有没有耽误工作，我自己会权衡。"

冯庭抬起眸，深深地看着他。她苦笑着深吸一口气，歪着头"啧"了一声。

男人不解地问："怎么了？"

冯庭说："原来喜欢上一个人，是这么奇妙的一种感受。我现在可以理解他们了。"

"他们？"

"那些为爱痴狂，来我这里寻求帮助的人……"

"哦。"

顾闻柯嘴上没说什么，心里却在想，是的，是挺奇妙的。相比于你，我其实做了更多冲动的事。他也不知怎的，就被冯庭给吃定了。

冯庭见顾闻柯失神，不知道他在想什么，便提着奶茶走到他身边，拆开吸管，递到他嘴边。

男人并不喜欢奶茶，却还是低头喝了。

她问："好喝吗？"

顾闻柯言不由衷地回答："还不错。"

冯庭这才满意。

她挤到顾闻柯身边，坐到他腿上，语气轻飘飘地说道："周可岚今天找我了，想约我喝咖啡。"

此话一出，男人果然转过头看向她，问："她找你干什么？"

冯庭故作天真地回答："喝咖啡啊。"

这样的借口实在有些蹩脚。

他还记得这两个女人曾经把自己玩弄于股掌之上的事，至今耿耿于怀。

冯庭主动告诉顾闻柯这件事，其实是一个明智的选择。她很清楚，即使自己不说，顾闻柯早晚也会知道。而且，他对周可岚一定有所防备，不可能完全放松警惕。

"你打算去见她？"顾闻柯问道，语气平静却带着一丝试探。

冯庭如今学聪明了，把问题抛还给他："那你希望我去见她吗？"

没想到顾闻柯反将一军，又把问题抛了回来："你觉得呢？"

两人四目相对，似乎都想从对方的眼神中看透彼此的心思。冯庭不想继续和他玩这种心理游戏，抬手蒙住他的眼睛，娇声说道："干吗这样盯着我？凶巴巴的。"

男人沉默了一会儿，低声回应："没有。"

冯庭轻轻叹了口气，指尖不规矩地沿着他下巴的轮廓滑动，顺着那优美的线条轻轻游弋："我不会去见她的，你放心吧。"

顾闻柯这才满意，点了点头："嗯。"

冯庭心里早就下定决心不再见周可岚，毕竟两人曾合伙欺骗过顾闻柯。然而，她隐约有一种预感——即便她不主动去见周可岚，周可岚迟早也会找上门来跟她谈一谈。

对周可岚来说，冯庭和顾闻柯之间的事情应该是很难接受的。

冯庭其实更担心周可岚会做出狗急跳墙的事情，比如哪怕不顾自己身败名裂，也要让冯庭同样声名狼藉。

她微微出神，这一细节被顾闻柯捕捉到了。男人沉默了片刻，示意她坐下，随后拨通了李易安的号码。

“你帮我问一下，周可岚是不是回国了。”他看了一眼冯庭，垂下眼帘，继续说道，“你帮我约个时间，我想见一见她。”

说完，他直接挂断了电话。

冯庭站在男人面前，调侃道:“好啊，当着女朋友的面，还要见前任。”

顾闻柯轻笑了一下，却没有多作解释，而是打开电脑，调出一份加密文件，通过电子邮箱将文件发给了她。

随后，他说道：“其实，我也不是非要见周可岚。如果她再来找你，就把这份文件交给她。我相信，她看过之后应该不会再多说什么了。”

冯庭心生好奇，隐约觉得这可能是周可岚的某些把柄。她并不确定自己的猜测是否正确，于是问道：“是什么？”

顾闻柯没有回答，只是靠在椅背上，望向窗外的风景，陷入了沉默。

次日清晨，顾闻柯接了个电话便匆匆离开了。

走之前，冯庭还没有起床。顾闻柯发消息告诉她，客户正在公司等候，他必须在二十分钟内赶到，处理完当天的事务后会尽快回来，预计顶多两个小时。顾闻柯还承诺，下午和晚上都会留给冯庭。

今天是冯庭的生日。她起床后洗漱完毕，便开始处理最近秦思明交给她的案件。

冯庭知道周可岚很难迈过这道坎，一定会再次约她见面。

从职业道德的角度来说，冯庭对周可岚心中还是存有几分愧疚的。她自认为专业，在处理了那么多案件、看透了爱情本质的情况下，一直坚信自己不会动心。谁知现实却狠狠地打了她的脸。

事情发展到这个地步，冯庭也明白，一直躲避并不是最明智的选择。

她化了个淡妆，穿了一条浅色牛仔裤和一件淡青色短袖便出门了。

路上堵车，周可岚比冯庭先到了咖啡馆。

周可岚坐在靠近落地窗的桌旁，面前摆着一杯余温尚存的咖啡。

其实，从冯庭的车子刚刚拐过来时，周可岚就已经注意到了她的到来。

周可岚将情绪隐藏在墨镜后，一言不发地看着冯庭下车，直奔咖啡店。

冯庭走到对面坐下，把单肩包放到一侧，抬眼看向周可岚。

服务员走过来，冯庭点了一杯冰美式。

服务员离开后，两人各自沉默。

冯庭摸不清周可岚的心思，自然也没有主动开口。

没过几分钟，等服务员将咖啡送上来后，周可岚才开口问："你们在一起了？"

冯庭低头看着咖啡，轻轻叹了口气，抬起头对她说："很抱歉，这件事情也是我没有预想到的。不过，感情确实存在很多不可控制的因素。当时我决定接你这个案子的时候，确实没把感情的事情考虑在内。"

周可岚深吸了一口气。她以为冯庭心存愧疚，说话态度会很好，谁知道她还是一副高高在上、颐指气使的样子。

周可岚现在对冯庭的行为可以说是既厌恶又愤怒。她侧过头看向一旁，努力迫使自己冷静下来。稍作调整后，她勉强挤出一丝笑容："冯小姐，你不觉得对不起我吗？你当初明明答应过我不会和他在一起，现在却出尔反尔。这样是不是太缺乏道德了？全天下那么多男人，我实在搞不明白，你为什么非得死缠着他不放。"

冯庭端起咖啡轻轻抿了一口，语气平静地说道："那你说，我怎么做才能把对你的伤害降到最低？又怎么才能弥补你？"

周可岚收回视线，与冯庭对视，语气中带着决然："你离开他。"

冯庭斩钉截铁地回应："不可能。"

冯庭的回答过于干脆，彻底刺激了周可岚的情绪。周可岚眼中的冷淡迅速转为愤怒，死死盯着冯庭，眼眶逐渐泛红。终于，她愤然开口："你这种说话的语气，真的让人觉得下贱。"

冯庭却不为所动："希望你以后能释怀。但是，离开他这件事，只能由我或者他来决定。从你同意退婚的那一刻开始，顾闻柯就已经是自由的了。严格来说，你已经没有权力干涉他的选择。你现在还没完全意识到这一点，我可以理解。如果骂我能让周小姐心里好受一些，那你就尽管骂吧。不过，我只给你今天这一次机会，让你骂个痛快，好吗？"

冯庭的话冷静又不带情绪，简直和顾闻柯如出一辙。

周可岚想到这里，有些颓然。她是名门闺秀的世家小姐，虽然在周家并不得宠，但从小也受过良好的教育。骂人的话，她只会几句。至于那些污言秽语，她更是说不出口，也觉得难以启齿。

一时间泄了气，周可岚只能咬牙切齿地指责冯庭："你别这么嚣张！"

冯庭无奈地叹了口气："我哪里嚣张了？"

"你答应我的！"

"答应你什么？"

"你不会和顾闻柯在一起。"

"哦，"冯庭点点头，有些疲惫地说道，"是啊，我说过。"

"那你为什么做不到？"

冯庭有些无语，手臂撑着桌子，有一下没一下地抚着额头。

周可岚咄咄逼人地追问："你为什么不说话？"

冯庭放下手臂，嘴角挂着一丝笑意，注视着周可岚："我怕说了什么不该说的话，刺激到你。"

周可岚根本不信冯庭能说出什么好话。她沉默了一会儿，随后说道："别狡辩，说吧。"

冯庭语气也变得冷淡："周小姐多大年纪了，还相信承诺？相信承诺还不如相信白纸黑字的合同。周小姐，你想见我也见了，想骂我也骂了，就不要再无理取闹了。如果你觉得我欺骗了你，那就当这是社会给你上的一课，这是我免费送给你的教训。以后，别这么天真了。"

冯庭说完，拿起包，刚准备起身离开，就听见周可岚轻声喊道："冯老师。"

冯庭下意识地抬头，还没来得及反应，眼前突然一黑，浓郁的咖啡香气扑鼻而来。事发突然，她甚至连屏住呼吸的时间都没有。紧接着，只听"哗"的一声，咖啡全都泼在了她的头发、脸上和身上。

冯庭整个人僵住了。这是在公众场合，周可岚的行为立刻引起了周围人的注意。耳边传来阵阵惊呼，四周投来的目光充满了探究和疑惑。围观的客人虽然好奇，却无人敢插手。

咖啡馆的老板和服务员见状，急忙走过来询问情况："请问发生什么事了？"

冯庭这才回过神来，脸上的神色看不出一丝波动。

周可岚其实只是脾气上来，有些不管不顾，就像几年前，她冲进顾闻柯的办公室，用烟灰缸砸了顾闻柯的额头。

显然，周可岚这么做没有顾及冯庭的颜面，让冯庭直接下不来台。

服务员在一旁安抚，老板则站在周可岚和冯庭中间，生怕两人在店里动手。

看了一眼落魄狼狈、被泼了一身咖啡的冯庭，老板连忙抽了几张纸巾递过去。

冯庭接过纸巾，低头整理自己。她扫了一眼围观的人，淡淡地解释：

“谢谢老板，没什么事，我们在开玩笑。”

冯庭顾全了她和周可岚的面子，说完还冲周可岚扬了扬嘴角：“你还不赶紧解释一下？大家都在看我们呢。”

周可岚沉默地看了冯庭半晌，知道这种行为有些掉价，但冯庭越是表现得大度，越显得周可岚失态。

可是周可岚就是不想配合冯庭演戏。僵持片刻后，她只是低下头，沉默不语。

既然周可岚不觉得当众被看笑话是件丢人的事，冯庭也懒得再解释。擦干衣服后，她站起身，在众人的注视下离开了。

走了两步，冯庭又转身回来。她从包里拿出一个U盘，在周可岚眼前晃了晃，顺手放到桌子上。

“如果再有下一次，这东西我会交给记者。”她想了想，又补充道，“幸好衣服的小票我还留着，回头拍给你，希望你照价赔偿。”说完便潇洒地离去。

冯庭其实一开始并不想把这种东西交给周可岚。大家同为女人，她能够理解，也曾站在周可岚的立场上考虑过问题。

周可岚曾亲口对冯庭说过，她这辈子最后悔的一件事就是在单纯发泄不满的情况下，与赵晨发生了关系。

这件事让周可岚觉得对不起顾闻柯，同时也让她对自己感到深深地厌恶。有一段时间，她始终陷在这种情绪里，怎么都无法走出来。

在周可岚泼咖啡之前，冯庭也试图用温和的方式将对周可岚的伤害降到最低，毕竟她看待问题时更理性和冷静。

周可岚找冯庭谈话，试图让她离开顾闻柯。从本质上来看，这些行为不过是庸人自扰。冯庭不愿为别人的行为买单。成年人的体面，是自己留给自己的。

冯庭离开后，周可岚低头看向手中的U盘，虽然不知道里面是什么，但从冯庭的语气和表情中，周可岚隐约感受到一丝危机感。

她猜测里面可能有对自己不利的东西。

周可岚紧紧握住U盘，推开老板和店员，准备离开。谁知刚走几步，就被店员喊住：“这位客人，您还没买单。”

周可岚愣住了，只好跟着店员走回柜台结账。更让她气恼的是，店员接着说道：“两杯咖啡，一共78元。”

周可岚回到家里，冷冷清清的。她来到书房，打开电脑，把U盘插了进去。

打开文件看到里面内容的那一刻，周可岚脑子“嗡”的一下全乱了，眼泪“啪嗒啪嗒”地直接掉下来。

她人生中最不想回忆、觉得最恶心的一段记忆被强行拉出来，让她不得不面对……

冯庭回到府前别苑，刚进门就听到里面的动静。

下一秒，房门被拉开，顾闻柯出现在眼前。

他很准时，两个小时不多不少，公司里的事情处理完就赶回来陪她。

冯庭踢掉高跟鞋，直接转身，两只手缠住男人的脖颈，踮起脚，在颈侧深深嗅了一下。

她没来得及换衣服，扑进男人怀里时，身上带着淡淡的咖啡味。男人皱了皱眉，低头就看到她衣服上的污渍。

“怎么回事？”他推开她，垂眸仔细审视。

“你身上怎么回事？”

冯庭抿了抿嘴，闷闷地摇摇头，不言不语。

顾闻柯低头看了一眼刚才被她随手扔在地上、还没来得及收进鞋柜的高跟鞋，又看了一眼鞋柜上的包，显然是刚出门回来的样子。

他闭上眼沉默了一会儿，再睁开时，眼神里已带了几分危险的气息：“去见周可岚了？身上的咖啡，是她泼的？”

男人什么都明白了，脸色沉了下来，径直走到客厅，许久才转过身。

“她还是老样子。”男人一边说，一边解开了领带。

洗完澡再出来时，冯庭没看见顾闻柯。她吹干了长发，刚准备坐下，男人才打着电话回来。他静静地听着电话那头的人说了许久，才淡淡回应：“嗯，你去安排。”

两人心情都有些受影响。顾闻柯挂断电话后，什么都没说，只是站在一旁，看着冯庭化妆。

等妆画好后，她才放下手中的东西，收拾了一下情绪，回过头轻松一笑：“你盯着我干什么？”

顾闻柯移开了目光，嘴唇动了动：“没什么。”

冯庭笑吟吟地站起来，走到顾闻柯身边站定，抬手钩住男人的脖颈，扬起嘴角说：“你不说，我也知道你在想什么。”

顾闻柯问："我在想什么？"

冯庭轻飘飘地揭穿他："自责呗。"

男人果然沉默了。他抬起手，轻轻拨开冯庭脸上的发丝。刚洗过的长发散发着淡淡的清香，略显凌乱，显然还没打理。

他垂眸与她对视，摸了摸她的发顶，把她拉过来搂进怀里，沉默不语。

冯庭知道他在烦心周可岚今日的所作所为，原本郁闷的情绪突然得到安抚，她竟然觉得今天周可岚泼咖啡的行为，虽然对她造成了伤害，却并非只有负面影响。

因为周可岚越是这样，她和顾闻柯之间的感情反而越发牢固。

她在男人怀中安静地享受了几分钟的宁静。尽管舍不得这份温馨，她还是抬手轻轻推了推他。

顾闻柯放开手，低头看向她。

冯庭潇洒一笑，问："几点了？"

顾闻柯抬手看了看时间："十一点半。"

冯庭提醒道："你不是已经订好了吃饭的地方，你确定要一直这样抱着我吗？"

顾闻柯这才把手机放回兜里，问她："收拾好了吗？"

"换个衣服和鞋子就可以出门。"

"好，你去换，我到客厅等你。"

冯庭冲他眨了眨眼，然后转身往衣帽间去挑选衣服。顾闻柯并没有立即走向客厅，而是盯着她的背影看了一会儿，直到她把衣帽间的门关上，才摸着裤兜，轻轻地笑了一下。

此刻，冯庭站在衣帽间里，在知性成熟的包臀长裙和飒爽清新的休闲装之间犹豫了几秒钟，最终选择了后者。

拿上包，换好鞋子，冯庭回身对顾闻柯扬唇一笑："我收拾好了。"

"嗯。"

男人拿出车钥匙，朝她走过来。

冯庭忽然收起笑意，身子微微前倾，抱住顾闻柯的脖颈，红唇轻启，娇声问道："我今天漂亮吗？"

顾闻柯垂下眼眸，视线从她精致的唇线滑过，对上那清澈如洗的眸子。

他故意沉默了一会儿，直到冯庭因为他的反应迟缓而开始不满，细眉微蹙起来，这才低头靠近她的耳边，低声说道："你每天都很漂亮。"

甜言蜜语虽然不见得可信，但它的确能让人心醉。

冯庭的内心顿时被甜蜜充满，说话时带点试探：“真的吗？”

顾闻柯点头，声音低沉而笃定：“是真的。”

他说完，深吸了一口气，喉结不自觉地上下滚动。

冯庭忽然凑过来吻了他一下，带着几分挑逗的意味，随后气定神闲地看着他。

男人唇边噙着一抹笑，微微眯起眼睛。冯庭抿着唇笑，故意往后退。他停下脚步，沉默了一秒，又继续向她靠近。

冯庭再次后退，抬起手指轻轻抵住他的唇，明知故问：“干什么？”

顾闻柯轻轻拉下她的手，这一次不给她任何躲避的机会，直接揽住她的腰，把人带进怀里，然后两个人踉踉跄跄地向沙发走去。

冯庭本来没别的意思，只是担心他情绪不佳，才刻意如此，没想到事情一发不可收。两人在沙发上折腾到十二点多才出门。

顾闻柯私下里带她吃饭，习惯去“久未烊”，不过这一次没有选在“久未烊”，因为沈丝云和周可岚有些关系。顾闻柯心想，以后若无必要，大概不会再去那里了。

他昨晚便让李易安提前在一家格调高雅的度假酒店订好了位子。中午吃过饭，顾闻柯带冯庭去附近看水秀，之后再回到度假酒店共度良宵。

这家酒店是本市的地标性建筑，一面环山，一面临湖。为了确保视野开阔，他特意安排了顶层的房间。

两人来到度假酒店，顾闻柯把车钥匙递给门口的泊车小弟。等冯庭下车后，他牵过她的手，一言不发地朝前走。

两人默契得像交往多年的情侣，步调缓慢地走进酒店。

刚一进门，看到用餐地点的布置，冯庭有些懊恼，低声对顾闻柯说：“我选错了，我应该穿那件包臀裙。”

顾闻柯微微一笑：“为什么？”

“这身衣服太休闲了，和周围的环境格格不入嘛。”

她这么一说，顾闻柯才停下脚步，松开她的手，一本正经地上下打量了她一番，故意逗她道：“那我们回家换？”

冯庭愣了一下，随后反问：“你不应该说‘你穿什么都好看’吗？”

顾闻柯忽然笑了，轻轻捏了捏她的指尖。冯庭也忍不住笑了起来。

两人牵着手走进餐厅。

在轻音乐的伴奏下，他们临湖享用了一顿精致的午餐。之后，两人牵着手在附近闲逛。湖面波光粼粼，阳光照耀得人几乎睁不开眼睛。

冯庭从车里拿出一顶黑色渔夫帽戴上，走到红木亭台旁，扶着栏杆坐了下来。

此处海拔较高，栏杆外是绿油油的野草，前几天刚被雨水冲洗过，干净清新，透着嫩绿的光泽。山间自然生长的灌木与不知名的野花随意绽放在山谷间，散发着淡淡的幽香。

冯庭深吸了一口气，侧过身子感受大自然的风光。

“这个地方真不错，每次看到这样的景象，我都会觉得自己不过是沧海一粟。”

顾闻柯在她身边坐下，低头笑了笑：“喜欢吗？”

冯庭转过身，回道：“超喜欢。”

顾闻柯笑道：“那就好。”

冯庭问道：“你喜欢吗？”

顾闻柯沉吟了一会儿，缓缓说道：“我平时工作繁忙，偶尔得闲，就想找个安静的地方躺着，喝一杯咖啡，或者品一杯茶。”

冯庭点点头，说道：“我明白，精神压力很大。”

顾闻柯看向她，温柔一笑：“我母亲总说，我现在的性子没有以前活泼。回到家里话少得可怜。你想想，工作了一整天，回到家只想清净，确实没什么精力再多说话了。”

冯庭用胳膊肘撑在栏杆上，托着腮转过脸，笑吟吟地看着他。

“之前刚做你秘书的时候，我也觉得你不太爱说话。现在嘛，还好啊。”

顾闻柯顿了顿，抬起眸子，目光深邃地看着她：“你是个例外。”他低声说道，“不知道为什么，我在你面前，话就会多一些。”

冯庭扬起嘴角笑了，身子微微向他靠近几分，用指尖轻轻地在他的下巴上画圈：“为什么？”

顾闻柯说：“和你相处，我的内心很放松，很惬意。”

冯庭侧过眸子看了看别处，点点头，语气带着几分调侃：“这个世界上，能让你感觉内心舒服又惬意的女人，只要你点头，应该不少吧。”

顾闻柯轻笑出声：“或许。”

这时，冯庭站起身，背着手往前走，面对海水迎风而立。顾闻柯的视线追随着她的身影，停留在那纤细的背影上几秒，慢条斯理地说道：“像我这种生意人，不会轻易和人交心。除了家人，我对别人的防备心都比较重。但你是第一个让我感到放松的人，你得到了我的许多‘第一次’。”

第一次为一个女人动了感情，第一次为一个女人无心工作，第一次为一个女人放下国内事务跑到美国陪伴……这些“第一次”，简直不胜枚举。

冯庭听罢这句话，嘴角的笑意慢慢收敛。她转过身，轻眨眼眸：“那我说，以后我还要得到你更多的第一次呢？”

顾闻柯沉默了一下，浅笑道：“这要看你的表现。”

冯庭走上前，钩住他的脖子，柔声细语地问：“怎么表现？你提示我一下。”

“坦诚相待。”他停顿了一下，迟疑再三才低声说，“伤害我的行为，只此一次。”

冯庭知道他又在提那件事，晃了晃他的手臂，捏着嗓子撒娇道：“好，那我也想让你离不开我，永远爱我。不管我怎么骄纵，你都无条件地偏爱我……”

顾闻柯目不转睛地看着她，沉默许久，抬起手指轻轻拨开她的碎发，回道：“好。”

第十三章 多事之秋

与喜欢之人在一起的时间总是过得很快，两人在附近逛了没多久，天色就暗了下来。

晚饭他们是在小吃街解决的。

冯庭想吃寿司，顾闻柯迟疑了一下，想着这附近基本上都是高档酒店，他只好打开导航，开车载着冯庭前往小吃街。

步行了几百米后，他们终于找到一家小小的寿司店。冯庭点了一盒玉米蛋黄味的寿司。老板做好后，她迫不及待地接过来，打开餐盒取了一枚塞进嘴里，这才心满意足。

她看了看顾闻柯，又拿起一枚递到他嘴边。顾闻柯下意识想用手去接，冯庭却躲了一下："不，我喂你才行。"

路上人来人往，顾闻柯显得有些拘谨，显然是第一次在人前做这样的举动。他犹豫了几秒，才微微启唇。

冯庭含笑挽住他的手臂，两人牵手离开。

走到巷子口，男人问："现在开心了吗？"

冯庭扬起手臂，笑着答道："开心，爱你。"

顾闻柯挑了挑眉："就因为一盒寿司？你怎么这么容易满足？"

冯庭眯了眯眼，轻轻地吹了一下遮住眼睛的发丝。男人注意到她的举动，伸手帮她拨开散乱的头发。

"这不是好事吗？你应该高兴才是。容易满足的女生都很懂事呢。"

顾闻柯沉吟了一会儿，说道："我不需要你在我面前懂事，你展现最舒服的状态就好。"

他的表情很认真，不像是随口一说。

冯庭听到这话，脚步微微一顿，停下身来，转身看向男人，毫无预兆地一把抱住了顾闻柯。在抱住他的这一刻，冯庭闻着他身上熟悉的气息，感受到了一种前所未有的安全感。

男人有些疑惑，低头轻声问："怎么了？"

冯庭没有回答，只是抱着他，闷闷地摇了摇头。

两人就这样站在巷子口，紧紧相拥。

巷子深处弥漫着各式各样食物的香气，四处飘散。

过了许久，冯庭才低声说道："我累了，我想回酒店休息。"

顾闻柯抬手轻轻抚摸她的头顶，没有多说什么，陪她离开。

两人上了车后，冯庭侧头看向窗外的夜景，忽然开口问道："不需要我在你面前懂事，这话是为了哄我开心，还是认真的？"

顾闻柯没料到她会突然问起这个，侧头看了她一眼，反问道："你觉得呢？"

冯庭咬住嘴唇，犹豫了一下，说："怎么办，我越陷越深了。我是不是应该克制一下？"

男人没有立刻回答，冯庭转头看向他，等待他的回应。

过了一个路口，顾闻柯又问："如果我说，我也觉得自己越陷越深，想克制一下，你会怎么想？"

冯庭愣了一下，随即低声说道："自然是希望你越爱我越好，否则，我会伤心……"

顾闻柯淡淡地"嗯"了一声，没有再多说什么。

冯庭反应过来后，明白了他的意思，心中微微一动。她主动伸出手臂，轻轻搭在他的手背上。

"明白了？"他问。

冯庭轻声回答："明白了。"

夜色微凉，情意深浓，两人相拥而眠。

凌晨三点，李易安打来电话。刺耳的铃声打破了夜的静谧，吵醒了冯庭。

顾闻柯睡得较沉，冯庭推了推他的手臂，说："你的电话在响。"

顾闻柯起身拿起手机，接通后，听到李易安急切的声音，情绪明显有些不稳："顾总，出事了。"

顾闻柯刚从睡梦中清醒，嗓音微哑："什么事？"

李易安语气凝重地说："周小姐正在急救室抢救……"

顾闻柯听完，倏然坐直。这句话也传入了冯庭的耳中，她瞬间困意全无，跟着坐起身来。

"怎么回事？"顾闻柯问道。

"药物中毒。"

"她现在情况如何？"

电话那头的李易安沉默了一瞬，随后低声答道："生死未卜。"

短短四个字，让顾闻柯和冯庭陷入了沉默。

冯庭一时间有些慌乱，立即想到白天给周可岚的那份文件，没想到周可岚内心竟然如此脆弱……

顾闻柯回身看了冯庭一眼，闭上眼思索，良久才道："你现在立马去医院，我随后就到。"

想了想，他又补充道："盯着媒体那边。"

不需要多言，李易安立刻明白："我现在就通知公关部。"

挂断电话后，顾闻柯起身穿衣。冯庭呆愣了几秒，脑子才恢复运转，掀开被子下床："我跟你一起去。"

顾闻柯低头整理衬衫下摆："不用。"

冯庭的动作僵住，瞬间沉默，抬头看他。室内陷入短暂的安静，只能听到男人穿衣的窸窣声。

冯庭轻轻叹了口气，又坐回床边。顾闻柯这才察觉到她的反应，抬起头，看向她。

四目相对，两人一时间都不知道该说些什么。

冯庭心想，她是不是应该说一句"别慌，路上注意安全"之类的话，还是干脆什么都不说。

这时，顾闻柯开口："我并不是对她还有旧情，人命面前……"

冯庭打断了他："你不用解释，我都明白。"

除了人命关天，自然还有别的考量，比如舆论的影响。顾闻柯能想到的，她不会想不到。

顾闻柯点头："你能理解就好。"

男人拿起外套和车钥匙，走到门口时忽然又犹豫了一下，回身问她："你想去吗？"

冯庭回答："我不想让你一个人开夜车。"

抿了抿嘴，她又补充道："如果周可岚真的出了什么事，那肯定跟我白天交给她的资料有关。我不想背负一条人命，后半生不得安宁。”

她的话说得如此直白，顾闻柯便不再犹豫：“那快穿衣服吧。”

冯庭来不及多想，手忙脚乱地穿好衣服。出门前，她只匆匆拿了一只口罩随意戴上。

从这里到周可岚所在的急救医院，少说也要一个半小时。冯庭时不时看一眼手机上的时间，一路上显得有些心绪不宁。

冯庭只希望周可岚能够平安无事，否则这件事的后果谁也无法承担。

无论是顾闻柯、公司，还是冯庭本人，都将面临远不止舆论压力这么简单的麻烦。

冯庭正出神地想着，忽然感觉手背一热。她低头一看，是男人的大掌悄无声息地覆盖了上来。他修长的手指透着几分温暖，冯庭看着那只手，心里莫名安定了几分，原本的慌乱似乎也随之平息了下来。

她转过头看向他，勉强扬起嘴角笑了一下。

五点左右，两人到了医院。急救中心灯火通明，不时有救护车拉着急救病人驶入。

冯庭下了车，站在车旁抱着手臂，望向楼顶“急救”两个鲜红的大字。

顾闻柯撑开伞，朝她走来，问道：“你要不要在车里等着？”

冯庭侧头问：“为什么？”

顾闻柯沉默了一下，说：“周家的人肯定在场，这个时候……”

后面的话，他没有说得太明白。

冷风拂过，冯庭的发丝被吹乱。他抬手帮她理了理头发，说：“你放心。不管周家人怎么想，或者万一走漏风声被媒体大肆渲染，我都会一力承担，把事情处理好。”

听他这么说，她忽然笑了：“我知道啊。你不用保证，就算你不说，我也相信你。”

冯庭最终还是没有跟顾闻柯一起进急诊部。他说得很有道理，这个时候，两人确实不适合一同出现。

她戴上口罩，又回到车里，目送雨幕中顾闻柯的背影。

顾闻柯走到廊下时，便收起了雨伞。这时，李易安看见了他，跑过来接过顾闻柯手中的雨伞。雨水滴落在地上，打湿了一小片地板。灯光映照下，地板上显现出两人的轮廓，以及急救室门口那明亮的灯光。

急救室的指示灯还亮着，走廊两侧的座椅上坐满了人。

周家人一看到顾闻柯，顿时像打了鸡血似的激动起来。两名情绪激昂的小辈立刻冲了过来，仿佛要讨个说法。然而，想到周可岚当初在周家受尽委屈无人出头的情景，如今他们一个个义愤填膺的模样，未免让人觉得可笑。

不过，那两人还没靠近顾闻柯，就被顾全大局的长辈拉住了。

周禀然站在一旁默默抽着烟。他见到顾闻柯，叹了口气，迟疑片刻后掐灭了烟，走了过来。

顾闻柯刚才一进门，已经听李易安简要汇报了这里的情况。此时见周禀然走过来，顾闻柯还是问了一句："情况怎么样？"

周禀然答道："还不清楚。"

顾闻柯上下打量了他一番，发现他衣衫不整，显然是半夜匆忙被叫醒，连夜赶过来的。

"她是不是受到了什么刺激？"周禀然询问顾闻柯，"我知道她最近睡眠不好，所以睡前都在吃安神药。幸好今晚过去看她，一直敲门没人应，我心里有些不安，打开门就看见她倒在地上，身边还有一个红酒杯，酒洒了一地……"

顾闻柯斟酌了几秒，低声说道："等人没事了，我们再谈吧。"

说到这里，他便不再多说一个字，随意寻了个位置坐下，垂眸沉默。

周禀然见问不出什么，也没再追问，但总觉得这件事和顾闻柯脱不了干系。

走廊里静悄悄的，所有人都沉默不语。忽然，有人的手机响了起来，是刚才想动手冒犯顾闻柯的其中一个人。

那人拿起手机，只听了两句，眼神瞬间变得犀利，直直地朝顾闻柯这边看过来。

不等顾闻柯反应过来，他就侧头对身旁的另一个人低声说了几句。那人听后，脸色也瞬间变了。

两人立刻站起身，快步朝外走去。

顾闻柯瞥了他们一眼，却并未放在心上，视线很快收了回来。

下一秒，他忽然想到什么——冯庭！

他猛地站起身，疾步追了出去。

李易安一头雾水，但看到老板脸色阴沉下来，也连忙快步跟了出去。

尽管顾闻柯反应迅速，但还是晚了一步。他刚跑出急救中心，就看到冯庭已经被他们从车里粗暴地拉了出来。

顾闻柯呼吸一滞，冲过去已经来不及，只能高声呵斥：“谁敢动她！”

雨幕下，冯庭踉跄了几步才勉强站稳。她睁着湿漉漉的眼睛，侧身朝顾闻柯的方向望去。

动手的几个人被顾闻柯的厉声喝止住，也转身朝他看过来。

就在他们犹豫的这几秒钟，顾闻柯已经快步走到跟前，抬手将冯庭从人群中扯了出来。

顾闻柯一个冷若冰霜的眼神扫过去，对面几人不由自主地往后退了两步。他侧过头，用余光关切地看了冯庭一眼，随后视线再次落在那几个年轻人身上。

“李易安。”他启唇，叫了李易安的名字，“送冯秘书去车里。”

李易安走上前来：“好的，顾总。”

此刻，他称呼她为“冯秘书”，既不显得过于亲昵，也不显得过于疏离，恰到好处。

冯庭刚才被拉下车时扭了一下脚。当时事发突然，毫无防备，现在才感觉到脚踝处隐隐作痛。

缓过神来，她正想说些什么，李易安已经拉开了车门：“冯秘书，上车吧，事情交给顾总处理。”

冯庭想了想，便作罢。按她的性格，本不会轻易善罢甘休，但眼下周可岚还在急救室，她也无心与几个没礼貌的毛头小子计较。

她扫了那几人一眼，转身朝车门走去。

顾闻柯注意到冯庭的脚崴了，眉头轻轻皱了一下。

冯庭刚坐好，就听到顾闻柯问：“刚才是谁动手的？”

还没等她听到回答，李易安便将车门关上了。

透过车窗，她只看见顾闻柯冷冷地扫了那几人一眼，随后侧头吩咐了李易安几句。李易安连连点头，接着抬手拍下那几个人的照片。

那几个晚辈完全没有了刚才的嚣张气焰，脸上逐渐露出怯色。不过，他们明显心里气不过，一个个梗着脖子，低头不说话。

后面的事情如何发展，冯庭没再关注。说实话，她到底是个手无缚鸡之力的女孩子。方才几个陌生面孔拉开车门，动作粗鲁地把她从车里拽出来，着实把冯庭吓了一跳。

尽管害怕，她反应还是很快，猜到来人是周家人。

不过，他们人多势众，冯庭已经做好了吃顿拳脚的打算。

但她也不是好惹的主，真要是吃了亏，一定会加倍奉还。

冯庭正想着，车门又被拉开。她抬头一看，发现是顾闻柯坐了进来，这才松了口气。

男人神色凝重，坐下后沉默了一会儿，才侧头打量她：“没事吧？”

冯庭摇了摇头，不过心里有气，还是大肆渲染了一下刚才的状况：“没事是没事，不过确实被吓得不轻。我长这么大，还是第一次遇到这种事情。以前就听说周家的人喜欢惹是生非，没想到他们这么大胆。现在可是法治社会啊！没有王法了吗？还是觉得我没靠山？”

这番话说完，顾闻柯的脸色果然更黑了。他沉声说道：“我会处理他们。”

冯庭这才稍稍消了气，抿了抿嘴，没再说话。心中惊魂未定，她又想起周可岚，深深叹了一口气：“周小姐怎么样了？”

“我出来的时候，她还没从抢救室出来。”

“哦，那现在怎么办？”

顾闻柯侧头看了看她，说：“我送你回去休息吧？”

冯庭抱起手臂，静静地看着车前玻璃上的水珠，摇了摇头：“我跟你一样，哪有心情休息。”

顾闻柯低声说道：“这件事跟你没关系。”

冯庭刚要开口说些什么，顾闻柯的手机响了，电话是李易安打来的：“周小姐已经无碍了。”

听完，两人都松了一口气，又听见电话里继续说道：“只是她还在昏迷，现在已经被送往加护病房……”

顾闻柯“嗯”了一声便挂断了电话。

冯庭问他：“你要进去看看吗？”

顾闻柯沉默了一下：“你希望我去？”

冯庭挑了挑眉：“进去看看倒也没什么。”

顾闻柯略作思考，却说：“她现在人在加护病房，我去了也见不到。先送你回去吧。”

说罢，他启动车子，旋转方向盘，驶向医院外的道路。

冯庭今晚执意跟过来，更多是出于自己的考虑。眼下周可岚既然没事，她也就没有什么需要操心的了。

折腾了一夜，冯庭已经筋疲力尽。她坐在副驾驶座上，望着窗外昏暗的街景，路灯的光影不断从车窗前掠过。意识在模糊与清醒之间徘徊，尽管睡不着，头脑却疲惫不堪。

直到车子驶入府前别苑的大门，冯庭的意识才再次恢复清明。她在座位上坐直了些。

车子停在楼下，顾闻柯并没有将车开进车库。他停好车，说道："我送你上去。"

冯庭解开安全带，打了个哈欠："不用了，我自己回去休息。"

她眨了眨沉重的眼皮，推开车门。一只脚刚落地，手臂忽然被顾闻柯拉住，刚沾地的脚被迫收回。车门"啪"的一声被关上了。

男人的热吻毫无预兆地袭来，冯庭"嗯"了一声，下一秒便放弃了挣扎，坦然接受。

他浅尝辄止，随后侧过头，用鼻尖轻轻磨蹭她脖颈处的长发，嗅着那熟悉的香味，却沉默不语。

冯庭轻轻推了推他，男人这才坐回去。

"怎么了？"面对男人突如其来的深情，她问道。

顾闻柯沉默了一会儿才开口："今天我确实不该带你过去，让你面对刚才的情况。"

冯庭低头笑了一下，说："我没你想的那么脆弱，睡一觉就忘了。"

顾闻柯又沉默了一下，再次强调："她怎么样都与你无关，别给自己太大压力。"

冯庭继续笑着回应："我知道啊，我还好。"

男人点了点头："嗯，上去吧。"

冯庭这才推开车门，下了车，绕过车前，忽然想起什么，又转身回来，敲了敲车窗。主驾驶的车窗缓缓降下，男人抬眸问："怎么了？"

冯庭轻轻眨了眨眼，说："你等会儿要是看到她病床上憔悴的模样，心生怜悯，动了恻隐之心的话，记得提前告诉我。"

顾闻柯顿时失笑。

冯庭有些不自在："笑什么？"

顾闻柯反问："你觉得可能吗？我会是那种轻易被影响的人？"

"那谁知道。"

顾闻柯叹了口气，没有再多说，只嘱咐她："回去吧，别胡思乱想。"

谁胡思乱想了？冯庭不想承认，故意说道："我才没有胡思乱想。我只是觉得成年人的时间比较宝贵，你倘若见了她，以后在我面前心猿意马的话，我还不如早做打算。"

她说完便转身离开，留下顾闻柯一个人沉默不语。

男人用力握紧方向盘，方才缓和的脸色莫名地有些不愉快。她自然没有看到。

上了楼，她打着哈欠躺到床上，才瞧见顾闻柯发来的消息："想都别想。"

冯庭"扑哧"一笑，知道他对她说的话有些吃醋。虽然他去医院看周可岚，是为了安抚周家人，也为了防止媒体记者的舆论发酵，但她心里仍然有些难受。

所以，礼尚往来。他让她不舒服，她也不会让他舒服。知道他心里不痛快，她反倒觉得心情舒畅了许多。

放下手机，睡意袭来，她故意没有回复消息。

周可岚其实不是想不开，进医院完全是个意外。最近她心情不好，总是睡不着觉，一直在服用安神药。

为了睡个好觉，今晚她多吃了两片。结果药效迟迟没有显现，她在清醒状态下又喝了两杯红酒。

谁知副作用竟然这么大，差点让她与世长辞。

周可岚幽幽地醒过来时，听见耳边"嘀嘀嘀——"不断响的医疗器械声。她眨了眨沉重的眼皮，眼前的虚影一晃，隐约看见一张熟悉的面庞——是顾闻柯。

周可岚已经有些日子没见过顾闻柯了。男人依然是记忆中那副模样。此刻，她的意识还不太清醒，下意识地拉住了男人的衣袖。

坐在一旁的男人微微顿了一下，下一秒，他轻轻地收回了手臂。

"下次别做这么冲动的事，会给彼此带来很多不必要的麻烦。"

男人的语气疏离而冷淡。周可岚瞬间清醒过来，原本就不好的脸色在听到顾闻柯的话后变得更加苍白。

她轻轻地收回手，沙哑着嗓子说道："我没想给你带来麻烦……"

顾闻柯转开视线，不去看她："不管你想没想，你的行为确实已经给我带来了麻烦。"

周可岚闻言，心中涌起一阵怒意。她咬紧牙关，冷笑了一声："怎么了？我还不能生病住院了？就因为要考虑对你的影响，以后我生病都不配来医院，只能在家硬扛吗？"

顾闻柯并不是这个意思，不过她非要这么曲解，他也懒得解释。长叹了一口气后，他低头看了一眼手机上的时间。

现在是早晨七点。下了一整晚的细雨，外面的天气又湿又凉。

周可岚在凌晨五点从加护病房转到了普通的一体化病房。顾闻柯觉得自己已经仁至义尽，实在没有必要再待下去。

他起身，拿起风衣，对她说道："最近这段时间我们都小心些，等风头过去了，你想上天入地，都随便你。"

说完，他不顾周可岚的心情，转身往外走。当手触碰到病房冰凉的门把手时，他停了下来，又问道："什么时候出国？"

周可岚瞥了他一眼，梗着脖子说道："出不出国是我的自由，你管不着。"

顾闻柯动了动嘴唇，脸上依旧波澜不惊，但语气中带着明显的警告："你在哪里确实是你的自由。不过，如果你想让你我都好过，就消停些。"

这句话暗指她骚扰冯庭的事情。周可岚再怎么迟钝，也听得出来。

她的怒火瞬间被点燃，无处发泄，下意识地捡起病床旁的枕头，冲动地朝他丢过去："你非要这么惹一个病人吗！"

这一次，顾闻柯反应灵敏，轻而易举地侧头躲开。他叹了口气，动作干脆地拉开病房的房门，毫不犹豫地离去。

周可岚有气无力地躺了回去，却又无可奈何。

周禀然是最后一个离开的。他坐在窗前的椅子上，与周可岚对视了许久。他只说了一句："那个时候你把冯秘书安排到顾闻柯身边，我就提醒过你不要引狼入室。"

周可岚很烦，想逃避："不要再说了！"

周禀然见她这个态度，也不再多言。他无奈地叹了口气，站起身告辞："公司的事情比较多，我得回去处理。这里有人伺候着，你有什么需要就给我打电话。"

周可岚侧过头去，不说话也不看他。

周禀然见她态度消极，便拉开病房门走了。

冯庭一觉睡到了中午十二点，还是被刺耳的铃声吵醒的。

阳光透过窗户洒进室内，她听着铃声迷迷糊糊地愣了一会儿，才意识到是手机在响。

她翻了个身去摸手机，翻来翻去，最后才在枕头下面找到。刚一接通，就听到秦思明急切的声音："你看新闻了吗？"

冯庭一时没反应过来，茫然地问："什么新闻？"

秦思明顿了一下，语气中带着几分恼火："你还有心思睡觉？"

"怎么了？"她打了个哈欠，问道。

秦思明说道："周可岚昨晚想不开，寻了短见，现在人在医院抢救！"

冯庭整个人怔住，秦思明继续说："现在网上都在传顾闻柯有新欢，周可岚因为受刺激才想不开，舆论一边倒。你前几天是不是见过周可岚？"

冯庭神色一凝："你怎么知道？"

"你自己看吧！"

秦思明说完便挂断了电话。紧接着，冯庭的手机嗡嗡嗡地振了三下，秦思明将新闻内容发了过来。

冯庭点开一看，脸色瞬间苍白。

新闻内容正是几天前周可岚约她喝咖啡的场景——两人不欢而散，周可岚愤怒之下，举着咖啡泼了她一身的画面。

照片是路人随手拍的，画质不甚清晰。幸好拍摄角度不佳，冯庭只露出一个侧脸，而周可岚满脸怒容却被精准地捕捉到了。

新闻的标题更为夸张——"正宫不堪忍受小三逼宫，手泼咖啡泄愤！"

"小三""逼宫"几个刺眼的词语赫然醒目，既博人眼球，又刻意激化矛盾，成功点燃了网民的愤怒情绪。评论区里，污言秽语不绝于耳，一个个不分青红皂白地咒骂着冯庭。

舆论有多可怕，冯庭早已深有体会。尽管她一直试图看淡，也曾帮助许多因遭受舆论攻击而内心受创的来访者，但当她也成为被攻击的一方、成为受害者时，面对那些不堪入目的言论，冯庭依然感到呼吸一滞。

就在她几乎被铺天盖地的辱骂声淹没时，顾闻柯的电话打来了。

他只字未提网上的事情，只是平静地问："你醒了？"

冯庭还躺在床上，只轻轻应了声："嗯。"

男人沉默了一会儿，试探着问："什么时候醒的？"

"刚刚。"

原本低沉的声音瞬间柔和了许多，似乎有意隐瞒什么。

"我在回来的路上，想着你差不多该醒了。"男人心不在焉地望了眼窗外的风景，接着说道，"最近公司不怎么忙，我也有些累了。陪我去度几天假吧。"

冯庭知道他是让她暂时避开舆论，一片苦心她看得明白，却没有立刻戳破。

"去哪儿？"冯庭问道。

"找个环境清幽，不会被外界打扰的地方。怎么样？"

冯庭沉默了一会儿，说："行啊。"

顾闻柯道："我们下午就走。你赶紧收拾行李，我十分钟后到。"

"好。"

顾闻柯抵达府前别苑时，冯庭还没收拾好行李。她静静地坐在沙发上发呆，直到外面传来开门声，才开始动手准备。她刚拿出行李箱，顾闻柯就推门走了进来。

他站在门口，犹豫着要不要将网上的事情告诉她。

冯庭抬眼看向他，眨了眨眼，也在犹豫，要不要告诉他刚才秦思明来过电话，她已经知道了。

两人对视三秒后，顾闻柯回过神，看了一眼时间。

"收拾好了吗？"他问道。

冯庭耸了耸肩，语气轻松地说："还没来得及收拾啊，你回来得这么快，是不是发生什么事了？"

顾闻柯犹豫了一下，下意识地选择继续隐瞒："没什么事情，你不要多想。"

冯庭点了点头："嗯，好。"

顾闻柯还想再说些什么，这时兜里的手机响了。他掏出手机，转身走出去接听。

他推开阳台的推拉门，看了一眼室内的冯庭，捏着电话放到耳边，背过身去。

冯庭抱起手臂，静静地欣赏着男人的背影。这一刻，她所有的烦恼似乎都烟消云散。

顾闻柯心情复杂，随意和那边交代了几句便挂断电话。回到屋内时，他看到冯庭嘴角带着温柔的笑意看着他，心里莫名感到一丝压力。

顾闻柯把手机放回兜里，拉起行李箱，对她说道："走吧。不需要收拾太多东西，我会提前打电话让那边准备好。"

说完，他避开冯庭的目光，提起行李箱便往外走。走了两步，见冯庭没有跟上，他停下脚步，回头望去。

冯庭扬起嘴角微微一笑，飞快地扑进男人怀中。随后她抬起手臂，环住男人的脖颈，低声说道："我不想走，我什么都知道了。"

这句话一出口，男人果然愣住了。他迟疑了片刻，问道："你说什么？"

冯庭眨巴着水汪汪的眼睛，细声细气地说道："我说我什么都知道了。现在网上闹得沸沸扬扬，我知道了也没什么好奇怪的啊。"

顾闻柯深吸了一口气，握住她的双手，说道："我会处理好的，你相信我。”

冯庭微微一笑，说道：“我一直相信你啊。”

她沉思了片刻，终于组织好语言，开口道：“可是我不想离开。一是我不喜欢逃避问题，二是不想在这个时候跟你分开。我不知道你让我走是短暂的分别，还是让我走了就不再回来……我知道现在网上的言论对我很不利，以后如果你还选择跟我在一起，大概会承受来自家里的压力。至于外面的流言蜚语能不能平息，这也是一个棘手的问题。你需要在保护我和维护自己面子之间权衡利弊……”

说完这番话，她抬起头，注视着顾闻柯的反应。只见男人脸上浮现出几分无奈的神色，而那无奈之中还夹杂着些许不愉快。

“我在你眼里，就是这么唯利是图的人？”

话音刚落，顾闻柯的手机铃声再一次响起。

他低头掏出手机，看到来电显示时愣了愣。冯庭顺着他的动作看过去，也瞧见了屏幕上闪烁的名字。

是顾闻柯的父亲打来的电话，这个时候来电的原因，自然不言而喻。

顾闻柯抬起手，朝冯庭做了一个“噤声”的手势。

冯庭点了点头。

顾闻柯盯着屏幕，沉默了两秒，才按下接听键。

刚一接通，就听到父亲带着怒意的声音：“你在哪儿？”

“外面。”

“现在立刻回公司一趟，我在你办公室，马上回来！”

冯庭和顾闻柯对视了一眼，她再次点了点头，示意他去处理。

顾闻柯这才答应道：“好的，我马上过去。”

冯庭目送顾闻柯驾车离去，站在冷风中抱紧双臂，随后转身回了房间。

顾闻柯抵达公司时，李易安刚刚端了一杯热咖啡送进办公室。李易安尚不知晓顾闻柯与冯庭飞原定飞往外地的行程已取消。此时，周可岚仍在医院，李易安按照顾闻柯的指示，安排了两名得力助手在住院部外的走廊上 24 小时轮流守护。

截至目前，还没有媒体记者前来骚扰。

这两天，不仅顾闻柯忙得脚不沾地，李易安也忙得焦头烂额。

顾闻柯推开办公室的门走进去，办公室内安静了片刻，很快便传出了争吵声。虽然双方的语气都刻意压抑，但各自的态度针锋相对，互不相让。

具体说了什么，李易安虽然听不清，但不用费脑子想也知道是跟网上爆料的事情有关。

这种丑闻对公司不利，董事长这才亲自出面。

方才李易安进去送咖啡的时候，就看见董事长沉着一张脸，一言不发地坐在办公桌前，气势逼人。

秘书部的几个人各自忙碌，表面上在专心工作，其实早已吃了一整天的瓜。

刚才董事长过来的时候，大家还嘀嘀咕咕地猜测了一会儿，这会儿顾闻柯又进去了，他们面面相觑，心里各有一番计较。

李易安放下文件，扫了他们一眼，开口说道："一个个好奇心就这么重？谁要是闲得慌，告诉我一声，还有一堆文件等着处理呢。"

这话一说，手下的干将们果然正襟危坐，不再频频往总办门口张望。

十几分钟后，总办房门打开，顾父率先从办公室出来，顾闻柯紧随其后，送他到门口。

两人刚才因为意见分歧闹得脸色涨红，此刻出门，面对公司职员时，却默契地收敛了情绪。

顾父走了两步，忽然停下脚步，转身看了看顾闻柯，沉吟片刻，才说道："刚才我说的办法，你好好考虑一下。"

顾闻柯垂下眼眸，语气坚定地答道："我不需要考虑，父亲，这件事我会处理好。"

顾闻柯忽然叫了一声"父亲"，让顾父愣了一下。以往在公司，两人之间有一条不成文的规定——私下是父子，公事上则是上下级关系。

两人一向公事公办，以公司利益为重。

顾闻柯这一声"父亲"，让顾父意识到，他不仅是公司的"董事长"，更是顾闻柯的父亲。

想到这里，顾父的脸色比之前缓和了许多。他侧过身，用目光盯着顾闻柯许久。诸多话语涌上心头，终究只是深深叹了一口气。

"我给你三天时间。"顾父留下这句话，转身离开了。

顾闻柯站在门口，目送顾父的身影消失在视线中。

这时，李易安抬眼朝这边看了一眼。顾闻柯察觉到后，李易安还没来得及移开视线，老板已经对他抬了抬下巴，示意道："把里面的咖啡撤了，再煮一杯送进来。"

李易安赶紧把手中的文件放到桌上，忙不迭地应了一声。

方才准备的咖啡还热着，李易安直接到茶水间续了一杯。推开总办的门时，他看见顾闻柯正在打电话。顾闻柯手里还夹着半支香烟，见李易安进来，他修长的手指微微一曲，将香烟摁进烟灰缸里。

办公桌前的窗户开了半扇，室内的烟味随着微风散去。等气味彻底消散后，顾闻柯抬手将窗户合上。

此时，他的电话也已经讲到了尾声。他将手机放在桌面上，双手交扣，闭上眼睛，陷入了沉思。

鼻端萦绕的咖啡香味并不足以排解他的烦忧，脑海里不断浮现父亲刚才生气时说的话——

“敢情你前段时间无心工作，原来是为了一个女人。事情没爆出来之前，你母亲虽然在我耳边絮叨过，我还心存几分怀疑……”

“你下午赶紧召开记者招待会，解释清楚事情的前因后果。至于那个女孩子的事，直接否认掉，当作从未发生过，把对公司的损失降到最低，明天在董事会上也好交代！”

顾闻柯当时听父亲这么说，立刻否决了他的提议。他说：“女孩子的事情是真的，没办法否认。”

顾父听完勃然大怒，怒目看向顾闻柯：“什么叫没办法否认？”

顾闻柯平静地回答：“否认就等于说这件事从未发生过。但以后如果想把她娶进家门，该面临的还是得再面临一遍。”

这话让顾父瞠目结舌。

随即，父子俩激烈地争吵了起来。要不是这个时候顾母的电话打了进来，场面还真不知道该如何收场。

在顾闻柯的记忆中，他很少顶撞父亲。上一次还是在高中时，因为高考报考志愿的问题，他与父亲争执了一次。

最终，胳膊拧不过大腿，顾闻柯不得不妥协。

不过，顾闻柯早已不是当年那个在大事上完全听从父亲的毛头小子。如果他真的决定要做什么，谁也拦不住。

以前，他只是不喜欢惹麻烦，所以表面上阳奉阴违，尽量避免与父亲产生过大的分歧。

咖啡静静地在桌子上冒着香气。李易安端起刚才董事长喝过的咖啡，转身往外走。

顾闻柯忽然站起来，拿起外套，一边穿一边往外走。他对李易安说道：“咖啡先放那儿，你随我去医院一趟。”

如今，顾闻柯面临的问题，不管怎么解决，多少都会带来负面影响。

权衡一番利弊后，他只能先去医院找周可岚，问清楚这件事是否与她有关。

周可岚自然没有参与，尽管她很想这么做，但其中的利害关系她还是明白的。

其实，今早她看到新闻时，一开始是暗自得意的，解了心头的一口恶气。

她正犹豫着要不要给顾闻柯打个电话解释这件事与她无关时，就听见看护喊了一声："顾先生。"

周可岚抬眼，看见了顾闻柯。

他在门口站了片刻，随后回头示意李易安出去。

看护和阿姨都是会看眼色的人，不用多说，一起退出了房间。

等房间里只剩下两个人时，顾闻柯站在距离她一米的地方，目光沉静，不带一丝感情地与她对视。

"事情是你做的吗？"他开门见山地问道。

周可岚摇了摇头："不是。"

顾闻柯自然也知道不是她。他过来这一趟，并不是为了听解释。其实，在问出这句话之前，他心里已经有了答案。

他说完后，依旧静静地站在原地，脸上没有太多情绪。

这样的模样在周可岚看来，有些不妙。她没有顾闻柯那样的定力，主动问道："现在怎么办？"

顾闻柯答道："不怎么办，下午召开记者招待会，把事情解释清楚。"

周可岚一听，心里顿时像打鼓一样慌乱起来："你准备怎么解释？"

男人忽然笑了一下，故意说道："可能要委屈你了。"

此话一出，周可岚立刻慌了神，脸色瞬间变得苍白。

她深吸了一口气，轻轻啜泣起来。事情已经过去这么久，她第一次真诚地对顾闻柯道歉："对不起，确实是我对不起你在先。我胡闹，耍小聪明……"

第十四章 四两拨千斤

顾闻柯一整天都没有消息。

冯庭早已做好了最坏的打算。她想着，人生在世，如果凡事都被外人的目光所束缚，那活得也太累了。

下午，秦乐天倒是打来了一通电话。这孩子八成也看到了新闻，从照片的轮廓猜测出了她的身份。不过，他一向聪明，冯庭不说，他也不问，只是跟她聊些无关紧要的事情。

秦乐天和赵凉凉还是分手了。从三亚回来后，他就提了分手。赵凉凉倒是找过他几次，但秦乐天态度坚决，最终只能作罢。

挂完电话后，冯庭煮了咖啡。她推开阳台上的推拉玻璃门，将咖啡放在圆桌上，整个人懒懒地陷入藤椅中。

微凉的风轻拂过冯庭的面庞，夹杂着潮湿的水汽。天色已不如上午那般明亮，阳光逐渐被厚重的云层遮住，光线暗了下来，似乎在酝酿着一场风雨。

冯庭闭着眼，静静享受这片刻的安谧。过了一会儿，零星的雨点洒在她的脸上。她睁开眼，发现雨势逐渐加大，开放式阳台的雨水随着风飘了进来。

冯庭歪着头，轻轻叹了口气，自言自语道："老天爷也太不给面子了。"

与此同时，顾闻柯已经回到公司处理记者招待会的事，而周可岚与李易安还僵持不下。

周可岚用力抿紧嘴唇，妥协道："我暂时没有男朋友。"

李易安神色微动，缓声说道："过几天顾总会安排。"

"好。"周可岚轻声应道。

李易安没想到周可岚这次这么好说话，不由得松了一口气。

两人很快抵达公司楼下，外面已经聚集了大量媒体。

记者招待会在十一楼大厅的会议室举行，门口站着两位公关部的女职员。周可岚刚一出现，其中一位职员就去通知顾闻柯和公关部的直属上司，另一位则走到周可岚面前，温柔地嘱咐了几句注意事项。

"周小姐，还有什么不明白的吗？"

周可岚脑子里嗡嗡作响，愣愣地眨了眨眼睛，刚要开口确认什么，会议室的门从里面被拉开了。刚才进去的那位女职员出来，对外面的同事点了点头。

周可岚知道，自己该上场了。她的心跳立刻乱了节奏。幸好今天妆容比较浓，腮红打得厚，不然如果被媒体拍到她脸色苍白的模样，事后一定会成为大肆炒作的话题。

原本她是打算戴着口罩上场的，临进门时，却被一位女职员叫住。那人伸手摘下了她的口罩，轻声说道："周小姐，还是这样比较好。如果戴着口罩上场，反而会显得像个受害者……"

周可岚还来不及反应，就被推了进去。一抬头，无数闪光灯瞬间亮起，刺得她眼前一片白茫茫，短暂地失去了视觉。

幸好里面有人接应，引导她坐到了顾闻柯身旁。

相比之下，顾闻柯显然要淡定得多，一副见惯了这种场景的从容模样。

没有什么比这一刻更让周可岚觉得，自己和顾闻柯是两个世界的人。

半个小时后，门"唰"的一声被拉开，率先出来的是顾闻柯。他脸上看不出太多情绪，一边扣着西装纽扣一边往外走。紧随其后的是公关部的负责人，他脸上表情轻松，一看便知问题已经解决。

路过李易安时，顾闻柯突然开口："送周小姐回医院。"

说罢，他在众人的簇拥下离开了。

李易安目送老板进入电梯，这才回身走进会议室。此时，记者们已经散去，只有几名工作人员在整理会议室的场地。

周可岚静静地坐在会议桌前的椅子上，目光呆滞地眨了眨眼。李易安不知道她在想什么。

他走近周可岚，轻声喊了一声："周小姐。"随即提醒她，"都结束了。那我送您回去，您是回医院还是回家？”

周可岚这才回过神来，转身看向李易安：“回家。”她抿了抿嘴，又补充道，“只是医院还没办出院手续……”

李易安点点头，说：“我帮您去办。”

“谢谢。”

“不客气。”

周可岚这才从椅子上站起来。刚才发言时过于紧张，这会儿腿还有些发软。

记者招待会刚一结束，周可岚还没走出会场，关于两人如何分手的新闻就已经更新了。内容简单而直接：“周氏大小姐亲自出面澄清，还是朋友，谣言止于智者。”

冯庭在得知记者招待会结束的第一时间便上网查看了新闻。此时，相关报道已经铺天盖地。

不过，网民可不是那么容易被糊弄的。至于真相如何，大家其实并不关心。相比于谁是谁非，吃瓜群众只在意“瓜”是否够劲爆，总有一些唯恐天下不乱的好事者在带节奏。

窗外的雨仍在持续不断地下着。冯庭侧过头，看着雨幕发呆。

不知过了多久，外面忽然传来一阵敲门声。这两天正处于谨慎时期，冯庭侧头看向门外，轻声问：“哪位？”

外面没有任何回应。她正准备通过猫眼查看外面时，忽然听见“嘀嘀嘀”按电子门锁的声音。

冯庭松了一口气，猜测是顾闻柯回来了。她随即打开房门，门一拉开，男人便立在眼前。

顾闻柯看见冯庭，愣了一下，说：“我还以为你不在家。”

冯庭答道：“我不在家能去哪儿？这个时候还是少出门为妙，免得被认出来。”

顾闻柯浅笑了一下，进门后放下车钥匙，脱下外套。

冯庭走到沙发上坐下，抿了一口已经凉透的咖啡。忽然想起什么，她放下咖啡杯又站了起来，走到他身边，将拖鞋递给他。

男人接过拖鞋穿上，牵着她一起走到客厅的沙发前坐下。

他显得有些疲惫。这两天事情堆到了一起，他几乎是连轴转，想喘口气都难。

冯庭抬起胳膊，撑在沙发背上，静静地看着男人英俊中带着倦意的侧颜，嘴角微微上扬，露出无声的笑意。

顾闻柯察觉到她的目光，偏过头，侧眸看向她：“笑什么？”

冯庭咬了咬嘴唇，笑吟吟地说：“感觉你挺不容易的。”

男人深深叹了口气：“你终于知道我不容易了？”

冯庭摇了摇头：“我不是说这个。”

男人疑惑地看着她：“那你说什么？”

冯庭抬起手，噙着笑意，替男人抚了抚衬衣的褶皱，语气轻飘飘地说道：“都是我不好。”

“你在医院守了一夜，又要忙公司的事，还得应付你父亲，还要照顾我……”

顾闻柯抿了抿唇，忽然笑了：“怎么觉得你这话怪怪的？虽然是关心的话，但听着像是在质疑我的能力……”

冯庭抖着肩膀坏笑，嘴上却矢口否认：“没有，怎么会？你想多了。”

顾闻柯的嘴角也微微扬起。他直起身子，开始解衬衫的扣子。

冯庭眯起眼睛，笑着问：“干什么？”

顾闻柯低声说道：“证明自己。”

这次记者招待会发布的内容实在过于官方，以至于效果甚微。这一点，公关部早在事前便预料到了。

第二天，董事会那边自然是不满意。尽管公司的声誉和利益仍在受损，但既然董事长已经给了顾闻柯期限，在期限未到之前，董事们也无法多说什么。

不过，接下来的几天，事情有了新的进展。

三天前的晚上，娱乐记者在一位新晋流量演员的私人住宅外拍到了一个熟悉的身影，这人正是周可岚。

这件事迅速吸引了大量关注。

第二天一早，周可岚便被记者堵在电梯里。面对他们接连不断的追问，周可岚的回应模棱两可，既不承认也不否认，任由外界猜测。

消息传到网上后，一时间众说纷纭，舆论迅速发酵。

当网络上的吃瓜群众还在讨论她与顾闻柯的感情是否出了问题时，有网友开始爆料，称周可岚早已另结新欢。

冯庭对此事背后的隐情并不知情。当她在新闻上看到相关报道时，不禁愣了愣。

这时，顾闻柯刚刚洗漱完，端起一杯咖啡，轻轻抿了一口。

冯庭的视线从手机屏幕上流量小生的照片移开，落到了顾闻柯那张英俊的脸上。

尽管有句话叫“情人眼里出西施”，但不得不承认，手机屏幕里这位流量小生的颜值更胜一筹，主要是胜在年轻啊。

多青春的一张脸啊，多招女孩子喜欢啊。

顾闻柯知道她在看什么，抬起眼眸：“啧什么呢？”

她放下手机，侧过身去，认真地端详了男人半天。

“周可岚真有新欢了？什么时候的事？”

顾闻柯低头倒咖啡，又抽了两张纸擦拭溅在外面的液体。

“你们关系不是很好吗？你自己去问她。”

“你讽刺我啊？”

“你觉得呢？”

流量小生深夜私会豪门小姐的事情被曝光后，第二天，两人又被拍到一起前往高档小区看豪宅，这显然又给私会事件添了一把火。

作为当事人之一的顾闻柯早已被大众遗忘，更不用提自始至终未曾现身的神秘人物——冯庭。

冯庭也算是从这件事中成功脱身。

事情平息了一周后，冯庭才大大方方地出门，约了秦乐天用餐。

吃完饭后，她便收到了顾闻柯发来的消息，说他今晚有商务应酬，稍后会回家换一套衣服。

冯庭其实并不喜欢商人那一套做派：吃饭喝酒本该是单纯的事，可他们总喜欢在酒足饭饱后再去茶社谈生意，甚至要去会所消遣一番。

她在顾闻柯身边做秘书的时候，早已见惯了这样的场景。

走进屋内，冯庭并未看到顾闻柯的身影。她的目光落在客厅沙发上，那里放着一条整洁的领带，显然是男人等会儿出门准备佩戴的，暂时放在了这里。

她转身朝卧室走去，刚到门口，便听到浴室里传来的哗啦哗啦的水声，显然顾闻柯正在里面洗澡。

过了一会儿，顾闻柯洗完澡，看到冯庭居然在家，有些惊讶。下午冯庭去找秦乐天吃饭，是提前向他报备过的。顾闻柯本以为她吃完饭会在附近逛一逛，没想到她这么快就回来了。

他把擦头发的毛巾随手扔到一旁，问道："下午吃的什么？"

冯庭轻轻坐在床边，说："韩式烤肉。"

顾闻柯笑了笑："今天出去吃饭倒是挺接地气的。"

冯庭摊了摊手，无所谓地说："他喜欢。"

顾闻柯没再多说什么，转身走向外面的衣帽间换衣服。不一会儿，他便换好了西装，整个人显得精致儒雅，干练利落。

此时，冯庭坐在梳妆台前，见他过来，微微侧身让了让位置，长长的睫毛轻轻眨动，语气漫不经心地问："商务应酬？活动很丰富吧？"

顾闻柯听出了她的情绪，不过没有刻意回避，只是淡淡地说："还不清楚那边具体怎么安排。"

冯庭透过镜子瞥了他一眼，语气里带着些许调侃："你还没出门，我怎么就感觉头顶有点儿绿……"

顾闻柯被她逗笑了，眼中却带着几分柔意。他走到她身边坐下，低声问道："要不然，你跟我一起去？"

冯庭抬眸看了他一眼，语气轻松地回道："我去了，有男人陪我吗？"

顾闻柯听完，眯起眼睛："你是不是下午吃撑了，故意找刺激？"

她扭过身，挑衅地看向顾闻柯。

男人与她对视了两秒，正要开口，桌上的手机忽然响了。

两人同时转头看去，来电显示是司机小刘。今晚顾闻柯要喝酒，自然需要司机随行。

他伸手去拿手机，冯庭却拦住了，挑眉说道："不许接。"

顾闻柯抬起眼，最终没有接电话。

他仿佛看穿了她的小把戏，也知道眼下这种情形走不了了。

冯庭低下头，随手从抽屉里挑出一瓶香水，喷在手腕和颈后。

顾闻柯眉头微蹙，开口问道："这么晚了喷香水干什么？你也要出去？"

冯庭的心情一下子好了起来，她就喜欢他这种略带醋意和敏感的模样。于是，她伸手钩住他的脖子，然后坐到了他腿上。

"不出去，是为了你喷的香水。"

男人喉结微微滚动，嘴角轻轻上扬。

"我晚上尽量早点回来，你等着我……"

"那要几点呢？"

"最晚十二点前。"

冯庭"嗯"了一声，凑到他耳边低声说道："你今晚都要想着我。"

顾闻柯没有回答，只以沉默回应。

男人整理好情绪，给司机小刘回了电话：“我马上下去，再等两分钟。”

顾闻柯拿起领带，刚准备自己动手，冯庭便靠近他说：“今天心情好，我帮你系。”

说着，她就把顾闻柯手中的领带抽走。男人也没有反驳，闭上眼睛享受她的伺候。

冯庭故意慢条斯理，动作又慢又拖拉。领带终于被打好，她抬眸看向男人，在男人的注视中，用力一扯领带。男人被迫垂下脖颈，她启唇说道：“想听你说喜欢我。”

顾闻柯浅笑了一下：“还有这么厚着脸皮让别人说喜欢你的？”

虽然嘴上嘲讽冯庭，但顾闻柯还是满足了她的要求。他沉思片刻，轻声说道：“我爱你。”

今晚的应酬，顾闻柯带了吴巡和李易安同行。

车里除了司机小刘，还有李易安。两人无所事事地坐在车内，正百无聊赖时，就见两个身影一前一后地走下来。冯庭走到门口站定，正依依不舍地低声与顾闻柯说话。

只见顾闻柯环顾四周，见没有旁人，这才上前一步，侧头在她脸颊上轻轻一吻，动作如蜻蜓点水。

冯庭这才转身往回走。

顾闻柯目送冯庭的背影消失后，不知想到了什么，他微微摇头，嘴角带上一抹浅笑。

走了几步，他看到公司的车子停在前方。上一秒还挂着的笑意，这一秒便敛去，整个人迅速恢复成一本正经的淡漠姿态。

李易安和司机小刘已经下了车。小刘上前打开车门，顾闻柯目光平静地坐了进去，语气自然地对两人说道：“刚才接了个电话，多聊了几句，所以耽搁了几分钟。”

李易安和小刘心照不宣地没有接话。小刘启动车子，回公司去接吴巡，随后前往黄金国际。

到了目的地后，顾闻柯下了车，李易安和吴巡一前一后地跟着。

顾闻柯今天心情不错，在宴席上多喝了两杯。等到出来时，脸上已带着几分酒后的潮红。有人提议去棋牌室，他低头看了看时间，十点整，似乎现在离场还太早。于是，他没有拒绝，跟着去了棋牌室打牌。

顾闻柯今晚手气不错，刚上桌就连赢了几把，心情颇为愉悦。

到了十一点，坐在顾闻柯对面的徐老板手机响了。

电话是徐老板的妻子打过来的，催他回家。

徐老板的脸上露出了几分尴尬，面对妻子的催促，只能赔着笑脸哄道：“马上回去，马上回去，十二点前肯定到家……”

徐老板打完电话，便对顾闻柯解释道：“我老婆疑心重，出来打个牌都得催。咱们继续玩吧。”

顾闻柯低头笑了笑，没说什么。

十分钟过去，坐在顾闻柯旁边的丁老板电话响了起来。

打电话过来的是他交往多年的女朋友：“今晚还回来吗？”

“回啊，不回家去哪里？”

“嗯，那我等你。”

丁老板挂断电话后，顾闻柯默默收回视线。他想起刚才吃饭时将手机调成了振动模式，迟疑了两秒，拿起手机查看起来。

除了公司的一位高层发来几条消息，询问顾闻柯一些工作上的事情外，便再无其他。

顾闻柯抿了抿唇，将手机放回原处，抬手轻轻抚摸着下巴。

他今晚赢了不少钱，心情却并不见得好。

本来，他答应冯庭十二点准时回去，不知出于什么心理，临近十二点，他却主动提议再多玩几把。

徐老板笑着打趣道：“还是顾总好，没人催促回家，一身轻松，想玩到几点就玩到几点……”

这话其实是出于羡慕之意，听在顾闻柯耳里，却并不是那么回事。接下来，他手气不顺，接连输钱。

他刻意拖到十二点半才拿起手机看了看，依然没有人联系他。

顾闻柯晚上喝了些酒，实在熬不住了，便结束了聚会，打道回府。

回到府前别苑时，已是将近一点钟。推门而入，只见客厅里亮着一盏灯，房间寂静无声，冯庭已经在卧室睡下了。

顾闻柯推开卧室的房门，望向床上睡得正香的人，沉默了片刻。

他握拳轻咳了一声，试图唤醒熟睡中的人。然而，冯庭只是将身体转了个方向，寻了个更为舒适的姿势继续睡。

顾闻柯站了片刻，脱下外套。没过多久，他清理掉一身的烟酒气，带着湿漉漉的水汽回到卧室，掀开被子躺了下来，试图酝酿睡意。

冯庭睡得迷迷糊糊，在顾闻柯困意来袭的时候，似乎才意识到他已经回来了。她轻叹了一声，主动挪了挪身子，靠近了他一些。

顾闻柯被她的动作惊扰，困意顿时消散。他睁开眼，侧头看向她。

男人的目光过于炽热，她在恍惚中感到不对劲，睁开眼望过去，却被那一瞬不瞬的凝视吓了一跳。

她沙哑着嗓子问："你这么看着我干什么？"

顾闻柯沉默了几秒，低声问："我那么晚才回来，你怎么也不打个电话问问？"

冯庭听出他的情绪不对，认真地看向他："你生气了？"

顾闻柯没有回答，只是沉默地看着她。

两人对视片刻，他沉思了一会儿，开口说道："你知道我今晚有应酬，就不怕我酒后失态，做出什么出格的事吗？"

冯庭被他这语气逗笑了。她斟酌片刻，故意答道："我相信你啊。"

顾闻柯却反问："那万一我不值得你相信呢？"

冯庭想了想，随即说道："男女之间最重要的是信任和吸引，而不是时时刻刻查岗，或者对异性保持防备。"

"你倒是清醒得很。"顾闻柯闭上眼睛，似乎在酝酿睡意，"不过，我劝你也别对我太信任，没任何一点危机感。"

冯庭听了忍不住笑出声，往他身边挪了挪，问道："这跟危机感有什么关系？"她抬手轻轻蹭了蹭他的手背，"如果有一天你腻了，我做什么都没用。所以，与其把时间浪费在担心上，不如想着怎么提升自己，让自己一直对你保持吸引力。"

顾闻柯睁开眼，侧头看着她，目光里透着一丝玩味："你要知道，如果有一天我对你失去了兴趣，你再有吸引力又能如何？"

冯庭挑眉："那如果我说，我能让你喜欢上我第一次，就能让你喜欢上我第二次呢？"

顾闻柯凝视着她，沉默了片刻，忽然俯身靠近，将她压倒在床上。

第二天早晨，桌边的手机铃声响起。顾闻柯起身接电话，而冯庭继续沉浸在梦乡中。不知过了多久，顾闻柯讲完电话回来，发现冯庭依然睡着。

"我去上班了。"男人说完，轻手轻脚地走出了卧室。

冯庭原本打算再眯几分钟就起，没想到竟然睡到了十点。

秦思明给她打了一个电话，冯庭没有接到。醒来后，她抱着枕头缓了好一会儿，这才拿起手机，给秦思明回了个电话。

“你的客户待会儿要过来。”秦思明在电话里说。

冯庭想了想，问道：“是住在海悦花园的那位刘先生吗？”

“是的。”

冯庭毫不犹豫地撒谎：“我昨晚跟客户吃饭喝酒，玩得太晚了。今天就不过去了，头疼。”

其实疼的不是头，但这话说出去，冯庭有些难以启齿。

回过神来，冯庭才听见秦思明说：“你怎么不早说？客户都快到了，你不出面是不是不太妥当？”

“这个客户的情况挺复杂的。人还有点偏激，我说什么他都不信，所以我不想自找麻烦。你要是有兴趣，可以去挑战一下。”

秦思明听到这话，想起上次他接手小丁那个案子时的经历。想到这儿，秦思明心里有些发怵，哪里还敢轻易接手搞不定的案子？

不得不说，在这一点上，他十分佩服冯庭的审时度势。于是他说：“既然你觉得挺复杂，那就算了吧，免得砸了公司的招牌。”

说完，秦思明便挂断了电话。

冯庭打了个哈欠，把手机随手丢到一边，走到落地窗前，一把拉开窗帘——阳光洒满房间。

就在这时，房门响了，冯庭看了一眼时间，十一点整，猜测可能是顾闻柯回来了。不过，顾闻柯通常要到十二点才下班，今天提前了一个小时，难道是翘班回来了？

她拿起一件外套披在肩上，转身走到门口，结果来人却是两位年约五十岁的女士。

走在前面的女士肩上披着一条印花真丝披肩，她按了门铃后，转头对身后的女士说道：“这个时间闻柯应该不在家，我们还是去公司……”

话刚说到一半，房门忽然被打开，声音戛然而止。站在后面的那位女士转过身，挑眉看向冯庭。

她正是顾闻柯的母亲——顾夫人。最近顾、周两家闹得鸡飞狗跳，都是因为顾闻柯身边这个女人的存在。此前她也听到了一些风声，只是没料到儿子这次如此认真，竟然把人安排住进了府前别苑。

冯庭也没想到顾闻柯的母亲会找上门来，还带着家里的阿姨，上门给顾闻柯送猪脚汤。

顾夫人抬起头，上上下下地打量着冯庭，而冯庭也微微抬头，仔细地打量起顾夫人。

冯庭主动露出微笑，问道：“您是顾闻柯的母亲吗？”

顾夫人有些惊讶：“你认识我？”

冯庭笑着答道：“他的眉眼和脸型跟您很像，所以我一眼就认出来了。”

顾夫人笑了一下，似乎被冯庭的话取悦了，觉得她伶牙俐齿，与周可岚是不同的类型。

难怪自家儿子为了她，不惜置名声于不顾。

顾夫人抬手整理了一下披肩，对冯庭说道：“闻柯不在家吗？”

说完，她迈步走进门，目光在客厅四处打量起来。

冯庭回道：“他去上班了。”

顾夫人点了点头，环视一圈，这才确认儿子确实不在家。

身为长辈，顾夫人自然不会为难一个年轻姑娘。她对身后的保姆招了招手，保姆见状，将装满猪脚汤的保温桶递给冯庭。

“这是给闻柯带的。他不在，看来没口福了，你尝尝吧。”

冯庭愣了一下，随即摆手拒绝：“谢谢阿姨的好意。我最近在控制饮食，这汤还是等闻柯回来再热给他喝吧。”

顾夫人微微一顿，将猪脚汤放在客厅的茶几上。余光扫到沙发角落里的一条女式发带，心中不禁生出几分了然：冯庭或许已经在这里住了一段时间了。

她没多作停留，直接告辞道：“那我先回去了。晚上闻柯回来，你告诉他我来过就好。”

冯庭低下头，不卑不亢地回应：“阿姨慢走，我送您。”

顾夫人瞟了冯庭一眼，见她素着一张脸，身上披着外套，里面是一件真丝睡裙，显然是刚起床。

“不用。”顾夫人丢下这么一句，带着保姆径直离开了。

等两人走远后，冯庭才关上房门。随即，她赶紧摸出手机，拨通了顾闻柯的号码。

电话刚响一声就被挂断了。冯庭挑了挑眉，心想他现在应该是不方便，便没再打过去。

她回到沙发上坐好，刚想剥个橘子，顾闻柯的电话便回拨了过来。

电话一接通，顾闻柯便解释：“刚才在开会，不方便接。怎么了，打电话找我有什么事吗？”

冯庭开门见山地说：“刚才顾夫人带着阿姨过来了，她知道我住在你这里。”

顾闻柯沉默片刻，语气中多了一丝紧张：“我妈说了什么？有没有为难你？”

冯庭被问笑了，一本正经地说：“有啊。”

男人屏住呼吸：“她说了什么？”

冯庭叹了口气，哀声说道：“你妈给了我一张两百万元的支票，让我离开你……”接着，她又添油加醋地说道，“要不，你给我一张面额更大的支票，让我别离开你？”

顾闻柯微微皱眉，语气中带着质疑：“给支票这种事……不太像我母亲的风格。”

冯庭挑眉反问：“那你母亲做事是什么风格？”

顾闻柯抿了抿唇，淡淡说道：“她喜欢捏人七寸，不花钱就能解决的事，一般不会花钱。在这一点上，你们还挺像。”

冯庭笑了笑：“我有这么坏？”

“不是坏，是聪明。”

“好吧。”冯庭耸了耸肩。

顾闻柯目光一沉，追问：“所以，我母亲到底有没有给你支票？”

冯庭咯咯地笑了起来，懒洋洋地说道：“没有。她倒是给你带了猪脚汤，我闻着味道不错，等会儿去公司找你，我们一起尝尝？”

顾闻柯敛眉笑了，他就知道母亲不可能做给支票这种事。

“猪脚汤？”他沉声问道，“我让司机去接你吧？”

“不用了，”冯庭摆摆手，“待会儿见？”

“好。”

第十五章 修成正果

顾夫人带着阿姨从府前别苑出来，司机早已在门口等候。今日的太阳有些毒辣，顾夫人后背隐隐渗出汗水。上了车后，空调的凉风拂过额头，她这才感觉舒适了许多。

她摘下帽子，递给一旁的阿姨，又拿出手机给顾父发消息："你猜我在儿子住的地方看见了谁？"

顾夫人今天看到冯庭，心里有些不安。前几天的风波刚刚平息，万一再被媒体发现这两人同居，曝光出来，恐怕又将掀起一场新的风波。

在长辈眼中，年轻人被爱情冲昏头脑，从来都不是什么好事。

不过，顾闻柯如今羽翼渐丰，颇有主见，顾夫人即便心里不舒服，也只能对丈夫倾诉。

此刻，发消息得不到回复，顾夫人难免迁怒于他，直接拨了电话过去。顾父这才知道夫人刚刚找过他，连忙接起电话，问道："找我有什么事吗？"

女人心情不好的时候，无论年龄大小，都是不能轻易招惹的。

"我没事就不能找你？"

顾父一听，立刻明白夫人情绪不佳，不想自找麻烦，连忙换了语气，说："那倒不是。我刚刚确实在忙，没注意到你的消息。"

顾夫人叹了一口气，缓缓说道："今天我给儿子送汤，想着他最近辛苦了，特意亲自下厨，给他补补身子。结果没想到，我在府前别苑看到了冯庭……"

"他们是从什么时候开始同居的？"顾夫人问道，"这事，你恐怕也不知道吧？万一被媒体知道了，又得折腾一番。你身为父亲，又是他的上司，怎么能对儿子的事情漠不关心？”

顾父听着这番指责，顿时觉得委屈，辩解道：“年轻人的事情我能怎么管？难不成我还要在闻柯身上装个监控器，随时随地监管他和哪个女人接触？”

顾闻柯已经三十出头，有些事情，长辈确实不可能事事过问。顾夫人只得转而提醒丈夫：“公司的公关部是干什么的？这一次两次的，总是被媒体抢先。不行的话，就把老徐换了吧。我看他年纪大了，做事不如以前利索，反应也迟钝了。”

顾父心里明白，要换掉老徐可不是件容易的事。他懒得多说，只能口头上答应下来。挂断电话后，他收起手机，带着助理返回公司。

他刚在外面与一位领导见面共进午餐，喝了一些酒，此时感觉头有些不适。

中午回到公司，车子直驶入地下车库。这时，一辆黑色卡宴从外面驶来，与他们的车擦肩而过。两辆车几乎同时进入车库，险些撞上。幸好司机沉着冷静，及时踩下刹车并让了道。

顾父不可避免地被急刹车晃了一下，不由得睁开眼望向前方的司机。

司机讪笑着解释道：“抱歉，董事长，我刚才开车有些不小心……”

虽然司机主动揽下了责任，但顾父的目光仍投向了刚才驶过的那辆黑色卡宴。巧得很，那辆车的车牌号他认得，是顾闻柯的车。

顾闻柯不可能认不出他的车。想到这里，顾父意识到那辆车上的人大概率不是顾闻柯。于是，他抬手指了指前方的黑色卡宴，对司机说：“跟上去，看看它停在哪里。”

司机得了吩咐，掉头尾随那辆车继续前行。

冯庭还不知道自己差点蹭了未来公公的车。她将车开到公司专用电梯附近，拨下驾驶座前的后视镜，仔细检查了一下妆容，戴好帽子，拎起那桶猪脚汤，一边哼着歌一边推开车门下了车。

与此同时，停在她对面车位上的顾父拿着手机，指了指冯庭，问司机：“这人你认识吗？”

司机瞥了冯庭一眼，随即笑了起来：“原来是冯秘书啊。”

顾父听完司机的话，脸色顿时沉了下来：“冯秘书？你说的是冯庭？”

司机点头：“没错，冯秘书确实叫冯庭。”

一想到刚才这丫头开车横冲直撞的模样，顾父不禁开始想象现实中的她到底是什么样的性格。

顾父甚至开始质疑：她是如何把顾闻柯迷得神魂颠倒的？儿子这是什么品位？

刚想到这里，他还来不及下车，抬眼就看到电梯门缓缓打开。电梯里的男人西装笔挺，在门打开的一瞬间，长臂一伸，将站在电梯口等电梯的姑娘一把扯了进去。

男人转过身，环顾四周，确认无人后，才抬手按键，将电梯门迅速合上。这一幕尽数落入老父亲的眼中。

“嗞——”老父亲忍不住倒吸一口凉气。

这一幕同样被司机看得一清二楚。

面对总经理的举动，司机如坐针毡。与此同时，顾父语气冰冷地在后座发话：“这件事要是被曝光出去，我就找你算账。”

司机简直欲哭无泪，僵硬地转过头，勉强挤出一抹讪笑：“董事长，我刚才什么都没看到，您尽管放心。”

顾父气愤地推门下车，又朝刚才两人消失的电梯间看了一眼，生怕等会儿碰上尴尬，便转身走向另一处电梯间。

原本他打算直接前往董事长办公室所在的楼层，却鬼使神差地按下了总办的楼层按钮。电梯到达后，顾父走出电梯，经过秘书部时，扫了一眼李易安，故意问道：“你们上司呢？”

李易安没想到董事长会突然到访，连忙恭敬地站好，视线不自觉地瞥向总办的方向，小声答道：“顾总在休息……”

如果不是刚才在楼下亲眼看到那一幕，顾父或许会相信这番话。然而，事实摆在眼前，李易安的回答反倒更加激起了他的怒火。

“你进去通报一声，就说他爹来了。”

这句话虽然是带着怒气说出的，但话音刚落，整个秘书部的人都抬起头，纷纷投来了惊讶的目光。

李易安不知道怎么回事，竟有些想笑。他点头说道：“好的，董事长，请稍等。”

李易安进去没几秒，顾闻柯便走了出来。

顾闻柯并不知道父亲刚才已经看到了那一幕。察觉到父亲脸色不太好，他只以为是因为媒体的不实报道让父亲还没有消气。

顾父抬头看了儿子一眼，只问了一句：“在干什么？”

顾闻柯语气平淡地解释道：“我妈煮了猪脚汤，我刚刚收到。要不要盛一碗送到您办公室？”

顾父听后，沉默了片刻，随即语重心长地说道："别只记得吃，好歹给你妈打个电话，说一声辛苦。"

顾闻柯低头笑了笑："刚才已经打过电话了。"

顾父哼了一声，背着手转身离开，临走时丢下一句："你小子倒是有口福，我整天忙得团团转，也没见你妈给我煮什么猪脚汤。"

顾闻柯挑了挑眉，忍不住露出一抹浅笑。

顾父回到办公室，刚坐下，内线电话就响了。

"董事长，刚才顾总的秘书送来一个保温桶，说是猪脚汤，留给您的。"秘书试探着问道，"要送进来吗？"

顾父的脸色瞬间缓和了许多，但心里忍不住嘀咕：喝剩的才给我，我是没喝过猪脚汤吗？

不过，他还是说："送进来吧，我尝尝。"

话音刚落，秘书就端着保温桶走了进来，正是冯庭提着的那一个。

秘书取来一个小碗，从保温桶里倒出一碗汤，熟悉的香味扑鼻而来。

除了猪脚汤，李易安还按照吩咐送来了一盒点心。

这盒点心是冯庭在来公司的路上顺手买的。

看着色泽不错，顾父拈起一枚尝了尝。入口酥脆，甜而不腻，正合他的口味。

他一时误会了，心想：这姑娘虽然开车有些不靠谱，但手艺不错。

中午给顾闻柯送完饭后，冯庭便离开了公司，去见了几个来访者。

今天是周末，下午四点钟，秦乐天来到工作室找冯庭。

最近秦乐天走了桃花运，有两个同学向他表达了好感。他收了人家的情书却无动于衷，反而喜欢拿给冯庭看，问冯庭的感受。

冯庭挑了挑眉，正想问他来干什么，身后传来一声轻唤："乐天哥哥……"

一个姑娘笑吟吟地走过来，毫不避讳地挽住了秦乐天的手臂。

冯庭见状，露出一抹意味深长的笑容，目光在两人之间来回打量。

秦乐天的表情有些不自然，迅速拨开姑娘的手，淡淡地说了一句："我们只是朋友。"

说完，为了缓解尴尬，他起身去了茶水间。

冯庭撇了撇嘴，低下头继续看文件。

对面的姑娘尴尬地站了一会儿，忽然拉过一把椅子，坐到冯庭面前，试探着开口："姐姐今晚有空吗？我们一起去玩吧？"

冯庭最近收敛了不少，主要是因为有了男朋友，做事情时总要顾虑一下对方的感受。

不过，她一向经不起怂恿。面对小姑娘诚恳的邀请，她笑着问："谁请客？"

"我啊。"姑娘答得干脆。

有羊毛不薅，实在不符合冯庭的风格。她犹豫了片刻，最终还是答应了。

不过，现在她需要先报备一下。于是，她给顾闻柯发了消息："我今晚出去玩。"

顾闻柯："去哪儿？"

冯庭："酒吧。"

顾闻柯深吸一口气，又问："跟谁？"

冯庭犹豫了一下，回答道："乐天的几个朋友，有男有女。"

生怕顾闻柯不同意，她特意补充了一句："你昨天还参加商务应酬了呢，我出去玩一下，你不会不同意吧？"

男人反问："是不是以后我每次因为工作需要参加那样的饭局，你都要找补回来？"

冯庭连忙否认："我是真的想出去玩……"

顾闻柯拿着手机沉默了许久，最终还是答应了。

得到顾闻柯的首肯后，冯庭哪里还有心思继续工作？她干脆合上电脑，搂住小姑娘的肩膀。冯庭明明比对方大了十岁，却故意装嫩地问对方："你多大了？"

"我？十八岁。"

冯庭听后微微迟疑，又问："那你看我像多大？"

小姑娘被逗笑了，忍不住回答："十七。"

冯庭心里暗想：这小姑娘，有前途啊！

其实，小姑娘如此讨好冯庭，很明显醉翁之意不在酒，她是想通过冯庭了解秦乐天的情况。冯庭是什么段位的人，早就看穿了这一切。

冯庭见她对秦乐天一片痴情，便悄悄提点道："想追男孩子呢，不能太主动。你得想办法让他主动追你。"

说到这里，她瞥了一眼茶水间的方向，又转回头，小声补充："不管是男人还是男孩子，都喜欢当猎人，而不是猎物。所以，你得把自己伪装成猎物才行。"

这一番话如同醍醐灌顶，小姑娘顿时眼中一亮，露出几分了然的神色：

“姐姐，你能不能具体教教我？”

她知道冯庭的本事，甚至主动表态：“钱不是问题。”

小小年纪就能活得如此通透，实在让冯庭刮目相看。两人一拍即合，冯庭当即决定，要把秦乐天“卖”个好价钱。

顾夫人在电话里希望顾闻柯晚上能回家吃饭，顾闻柯答应了。本来他想带冯庭一起回去，但话到嘴边又犹豫了。

他并不是担心父母那边会有意见，而是害怕事情进展得太快，会让冯庭觉得唐突，从而生出退缩的念头。

谁知冯庭却说要去夜店快活。

顾闻柯当晚开车回到顾宅，进了花园后，路过林荫小道时，他注意到有两棵树开了花，空气中弥漫着淡淡的清香。

一进门，他便看到茶几上放着冯庭买的小点心。

恰在这时，顾夫人拿起点心尝了尝，然后转头问顾父：“这点心是从哪儿来的？”

顾父正坐在沙发上喝茶，背对着房门，完全没有注意到顾闻柯已经站在他身后。

他随口回道：“冯庭做的。”

说罢，他听到脚步声，回头朝顾闻柯的方向扫了一眼，却没再说什么。

顾夫人有些不相信，疑惑地说道：“这点心我好像在哪家店吃过……”随后又向顾闻柯求证，“真是冯庭做的？”

顾闻柯原本只是想让母亲尝尝点心，没打算编什么谎话。既然母亲误以为是冯庭做的，他也乐得顺水推舟，于是模棱两可地说道：“我没吃，不喜欢甜食。不过连您都觉得能和开店的相媲美，那倒是挺厉害的。”

顾夫人半信半疑，却怎么也想不起在哪家店吃过。正当她绞尽脑汁回想时，阿姨擦着手走出来，提醒他们开饭了。

吃完晚饭已经是晚上九点，顾闻柯给冯庭发了条消息：“几点回来？我去接你。”

等了好一会儿都没收到回复，他又补充了一句：“别喝酒。”

去夜店不喝酒，这个要求确实有些过分。

顾闻柯发完消息，走到沙发对面坐下。

他明白，今晚回家并不只是为了吃饭，父母很可能要问起冯庭的事情。

刚坐下，父亲就递来一杯茶。顾闻柯接过茶杯，放在手边却没有喝。

随即，他听到父亲问道：“确定了吗？”

顾闻柯点了点头：“确定了。”

父亲又问：“是认真的？”

顾闻柯再次点头：“是认真的。”

父亲语重心长地强调了一句：“感情固然重要，但它不是生活的全部。你还是要把更多精力放在事业上。”

顾闻柯沉默片刻，随即反驳道：“我觉得感情和事业之间，并不存在哪个更重要的问题。”

父亲抬眼看他：“怎么说？”

顾闻柯解释道：“浪漫是建立在经济基础上的，所以事业当然重要。但如果一个人这一生只知道赚钱，却没有喜欢或牵挂的人，赚再多的钱又能留给谁用呢？”

父亲端起茶杯，轻轻抿了一口，没有再说话。

这时，坐在旁边的母亲低声劝解道：“再多处一段时间，别着急。”

顾闻柯笑了笑，说：“我不急。再过个一年半载，我就把人娶回家。”

“一年半载……”母亲有些担忧地问，“会不会太快了点？”

顾闻柯端起茶杯一饮而尽：“已经很慢了，再久等不及了。”

“她等不及？”

“不，是我等不及。”

他想到今晚冯庭要去夜店，他竟然拉不下脸来说一句“不能去”。他由衷地叹了口气：“把她放在外面，不如放在家里安心。”

顾闻柯从顾宅出来后，才收到冯庭的回复：“刚才没看手机。”

顾闻柯坐进车里，系好安全带，随即问道：“几点回来？”

冯庭：“还不知道。”

顾闻柯本身就很介意她晚上去夜场，这条回复让他心里有些不悦。他质问道：“什么叫还不知道？”

此时，冯庭刚坐回卡座，拿起酒杯一饮而尽。借着摇晃的灯光，她回了他一条消息：“他们没有要散场的意思。”

顾闻柯：“喝酒了吗？”

冯庭笑着回道：“来酒吧不喝酒？”

不知道这句话哪里惹到了男人，他莫名其妙地回了一句：“嗯，那你忙吧。”

短短几个字，却让冯庭瞬间察觉到不对劲，顾闻柯肯定心情不好了。

她一时间犹豫不决，在继续玩和立刻离开之间反复权衡了几次。不想就这样被男人拿捏住，她故意没有回复。

放下手机后，冯庭重新融入舞池，但她始终有些心不在焉。中途，她一个人又回到座位，拿起手机看了一眼，发现顾闻柯没有再联系她。犹豫了一会儿，冯庭给他发了条消息："生气了？"

顾闻柯没有回复。

冯庭原以为他今晚会留宿在顾宅，不会回府前别苑。殊不知，男人发消息时已经坐在车里，准备回去。然而，他从刚才起就一直没有发动引擎，只是闷闷地坐在驾驶座上抽烟。

车厢里烟雾缭绕。他熄灭了烟蒂，才回她的消息："我生什么气？"

冯庭回道："感觉你的语气怪怪的……"

看到这句话，顾闻柯心里更添烦躁。

这股烦躁从何而来，他也说不清楚。大概是因为不喜欢她这么晚去夜店，还喝酒。问她什么时候回去，她却说不知道。但理智的一面又提醒他，他这样的行为有些小气。毕竟，这只是正常的社交，他应该信任她。

他静静地看了几眼手机屏幕，沉默了片刻，打下一行字："或许是我的问题，但我确实不喜欢你在夜店玩到半夜。"

面对这突如其来的醋意，冯庭没有生气。她明白，这种表现源于男人的在乎与喜欢，而在这些情感之外，还夹杂着一丝占有欲。

冯庭起了恶趣味，噙着笑回道："你怎么这么小气？我又没有乱来。"

男人看见消息，深吸了一口气，只觉得被堵得无话可说。

冯庭发出消息后等了许久，男人始终没有再回。

冯庭明白，既然有了男朋友，就不能再像以前那样随心所欲地玩乐。在某些时候，确实需要为对方考虑，适当地收敛一些，这也是恋爱中必须做出的妥协。于是，她赶紧发了一条消息："好了，不生气了，我不玩了，我等会儿就回去。"

发完这条消息后，冯庭想着再待十分钟就走。恰在此时，秦乐天不知从哪里拿来一个闪闪发光的发箍，二话不说给她戴上，又拉着她进了舞池。

冯庭没多想，随手将手机揣进了兜里。

谁知，等到她再有空看手机时，竟然发现有三个未接来电——都是顾闻柯半个小时前打的。

人兴奋的时候总是没有时间观念。看到顾闻柯的未接来电，冯庭意识到自己可能玩过头了。她赶紧拿起外套，从喧闹的舞厅里出来，走到一个相对安静的地方，给顾闻柯回了电话。

“喂……”她的声音低低的，带着明显的心虚。

电话那头传来的，却是长时间的沉默。这几秒钟内，冯庭的心跳得飞快。她小声解释道：“刚才没看手机……”

此时，顾闻柯已经回到了府前别苑，洗漱完毕，准备休息。他之前给冯庭打电话，是想问她在哪个酒吧，以便去接她。没想到怎么打都打不通，一气之下，他便自己回来了。

冯庭小心翼翼地问：“你怎么不说话？”

顾闻柯反问：“你觉得我该说什么？”

她有些尴尬地清了清嗓子：“你给我打电话有什么事吗？你回去了？”

顾闻柯语气冷硬：“你今晚不用回来了。”

“我不回去，那我去哪里？”

“随你。”

“你是不是生气了？”

“我可不是那么小气的人。”

“可是你语气怪怪的……”

“那你觉得我该用什么语气？”他咬紧下颌，冷声道，“鼓励你继续玩吗？”

冯庭连忙开口：“好了，我——”

“我错了”三个字还没说完，电话就被顾闻柯直接挂断。冯庭眨了眨眼睛，不敢置信地看着手机。

冯庭站了片刻，随后转身去找秦乐天，大声说：“我要走了。”

说完，她径直转身往外走去。

冯庭喝了酒，不能开车。酒吧附近的出租车很多，招手即停。

半个小时后，冯庭回到了府前别苑。一进门，就闻到一股淡淡的香烟味。

听见门响，男人抬起头看了过来。他坐在正对玄关的那组沙发上，手机屏幕朝下，静静地搁在茶几上。

顾闻柯抬手掐灭了手中的香烟，目光定定地落在她身上，却没有说话。

冯庭被他看得有些不自在，将外套和包挂在衣架上。换好鞋后，她蹑手蹑脚地走进客厅。

“抽这么多烟啊？”她开口调侃，试图缓和气氛。

顾闻柯的眼皮微微一抬，沉默了几秒，才开口道：“我们谈谈。”

冯庭收敛了笑容，静静地站住了脚步。

顾闻柯说道：“我接受不了你今晚的行为。你可以认为我小气，但我就是这样一个‘双标’且不讲理的人。今晚我很生气。”

冯庭咽了咽喉咙，低声叹气：“我知道……”

顾闻柯直截了当地说：“你现在有两个选择。”

“什么选择？”冯庭问。

“要么以后继续这么玩，不考虑我的感受，那我们就分开；要么不再这么玩，我们还能继续在一起。”他拿起手机看了眼时间，语气淡淡的，却不容置疑。

冯庭挑眉：“你这是在威胁我？”

顾闻柯冷声道：“你觉得我会用这种事威胁你？”

冯庭侧过脸，用余光瞥了他一眼，说道：“我又没有乱来，你是不是太霸道了？跟你谈恋爱就这么没有人权？”

顾闻柯听罢，气极反笑。他没有再多说什么，站起身便要离开。从这个架势看，这次是认真的。

冯庭赶紧抬手抓住他的手臂，柔声说道：“别这么较真嘛，咱们坐下来好好说。”

顾闻柯作势要甩开她的手，冯庭下意识地抱得更紧。她抬起头，可怜兮兮地看着他：“我错了，我错了！下次一定不玩到这么晚，还会乖乖接你的电话……”

顾闻柯垂下眼眸，静静地注视着她，没有说话。

就在冯庭以为他不会让步时，男人忽然一把将她拉了过去。他的唇带着淡淡的烟草气息，霸道而强势地覆了上来。冯庭还没来得及反应，整个人就被按进了沙发里，双脚悬空。

等冯庭回过神来，男人已侧过头，低声在她耳边说：“跟我去见见父母吧。”

“什么？”她愣了一下，不确定自己有没有听错。

“半年后，等事情平息了，我们就订婚。”

“订婚？可是……”

冯庭还没消化完，男人又接着说道：“结婚的事可以再缓两年，只是先订婚。”

“这也太快了吧！”冯庭下意识地抗议。

“那就分手。”顾闻柯突然提高了声音，眼神中透着不容置疑的坚定。

冯庭找借口：“求婚好歹有个像样的戒指啊。”

顾闻柯：“你是嫌弃没戒指？”

“这是最基本的。”

“好。”顾闻柯去掏兜，冯庭立马紧张地看着他。

怕什么来什么，他还真从兜里取出一个戒指盒，当着已经呆愣的冯庭的面打开。

做工精美的彩色钻石戒指，在明亮的灯光下折射出璀璨的光芒。

在这耀眼的戒指面前，冯庭犹豫了。她心想，不妨先戴着戒指睡一夜，感受一下它的重量，再考虑也不迟……

番外 细水长流

自从冯庭和顾闻柯结婚并有了第一个孩子后，她的事业更是蒸蒸日上。以前处理客户的婚姻问题时，毕竟大多依赖理论知识，真要落到实处时难免有些欠缺。如今有了实践经验，再加上扎实的理论基础，她在应对感情问题时显得更加得心应手。

婚后三年，他们恩爱如初，感情好得让周围的人都羡慕不已。

大概是因为冯庭总能玩出新花样，这让顾闻柯时常感到有些缺乏安全感。不过，这种不安更多是埋在心里，他嘴上从不愿意承认。

这一天，顾闻柯去外地出差，晚上约了发小小聚。席间，他多喝了几杯酒，在不经意间流露出一些对婚后生活的担忧。

发小听后哈哈一笑，随口给顾闻柯出了个不太靠谱的主意：“这还不简单？二胎赶紧安排起来！等孩子生下来，她哪里还有时间和精力折腾？”

顾闻柯其实很喜欢孩子，而冯庭对生二胎也没有明确的反对意见。对于发小的建议，顾闻柯并不完全认同。

当初，顾闻柯也曾有过类似的想法，并试着付诸实践，但结果并没有如他所愿。冯庭依然在家庭、事业和兴趣爱好之间游刃有余，而他自己反倒变得更加患得患失。

顾闻柯这几年算是被冯庭拿捏得死死的。

昨夜，顾闻柯喝得有些多，也不清楚自己是怎么回到酒店的。到了房间，他连洗漱都没顾上，倒头便睡。

第二天一早，他醒来时发现两通未接电话，都是冯庭打来的。一通是昨晚十一点，他醉酒睡着没接到，另一通是凌晨三点。

顾闻柯起身后，看到未接来电的提示，立刻拨了回去。

作为一名情感咨询师，最重要的品质莫过于情绪稳定、处理问题冷静、思路清晰。

冯庭虽然一夜没睡好，但情绪仍然克制，简短地问了一句："解释？"

顾闻柯和冯庭相处多年，早已摸清她的脾气。他揉了揉因宿醉而微微胀痛的太阳穴，赶忙乖乖解释道："昨天和发小聚会，心情好就多喝了点。手机开会时调了静音，后来忘了调回来，所以……"

冯庭猜测他确实是喝多了，微微挑眉，正要开口时，男人紧接着补了一句："要不然视频？"

冯庭抿嘴一笑。她就喜欢和聪明成熟的男人相处，这种人不仅能给予足够的安全感，还懂得如何安抚情绪。

话都说到这个份儿上，冯庭反而大大方方地笑了，说："视频就算了，咱们之间这点儿信任还是有的。况且，你都主动要求视频了，我还较什么劲儿。"

冯庭说到这里，又叹了口气，添油加醋地继续道："男人愿意撒谎，你得帮着圆这个谎。要是换作我，肯定也是能瞒就瞒着。老公又给钱花，何必给自己找不痛快？所以老公你放心，就算哪天我不小心爱上别人，我也不会闹离婚。"

顾闻柯听了这话怎么可能愉快？他揉了揉眉心，闭着眼睛躺在酒店的大床上，问道："你在家吧？"

"我在家啊。"

"视频一下让我看看。"

男人说完便挂断了电话。紧接着，冯庭这边弹出视频请求。她计谋得逞，扬起嘴角笑了笑，才慢悠悠地接通。

接通后，她自然是一脸无辜又正经地说道："都说相信你了，真的不需要视频。"

顾闻柯不像她那么多花花肠子，敛眉从床上起身，倒了一杯水，瞥了她一眼："你相信我，我不相信你，房间里转一圈。"

冯庭哭笑不得，但还是照做了："你把我当成什么人了？我就是再怎么胡来，也不会把人带到咱们家来啊。"

顾闻柯垂眸盯着屏幕，默不作声地喝完水。他沉思了一会儿，灵机一动，决定趁机为自己谋点福利："不如这样吧，咱俩手机开启共享位置，你随便查我，我也可以随时查你。"

顾闻柯的话让冯庭愣了片刻。男人就像沙子，握得越紧流失得越快。冯庭一向给顾闻柯足够的自由，没想到他会主动提出这样的建议。

冯庭干笑了两声："谁还没点隐私啊。共享就算了吧……也不能没有一点儿自由呀……"

这一说反倒让顾闻柯不高兴了。他抿着嘴唇，沉默了很久，才低声说道："我一个男人都不怕没隐私，你怕什么？"

冯庭连忙安抚他："总得留点独立空间吧。比如跟朋友吹吹牛、扯扯淡，或者跟闺密说说你的坏话之类的……"

顾闻柯上一秒还因为冯庭拒绝共享位置感到不安，这会儿听她这么说，反倒松了一口气。他饶有兴趣地问她："那你平常是怎么跟闺密说我坏话的呢？"

冯庭叹了口气，回道："还能说什么，无非就是说你癞蛤蟆吃了天鹅肉之类的。"

顾闻柯"扑哧"一声笑了："还好还好，癞蛤蟆比青蛙上进。青蛙坐井观天，癞蛤蟆却想吃天鹅肉。你这不算坏话。"

冯庭挑眉看着他。这个男人保养得很好，脸上几乎没有岁月的痕迹，看起来很年轻。只是这脸皮，倒是比以前厚了不少。

本以为这件事就此过去，谁知某天冯庭回到家，却瞧见家里多了几个陌生人，而顾闻柯正站在客厅里指挥。听到开门声，他转身看了过来，不等冯庭开口询问，就主动说道："在家里装几个摄像头，我出差在外想你和孩子的时候，可以随时打开看看。"

冯庭没多想，却被接下来的话逗笑了，因为这男人竟然又说："要不在你们公司也装几个摄像头？"

冯庭慢悠悠地走到沙发前坐下，摊开双手说道："要不要在车里也放个录音笔之类的？"

顾闻柯竟然一本正经地接话："我看可以。"

两人都没注意到，顾小宝趁着他们拌嘴、阿姨在厨房做饭时，偷偷拿了一袋奥利奥躲在角落里偷吃。等冯庭发现时，他满嘴黑乎乎的，俨然成了一只小脏猫。

更让人哭笑不得的是，小宝特别护食。冯庭想拿走他手里的奥利奥，他却拼命地往嘴里塞，丝毫不肯松手。

顾闻柯忙完出来，正好瞧见这一幕。冯庭叉着腰，对顾闻柯吐槽道："到底是年轻啊，为了一块奥利奥就这么没出息……"

说完，她还恨铁不成钢地摇了摇头。

小宝鼓着两个腮帮子，抬手指着冯庭，脆生生地对顾闻柯说："爸爸，她欺负我——"

冯庭被逗笑了，眯起眼问："谁欺负你？"

顾闻柯这时也忍不住笑了，牵着小宝去洗手间洗手。冯庭跟着追过去，正好听见顾闻柯在和儿子"诉苦"："你得习惯一下，在这个家里，妈妈说了算。你得识时务啊……"

晚上，顾闻柯在书房处理完公务回到卧室时，冯庭正悠闲地靠在床头看书。

他掀开被子坐进来，凑近了问："在看什么？"

冯庭连眼皮都没抬："客户资料。"

等顾闻柯躺下后，冯庭也顺手关了灯，主动靠进他怀里。

正当睡意袭来时，顾闻柯忽然问："我在家里装了监控，你就没什么想说的？"

冯庭打了个哈欠，抬头看了男人一眼，随即又把视线移开，凑近他悄声说道："老公，其实我挺好奇的。你看，你身价摆在那儿，长相摆在那儿，怎么这么没有安全感呢？你得自信点儿！你看我就挺自信的，你得学学我……"

话还没说完，顾闻柯已经转过身来，两人视线相对。他认真而严肃地提醒："你这叫自信吗？"

冯庭微微思索，试探着问："自恋？"

顾闻柯评价道："叫自负。"

冯庭虚心受教，点了点头，下一秒却又气鼓鼓地反击："那也比你自卑强。"

空气中安静了片刻，顾闻柯忽然一本正经地夸道："你看儿子多聪明，智慧全随你。像你这种智商极高、基因又好的人，不多生几个，实在太可惜了。"

冯庭竟还真不谦虚，点头附和道："是啊，就算是为了造福全人类，也得再生一个。"

顾闻柯低低地笑了起来，问："那你准备什么时候备孕？"

冯庭伸了个懒腰，眉眼带笑地看向他，似乎并不急着回答。

顾闻柯觉得有些不妙。

果然，下一秒就听见她说道：“那得看零花钱什么时候能涨点儿。”

这话一出口，两人都笑了起来。

顾闻柯心情大好，表示零花钱不是问题。

男人的钱果然好骗。这天晚上，她把他哄得十分开心。第二天，冯庭直接刷卡买了一个新包。

谁料，冯庭还发来一条消息：“钱我先收下了，二胎肯定会有的。具体什么时候，还是顺其自然吧。”

顾闻柯沉默了许久，才回了一句：“骗子。”